ANTES DE DORMIR

S. J. WATSON

ANTES DE DORMIR

Tradução de
Ana Carolina Mesquita

12ª edição

EDITORA RECORD
RIO DE JANEIRO • SÃO PAULO
2025

CIP-BRASIL. CATALOGAÇÃO NA FONTE
SINDICATO NACIONAL DOS EDITORES DE LIVROS, RJ

Watson, S. J. (Steve J.)
W333a   Antes de dormir / S. J. Watson; tradução de Ana Carolina
12ª ed. Mesquita. – 12ª ed. – Rio de Janeiro: Record, 2025.

Tradução de: Before I go to sleep
ISBN 978-85-01-09205-2

1. Romance inglês. I. Mesquita, Ana Carolina de Carvalho.
II. Título.

11-8277

CDD: 823
CDU: 821.111-3

TÍTULO ORIGINAL:
Before I go to sleep

Copyright © Lola Communications 2011
Publicado originalmente na Grã-Bretanha em 2011 pela Doubleday, um selo da
Transworld Publishers.

Texto revisado segundo o Acordo Ortográfico da Língua Portuguesa de 1990.

Todos os direitos reservados. Proibida a reprodução, no todo ou em parte, através de
quaisquer meios. Os direitos morais do autor foram assegurados.

Editoração eletrônica: Abreu's System

Direitos exclusivos de publicação em língua portuguesa somente para o Brasil
adquiridos pela
EDITORA RECORD LTDA.
Rua Argentina, 171 — Rio de Janeiro, RJ — 20921-380 — Tel.: (21) 2585-2000,
que se reserva a propriedade literária desta tradução.

Impresso no Brasil

ISBN 978-85-01-09205-2

Seja um leitor preferencial Record.
Cadastre-se no site www.record.com.br e receba
informações sobre nossos lançamentos e nossas promoções.

Atendimento e venda direta ao leitor:
sac@record.com.br

Para minha mãe e para Nicholas

AGRADECIMENTOS

Agradecimentos infinitos à minha maravilhosa agente, Clare Conville, a Jake Smith-Bosanquet e a todos da C&W, e a meus editores, Claire Wachtel, Selina Walker, Michael Heyward e Iris Tupholme.

Minha gratidão e meu amor a todos os meus familiares e amigos por me iniciarem nesta jornada, por lerem os primeiros esboços e pelo apoio constante. Agradecimentos especiais a Margaret e Alistair Peacock, Jennifer Hill, Samantha Lear e Simon Graham, que acreditaram em mim mesmo antes de eu o fazer, a Andrew Dell, Anzel Britz, Gillian Ib e Jamie Gambino, que chegaram depois, e a Nicholas Ib, que sempre esteve aqui. Obrigado também a todos da GSTT.

Obrigado a todos vocês da Faber Academy, especialmente a Patrick Keogh. Para encerrar, este livro não teria sido escrito sem os conselhos da minha turma — Richard Skinner, Amy Cunnah, Damien Gibson, Antonia Hayer, Simon Murphy e Richard Reeves. Tenho enorme gratidão por sua amizade e apoio. Que por muito tempo os FAGs controlem seus narradores selvagens.

Nasci amanhã
hoje eu vivo
ontem me matou

Parviz Owsia

Parte Um

Hoje

O quarto é estranho. Nada familiar. Não sei onde estou, nem como vim parar aqui. Não sei como vou fazer para voltar para casa.

Aqui passei a noite. Fui acordada por uma voz de mulher — primeiro achei que ela estivesse na cama comigo, depois percebi que era apenas o noticiário e que o que eu estava ouvindo era o despertador do rádio-relógio — e, quando abri os olhos, me vi aqui. Neste quarto que não reconheço.

Meus olhos se acostumam com a penumbra e olho ao redor na semiescuridão. Há uma camisola pendurada atrás da porta do armário — adequada para uma mulher, porém bem mais velha do que eu — e calças escuras dobradas cuidadosamente sobre o encosto de uma cadeira à mesa, mas não consigo ver muito mais. O rádio-relógio parece complicado, mas encontro um botão e dou um jeito de silenciá-lo.

É então que ouço uma inspiração entrecortada atrás de mim e percebo que não estou sozinha. Eu me viro. Vejo uma grande área de pele e cabelos escuros entremeados de branco. Um homem. Seu braço esquerdo está para fora das cobertas e há um anel de ouro no dedo anular da sua mão. Reprimo um gemido. Então este aqui não só é velho e grisalho, penso eu, como também é casado. Não apenas transei com um homem casado, mas fiz isso no que parece ser a casa dele, na cama que ele provavelmente compartilha com a esposa. Volto a deitar para tentar me recompor. Eu devia sentir vergonha.

Imagino onde estará sua esposa. Será que preciso me preocupar com a possibilidade de ela voltar a qualquer momento? Eu a imagino de pé do outro lado do quarto, gritando e me chamando de piranha. Uma medusa. Uma massa de serpentes. Fico pensando em como irei me defender, caso ela realmente apareça. Porém, o cara na cama não parece muito preocupado. Ele se virou e continuou roncando.

Fico deitada o mais imóvel possível. Normalmente eu consigo me lembrar de como vou parar em situações como essa, mas não é o caso hoje. Deve ter sido uma festa, uma ida a um bar ou clube. Eu devia estar muito bêbada. Bêbada o suficiente para não me lembrar de absolutamente nada. Bêbada o suficiente para ter ido para a casa de um homem que usa aliança e tem pelos nas costas.

Eu afasto as cobertas o mais suavemente possível e me sento na beirada da cama. Antes de mais nada, preciso usar o banheiro. Ignoro os chinelos aos meus pés — afinal, transar com o marido de outra é uma coisa, mas eu jamais seria capaz de usar os sapatos dela — e ando devagar, descalça, até o patamar da escada. Estou ciente da minha nudez, com medo de escolher a porta errada, de dar de cara com algum inquilino, com um filho adolescente. Aliviada, vejo que a porta do banheiro está entreaberta, entro e a tranco.

Sento no vaso sanitário, depois dou descarga e me viro para lavar as mãos. Estendo o braço para apanhar o sabonete, mas há algo errado. De início não consigo perceber o que é, mas então eu vejo. A mão que segura o sabonete não parece ser a minha. A pele é enrugada, as unhas não têm esmalte e estão roídas até o sabugo e, tal como o homem deitado na cama que acabei de deixar no quarto, há uma aliança simples de ouro no meu dedo anular.

Olho aquilo por um instante, depois mexo os dedos. Os dedos da mão que seguram o sabonete também se mexem. Engulo em seco, e o sabonete mergulha na pia. Olho para o espelho.

O rosto que vejo me olhando de volta não é o meu. O cabelo não tem volume e está bem mais curto do que costumo usar, a pele nas faces e sob o queixo é flácida, os lábios, finos, a boca, curvada para baixo. Dou um grito, um grito contido sem palavras que se transformaria em um berro de choque caso eu o deixasse sair, mas então noto os olhos. A pele ao redor deles está marcada com rugas, é verdade, mas apesar de tudo vejo que são os meus olhos. A pessoa no espelho sou eu, porém com vinte anos a mais. Vinte e cinco. Mais.

Não é possível. Ao começar a tremer, agarro a beira da pia. Outro grito começa a crescer dentro do meu peito e agora irrompe em um som estrangulado. Dou um passo para trás, me afastando do espelho, e é então que eu as vejo. As fotos. Grudadas com fita adesiva na parede, no espelho. Fotos entremeadas com post-its amarelos, com anotações a hidrocor, úmidos e encurvados.

Escolho um ao acaso. *Christine*, diz, e uma seta aponta para uma foto minha — essa nova eu, essa velha eu — sentada em um banco num cais, ao lado de um homem. O nome parece familiar, mas apenas de modo distante, como se eu me esforçasse para acreditar que fosse o meu. Na fotografia, nós dois estamos sorrindo para a câmera, de mãos dadas. Ele é bonito, atraente, e quando olho mais de perto vejo que é o mesmo homem com quem dormi, aquele que deixei na cama. A palavra *Ben* está escrita embaixo, e, perto dela, *Seu marido*.

Engulo em seco e arranco a foto da parede. "Não", penso. "Não! Não pode ser..." Olho rapidamente as outras fotos. São todas de nós dois. Em uma estou usando um vestido feio e desembrulhando um presente, em outra nós dois usamos casacos impermeáveis combinando e estamos na frente de uma cachoeira, enquanto a nossos pés um cachorrinho fareja. Perto dela há uma foto minha sentada ao lado dele, bebericando suco de laranja e usando a mesma camisola que vi no quarto ao lado.

Recuo um pouco mais, até sentir os azulejos frios contra as minhas costas. É então que tenho o vislumbre que associo com memória. Quando minha mente tenta se fixar nele, ele esvoaça para longe, como cinzas apanhadas pela brisa, e percebo que na minha vida existe um outrora, um antes, embora antes do quê eu não saiba, e um agora, mas não há nada entre os dois além de um longo e silencioso vazio que me trouxe até aqui, até nós dois, até essa casa.

❧

Volto para o quarto. Ainda tenho a foto na mão — aquela na qual estou com o homem com quem acordei —, e seguro-a na minha frente.

— O que está acontecendo? — pergunto. Estou gritando; lágrimas correm pelo meu rosto. O homem se senta na cama, de olhos semicerrados. — Quem é você?

— Sou seu marido — responde ele. Seu rosto está sonolento, sem nenhum sinal de irritação. Ele não olha para o meu corpo nu. — Estamos casados há anos.

— Como assim, "casados há anos"? — pergunto. Tenho vontade de sair correndo, mas não há para onde ir. — O que você quer dizer?

Ele se levanta.

— Tome — diz, e me entrega a camisola, esperando até eu vesti-la. Está usando calças de pijama grandes demais para ele e uma camiseta regata branca. Ele me lembra o meu pai. — Nós nos casamos em 1985 — continua ele. — Há 22 anos. Você...

— O quê...? — Sinto o sangue fugir do meu rosto, o quarto começar a girar. Há um relógio tiquetaqueando em algum ponto da casa, e o som parece tão alto quanto o de marteladas. — Mas... — Ele dá um passo na minha direção. — Como...?

— Christine, você tem 47 anos.

Olho para ele, para esse estranho que sorri para mim. Não quero acreditar nele, não quero sequer escutar o que ele está dizendo, mas ele prossegue.

— Você sofreu um acidente. Um acidente terrível. Machucou a cabeça. Você tem dificuldade para se lembrar das coisas.

— Que coisas? — pergunto, querendo dizer: "Com certeza não os últimos vinte e cinco anos, certo?" — Que coisas?

Ele novamente dá um passo na minha direção, aproximando-se de mim como se eu fosse um animal assustado.

— Tudo — responde ele. — Às vezes a partir dos vinte e poucos anos. Às vezes até antes disso.

Minha mente gira, num turbilhão de datas e idades. Não quero perguntar, mas sei que preciso.

— Quando... quando foi o acidente?

Ele olha para mim e seu rosto é um misto de pena e medo.

— Quando você tinha 29 anos...

Fecho os olhos. Mesmo que minha mente tente rejeitar essa informação, de alguma forma sei que é verdade. Eu me escuto começar a gritar de novo e, ao fazer isso, esse homem, esse *Ben*, vem até onde estou, parada de pé à porta. Sinto a presença dele perto de mim, não me mexo enquanto ele enlaça a minha cintura, não resisto quando ele me puxa de encontro a seu corpo. Ele me abraça. Juntos balançamos suavemente, e percebo que aquele movimento parece familiar de alguma maneira. Faz com que eu me sinta melhor.

— Eu amo você, Christine — diz ele, e embora eu saiba que devia dizer que o amo também, não o faço. Não digo nada. Como posso amá-lo? Ele é um estranho. Nada faz sentido. Quero saber tantas coisas. Como cheguei aqui, como consigo sobreviver. Mas não sei como perguntar.

— Estou com medo — digo.

— Eu sei — retruca ele. — Eu sei. Mas não se preocupe, Chris. Vou cuidar de você. Sempre cuidarei de você. Você vai ficar bem. Confie em mim.

⁂

Ele avisa que vai me mostrar a casa. Eu me sinto mais calma. Pus calcinhas e uma camiseta velha que ele me deu, depois vesti um robe. Saímos para o patamar da escada.

— O banheiro você já viu — diz ele, abrindo a porta ali perto. — Este é o escritório.

Há uma mesa com tampo de vidro com o que adivinho ser um computador, embora pareça ridiculamente pequeno, quase um brinquedo. Perto dele há um gaveteiro porta-arquivos de metal cinza, e, na parede acima, um calendário de planejamento. Tudo está arrumado, organizado.

— Eu trabalho aqui, de vez em quando — diz ele, fechando a porta. Atravessamos o patamar e ele abre outra porta. Uma cama, uma penteadeira, mais armários. Parece quase idêntico ao quarto onde acordei. — Às vezes você dorme aqui — continua ele —, quando tem vontade. Mas em geral não gosta de acordar sozinha. Entra em pânico quando não consegue descobrir onde está. — Faço um sinal de concordância. Eu me sinto como um possível inquilino a quem mostram um apartamento novo, ou quem sabe alguém que se candidata a dividir uma casa. — Vamos descer.

Eu o sigo escada abaixo. Ele me mostra uma sala de estar — sofá marrom com poltronas combinando, uma tela plana afixada na parede, que ele me diz ser uma televisão —, uma sala de jantar e uma cozinha. Nada daquilo é familiar. Não sinto absolutamente nada, nem mesmo quando vejo uma fotografia nossa emoldurada sobre um aparador.

— Tem um jardim nos fundos — diz ele, e olho pela porta de vidro que leva para fora da cozinha.

O dia está começando a clarear, o céu noturno começa a se tornar azul-escuro, e consigo ver a silhueta de uma grande árvore, mas pouca coisa além disso. Percebo que não sei nem em que parte do mundo estamos.

— Onde estamos? — pergunto.

Ele fica atrás de mim. Vejo nós dois, refletidos no vidro. Eu. Meu marido. Na meia-idade.

— Norte de Londres — responde ele. — Crouch End.

Dou um passo para trás. O pânico começa a aumentar.

— Meu Deus — digo. — Não sei nem onde eu moro...

Ele segura a minha mão.

— Não se preocupe. Você vai ficar bem.

Eu me viro para encará-lo, esperando que ele me diga de que maneira vou ficar bem, mas ele não o faz.

— Posso preparar o seu café?

Por um momento fico aborrecida com ele, mas então respondo:

— Sim. Sim, por favor. — Ele enche uma chaleira. — Puro, por favor — digo. — Sem açúcar.

— Eu sei — diz ele, sorrindo para mim. — Quer torrada?

Respondo que sim. Ele deve saber tanto a meu respeito e, contudo, isso ainda parece a manhã depois da primeira noite que passamos com alguém que mal conhecemos: tomar o café da manhã com um estranho na casa dele, imaginando quando será aceitável ir embora e voltar para casa.

Mas aí é que está a diferença. Aparentemente *esta* é a minha casa.

— Preciso sentar — digo.

Ele olha para mim.

— Pode sentar na sala — diz. — Eu levo o café em um minuto.

Saio da cozinha.

Alguns instantes depois, Ben se junta a mim e me entrega um livro.

— Este é um álbum de recortes — diz. — Talvez ajude. — Eu o apanho da sua mão. A encadernação é de uma imitação barata de couro feita de plástico, e uma fita vermelha fecha o livro num laço malfeito. — Volto em um minuto — diz ele, e deixa a sala.

Sento no sofá. O álbum pesa sobre o meu colo. Tenho a sensação de que olhá-lo é como xeretar a vida de alguém. Recordo a mim mesma de que, seja lá o que estiver ali dentro, diz respeito a mim, foi entregue pelo meu marido.

Desamarro o laço e abro o álbum ao acaso. Uma foto minha e de Ben, parecendo bem mais jovens.

Fecho-o com um movimento brusco. Corro as mãos pela encadernação, folheio as páginas. "Eu devo fazer isso todos os dias."

Nem consigo imaginar. Tenho certeza de que houve um erro terrível, entretanto não pode ser. A prova está aqui — no espelho lá em cima, nas rugas das mãos que acariciam o livro à minha frente. Não sou a pessoa que achei ser ao acordar pela manhã.

"Mas quem era essa pessoa?", penso. Quando eu fui esse alguém que acordou na cama de um estranho e só pensava em fugir? Fecho os olhos. Sinto como se estivesse flutuando. Sem esteios. Sob risco de me perder.

Preciso me ancorar em alguma coisa. Fecho os olhos e tento focar em algo, qualquer coisa sólida. Não encontro nada. Tantos anos da minha vida, penso. Faltando.

Este álbum irá me dizer quem sou, mas não quero abri-lo. Ainda não. Quero ficar aqui sentada por um tempo, com todo o passado em branco. No limbo, equilibrada entre a possibilidade e os fatos reais. Tenho medo de descobrir o meu passado. Aquilo que conquistei e o que não conquistei.

Ben retorna e coloca uma bandeja à minha frente. Torradas, duas xícaras de café, uma jarra de leite.

— Tudo bem com você? — pergunta ele.

Faço que sim com a cabeça.

Ele senta ao meu lado. Fez a barba e vestiu calças, camisa e gravata. Não parece mais o meu pai. Agora parece alguém que trabalha em um banco ou num escritório. Nada mau, penso, depois afasto o pensamento da minha mente.

— Todos os dias é a mesma coisa? — pergunto.

Ele coloca uma torrada em um prato, passa manteiga nela.

— Basicamente — responde. — Quer? — Faço que não com um aceno e ele dá uma mordida. — Você parece ser capaz de reter informações enquanto está acordada, mas, quando dorme, a maioria delas se perde. Seu café está bom?

Respondo que sim, e ele apanha o álbum das minhas mãos.

— Isso é uma espécie de álbum de recortes — diz ele, abrindo-o. — Tivemos um incêndio há alguns anos, por isso perdemos muitas coisas e fotos antigas, mas ainda sobraram algumas. — Ele aponta para a primeira página. — Esse é o seu diploma — diz.

— E aqui está uma foto sua no dia da formatura. — Olho para a direção que ele aponta; estou sorrindo, o olhar franzido diante da luz do sol, de beca preta e um capelo de feltro com franja dourada. Logo atrás de mim está um homem de terno e gravata, com a cabeça voltada para longe da câmera.

— É você? — pergunto.

Ele sorri.

— Não. Não me formei com você. Eu ainda estava estudando nessa época. Química.

Olho para ele.

— Quando nos casamos?

Ele se vira para me encarar e segura minhas mãos entre as dele. Fico surpresa com a aspereza de sua pele, talvez por estar acostumada, creio eu, à maciez da juventude.

— Um ano depois de você obter seu doutorado. Já estávamos namorando havia alguns anos nessa época, mas você... nós... nós dois quisemos esperar até você terminar os estudos.

Faz sentido, pensei, embora pareça estranhamente pragmático da minha parte. Eu me pergunto se queria mesmo me casar com ele, para começo de conversa.

Como se lesse a minha mente, ele diz:

— Estávamos muito apaixonados. — E depois acrescenta: — Ainda estamos.

Não consigo pensar em nada para dizer. Sorrio. Ele toma um gole do café antes de voltar a olhar para o álbum em seu colo. Vira mais algumas páginas.

— Você se formou em letras — diz ele. — Depois teve alguns empregos. Só uns bicos. Trabalhos de secretariado. Vendas. Não tenho certeza se você realmente sabia o que queria. Eu me formei e fiz licenciatura. Foi uma luta durante alguns anos, mas aí consegui uma promoção e então... bem, aqui estamos.

Olho ao redor pela sala. É arrumada, confortável. Estilo puramente classe média. Há uma foto emoldurada de uma floresta pendurada acima da lareira e pequeninas estatuetas de porcelana ao lado do relógio sobre a bancada da lareira. Imagino se ajudei a decorar a casa.

Ben prossegue:

— Dou aula numa escola secundária aqui perto. Agora sou chefe de departamento. — Ele diz aquilo sem nenhuma ponta de orgulho.

— E eu? — pergunto, embora na verdade saiba qual é a única resposta possível. Ele aperta a minha mão.

— Você precisou parar de trabalhar. Depois do seu acidente. Você não faz nada. — Ele deve ter percebido o meu desapontamento. — Mas não precisa. Meu salário dá para nós dois. A gente se vira. Estamos bem.

Fecho os olhos, pouso a mão na testa. Tudo isso parece demais, quero que ele se cale. Sinto como se só conseguisse processar determinada quantidade de informações e que, se ele continuar ou acrescentar mais alguma coisa, vou explodir.

"O que eu faço o dia inteiro?", tenho vontade de perguntar, mas, temendo a resposta, nada digo.

Ele termina sua torrada e leva a bandeja até a cozinha. Quando volta, está usando um sobretudo.

— Preciso ir trabalhar — avisa. Fico tensa. — Não se preocupe — continua ele. — Vai ficar tudo bem. Ligo mais tarde. Prometo. Não se esqueça de que hoje não é diferente de nenhum outro dia. Vai ficar tudo bem.

— Mas... — começo a dizer.

— Preciso ir — diz ele. — Desculpe. Antes de sair, vou lhe mostrar algumas coisas de que talvez você precise.

Na cozinha ele me mostra o que está nos armários, aponta para algumas sobras de comida na geladeira que podem servir de almoço e para um quadro de avisos na parede, ao lado de uma caneta-marcador preta amarrada em um cordão.

— Às vezes deixo recados aqui para você — diz ele. Vejo que ali está escrita a palavra "sexta-feira" em letras maiúsculas bem-feitas e caprichadas, e abaixo as palavras: "Roupa para lavar? Caminhada? (Leve o telefone!) TV?" Embaixo da palavra "Almoço", ele anotou que tem sobras de salmão na geladeira e acrescentou "Salada?". Por fim, escreveu que deve chegar às 18 horas. — Você também tem uma agenda — informa ele. — Na sua bolsa. No verso dela há vários números de telefone importantes anotados, além do nosso endereço, para o caso de você se perder. E há um telefone celular...

— Um o quê? — interrompo.

— Um telefone — diz ele. — Sem fio. Você pode usá-lo em toda parte. Fora de casa, em qualquer lugar. Está na sua bolsa. Não se esqueça de levá-lo, se for sair.

— Pode deixar.

— Certo — diz ele. Vamos até o corredor e ele apanha uma maleta de couro surrada perto da porta. — Estou indo, então.

— Certo — digo.

Não sei muito bem o que mais dizer. Eu me sinto como uma criança que não foi para a escola e ficou sozinha em casa enquanto os pais vão trabalhar. Não toque em nada, imagino ele dizendo. Não se esqueça de tomar seu remédio.

Ele vai até onde estou e me beija na bochecha. Eu não o impeço, mas também não retribuo o beijo. Ele se vira na direção da porta de entrada e está prestes a abri-la quando para.

— Oh! — exclama, olhando de novo para mim. — Quase esqueci! — Sua voz parece de repente forçada, com entusiasmo fingido. Ele está se esforçando demais para fazer aquilo parecer natural; é óbvio que esteve planejando há algum tempo o que iria dizer.

No fim, não é tão ruim quanto eu temia:

— Vamos viajar hoje à noite — diz ele. — Passar o fim de semana fora. É nosso aniversário, por isso pensei em fazer algo diferente. Tudo bem?

Faço que sim com a cabeça.

— Parece legal — respondo.

Ele sorri, parecendo aliviado.

— Dá para ficar animado com isso, hein? Um pouco de brisa do mar? Vai nos fazer bem. — Ele se vira para a porta e a abre. — Ligo mais tarde — avisa. — Para ver como você está.

— Sim — digo. — Ligue. Por favor.

— Eu amo você, Christine — diz ele. — Nunca se esqueça disso.

Ele fecha a porta depois de sair e eu me viro. Volto para a casa.

∽

Algum tempo depois, meio da manhã. Estou sentada em uma poltrona. A louça está lavada e organizada no secador, a roupa suja está na máquina. Eu me mantive ocupada.

Mas agora me sinto vazia. É verdade o que Ben disse. Não tenho memória. Nada. Não há uma só coisa nesta casa que eu me lembre de ter visto antes. Nem uma única fotografia — sejam as que rodeiam o espelho, sejam aquelas no álbum à minha frente — me desperta lembrança de quando foi tirada, não há nenhum momento com Ben de que eu me recorde, a não ser os que compartilhamos esta manhã. Minha mente parece totalmente vazia.

Fecho os olhos, tento me concentrar em alguma outra coisa. Qualquer coisa. Ontem. O Natal passado. Qualquer Natal. Meu casamento. Não há nada.

Eu me levanto. Ando pela casa, de quarto em quarto. Devagar. A esmo, como um espectro, deixando a mão roçar as paredes, as mesas, os encostos dos móveis, mas sem realmente tocá-los. "Como fiquei assim?", penso. Olho os carpetes, os tapetes estampados, as estatuetas de porcelana sobre a lareira e os pratos ornamentais arrumados sobre suportes na sala de jantar. Tento dizer a mim mesma que isso é meu. Tudo meu. Minha casa, meu marido, minha vida. Mas essas coisas não pertencem a mim. Não são parte de mim. No quarto abro o guarda-roupa e vejo uma fileira de roupas que não reconheço, penduradas de modo organizado, como versões ocas de uma mulher que eu jamais conheci. Uma mulher por cujo lar agora estou vagando, cujo sabonete e xampu usei, cuja camisola eu despi e cujos chinelos estou usando. Ela está escondida de mim, uma presença fantasmagórica, isolada e intocável. Esta manhã escolhi minha roupa de baixo cheia de culpa, vasculhando pelas calcinhas enroladas ao lado das meias-calças como se tivesse medo de ser pega. Contive a respiração quando encontrei calcinhas de seda e renda no fundo da gaveta, peças compradas tanto para serem vistas quanto para serem usadas. Depois de rearrumar as peças não usadas exatamente como eu as havia encontrado, escolhi calcinhas azul-claras que pareciam ter um sutiã combinando e coloquei os dois, antes de vestir por cima um par de meias-calças grossas, calças e uma blusa.

Então me sentei à penteadeira para examinar meu rosto no espelho, abordando meu reflexo com cautela. Investiguei as linhas da minha testa, as dobras de pele sob os meus olhos. Sorri e olhei para os meus dentes e para as rugas agrupadas ao redor da minha boca, para os pés de galinha que surgiram. Notei as manchas na minha pele, a descoloração na minha testa que parecia de um hematoma que ainda não havia sumido completamente. Encontrei maquiagem e pus um pouco. Um pouquinho de pó, um toque de blush. Imaginei uma mulher — a minha mãe, percebo agora — fazendo o mesmo, chamando aquilo de "pintura de guerra", e esta manhã, enquanto tirava o excesso de batom com um lenço de papel e retocava o rímel, a palavra pareceu apropriada. Eu sentia como se estivesse indo para uma espécie de batalha, ou como se alguma batalha estivesse vindo até mim.

Mandando-me para a escola. Aplicando maquiagem. Tentei pensar na minha mãe fazendo outra coisa. Nada veio. Vi apenas um vazio, enormes lacunas entre minúsculas ilhas de lembranças, anos de vazio.

Agora, na cozinha, abro os armários: embalagens de macarrão, pacotes de um arroz rotulado como arbóreo, latas de feijão. Não reconheço essa comida. Eu me lembro de comer torrada com queijo derretido, peixe cozido em saquinhos, sanduíches de carne enlatada. Retiro uma lata rotulada de grão-de-bico, um sachê de algo chamado *couscous*. Não sei o que são essas coisas, que dirá como cozinhá-las! Como então sobrevivo como esposa?

Olho para o quadro de avisos que Ben me mostrou antes de sair. Ele tem uma cor acinzentada suja; nele palavras foram rabiscadas e depois apagadas, substituídas, revisadas, e cada uma deixou ali um resíduo fraco. Fico pensando o que eu iria achar se pudesse voltar e decifrar as camadas, se fosse possível investigar o meu passado dessa maneira, se seria inútil. Estou certa de que tudo o que eu iria encontrar seriam recados e listas de compras a fazer, de tarefas a cumprir.

"Isso é de fato a minha vida?", penso. Será isso tudo o que eu sou? Pego a caneta-marcador e acrescento mais um recado ao quadro. *Fazer as malas para hoje à noite?* Não é um grande lembrete, mas é meu.

Ouço um barulho. Uma música, vindo da minha bolsa. Abro-a e esvazio seu conteúdo no sofá. Minha bolsa, alguns lenços de papel, canetas, um batom. Um pó compacto, o recibo de compra de dois cafés. Uma agenda quadrada de apenas cinco centímetros com uma estampa de flores na frente e um lápis na lombada.

Encontro algo que adivinho ser o telefone que Ben descreveu — é pequeno, de plástico, com um teclado que o faz parecer um brinquedo. Está tocando, a tela piscando. Aperto o que espero ser o botão certo.

— Alô? — digo. A voz que responde não é a de Ben.

— Oi. Christine? É Christine Lucas quem está falando?

Não quero responder. Meu sobrenome parece tão estranho quanto meu primeiro nome havia parecido. Sinto como se qualquer chão firme que eu porventura houvesse conquistado tivesse sumido de novo, substituído por areia movediça.

— Christine? Você está aí?

Quem pode ser? Quem sabe onde estou, quem eu sou? Percebo que pode ser qualquer pessoa. Sinto o pânico se avolumar dentro de mim. Meu dedo paira sobre o botão que encerrará a chamada.

— Christine? Sou eu. Dr. Nash. Por favor, responda.

Esse nome não significa nada para mim, mas mesmo assim digo:

— Quem é?

A voz assume um novo tom. Alívio?

— É o Dr. Nash — responde ele. — Seu médico.

Outro ataque de pânico.

— Meu médico? — repito. Não estou doente, tenho vontade de acrescentar, mas nem mesmo disso estou certa. Sinto minha mente começar a girar.

— Sim — responde ele. — Mas não se preocupe. Estamos apenas trabalhando a sua memória. Não há nada de errado.

Noto a palavra que ele usou. *Estamos*. Então ele é mais uma pessoa de quem não tenho lembrança.

— Que tipo de trabalho? — pergunto.

— Estou tentando ajudar você a melhorar as coisas — responde ele. — Tentando descobrir exatamente o que provocou seus problemas de memória e se existe algo que possamos fazer a respeito.

Faz sentido, embora outro pensamento me ocorra. Por que Ben não mencionou esse médico antes de sair esta manhã?

— De que maneira? — pergunto. — O que estamos fazendo?

— Nós estivemos nos encontrando ao longo das últimas semanas. Duas vezes por semana, mais ou menos.

Não parece possível. Outra pessoa que vejo regularmente e que não deixou nenhuma impressão em mim.

Mas nunca vi você, sinto vontade de dizer. Você poderia ser qualquer um.

O mesmo vale para o homem com quem acordei esta manhã, e no fim das contas ele era meu marido.

— Eu não me lembro — digo, em vez disso.

A voz dele se suaviza.

— Não se preocupe. Eu sei. — Se o que ele diz é verdade, então ele deve entender isso tão bem quanto qualquer um. Ele explica que nosso próximo encontro é hoje.

— Hoje? — Penso no que Ben me disse esta manhã, na lista de tarefas escrita no quadro na cozinha. — Mas meu marido não me disse nada. — Percebo que é a primeira vez que eu me refiro dessa maneira ao homem com quem acordei.

Uma pausa, e então o Dr. Nash diz:

— Não tenho certeza se Ben sabe que você está se consultando comigo.

Noto que ele sabe o nome do meu marido, mas digo:

— Isso é ridículo! Como ele não saberia? Ele teria me avisado!

Um suspiro.

— Você precisa confiar em mim — diz ele. — Posso explicar tudo quando nos virmos. Estamos fazendo um bom progresso.

Quando nos virmos. Como será possível nos encontrarmos? A ideia de sair sem Ben, sem que ele sequer saiba onde estou ou com quem estou, me aterroriza.

— Sinto muito — digo. — Não posso.

— Christine — insiste ele —, é importante. Se você olhar na sua agenda, verá que o que estou dizendo é verdade. Você está com ela aí? Deve estar na sua bolsa.

Apanho o livrinho floral no sofá, onde ele havia caído, e sinto o choque ao ver o ano impresso na capa em letras douradas. Dois mil e sete. Vinte anos depois do que deveria ser.

— Sim.

— Olhe a data de hoje — pede ele. — Trinta de novembro. Você verá marcado o nosso encontro.

Não entendo como pode ser novembro — e amanhã, dezembro — mas mesmo assim folheio as páginas, finas como lenços de papel, até a data de hoje. Ali, enfiado entre as páginas, há um papel, e nele, anotadas em uma caligrafia que não reconheço, as palavras *30 de novembro — encontro com Dr. Nash*. Abaixo delas estão as palavras *Não conte a Ben*. Eu me pergunto se Ben as leu, se ele olha as minhas coisas.

Decido que não há motivo para ele fazer isso. Os outros dias estão em branco. Nenhum aniversário, nenhuma saída à noite, nenhuma festa. Será possível que isso realmente descrevesse a minha vida?

— Certo — digo.

Ele explica que virá me apanhar em casa, que sabe onde eu moro e que estará aqui dentro de uma hora.

— Mas meu marido... — começo a dizer.

— Tudo bem. Estaremos de volta antes de ele chegar do trabalho. Prometo. Confie em mim.

O relógio sobre a lareira badala e eu olho para ele. É antiquado, um grande disco emoldurado em madeira, com algarismos romanos. Ali diz 11h30. Ao lado está uma chave para dar corda, algo que, suponho, Ben deve se lembrar de fazer todas as noites. Parece velho o bastante para ser uma antiguidade, e fico pensando como terminamos donos de um relógio desses. Talvez ele não tenha história alguma, ou pelo menos não conosco, e seja simplesmente algo que vimos certa vez em uma loja ou barraquinha e que um de nós gostou. Provavelmente Ben, acho. Percebo que não gosto do relógio.

"Vou me encontrar com ele só dessa vez", penso. E aí, hoje à noite, quando Ben chegar em casa, conto tudo. Não posso acreditar que eu esteja escondendo algo desse tipo dele. Não quando dependo dele tão completamente.

Porém, existe uma familiaridade esquisita na voz do Dr. Nash. Ao contrário de Ben, ele não me parece completamente estranho. Eu me dou conta de que é quase mais fácil acreditar que já o vi antes do que acreditar que já convivi com meu marido.

Estamos fazendo progresso, disse ele. Preciso saber a que tipo de progresso ele se refere.

— Certo — digo. — Pode vir.

⁊

Ao chegar, o Dr. Nash sugere sairmos para um café.

— Está com sede? — pergunta ele. — Acho que não faz muito sentido ir ao meu consultório. Hoje eu prefiro conversar mais com você, seja como for.

Meneio a cabeça, dizendo que sim. Eu estava no quarto quando ele chegou, e o observei estacionar o carro e trancá-lo. Vi-o arrumar o cabelo, alisar o paletó e pegar a maleta. "Não é ele", pensei quando ele cumprimentou com um aceno de cabeça os trabalhadores que descarregavam ferramentas de um furgão, mas então ele subiu a trilha da entrada da nossa casa. Parecia jovem — jovem demais para ser médico — e, embora eu não soubesse que roupas esperava que ele estivesse usando, não seriam aquele paletó esportivo e calças de veludo.

— Há um parque no fim da rua — disse ele. — Acho que lá tem um café. Vamos?

Caminhamos lado a lado. O frio é intenso e fecho mais o cachecol em torno do meu pescoço. Fico feliz por ter na bolsa o telefone celular que Ben me deu. Feliz também pelo Dr. Nash não ter insistido que fôssemos de carro a algum lugar. Parte de mim confia neste homem, mas outra parte, maior ainda, me diz que ele pode ser qualquer um. Um desconhecido.

Sou adulta, mas uma adulta danificada. Seria fácil para esse homem me levar a algum lugar, embora eu não saiba para quê. Sou tão vulnerável quanto uma criança.

Chegamos na via movimentada que separa o fim da minha rua do parque em frente e aguardamos para atravessar. O silêncio entre nós dois parece opressor. Eu pensava em esperar até sentarmos para perguntar-lhe, mas me vejo falando:

— Que tipo de médico você é? O que você faz? Como me encontrou?

Ele olha para mim.

— Sou neuropsicólogo — informa ele, sorrindo. Talvez eu fizesse essa mesma pergunta todas as vezes em que nos encontramos. — Sou especialista em pacientes com problemas cerebrais, com interesse em algumas das técnicas mais recentes de neuroimagens funcionais. Há um bom tempo me interesso particularmente em pesquisar o processamento e o funcionamento da memória. Ouvi falar a seu respeito lendo estudos sobre o assunto e descobri onde encontrá-la. Não foi tão difícil assim.

Um carro dobra a curva no fim da rua e vem em nossa direção.

— Estudos?

— Sim. Escreveram uns dois estudos de caso a seu respeito. Entrei em contato com o local onde você estava sendo tratada antes de voltar para casa.

— Por quê? Por que quis me encontrar?

Ele sorri.

— Porque achei que poderia ajudá-la. Trabalho com pacientes com esse tipo de problema há algum tempo. Acredito que eles podem ser ajudados; contudo, requerem trabalho mais intensivo do que a costumeira carga de uma hora semanal. Eu tinha algumas ideias sobre como poderíamos obter melhorias significativas e quis experimentar algumas delas. — Ele faz uma pausa. — Além disso, estou escrevendo um artigo sobre o seu caso. O artigo definitivo, pode-se dizer. — Ele começa a rir, mas para quando não o acompanho. Pigarreia. — Seu caso é incomum. Acredito que podemos descobrir muito mais do que sabemos hoje sobre o modo como funciona a memória.

O carro passa e atravessamos a rua. Sinto que começo a ficar ansiosa, na defensiva. "Problemas cerebrais. Pesquisas. Descobri onde encontrá-la." Tento respirar, relaxar, mas percebo que não consigo. Há duas de mim, agora, no mesmo corpo: uma delas é uma mulher de 47 anos, calma, educada, ciente do tipo de comportamento que é apropriado e do que não é, enquanto a outra tem 20 e poucos anos e quer gritar. Não consigo decidir qual das duas eu sou, mas o único ruído que escuto é o do trânsito distante e dos gritos das crianças no parque, portanto suponho que eu devo ser a primeira.

Já do outro lado da rua, paro e pergunto:

— Olha, o que está acontecendo? Acordei hoje de manhã em um lugar que nunca havia visto antes, mas que aparentemente é a minha casa, deitada ao lado de um homem que nunca vi, mas que me diz que está casado comigo há anos. E você parece saber mais sobre mim do que eu mesma.

Ele assente, em silêncio.

— Você tem amnésia — explica, pousando a mão sobre o meu braço. — Há muito tempo. Não consegue reter novas lembranças, portanto esqueceu boa parte do que aconteceu com você ao longo de toda a sua vida adulta. Todos os dias você acorda pensando que é uma mulher jovem. Em alguns dias, você acorda pensando que é uma criança.

De algum modo aquilo parece pior, vindo dele. De um médico.

— Então é verdade?

— Receio que sim. Sim. O homem na sua casa é seu marido. Ben. Você está casada com ele há anos. Desde bem antes do início da sua amnésia.

Faço um gesto de concordância.

— Vamos?

Digo que sim e caminhamos parque adentro. Uma trilha circunda sua borda e há um parquinho ali perto, próximo de um chalé de onde vejo gente saindo, levando bandejas com lanches. Entramos e eu me sento a uma das mesas de fórmica desgastadas, enquanto o Dr. Nash pede nossas bebidas.

Ao retornar, ele traz dois copos de plástico cheios de café forte, o meu puro, o dele com leite. Ele acrescenta açúcar do açucareiro sobre a mesa, mas não me oferece, e é isso, mais do que qualquer outra coisa, que me convence de que já nos encontramos antes. Ele ergue o olhar e me pergunta como bati a testa.

— O quê...? — pergunto de início, mas então me lembro do hematoma que vi esta manhã. Obviamente minha maquiagem não o escondeu bem. — Isso? — digo. — Não tenho muita certeza. Não é nada, na verdade. Não dói.

Ele não responde. Mexe seu café.

— Então meu marido cuida de mim em casa? — pergunto.

Ele olha para mim.

— Sim, embora nem sempre tenha sido dessa maneira. No começo, seu estado era tão grave que exigia cuidados durante 24 horas. Apenas recentemente Ben sentiu que podia cuidar de você sozinho.

Então minha situação atual já é uma melhora. Fico feliz por não conseguir me lembrar da época em que as coisas estavam piores.

— Ele deve me amar muito — digo, mais para mim mesma do que para Nash.

Ele assente. Silêncio. Nós dois bebericamos o café.

— Sim. Creio que deve, sim.

Sorrio e olho para baixo, para as minhas mãos que seguram a bebida quente, para a aliança de ouro, para as unhas curtas, para minhas pernas educadamente cruzadas. Não reconheço meu próprio corpo.

— Por que meu marido não sabe que estou me encontrando com você?

Ele suspira, depois fecha os olhos.

— Vou ser sincero — diz ele, cruzando as mãos e se inclinando para a frente. — No começo, pedi que você não contasse a Ben que estava se consultando comigo.

Um raio de medo me atravessa, quase como um eco. Porém, o Dr. Nash não me parece indigno de confiança.

— Continue — peço. Quero acreditar que ele pode me ajudar.

— Várias pessoas — médicos, psiquiatras, psicólogos e outros profissionais do tipo — abordaram você e Ben antes, para tratá-la. Mas ele sempre foi extremamente relutante em deixar você se consultar com esses profissionais. Deixou bem claro que você já passou por um tratamento intensivo e que, na opinião dele, isso não surtiu efeito algum além de deixá-la frustrada. Naturalmente ele desejava poupar você — e ele mesmo — de futuras frustrações.

É claro; ele não quer que eu tenha esperanças infundadas.

— Então você me convenceu a encontrá-lo sem ele saber?

— Sim. De início eu procurei Ben. Conversamos ao telefone. Inclusive pedi para que nós dois nos encontrássemos, para que eu pudesse explicar o que podia oferecer, mas ele se recusou. Então entrei em contato diretamente com você.

Outro raio de medo, como se vindo do nada.

— Como? — pergunto.

Ele olha para baixo, para o seu café.

— Fui encontrá-la. Esperei até que você saísse de casa e então me apresentei.

— E eu concordei em me consultar com você? Assim, simplesmente?

— No começo, não. Não. Precisei convencê-la de que você poderia confiar em mim. Sugeri que nos encontrássemos uma vez, para uma única sessão. Sem Ben saber, se preciso fosse. Eu disse que explicaria por que eu desejava que você se tratasse comigo, e o que eu achava que poderia lhe oferecer.

— E eu concordei...

Ele olhou para mim.

— Sim. Eu lhe disse que depois dessa primeira consulta ficaria completamente a seu critério decidir se contaria a Ben, mas se você decidisse não contar, eu ligaria para lembrá-la das consultas e coisas assim.

— E eu optei por não contar.

— Sim. Isso mesmo. Você disse que queria esperar até fazermos algum progresso para então contar a ele. Achou que era melhor.

— E estamos?

— O quê?

— Fazendo progresso?

Ele bebe um pouco mais de café, depois pousa o copo de novo na mesa.

— Acredito que sim, estamos. Embora o progresso seja algo difícil de quantificar com precisão. Mas nas últimas semanas você parece ter recuperado diversas lembranças — muitas delas pela primeira vez, pelo que sabemos. E há certos fatos de que você tem tido consciência mais regularmente do que antes. Por exemplo, de vez em quando você acorda e se lembra de que está casada. E...

— Ele faz uma pausa.

— E...? — repito.

— E, bem, você está conseguindo ficar mais independente, acho.

— Independente?

— Sim. Não depende mais de Ben tanto quanto antes. Nem de mim.

É isso, penso. É a esse progresso que ele se refere. Independência. Talvez ele queira dizer que posso ir a lojas ou à livraria sem um cicerone, embora neste exato momento eu não saiba sequer se isso é verdade. De todo modo, ainda não fiz progresso suficiente para mostrar com orgulho ao meu marido. Nem mesmo o suficiente para sempre acordar sabendo que tenho um.

— Só isso?

— É importante — diz ele. — Não subestime isso, Christine.

Não digo nada. Tomo um gole da minha bebida e olho ao redor. O café está quase vazio. Da pequena cozinha nos fundos vêm vozes, o ruído ocasional da água em algum recipiente começando a ferver, o barulho de crianças brincando à distância. É difícil acreditar que este lugar seja tão perto da minha casa e, contudo, eu não tenha lembrança de ter estado aqui antes.

— Você disse que estamos nos encontrando há algumas semanas — digo ao Dr. Nash. — Então o que estamos fazendo?

— Você se lembra de alguma coisa das nossas sessões anteriores? O mínimo que seja?

— Não — respondo. — Nada. Para mim, é a primeira vez que eu encontro você.

— Desculpe a pergunta — diz ele. — Como eu disse, às vezes você tem lampejos de lembranças. Parece que isso ocorre mais em alguns dias do que em outros.

— Não entendo. Não me recordo de jamais haver encontrado você, nem do que aconteceu ontem, nem anteontem, nem no ano passado. Porém, sou capaz de me lembrar de certas coisas de muito tempo atrás. Minha infância. Minha mãe. Eu me lembro de ter estudado numa universidade. Não entendo como essas lembranças tão antigas podem ter sobrevivido, quando tudo o mais se apagou.

Ele assente enquanto me questiono. Não duvido que já tinha ouvido aquilo antes. Provavelmente lhe pergunto a mesma coisa toda semana. Provavelmente sempre temos a mesmíssima conversa.

— A memória é algo complexo — diz ele. — Os seres humanos possuem uma memória de curto prazo, que é capaz de armazenar fatos e informações por mais ou menos um minuto, além de uma memória de longo prazo, na qual podemos armazenar enormes quantidades de informações e retê-las por uma extensão de tempo aparentemente indefinida. Sabemos hoje que essas duas funções parecem ser controladas por diferentes regiões do cérebro, com algumas conexões neurais entre elas. Existe também uma área do cérebro que parece ser responsável por codificar as lembranças transitórias, de curto prazo, em memórias de longo prazo, para consultar depois.

Ele fala com desenvoltura e rapidez, como se estivesse agora trilhando terreno conhecido. Eu devo ter sido assim um dia, suponho; segura de mim mesma.

— Há dois tipos principais de amnésia — continua ele. — O mais comum é que a pessoa afetada não seja capaz de relembrar acontecimentos passados, sendo os fatos mais recentes os mais gravemente afetados. Portanto, por exemplo, se a pessoa sofre um acidente de trânsito, pode não se lembrar do acidente nem dos dias ou das semanas anteriores a ele, mas se lembra perfeitamente de tudo até, digamos, seis meses antes dele.

Assinto.

— E o outro tipo?

— O outro é mais raro — explica ele. — Às vezes ocorre a incapacidade de transferir lembranças da região de armazenamento da memória de curto prazo para a de longo prazo. As pessoas nessa condição vivem o momento, são capazes de lembrar apenas o passado imediato — e apenas por um curto período de tempo.

Ele para de falar, como se esperasse que eu dissesse alguma coisa. Como se cada um tivesse a sua fala, como se tivéssemos ensaiado essa conversa com frequência.

— Eu tenho ambas? — pergunto. — A perda das lembranças que eu tinha, mais a incapacidade de formar novas?

Ele pigarreia:

— Sim, infelizmente. Não é comum, mas perfeitamente possível. O que é incomum no seu caso, porém, é o padrão da sua amnésia. Em geral você não tem nenhuma lembrança consistente de nada do que aconteceu depois da sua infância, mas parece processar as novas lembranças de um modo que nunca vi antes. Se eu saísse daqui agora e voltasse em dois minutos, a maioria das pessoas que têm amnésia anterógrada não se lembraria sequer de ter me visto, com certeza não hoje. Mas você parece se lembrar de períodos inteiros de tempo — de até 24 horas —, cuja lembrança depois você perde. Isso não é comum.. Para ser sincero, não faz nenhum sentido, considerando o modo como acreditamos que a memória funciona. Isso sugere que você seja perfeitamente capaz de transferir as lembranças da região de curto prazo para a de longo prazo. Não entendo por que não consegue retê-las.

Eu posso estar vivendo uma vida estilhaçada, mas ao menos está estilhaçada em pedaços grandes o suficiente para que eu mantenha uma impressão de independência. Acho que isso significa que tenho sorte.

— Por quê? — pergunto. — O que provocou isso?

Ele não diz nada. O ambiente fica em silêncio. O ar parece imóvel, viscoso. Quando ele torna a falar, suas palavras parecem ecoar pelas paredes.

— Muitas coisas podem provocar deficiência de memória — explica. — Seja na de longo ou na de curto prazo. Doenças, traumas, drogas. A natureza exata da deficiência parece diferir dependendo da região do cérebro que foi afetada.

— Sim — digo. — Mas o que provocou a minha?

Ele me olha por um instante.

— O que Ben lhe contou?

Recordo nossa conversa no quarto. "Um acidente", dissera ele. "Um acidente terrível."

— Ele na verdade não me disse nada — digo. — Nada específico, pelo menos. Só disse que eu sofri um acidente.

— Sim — diz ele, alcançando a maleta sobre a mesa. — Sua amnésia foi provocada por um trauma. Isso é verdade, ao menos em parte. — Ele abre a maleta e retira um caderno. Inicialmente penso se ele irá consultar suas anotações, mas em vez disso ele me passa o caderno por cima da mesa. — Olhe. Quero que fique com isso — diz ele. — Vai explicar tudo. Melhor do que eu poderia explicar. Sobre o que provocou sua condição, principalmente. Mas outras coisas também.

Eu o apanho das mãos dele. É marrom, encadernado em couro, e suas páginas se mantêm bem fechadas por uma tira de elástico. Eu a retiro e o abro ao acaso. O papel é grosso e suavemente pautado, com margem vermelha, e as páginas estão preenchidas por uma caligrafia densa.

— O que é isso? — pergunto.

— Um diário — responde ele. — Em que você tem escrito nas últimas semanas.

Fico chocada.

— Um diário? — Eu me pergunto por que ele teria ficado com o Dr. Nash.

— Exato. Um registro do que fizemos recentemente. Pedi que você anotasse aí. Temos nos esforçado bastante para tentar descobrir exatamente como sua memória se comporta. Achei que poderia ser útil se você registrasse o que temos feito.

Olho para o caderno à minha frente.

— Então eu escrevi isso?

— Sim. Eu lhe disse para escrever o que quisesse. Muitos amnésicos já tentaram fazer coisas semelhantes, mas em geral isso não ajuda tanto quanto seria de se esperar, já que eles possuem um intervalo muito pequeno de memória. Mas, uma vez que você consegue se lembrar de algumas coisas durante um dia inteiro, não vi por que não devesse fazer anotações todas as noites. Achei que poderia ajudá-la a manter o fio da memória de um dia para o outro. Além disso, achei que a memória talvez fosse como um músculo, algo que pode ser fortalecido com exercícios.

— E você o tem lido, no decorrer do processo?

— Não. Você tem escrito o diário sozinha.

— Mas como...? — começo a dizer, mas me interrompo: — Ben está me lembrando de escrever nele?

Ele balança a cabeça:

— Eu sugeri que você mantivesse o diário em segredo — explica. — Você o esconde em casa. Eu ligo para lhe dizer em que lugar.

— Todos os dias?

— Sim. Mais ou menos.

— E Ben...?

Ele faz uma pausa, depois diz:

— Não. Ben não o leu.

Fico pensando por que não, o que aquilo poderia conter que eu não desejo que meu marido veja. Que segredos posso ter? Segredos que nem eu mesma sei.

— Mas você o leu, não é?

— Você o deixou comigo há alguns dias — diz ele. — Disse que queria que eu o lesse. Que era hora.

Olho para o caderno. Fico empolgada: um diário. Um elo para o meu passado perdido, embora recente.

— Você leu tudo?

— Sim. A maior parte. Acho que li tudo de importante, pelo menos. — Ele faz uma pausa e olha para o outro lado, coçando a nuca. Constrangido, acho. Fico pensando se ele me disse a verdade, o que o diário conteria. Ele termina o restinho de sua xícara de café e diz:

— Eu não obriguei você a me deixar lê-lo. Quero que saiba disso.

Assinto, depois termino o resto do meu café em silêncio, folheando as páginas do diário enquanto isso. Na contracapa há uma lista de datas.

— O que é isso? — indago.

— As datas de nossos encontros anteriores — responde ele. — Além das datas futuras. Costumo ligar para você, pedindo que olhe no seu diário.

Lembro do bilhete amarelo que encontrei hoje enfiado entre as páginas da minha agenda.

— E hoje?

— Hoje eu estava com o seu diário — diz ele. — Portanto escrevemos um bilhete em vez disso.

Faço que sim com a cabeça e espio o restante do diário. Está repleto de anotações com uma caligrafia densa que não reconheço. Páginas e mais páginas. Dias e dias de trabalho.

Eu me pergunto como encontrei tempo, mas então penso no quadro de avisos da cozinha e a resposta é óbvia: não tenho mais nada para fazer.

Volto a pousar o diário na mesa. Um rapaz de jeans e camiseta entra e olha para onde estamos sentados, antes de pedir uma bebida e se acomodar em uma mesa com o jornal. Não me olha uma segunda vez, e meu eu de 20 anos fica desiludido. Tenho a sensação de ser invisível.

— Vamos? — pergunto.

Voltamos pelo mesmo caminho por que chegamos. Agora o céu está coberto de nuvens, e uma névoa fina paira no ar. O solo está úmido e macio; a sensação que tenho é de andar sobre areia movediça. No parquinho vejo um gira-gira rodando devagar, muito embora ninguém esteja ali.

— Nós não costumamos nos encontrar aqui? — pergunto, quando chegamos à rua. — No café, quero dizer?

— Não. Normalmente nos encontramos em meu consultório. Fazemos exercícios, testes e coisas do gênero.

— Então por que aqui, hoje?

— Eu queria apenas devolver o seu diário, na verdade — diz ele. — Estava preocupado por você não estar com ele.

— Agora eu dependo dele? — pergunto.

— De certa maneira, sim.

Atravessamos a rua e voltamos andando até a casa que divido com Ben. Vejo o carro do Dr. Nash, ainda estacionado onde ele o havia deixado — no jardinzinho em frente à nossa janela —, a pequena trilha e os canteiros de flores bem cuidados. Ainda não consigo acreditar direito que este é o lugar onde moro.

— Quer entrar? — pergunto. — Beber mais alguma coisa?

Ele nega com a cabeça.

— Não. Não, obrigado. Preciso ir. Julie e eu temos planos para hoje à noite.

Ele fica parado um instante, olhando para mim. Observo seu cabelo, curto, bem partido, e como sua camisa tem listras verticais que brigam com as listras horizontais do seu pulôver. Percebo que ele é apenas alguns anos mais velho do que eu achava que eu era ao acordar esta manhã.

— Julie é a sua mulher?

Ele sorri e faz que não.

— Não, minha namorada. Na verdade, minha noiva. Estamos noivos. Toda hora me esqueço disso.

Sorrio para ele também. Esses são os detalhes que eu devo lembrar, suponho. As pequenas coisas. Talvez sejam essas trivialidades que eu anoto em meu diário, esses ganchinhos nos quais uma vida inteira se dependura.

— Parabéns — elogio, e ele agradece.

Sinto como se eu devesse fazer mais perguntas, demonstrar mais interesse, mas há pouco sentido nisso. Qualquer coisa que ele me diga agora, eu terei esquecido quando acordar amanhã. O dia de hoje é tudo o que eu tenho.

— Bem, de qualquer modo preciso voltar — digo. — Vamos viajar neste fim de semana. Para a praia. Preciso fazer as malas mais tarde...

Ele sorri.

— Até logo, Christine — diz. Ele vira-se para partir, mas então volta. — No seu diário tem meus telefones anotados. Na frente. Ligue se quiser me ver novamente. Para continuar seu tratamento, eu quero dizer. Certo?

— Se? — repito. Lembro do meu diário, dos encontros que marquei a lápis entre o dia de hoje e o final do ano. — Achei que tínhamos mais sessões marcadas.

— Você vai entender quando ler — diz ele. — Tudo fará sentido. Prometo.

— Certo — digo.

Percebo que confio nele e fico feliz. Feliz por não ter apenas o meu marido com quem contar.

— Fica a seu critério, Christine. Pode ligar sempre que quiser.

— Pode deixar — digo, e então ele dá tchau, entra no carro e, olhando por cima do ombro, manobra e vai embora.

Preparo uma xícara de café e a levo até a sala. Lá fora ouço assovios, pontuados pelo barulho intenso de perfuração e, de vez em quando, uma risada forte, mas até mesmo isso se transforma em um zumbido suave enquanto me sento na poltrona. O sol atravessa fracamente as cortinas finas e sinto seu calor fraco sobre os braços e as coxas. Tiro o diário da bolsa.

Estou nervosa. Não sei o que haverá neste diário. Que tipo de surpresa, mistério. Vejo o álbum de fotos na mesa de centro. Naquele livro está uma versão do meu passado, porém uma versão que foi selecionada por Ben. Será que o caderno que seguro contém outra versão? Eu o abro.

A primeira página não tem pauta. Escrevi meu nome com caneta preta no meio dela. *Christine Lucas.* É de se admirar que eu não tenha escrito *Particular!* embaixo. Ou então *Mantenha distância!*

Algo mais foi acrescentado. Algo inesperado, aterrorizante. Mais aterrorizante do que qualquer coisa que vi hoje. Ali, sob o meu nome, em caneta preta e letras maiúsculas, estão quatro palavras.

NÃO CONFIE EM BEN.

Não há nada que eu possa fazer a não ser virar a página. Começo a ler a minha história.

Parte Dois

O diário de Christine Lucas

Sexta-feira, 9 de novembro

Meu nome é Christine Lucas. Tenho 47 anos. Sou amnésica. Estou sentada aqui, nesta cama estranha, escrevendo a minha história vestida com uma camisola de seda que parece que o homem lá embaixo — que me diz ser meu marido e se chamar Ben — comprou para mim no meu 47º aniversário. O quarto está em silêncio, e a única luz vem do abajur sobre a mesa de cabeceira — um brilho alaranjado suave. Sinto como se eu estivesse flutuando, suspensa em uma poça de luz.

Fechei a porta do quarto. Estou escrevendo isso em segredo. Escondida. Posso ouvir meu marido na sala — o barulho suave do sofá quando ele se ajeita ou se levanta, uma tosse de vez em quando, educadamente contida —, mas esconderei este diário se ele subir as escadas. Vou colocá-lo embaixo da cama ou do travesseiro. Não quero que ele veja que estou escrevendo aqui. Não quero ter de lhe explicar como eu o consegui.

Olho para o relógio na mesa de cabeceira. São quase 11 horas; preciso escrever rápido. Imagino que logo irei ouvir a televisão ser desligada, o ranger do assoalho quando Ben atravessar a sala, o barulho dele desligando o interruptor. Será que ele iria até a cozinha fazer um sanduíche ou beber um copo d'água? Ou virá direto para a cama? Não sei. Não conheço seus hábitos. Não conheço nem sequer os meus.

Porque não tenho memória. Segundo Ben, segundo o médico que encontrei esta tarde, quando eu dormir hoje à noite minha mente apagará tudo o que sei hoje. Tudo o que fiz hoje. Acordarei amanhã como acordei hoje. Achando que ainda sou uma criança. Achando que ainda tenho uma vida inteira de escolhas pela frente.

E então irei descobrir, mais uma vez, que estou errada. Minhas escolhas já foram feitas. Metade da minha vida ficou para trás.

O médico se chama Dr. Nash. Ele me ligou de manhã, veio me apanhar de carro, me levou até um consultório. Quando ele me perguntou, eu lhe disse que nunca o havia visto antes na vida; ele sorriu — embora não de modo agressivo — e abriu o computador que estava sobre sua mesa.

Ele passou um filme. Um trecho de um vídeo. Mostrava nós dois sentados, com roupas diferentes, mas nas mesmas poltronas, no mesmo consultório. No filme ele me entregava um lápis e me pedia para desenhar formas em um papel, mas só podendo olhá-las por um espelho, de modo que tudo parecesse ao contrário. Percebi que achei aquilo difícil, mas assistindo agora tudo o que eu via foram os meus dedos enrugados e o brilho da aliança na minha mão esquerda. Quando terminei, ele pareceu satisfeito. "Você está ficando mais rápida", disse ele no vídeo, depois acrescentou que, em algum lugar, no fundo, bem no fundo, eu devo estar me lembrando dos efeitos de semanas de prática, mesmo que não me lembre de haver praticado. "Isso significa que sua memória de longo prazo deve estar operante em algum nível", disse ele. Então eu sorri, mas não parecia feliz. O filme terminou.

O Dr. Nash fechou o computador. Informou que vínhamos nos encontrando havia algumas semanas, que tenho um grave dano em uma coisa chamada memória episódica. Explicou que isso significa que não consigo me lembrar de acontecimentos ou detalhes autobiográficos, e me disse que em geral isso se deve a algum tipo de problema neurológico. Estrutural ou químico, disse ele. Ou a um desequilíbrio hormonal. É muito raro, e pareço ter sido afetada de modo particularmente grave. Quando lhe perguntei quão grave, ele me disse que em certos dias não consigo me lembrar de quase nada além da primeira infância. Pensei na manhã de hoje, quando acordei sem memória nenhuma da minha vida adulta.

— Em certos dias? — repeti.

Ele não respondeu, e seu silêncio me disse o que ele realmente quisera dizer:

A maioria dos dias.

Ele falou que existiam tratamentos para a amnésia persistente — medicamentos, hipnose —, mas a maior parte já havia sido tentada.

— Porém, sua situação é singular. Você pode se ajudar, Christine — disse ele, e, quando lhe perguntei por quê, ele me respondeu que é porque sou diferente da maioria dos amnésicos. — Seu padrão de sintomas não indica que suas memórias estejam perdidas para sempre — explicou ele. — Você é capaz de se lembrar das coisas durante algumas horas. Até dormir. Você pode até mesmo tirar uma soneca e ainda assim se lembrar das coisas ao acordar, desde que não tenha entrado em sono profundo. Isso é bastante incomum. A maioria dos amnésicos só consegue reter as lembranças por poucos segundos...

— E? — perguntei.

Ele empurrou um caderno marrom por cima da mesa, na minha direção.

— Acho que pode ser válido documentar seu tratamento, seus sentimentos, quaisquer impressões ou lembranças que lhe ocorram. Aqui.

Eu estiquei o braço e apanhei o caderno das mãos dele. As páginas estavam em branco.

"Então esse é o meu tratamento?", pensei. "Escrever um diário? Quero me lembrar das coisas, não apenas registrá-las."

Ele deve ter percebido minha decepção.

— Também espero que o ato de escrever suas lembranças possa desencadear outras — disse ele. — O efeito talvez seja cumulativo.

Fiquei em silêncio por um instante. Que escolha eu tinha, na verdade? Era manter um diário ou ficar como estou para sempre.

— Certo — concordei. — Vou fazer isso.

— Ótimo — disse ele. — Anotei os meus telefones na frente do diário. Ligue caso fique confusa.

Apanhei o caderno das mãos dele e disse que ligaria. Houve uma longa pausa, e então ele falou:

— Temos feito um belo trabalho em cima da sua primeira infância. Olhamos fotos. Coisas assim. — Eu nada disse, e ele apanhou uma foto do porta-arquivos à sua frente. — Hoje gostaria que você olhasse para isso aqui — pediu. — Reconhece?

Era a foto de uma casa. De início pareceu completamente desconhecida para mim, mas então vi o degrau desgastado que levava à porta de entrada e subitamente eu a reconheci. Era a casa onde eu havia crescido, aquela onde, esta manhã, achara que eu estava acordando. Parecia diferente, de algum modo menos real, mas era inconfundível. Engoli em seco.

— É onde morei quando criança — respondi.

Ele fez que sim e me disse que a maior parte das minhas primeiras lembranças não havia sido afetada. Pediu que eu descrevesse o interior da casa.

Eu lhe contei o que eu lembrava: que a porta de entrada dava direto na sala de estar, que havia uma pequena sala de jantar nos fundos da casa, que os visitantes eram orientados a usar a alameda que separava a nossa casa da dos vizinhos e entrar pela cozinha, nos fundos.

— Que mais? — perguntou ele. — E o andar de cima?

— Dois quartos — respondi. — Um na frente, outro nos fundos. O banheiro ficava depois da cozinha, atrás da casa. Antes era um cômodo separado, até ser integrado com o resto por duas paredes de tijolo e um telhado de plástico ondulado.

— Que mais?

Eu não sabia o que ele estava procurando.

— Não tenho muita certeza... — eu disse.

Ele perguntou se eu me lembrava de mais algum detalhe.

Então me veio a lembrança.

— Minha mãe tinha na despensa um pote com a palavra *Açúcar* escrita — eu disse. — Ela costumava guardar dinheiro ali, escondia-o na prateleira de cima. Lá havia geleias também. Ela mesma fazia. A gente costumava apanhar frutinhas silvestres de um bosque pelo qual passávamos de carro. Não lembro onde. Nós três entrávamos no bosque e apanhávamos amoras. Sacos e mais sacos. Aí minha mãe as fervia e fazia geleia.

— Ótimo — disse ele, assentindo. — Excelente! — Ele anotava na pasta à sua frente. — E essas aqui?

Ele me mostrou outras duas fotos. Uma de uma mulher que, depois de alguns instantes, reconheci como minha mãe. Outra de mim. Eu contei a ele o que pude. Quando terminei, ele as colocou de lado.

— Já está bom. Você se lembrou de muito mais coisas da sua infância do que o normal, acho que por causa das fotos. — Fez uma pausa. — Da próxima vez gostaria de mostrar mais algumas.

Eu disse que sim. Tive vontade de saber onde ele havia conseguido aquelas fotos, o quanto ele sabia da minha vida. Da vida que eu mesma desconhecia.

— Posso ficar com ela? — pedi. — Com a foto da minha antiga casa?

Ele sorriu.

— Claro! — Passou-a para mim e eu a coloquei entre as páginas do diário.

Ele me levou de volta para casa. Já havia me explicado que Ben não sabia que estamos nos encontrando, mas agora me disse que eu precisava pensar com cuidado se desejava contar-lhe sobre o meu diário.

— Talvez você se sinta inibida — disse ele. — Relutante em escrever sobre determinadas coisas. Acho que é muito importante que você se sinta capaz de escrever sobre o que desejar. Além disso, Ben talvez não fique feliz ao descobrir que você decidiu tentar se tratar de novo. — Fez uma pausa. — Talvez seja preciso escondê-lo.

— Mas como saberei que devo escrever no diário? — perguntei. Ele nada disse. Uma ideia me ocorreu. — Você me lembraria?

Ele respondeu que sim.

— Mas você terá de me contar onde o esconde — disse ele.

Estávamos estacionando na frente de uma casa. Um instante depois que ele parou o carro, percebi que era a minha casa.

— No armário — falei. — Vou colocá-lo nos fundos do armário. — Lembrei do que eu havia visto esta manhã, enquanto me vestia. — Há uma caixa de sapatos ali. Vou colocá-lo dentro dela.

— Boa ideia — disse ele. — Mas você terá de escrever no diário esta noite. Antes de dormir. Senão amanhã ele será apenas mais um caderno em branco. Você não saberá o que ele é.

Eu disse que escreveria, que compreendia. Saí do carro.

— Fique bem, Christine — disse ele.

* * *

Agora estou sentada na cama. Esperando o meu marido. Olho para a foto da casa onde cresci. Parece tão normal, tão mundana. E tão familiar.

"Como vim parar aqui?", pensei. "O que aconteceu? Qual é a minha história?"

Ouço as badaladas do relógio da sala. Meia-noite. Ben está subindo as escadas. Vou esconder o diário na caixa de sapatos que encontrei. Vou colocá-la no armário, exatamente onde eu disse ao Dr. Nash que ela ficaria. Amanhã, se ele ligar, escreverei mais.

Sábado, 10 de novembro

Estou escrevendo isso ao meio-dia. Ben está lá embaixo, lendo. Ele acha que estou descansando, mas, embora eu esteja cansada, não é o que estou fazendo. Não tenho tempo. Preciso escrever isso antes que eu me esqueça. Preciso escrever no meu diário.

Olho para o meu relógio de pulso e vejo as horas. Ben sugeriu que déssemos uma caminhada esta tarde. Tenho pouco mais de uma hora.

Esta manhã acordei sem saber quem sou. Quando meus olhos se abriram, eu esperava ver a beirada dura de uma mesa de cabeceira, um abajur amarelo. Um armário em forma de caixa no canto do quarto e papel de parede com a estampa desbotada de samambaias. Esperava ouvir a minha mãe lá embaixo fritando bacon, ou meu pai no jardim, assoviando enquanto apara a sebe. Esperava que a cama em que estou deitada fosse de solteiro e não contivesse nada além de mim e de um coelho de pelúcia com a orelha rasgada.

Estava errada. Estou no quarto dos meus pais, pensei inicialmente, depois percebi que não reconhecia nada. O quarto era completamente estranho. Fiquei deitada na cama. "Algo está errado", pensei. "Muito, muito errado."

Quando desci a escada, já havia visto as fotos ao redor do espelho, lido suas legendas. Sabia que eu não era criança, nem mesmo adolescente, e descobri que o homem que eu ouvia preparando o café da manhã e assoviando junto com o rádio não era nem o meu pai, nem um colega de apartamento nem um namorado, mas se chamava Ben e era o meu marido.

Hesitei na frente da cozinha. Senti medo. Estava prestes a encontrá-lo, como se fosse pela primeira vez. Como seria ele? Será que se pareceria com as fotos? Ou elas também seriam uma representação imprecisa? Estaria ele mais velho, mais gordo, mais careca? Como seria sua voz? Como ele se movimentaria? Será que eu havia me casado bem?

Uma visão surgiu do nada. Uma mulher — minha mãe? — me dizendo para tomar cuidado. *Quem casa a correr, toda a vida tem para se arrepender...*

Abri a porta. Ben estava de costas para mim com uma espátula, fritando bacon, que chiava, fazendo a gordura saltar da frigideira. Ele não tinha me ouvido entrar.

— Ben? — falei. Ele se virou rapidamente.

— Christine? Você está bem?

Eu não sabia o que responder, por isso disse:

— Sim, acho que sim.

Então ele sorriu, com cara de alívio, e eu fiz o mesmo. Parecia mais velho do que nas fotos lá de cima — seu rosto exibia mais rugas, seu cabelo estava começando a ficar grisalho e rareava ligeiramente nas têmporas — mas isso tinha o efeito de torná-lo mais atraente. Seu maxilar tinha uma força que combinava com um homem de mais idade, seus olhos tinham um brilho travesso. Percebi que ele parecia uma versão ligeiramente mais velha do meu pai. Eu poderia ter me saído pior, pensei. Muito pior.

— Você viu as fotos? — perguntou ele. Fiz que sim com a cabeça. — Não se preocupe. Vou explicar tudo. Por que não se senta ali? — Ele fez um gesto na direção do corredor. — A sala de jantar fica para lá. Não demoro. Aqui, leve isso.

Ele me entregou um pimenteiro e saí em direção à sala de jantar. Alguns minutos depois ele me seguiu com dois pratos. Uma fatia clara de bacon nadava em gordura, um ovo e uma fatia de pão haviam sido fritos e estavam ao lado dela. Enquanto eu comia, ele explicava como eu sobrevivo.

"Hoje é sábado", disse ele. Ele trabalha durante a semana; é professor. Ele me explicou sobre o telefone que levo na bolsa, sobre o quadro de avisos preso na parede da cozinha. Mostrou-me onde guardamos nosso fundo emergencial — duas notas de 20 libras bem enroladas, enfiadas atrás do relógio sobre a lareira — e o álbum de fotos no qual posso vislumbrar trechos da minha vida. Ele me disse que, juntos, nós nos viramos. Não sabia se acreditava nele, mas tive de acreditar.

Terminamos de comer e eu o ajudei a levar e organizar as coisas do café da manhã.

— Podíamos fazer uma caminhada mais tarde — sugeriu ele —, se você quiser.

Eu disse que sim e ele pareceu satisfeito.

— Vou só ler o jornal antes — avisou. — Tudo bem?

Fui até o andar de cima. Assim que fiquei sozinha, minha cabeça começou a girar, cheia e vazia ao mesmo tempo. Eu me sentia incapaz de apreender qualquer coisa. Nada parecia real. Olhei para a casa onde eu estava — aquela que agora eu sabia ser minha casa — com olhos de quem nunca a havia visto antes. Por um instante tive vontade de sair correndo. Precisava me acalmar.

Sentei na beirada da cama na qual havia dormido. Eu devia fazer isso, pensei. Me arrumar. Me manter ocupada. Apanhei o travesseiro para afofá-lo e, ao fazê-lo, algo começou a zumbir.

Não tinha certeza do que era. Era baixo, insistente. Uma música, aguda e baixinha. Minha bolsa estava aos meus pés e quando a apanhei percebi que o zumbido parecia vir dali. Lembrei-me de Ben falando sobre o meu telefone.

Quando o encontrei, o telefone estava aceso. Eu o olhei por um longo instante. Alguma parte de mim, bem lá no fundo, ou algo quase na superfície da memória, sabia exatamente qual era o assunto daquele telefonema. Atendi.

— Alô? — Uma voz masculina. — Christine? Christine, você está aí?

Respondi que estava.

— É seu médico. Você está bem? Ben está por aí?

— Não — disse eu. — Ele está... do que se trata isso?

Ele me disse o seu nome e contou que eu e ele temos trabalhado juntos há algumas semanas.

— Da sua memória — disse ele, e, quando eu não disse nada, continuou — Quero que confie em mim. Quero que olhe no guarda-roupa do seu quarto. — Mais uma pausa, e então ele prosseguiu — Há uma caixa de sapato no chão do guarda-roupa. Olhe dentro dela. Deve haver um diário.

Olhei para o armário no canto do quarto.

— Como você sabe?

— Você me disse — respondeu ele. — Nós nos vimos ontem. Decidimos que você deveria escrever um diário. Você me disse que iria escondê-lo aí.

Não acredito em você, tive vontade de dizer, mas parecia pouco educado e não era inteiramente verdade.

— Você vai olhar? — insistiu ele. Eu disse que ia, e então ele acrescentou: — Faça isso agora. Não diga nada a Ben. Faça isso agora.

Não desliguei o telefone e fui até o armário. Ele tinha razão. Dentro dele, no chão, havia uma caixa de sapatos — uma caixa azul com a palavra *Scholl* na tampa, que não fechava direito — e, dentro, um caderno embrulhado em papel de seda.

— Está com ele? — perguntou o Dr. Nash.

Ergui o caderno e o desembrulhei. Era encadernado em couro marrom e parecia caro.

— Christine?

— Sim. Estou.

— Ótimo. Você escreveu algo?

Abri na primeira página. Vi que eu havia escrito. "Meu nome é Christine Lucas", começava. "Tenho 47 anos. Sou amnésica." Eu me senti nervosa, empolgada. A sensação era como a de bisbilhotar, só que a mim mesma.

— Escrevi — foi minha resposta.

— Excelente! — então ele disse que iria me ligar no dia seguinte e desligamos.

Não me mexi. Ali, agachada no chão perto do armário aberto, com a cama ainda desfeita, comecei a ler.

De início, fiquei desapontada. Eu não me lembrava de nada do que havia escrito. Nem do Dr. Nash, nem dos consultórios a que ele disse haver me levado, nem dos exercícios que ele disse que fizemos. Apesar de ter acabado de ouvir a voz dele, não conseguia visualizá-lo, nem a mim mesma com ele. O caderno parecia uma obra de ficção. Mas então, enfiada entre duas páginas do final, encontrei uma fotografia. A casa onde eu havia passado a infância, aquela onde eu esperava estar quando acordei esta manhã. Era verdade, ali estava a prova. Eu havia me encontrado com o Dr. Nash e ele me dera esta foto, este fragmento do meu passado.

Fechei os olhos. Ontem eu havia descrito minha antiga casa, o pote de açúcar na despensa, as frutinhas colhidas no bosque. Será que essas lembranças ainda estariam aqui? Poderia eu estimular mais algumas? Pensei na minha mãe, no meu pai, desejando que mais alguma coisa aparecesse. Imagens se formaram, silenciosamente. Um carpete laranja esmaecido, um vaso verde-oliva.

Um macacãozinho amarelo com um pato cor-de-rosa costurado no peito e botões de pressão no meio. Um assento de carro de plástico azul-marinho e um penico cor-de-rosa desbotado.

Cores e formas, mas nada que descrevesse uma vida. Nada. Quero ver os meus pais, pensei, e foi então, pela primeira vez, que percebi que, de alguma maneira, eu sabia que eles estavam mortos.

Suspirei e me sentei na beirada da cama desfeita. Uma caneta estava enfiada no meio das páginas do diário, e quase sem pensar eu a apanhei, tencionando escrever mais. Segurei-a acima da página e fechei os olhos para me concentrar.

Foi então que aconteceu. Se foi aquela compreensão — de que meus pais já não existiam — que desencadeou outras, eu não sei, mas tive a sensação de que minha mente acordava de um sono longo e profundo. Ela reviveu. Porém não foi algo gradual; foi mais como um raio. Uma faísca de eletricidade. De repente eu não estava mais sentada em um quarto com uma página em branco na minha frente, e sim em outro lugar. De volta ao passado — um passado que eu acreditava haver perdido —, e eu era capaz de sentir, tocar e saborear tudo. Percebi que estava relembrando.

Eu me vi voltando para casa, para a casa onde cresci. Tenho 13 ou 14 anos e estou ansiosa para continuar o conto que comecei a escrever, mas encontro um bilhete na mesa da cozinha. *Tivemos de dar uma saída*, dizia ele. *O tio Ted virá apanhá-la às seis.* Pego algo para beber e um sanduíche e me sento com meu caderno. A Sra. Royce disse que meus contos são "fortes" e "instigantes"; ela acha que eu poderia fazer deles uma carreira. Mas não consigo pensar no que escrever, não consigo me concentrar. Fervo de fúria silenciosa. É culpa deles. Onde eles estão? O que estão fazendo? Por que não fui convidada? Amasso o papel e o atiro longe.

A imagem sumiu, mas logo em seguida veio outra. Mais forte. Mais real. Meu pai nos leva de carro de volta para casa. Estou sentada no banco de trás, olhando para um ponto fixo na janela. Uma mosca morta. Uma sujeira. Não sei bem. Falo, sem ter certeza do que vou dizer.

— Quando vocês iam me contar?

Ninguém responde.

— Mãe?

— Christine — diz minha mãe. — Pare com isso.

— Pai? Quando vocês iam me contar? — Silêncio. — Você vai morrer? — pergunto, com os olhos ainda fixos no ponto da janela. — Papai? Você vai morrer?

Ele olha para trás e sorri para mim.

— Claro que não, meu anjo. Claro que não. Só quando eu for bem, bem velho. Com um montão de netinhos!

Sei que ele está mentindo.

— Vamos lutar contra isso — diz ele. — Prometo.

Inspirei fundo. Abri os olhos. A visão terminou, sumiu. Estou sentada em um quarto, o quarto onde acordei esta manhã, mas por um momento ele pareceu diferente. Completamente sem graça. Sem cor. Desprovido de energia, como se eu estivesse olhando para uma fotografia desbotada pelo sol. Como se a vibração do passado houvesse drenado toda a vida do presente.

Olhei para o caderno na minha mão. A caneta havia caído dos meus dedos e marcado a página com uma linha azul tênue ao deslizar até o chão. Meu coração disparou no peito. Eu havia me lembrado de algo. Algo enorme, importante. Que não estava perdido. Apanhei a caneta do chão e comecei a escrever isso.

Vou terminar aqui. Quando fecho os olhos e tento recuperar a imagem, ela volta. Eu. Meus pais. Voltando para casa de carro. Ela continua lá. Menos vívida, como se houvesse desbotado com o tempo, mas continua lá. Seja como for, fico contente por haver escrito tudo isso. Sei que uma hora essa lembrança irá desaparecer. Pelo menos agora sei que não está totalmente perdida.

Ben deve ter terminado de ler o jornal. Ele me chamou lá de baixo e perguntou se eu estava pronta para sairmos. Respondi que estava. Esconderei este caderno no armário, apanharei uma jaqueta e umas botas. Escreverei mais depois. Se eu me lembrar.

⚜

Isso foi escrito horas atrás. Ficamos fora a tarde inteira, mas agora estamos de volta à casa. Ben está na cozinha, preparando peixe para o jantar. Ligou o rádio e o som de jazz sobe até o quarto onde estou sentada, escrevendo. Não me ofereci para cozinhar — estava ansiosa demais para subir e registrar tudo o que vi esta tarde —, mas ele não pareceu se importar.

— Tire uma soneca — disse ele. — A comida vai estar pronta daqui a uns 45 minutos. — Assenti — Eu chamo quando estiver pronta.

Olhei para o meu relógio de pulso. Se eu escrever rápido, vai dar tempo.

⚜

Saímos de casa pouco antes da 1 da tarde. Não fomos longe. Estacionamos o carro perto de um prédio baixo e atarracado que parecia abandonado; havia um pombo cinzento solitário em cada uma das janelas vedadas com tábuas e a porta estava escondida por uma chapa ondulada.

— Isso aí é o clube municipal — disse Ben quando desceu do carro. — Abre no verão, acho. Vamos dar um passeio?

Uma trilha de concreto fazia uma curva em direção ao cume de um morro. Caminhamos em silêncio, ouvindo apenas o grito ocasional de um dos corvos aninhados na quadra de futebol vazia ou o latido melancólico distante de um cão, as vozes de crianças, o burburinho da cidade. Pensei no meu pai, em sua morte e no fato de que eu havia me lembrado de pelo menos um pouquinho dela. Uma corredora solitária percorria uma pista e eu a observei por um instante antes de a trilha nos tirar de trás de uma sebe alta e nos levar para o alto, para o topo do morro. Ali eu vi um pouco de vida; um menininho empinava uma pipa com seu pai de pé atrás dele, uma garota passeava com um cachorrinho preso numa longa correia.

— Aqui é Parliament Hill — avisou Ben. — Costumamos vir sempre aqui.

Eu não disse nada. A cidade se espalhava à nossa frente sob a nuvem baixa. Parecia tranquila. E menor do que imaginei; eu conseguia ver tudo até os morros baixos perdidos à distância. Podia ver o topo da Telecom Tower, o domo da catedral de St. Paul, a estação de eletricidade de Battersea, formas que eu reconhecia, embora de modo vago e sem saber por quê. Havia outros marcos menos familiares também: um edifício de vidro em forma de um charuto gordo, uma roda-gigante enorme muito distante. Como meu próprio rosto, a visão parecia ao mesmo tempo estranha e de algum modo familiar.

— Sinto que reconheço este lugar — eu disse.

— Sim — concordou Ben. — Faz algum tempo que o frequentamos, embora a paisagem mude o tempo todo.

Continuamos caminhando. A maioria dos bancos estava ocupada por pessoas sozinhas ou casais. Fomos até um que ficava logo depois do cume do morro e nos sentamos. Tinha cheiro de ketchup; havia um hambúrguer pela metade sob o banco, em uma caixa de papelão.

Ben o apanhou com cuidado e o depositou numa das lixeiras, depois voltou para se sentar ao meu lado. Ele apontou alguns dos pontos marcantes.

— Aquele é Canary's Wharf — disse ele, fazendo um gesto na direção de um edifício que, mesmo àquela distância, parecia imensamente alto. — Foi construído no início dos anos 1990, acho. Tem apenas conjuntos comerciais, coisas assim.

Os anos 1990. Era estranho ouvir falar de uma década da qual não conseguia me recordar de haver vivido sendo resumida em duas palavras. Devo ter deixado passar tanta coisa. Tantas músicas, tantos filmes e livros, tantas notícias. Desastres, tragédias, guerras. Países inteiros deviam ter se despedaçado enquanto eu vagava, sem memória, de um dia para o outro.

Tanto da minha própria vida, também. Tantas visões que eu não reconheço, apesar de vê-las todos os dias.

— Ben? — eu disse. — Fale sobre nós.

— Nós? — repetiu ele. — Como assim?

Eu me virei para encará-lo. O vento açoitava o morro, esfriando o meu rosto. Um cão latiu ao longe. Eu não tinha certeza do quanto dizer; ele sabe que não me lembro de nada a seu respeito.

— Desculpe — falei. — Não sei nada sobre nós dois. Não sei sequer como nos conhecemos, como nos casamos, nada.

Ele sorriu e deslizou no banco, de modo que ficamos próximos. Envolveu meus ombros com um braço. Comecei a recuar, depois me lembrei que ele não era um estranho, e sim o homem com quem me casei.

— O que você quer saber?

— Não sei — respondi. — Como nos conhecemos?

— Bem, estávamos na faculdade, nós dois — começou ele. — Você tinha acabado de começar o doutorado. Lembra?

Balancei a cabeça.

— Na verdade, não. O que eu estudei?

— Você se formou em letras — disse ele, e uma imagem cintilou na minha frente, rápida e intensa. Eu me vi em uma biblioteca e tive vagas recordações de escrever uma tese sobre teoria feminista e literatura do início do século XX, embora na verdade isso pudesse ser apenas algo que eu fazia enquanto escrevia meus romances, algo que a minha mãe talvez não entendesse, mas que ao menos consideraria legítimo. A cena pairou por um momento, brilhante e tão real que eu quase podia tocá-la, mas então Ben falou e ela desapareceu.

— Eu estava me formando em química — disse ele. — Via você o tempo todo. Na biblioteca, no bar, sei lá. Sempre ficava impressionado com a sua beleza, mas nunca conseguia me aproximar para falar com você.

Eu ri.

— Verdade? — Não conseguia me imaginar tão intimidante.

— Você sempre parecia tão confiante. E intensa. Ficava sentada horas a fio, rodeada de livros, lendo e fazendo anotações, bebendo xícaras de café e sei lá o quê. Você era tão linda. Nunca nem sonhei que pudesse se interessar por mim. Mas então um dia por acaso eu estava sentado ao seu lado na biblioteca e você sem querer derrubou sua xícara e seu café caiu nos meus livros. Você pediu tantas desculpas, embora aquilo quase não tivesse importância, e nós dois limpamos o café e então eu insisti em pagar outro para você. Você disse que era você quem devia me pagar um para se desculpar, e eu disse, tudo bem então, e nós saímos para tomar um café. E foi assim.

Tentei visualizar a cena, relembrar nós dois, jovens, na biblioteca, rodeados por papéis encharcados, rindo. Não consegui e senti a punhalada quente da tristeza. Imaginei como todos os casais deviam adorar a história de como se conheceram — quem falou primeiro com quem, o que foi dito —, porém não tenho recordação da nossa. O vento açoitou a cauda da pipa do menininho; o som parecia o estertor da morte.

— O que aconteceu depois? — perguntei.

— Bem, nós namoramos. O normal, sabe. Eu me formei, você terminou o doutorado, e então nos casamos.

— Como? Quem pediu quem em casamento?

— Oh — disse ele. — Eu pedi.

— Onde? Conte como aconteceu.

— Estávamos completamente apaixonados — disse ele. Olhou para o lado, para longe. — Ficávamos o tempo todo juntos. Você dividia uma casa com outra pessoa, mas quase não ficava por lá. Passava a maior parte do tempo comigo. Fazia sentido que nós fôssemos morar juntos, que casássemos. Então, num Dia dos Namorados, comprei um sabonete para você. Um sabonete caro, do tipo que você adorava. Retirei a embalagem de papel celofane e coloquei nele um anel de noivado, depois tornei a embrulhar o sabonete e o dei a você. Quando você estava se arrumando para sairmos à noite, encontrou o anel e disse sim.

Sorri para mim mesma. Parecia melequento (um anel cheio de sabonete), além da forte possibilidade de eu talvez só usar o sabonete (e portanto de encontrar o anel) dali a semanas. Mas mesmo assim não era uma história sem romantismo.

— Com quem eu dividia a casa? — perguntei.

— Ah — disse ele. — Não me lembro direito. Uma amiga. Enfim, nós nos casamos no ano seguinte. Em uma igreja em Manchester, perto de onde a sua mãe morava. Foi um dia lindo. Eu estava me preparando para dar aulas naquela época, então nós não tínhamos muito dinheiro, mas mesmo assim foi lindo. Era um dia ensolarado, todos estavam felizes. E depois viajamos em lua de mel. Para a Itália. Os lagos. Foi maravilhoso.

Tentei visualizar a igreja, o meu vestido, a vista do quarto do hotel. Não veio nada.

— Não me lembro de nada disso — falei. — Desculpe.

Ele olhou para o lado, virando a cabeça para que eu não pudesse ver o seu rosto.

— Não tem importância. Eu entendo.

— Não há muitas fotos — falei. — No álbum, quer dizer. Não há nenhuma foto do nosso casamento.

— Houve um incêndio — explicou ele. — Na última casa onde moramos.

— Um incêndio?

— Sim — disse ele. — Nossa casa basicamente se resumiu a cinzas. Perdemos muita coisa.

Suspirei. Não parecia justo perder tanto as minhas lembranças quanto os objetos de recordação do meu passado.

— O que aconteceu depois?

— Depois?

— Sim — falei. — O que aconteceu? Depois do casamento, da lua de mel?

— Nós fomos morar juntos. Éramos muito felizes.

— E depois?

Ele suspirou e não disse nada. Não pode ser só isso, pensei. Isso não pode descrever toda a minha vida. Não pode se resumir a isso. Uma festa, uma lua de mel, um casamento. Mas o que mais eu esperava? O que mais poderia haver?

A resposta veio de repente. Filhos. Bebês. Percebi com um estremecimento que era isso o que parecia estar faltando na minha vida, na nossa casa. Sobre a lareira não havia fotos de um filho ou de uma filha — segurando um diploma, fazendo *rafting* ou apenas posando entediado para a câmera —, e também nenhuma de netos. Eu não tivera filhos.

Senti a bofetada do desapontamento. O desejo insatisfeito queimou em meu inconsciente. Embora eu houvesse acordado sem sequer saber a minha idade, parte de mim devia saber que um dia eu havia desejado ter filhos.

Subitamente ouvi minha mãe descrevendo o relógio biológico como se fosse uma bomba. "Apresse-se em conquistar todas as coisas que deseja na vida", dizia ela, "pois, de um dia para o outro, você vai sentir que...".

Eu sabia o que ela queria dizer: bum! Minhas ambições sumiriam e só o que eu desejaria era ter filhos. "Foi o que aconteceu comigo", disse ela. "Vai acontecer com você. Acontece com todo mundo."

Mas comigo não, suponho. Ou então alguma outra coisa aconteceu. Olhei para o meu marido.

— Ben? — perguntei. — E depois?

Ele me olhou e apertou a minha mão.

— Depois você perdeu a memória — respondeu ele.

Minha memória. Tudo se resumia a isso, no fim. Sempre.

Olhei para a cidade. O sol estava baixo, brilhando fracamente através das nuvens, lançando sombras compridas sobre a grama. Percebi que logo escureceria. O sol iria se pôr, a lua nasceria no céu. Mais um dia chegaria ao fim. Mais um dia perdido.

— Nós não tivemos filhos — falei. Não era uma pergunta.

Ele não respondeu, mas se virou para me olhar. Segurou minhas mãos nas dele, esfregando-as, como se para aliviar o frio.

— Não — disse ele. — Não. Não tivemos.

A tristeza se desenhou no seu rosto. Tristeza por ele, ou por mim? Não soube dizer. Deixei que ele esfregasse as minhas mãos, segurasse meus dedos entre os dele. Percebi que, apesar da confusão, eu me sentia segura ali, com aquele homem. Pude perceber que ele era bondoso, atencioso, paciente. Por mais que a minha situação fosse terrível, poderia ter sido bem pior.

— Por quê? — perguntei.

Ele não disse nada. Olhou para mim, no rosto uma expressão de dor. Dor e decepção.

— Como isso aconteceu, Ben? — perguntei. — Como acabei ficando assim?

Senti que ele ficou tenso.

— Tem certeza de que quer saber? — perguntou ele.

Fixei o olhar em uma garotinha que andava de triciclo à distância. Sabia que não deveria ser a primeira vez que eu lhe fazia essa pergunta, a primeira vez que ele tinha de me explicar aquelas coisas. Provavelmente eu lhe perguntava aquilo todos os dias.

— Tenho — respondi. Percebi que desta vez era diferente. Desta vez eu iria escrever o que ele me contasse.

Ele respirou fundo.

— Era dezembro. Estava frio. Você estava na rua, trabalhando. Quando estava voltando para casa, uma caminhada curta... Não houve testemunhas. Não sabemos se você estava atravessando a rua naquela hora ou se o carro que a atropelou subiu na calçada, mas de todo modo você provavelmente foi atirada longe. Ficou gravemente ferida. As duas pernas quebradas. Além de um dos braços e da clavícula.

Ele parou de falar. Pude ouvir o ritmo baixo da cidade. Trânsito, um avião sobrevoando, o murmúrio do vento nas árvores. Ben apertou a minha mão.

— Disseram que você deve ter batido a cabeça no chão primeiro, por isso perdeu a memória.

Fechei os olhos. Não me lembrava de nada do acidente, e portanto não senti raiva, nem mesmo decepção. Me vi repleta, em vez disso, de uma espécie de arrependimento silencioso. De um vazio. Um agitar da superfície do lago da memória.

Ele apertou a minha mão e coloquei a minha sobre a dele, sentindo o frio e a dureza da aliança em seu dedo.

— Você teve sorte de sobreviver — disse ele.

Eu me senti gelar.

— O que aconteceu com o motorista?

— Não parou. Foi atropelamento e fuga. Não sabemos quem a atropelou.

— Mas quem faria uma coisa dessas? Quem atropelaria alguém e depois simplesmente iria embora?

Ele não disse nada. Eu não sabia o que eu havia esperado. Lembrei o que eu havia lido a respeito da minha consulta com o Dr. Nash. "Um problema neurológico", dissera ele. "Estrutural ou químico. Um desequilíbrio hormonal." Supus que ele se referia a uma doença. Algo que simplesmente havia acontecido, aparecido do nada. "Uma dessas coisas."

Porém isso parecia pior; tinha sido provocado por outra pessoa, tinha sido algo evitável. Se eu houvesse escolhido outro caminho para voltar para casa naquela noite — ou se o motorista do carro que me atropelou tivesse feito isso —, eu ainda seria normal. Poderia hoje ser até avó.

— Por quê? — perguntei. — Por quê?

Não era uma pergunta que ele podia responder, e portanto nada disse. Ficamos sentados em silêncio por algum tempo, de mãos entrelaçadas. Escureceu. A cidade se iluminou, os edifícios se acenderam. Logo será inverno, pensei. Logo estaremos em meados de novembro. Dezembro virá em seguida, e então o Natal. Eu não conseguia imaginar como eu faria a passagem de hoje para então. Não conseguia imaginar viver uma série de dias idênticos.

— Vamos? — perguntou Ben. — Voltar para casa?

Não respondi.

— Onde eu estava? — perguntei. — No dia em que fui atropelada. O que eu estava fazendo?

— Você estava voltando do trabalho — respondeu ele.

— Mas de que trabalho? O que eu fazia?

— Ah — disse ele. — Você tinha um emprego temporário como secretária. Bem, na verdade, de assistente pessoal, numa empresa de advocacia, acho.

— Mas por quê...? — comecei a dizer.

— Você precisava trabalhar para pagarmos a hipoteca — explicou ele. — As coisas foram difíceis durante algum tempo.

Mas não foi isso o que eu quis dizer. O que eu quis dizer foi: "Você me disse que eu tinha doutorado. Por que me acomodaria em algo assim?"

— Por que eu estava trabalhando como secretária?

— Foi o único emprego que você conseguiu arrumar. Eram tempos difíceis.

Lembrei-me da sensação que eu tivera antes.

— Eu estava escrevendo? — perguntei. — Livros?

Ele balançou a cabeça.

— Não.

Então havia sido uma ambição passageira. Ou talvez eu houvesse tentado e fracassado. Quando me virei para perguntar, as nuvens se acenderam e, um instante depois, houve um estrondo. Assustada, olhei naquela direção; fagulhas no céu distante choviam sobre a cidade abaixo.

— O que foi isso? — perguntei.

— Fogos de artifício — respondeu Ben. — Essa semana comemoramos a Conspiração da Pólvora.

Um instante depois outro fogo de artifício iluminou o céu com mais um estrondo.

— Parece que vai ter um show — disse ele. — Vamos assistir?

Fiz que sim com a cabeça. Não faria mal, e embora parte de mim desejasse correr para casa, para o meu diário, para anotar o que Ben havia me dito, outra parte desejava ficar, esperando que ele talvez me dissesse mais coisas.

— Sim — falei. — Vamos.

Ele sorriu e envolveu meus ombros com o braço. O céu ficou escuro um instante, depois houve um estalar e um chiado, e um assovio agudo enquanto uma pequenina faísca era lançada para o alto. Ela pairou por um longo momento antes de explodir em brilho alaranjado com um forte estrondo. Foi lindo.

— Normalmente nós vamos a algum show de fogos de artifício — informou Ben. — Um dos grandes, organizados. Mas esqueci que era hoje. — Ele afagou meu pescoço com o queixo. — Tudo bem para você?

— Sim — eu disse. Olhei para a cidade, para as explosões de cor no ar, para as luzes que sumiam. — Por mim isso está ótimo. Assim veremos todos os shows.

Ele suspirou. Nossa respiração fez uma névoa à nossa frente, e as duas nuvenzinhas se misturaram. Ficamos sentados em silêncio, observando o céu mudar de cor. A fumaça subia dos jardins da cidade iluminada com violência — de vermelho e laranja, de azul e roxo — e o ar da noite se tornou enfumaçado, com cheiro de pólvora, seco e metálico. Umedeci os lábios, que tinham gosto de enxofre, e quando fiz isso outra lembrança me atingiu.

Foi extremamente precisa. Os sons eram altos demais, as cores, vibrantes. Eu me sentia não como uma observadora, mas como alguém que continuava no meio dos acontecimentos. Tive a sensação de que estava caindo para trás. Segurei a mão de Ben.

Eu me vi com uma mulher. Ruiva. Estamos em um terraço, observando fogos de artifício. Sinto a pulsação ritmada da música que toca na sala sob nossos pés, e sopra um vento frio, que lança fumaça acre à nossa volta. Muito embora eu esteja usando apenas um vestido fino, sinto calor e empolgação devido ao álcool e ao baseado que ainda seguro entre os dedos. Sinto o cascalho sob meus pés e me lembro de que tirei os sapatos e os deixei no quarto da garota no andar de baixo. Olho para ela enquanto ela se vira para mim e me sinto viva, tonta de felicidade.

— Chrissy — diz ela, pegando o baseado. — Tá a fim de um doce?

Não entendo o que ela quis dizer e digo isso a ela.

Ela ri.

— Você sabe! Um doce. Uma viagem. Um ácido. Tenho certeza absoluta de que Nige trouxe alguns. Ele me disse que traria.

— Não sei — digo.

— Vamos! Vai ser legal.

Rio e pego o baseado de volta, inalando uma lufada poderosa como para provar que não sou chata. Nós prometemos uma para a outra que nunca seríamos chatas.

— Acho que não — respondo. — Não é a minha praia. Acho que quero ficar só nisso aqui. E na cerveja. Tudo bem?

— Tudo, acho eu — diz ela, tornando a olhar por sobre o gradil. Percebo que ela está desapontada, embora não esteja irritada comigo, e me pergunto se ela irá tomar mesmo assim. Sem mim.

Duvido. Nunca tive uma amiga como ela antes. Uma amiga que sabe tudo sobre mim, em quem confio, às vezes até mais do que em mim mesma. Olho para ela agora, seu cabelo ruivo açoitado pelo vento, a ponta do baseado cintilando na escuridão. Estaria ela feliz com o rumo que sua vida está tomando? Ou seria cedo demais para dizer?

— Olhe aquilo! — exclama ela, apontando para o local onde um dos fogos de artifício explodiu, fazendo com que a silhueta das árvores se desenhe na frente do seu brilho avermelhado. — Lindo pra caralho, não é?

Rio e concordo com ela, e então ficamos em silêncio por mais alguns minutos, passando o baseado de uma para a outra. No fim ela acaba me oferecendo o que sobrou da ponta empapada e, quando recuso, ela a amassa no asfalto com sua bota.

— A gente devia ir lá embaixo — diz ela, pegando-me pelo braço. — Tem uma pessoa que eu quero apresentar a você.

— De novo, não! — digo, mas vou mesmo assim. Pulamos um casal que está se beijando na escada. — Não é mais um daqueles idiotas do seu curso, né?

— Ah, dá um tempo! — diz ela, trotando escada abaixo. — Tinha certeza de que você ia adorar o Alan!

— E eu adorei! — retruco. — Até o momento em que ele me disse que estava apaixonado por um cara chamado Kristian.

— Bom, é... — Ela ri. — Como eu poderia saber que Alan ia escolher você para sair do armário? Esse aqui é diferente. Você vai adorá-lo. Eu sei. Só precisa dizer oi. Sem pressão.

— Tá — digo. Abro a porta e entramos na festa.

A sala é grande, com paredes de concreto e lâmpadas sem lustres pendendo do teto. Abrimos caminho até a área da cozinha e apanhamos mais uma cerveja para cada uma, depois encontramos um lugar perto da janela.

— E aí, cadê o cara? — pergunto, mas ela não me ouve.

Sinto a empolgação do álcool e da erva e começo a dançar. A sala está cheia de gente, a maioria vestida de preto. Malditos alunos de arte, penso.

Alguém se aproxima e fica na nossa frente. Eu o reconheço. Keith. Já nos vimos antes, em outra festa, na qual terminamos aos beijos num dos quartos. Agora, porém, ele está conversando com a minha amiga, apontando para um dos quadros dela que está pendurado na parede da sala. Fico pensando se ele decidiu me ignorar ou se não se lembra de ter me visto antes. Em todo caso, ele é um idiota. Termino minha cerveja.

— Quer outra? — pergunto a ela.

— Há-há — diz minha amiga. — Quer ir apanhar as cervejas enquanto eu cuido de Keith? Depois vou apresentar você ao cara de quem falei. Tá bem?

Rio.

— Tá. Tanto faz. — E saio na direção da cozinha.

Então, uma voz. Alta, no meu ouvido.

— Christine! Chris! Você está bem?

Eu me sinto confusa; a voz parecia familiar. Abri os olhos. Com espanto percebi que estava ao ar livre, ao relento, em Parliament Hill, com Ben me chamando e os fogos à minha frente tingindo o céu da cor do sangue.

— Você estava de olhos fechados — disse ele. — O que foi? O que aconteceu?

— Nada — respondi. Minha cabeça girava, eu mal podia respirar. Dei as costas para o meu marido, fingindo assistir ao resto do espetáculo. — Desculpe. Não foi nada. Estou bem. Estou bem.

— Você está tremendo — disse ele. — Está com frio? Quer voltar para casa?

Percebi que realmente estava tremendo. E queria voltar sim. Para registrar tudo o que eu havia acabado de ver.

— Sim — digo. — Você se incomoda?

A caminho de casa pensei na visão que eu acabara de ter enquanto assistíamos ao show de fogos de artifício. Ela me chocara por sua clareza, seus contornos bem marcados. Me pegara de jeito, me sugara para dentro dela como se eu a estivesse revivendo de verdade. Eu senti tudo, saboreei tudo. O ar frio e a espuma da cerveja. A erva queimando no fundo da minha garganta. A saliva de Keith, morna em minha língua. A visão parecia real, quase mais real do que a vida para a qual abri os olhos depois que ela se foi.

Eu não sabia exatamente de quando era. Da época da faculdade, supus, ou de logo depois. A festa em que eu havia me visto era do tipo que imagino ser daquelas que um estudante goste. Eu não tinha sensação de responsabilidade. Estava despreocupada. Leve.

E, embora não pudesse me lembrar do seu nome, aquela mulher era importante para mim. Minha melhor amiga. Para sempre, eu havia pensado, e embora eu não soubesse quem ela era, tinha uma sensação de segurança ao seu lado.

Eu me indaguei se ainda seríamos próximas, e tentei falar com Ben a respeito no carro. Ele estava calado — não descontente, mas distraído. Por um instante pensei em lhe contar tudo sobre a visão, mas, em vez disso, perguntei a ele quem eram os meus amigos na época em que nos conhecemos.

— Você tinha muitos amigos — disse ele. — Era muito popular.

— Eu tinha uma melhor amiga? Alguém especial?

Ele então olhou para mim.

— Não — respondeu. — Acho que não. Não em especial.

Não entendi por que não tinha conseguido recordar o nome dessa mulher, mas me lembrara do de Keith e do de Alan.

— Certeza? — perguntei.

— Sim — disse ele. — Certeza. — Ele se virou para voltar a olhar a estrada. Começou a chover. A luz das lojas e das placas de neon acima delas se refletia na rua. Há tanta coisa que gostaria de perguntar a ele, pensei, mas nada disse e, depois de mais alguns minutos, era tarde demais. Estávamos em casa, e ele havia começado a cozinhar. Era tarde demais.

∽

Assim que terminei de escrever, Ben me chamou para jantar. Ele havia posto a mesa e servido vinho branco, mas eu não estava com fome e o peixe estava seco. Deixei a maior parte da minha refeição no prato. Então, como Ben havia cozinhado, me ofereci para lavar a louça. Levei os pratos para a cozinha e deixei cair bastante água quente na pia, torcendo todo o tempo para que mais tarde eu conseguisse arrumar uma desculpa para subir e ler meu diário, e, quem sabe, escrever mais um pouco. Mas não fiz isso — passar tanto tempo sozinha no quarto levantaria suspeitas —, e, portanto, passamos a noite na frente da televisão.

Não consegui relaxar. Pensei no meu diário e observei os ponteiros do relógio da lareira se arrastarem das 9 para as 10 e depois para as 10h30. Por fim, quando eles se aproximavam das 11, percebi que eu não teria mais tempo esta noite e disse:

— Acho que vou me deitar. O dia foi cansativo.

Ele sorriu, inclinando a cabeça.

— Tudo bem, querida. Subo daqui a pouco.

Assenti e disse que tudo bem, mas assim que saí da sala senti o medo se instalar em mim. Esse homem é meu marido, disse a mim mesma, estou casada com ele, e entretanto sinto como se ir para a cama com ele fosse algo errado. Não conseguia me recordar de ter feito isso antes e não sabia o que esperar.

No banheiro, usei o vaso sanitário e escovei os dentes sem olhar para minha imagem no espelho, nem para as fotos dispostas ao seu redor. Entrei no quarto, encontrei minha camisola dobrada sobre o travesseiro e comecei a me despir. Queria estar pronta antes que ele chegasse, sob as cobertas. Por um momento tive a ideia absurda de que poderia fingir que estava dormindo.

Tirei o pulôver e me olhei no espelho. Vi o sutiã cor de creme que eu havia colocado de manhã e, ao fazê-lo, tive uma visão fugaz de mim quando criança, perguntando a minha mãe por que ela usava sutiã e eu não, e dela me dizendo que um dia eu usaria. E agora aquele dia tinha chegado — e não viera de modo gradual, mas instantâneo. Ali, ainda mais óbvio do que as rugas no meu rosto e nas minhas mãos, estava o fato de que eu não era mais uma menina, e sim uma mulher. Ali, no volume macio dos meus seios.

Enfiei a camisola por cima da cabeça e a alisei no corpo. Enfiei a mão por baixo dela e abri o fecho do sutiã, sentindo o peso sobre o meu peito ao fazer isso, depois abri o zíper das minhas calças e as tirei. Não queria continuar a examinar o meu corpo, não esta noite, e assim, depois que tirei as calcinhas e as meias-calças que eu colocara de manhã, deslizei para baixo das cobertas e, fechando os olhos, me virei para o meu lado.

Ouvi o relógio badalar lá embaixo, e um momento depois Ben entrou no quarto. Não me mexi, mas ouvi enquanto ele se despia, depois senti o peso na cama quando ele se sentou na beirada. Ele ficou parado um instante e então senti sua mão pesada sobre meu quadril.

— Christine? — disse ele, num quase sussurro. — Você está acordada? — murmurei que estava. — Você se lembrou de alguma amiga hoje? — perguntou ele. Abri os olhos e me virei para o lado dele. Pude ver suas costas largas, os pelos finos que se espalhavam pelos seus ombros.

— Sim — respondi.

Ele se virou para mim.

— O que você lembrou?

Eu contei a ele, embora apenas de modo vago.

— De uma festa — falei. — Nós duas ainda estudávamos, acho.

Ele então se levantou e se virou para entrar na cama. Vi que ele estava nu. Seu pênis balançava no meio de um ninho escuro de pelos e precisei suprimir a vontade de rir. Não me lembrava de ter visto a genitália de um homem antes, nem mesmo em livros, porém ela não me era estranha. Fiquei pensando em quantos deles eu tinha conhecido, que experiências eu tinha vivido. Quase involuntariamente, olhei para o lado.

— Você já se lembrou dessa festa antes — disse ele enquanto afastava as cobertas para deitar na cama. — Lembra com alguma frequência, acho. Há certas lembranças que parecem surgir com regularidade.

Suspirei. "Então não é nada de novo", parecia dizer ele. "Nada para se empolgar." Ele se deitou ao meu lado e nos cobriu. Não apagou a luz.

— Eu me lembro das coisas com frequência? — perguntei.

— Sim. De algumas. Na maioria dos dias.

— Das mesmas coisas?

Ele se virou para me encarar, apoiando-se sobre o cotovelo.

— Às vezes — respondeu. — Em geral. Sim. É raro haver surpresas.

Afastei o olhar de seu rosto e olhei para o teto.

— Alguma vez eu me lembro de você?

Ele se virou para mim.

— Não — disse. Segurou a minha mão. Apertou-a. — Mas não tem problema. Eu amo você. Tudo bem.

— Eu devo ser um peso terrível para você — falei.

Ele mexeu a mão e se pôs a afagar meu braço. Senti um estalo de eletricidade estática. Sobressaltei-me.

— Não — respondeu ele. — De jeito nenhum. Eu amo você.

Ele enroscou o corpo dele no meu e beijou minha boca.

Fechei os olhos. Confusa. Será que ele queria fazer sexo? Para mim ele era um desconhecido; embora inconscientemente eu soubesse que dormíamos na mesma cama todas as noites, que o fazíamos desde que nos casamos, meu corpo o conhecia há menos de um dia.

— Estou exausta, Ben — falei.

Ele abaixou a voz e começou a sussurrar.

— Eu sei, meu amor. — Começou a beijar suavemente minhas bochechas, meus lábios, meus olhos. — Eu sei. — sua mão se mexeu sob as cobertas, descendo, e senti uma onda de ansiedade começar a se avolumar dentro de mim, beirando o pânico.

— Ben — falei. — Desculpe. — Agarrei sua mão e interrompi aquela descida. Resisti ao impulso de afastá-la com violência como se fosse algo nojento e em vez disso, acariciei-a. — Estou cansada — disse. — Esta noite, não. Tudo bem?

Ele nada disse, mas retirou a mão e se deitou de costas. A frustração emanava dele em ondas. Eu não sabia o que dizer. Parte de mim pensou que eu deveria me desculpar, mas uma parte ainda maior me disse que eu não havia feito nada de errado. E assim ficamos deitados em silêncio na cama, mas sem nos tocar, e tentei imaginar com que frequência isso acontecia. Com que frequência ele se deita louco por sexo, se eu alguma vez desejo o mesmo — ou pelo menos me sinto capaz de lhe oferecer —, e se, quando não o faço, é sempre isso o que acontece, esse silêncio estranho.

— Boa noite, meu amor — disse ele, depois de mais alguns minutos, e a tensão desapareceu. Esperei até que ele estivesse roncando baixinho, saí da cama e aqui, no quarto de hóspedes, me sentei para escrever isso.

Gostaria tanto de me lembrar dele. Só uma vez.

Segunda-feira, 12 de novembro

O relógio acabou de soar 4 horas; está começando a escurecer. Ben ainda vai demorar um pouco para chegar, mas, enquanto estou aqui sentada escrevendo, fico atenta ao ruído do carro dele. A caixa de sapatos está pousada no chão aos meus pés, o papel de seda no qual este diário estava embrulhado escapa pelas suas bordas. Se ele chegar, colocarei meu caderno dentro do armário e lhe direi que estava descansando. É desonesto, mas não horrivelmente; além do mais não há nada de errado em querer manter o conteúdo do meu diário em segredo. Preciso anotar o que vi. O que aprendi. Mas isso não significa que queira que alguém — que qualquer um — o leia.

Vi o Dr. Nash hoje. Nós nos sentamos um diante do outro à mesa dele. Atrás do doutor havia um porta-arquivos, sobre o qual repousava um modelo plástico do cérebro fatiado ao meio como uma laranja. Ele me perguntou como eu estava me saindo.

— Bem — respondi. — Acho. — Era uma pergunta difícil de responder: as poucas horas desde que eu acordara eram as últimas de que eu conseguia lembrar claramente. Vi meu marido (como se fosse a primeira vez, embora eu soubesse que isso não era verdade), recebi um telefonema do meu médico, que me contou sobre meu diário. Então, depois do almoço, ele me apanhou em casa e me trouxe até seu consultório.

— Escrevi no meu diário — falei — depois que você ligou. No sábado.

Ele pareceu satisfeito.

— Acha que ajudou em alguma coisa?

— Creio que sim — respondi. Contei-lhe sobre as lembranças que eu havia tido. Sobre a visão da mulher na festa, sobre a doença do meu pai. Ele fez anotações enquanto eu falava.

— Você ainda se lembra dessas coisas agora? — perguntou. — Ou quando acordou hoje de manhã?

Hesitei. A verdade era que não lembrava. Ou pelo menos, só em parte. Esta manhã eu li a entrada de sábado — sobre o café da manhã que compartilhei com meu marido, sobre a ida a Parliament Hill. Pareceu tão irreal quanto uma ficção, sem nada a ver comigo, e me vi lendo e relendo a mesma parte vezes sem conta, tentando cimentá-la na minha mente, fixá-la. Levei mais de uma hora fazendo isso.

Li as coisas que Ben havia me contado, de como nos conhecemos e nos casamos, de como vivemos, e nada senti. Entretanto, outras coisas permaneceram comigo. A mulher, por exemplo. Minha amiga. Não consegui me recordar de nada específico — da festa com fogos de artifício, de ter estado no terraço com ela, de encontrar um homem chamado Keith — mas a lembrança ainda existia em mim e, esta manhã, quando li e reli a entrada de sábado, mais detalhes vieram. O ruivo vibrante do cabelo dela, as roupas pretas, suas preferidas, o cinto com tachas, o batom escarlate, a forma como ela fazia fumar parecer a coisa mais descolada do mundo. Não consegui me lembrar do seu nome, mas agora recordei da noite em que nos conhecemos, numa sala enevoada pela fumaça espessa de cigarros e vibrando com os chiados e batidas das máquinas de pinball e com a música de um minúsculo jukebox. Ela acendeu meu cigarro quando pedi fogo, depois se apresentou e sugeriu que eu me juntasse a ela e a seus amigos. Bebemos vodca e cerveja e depois ela segurou meus cabelos para que não caíssem dentro do vaso sanitário enquanto eu vomitava a maior parte das duas.

— Acho que ficamos amigas de vez agora! — Ela riu enquanto me recolocava de pé. — Eu não faria isso por qualquer pessoa, sabe.

Agradeci e, por nenhum motivo consciente, e como se explicasse o que eu havia acabado de fazer, contei que meu pai tinha morrido.

— Que merda... — disse ela, e, na que deve ter sido a primeira das suas muitas transições da estupidez embriagada à eficiência compassiva, me levou de volta para a sala, onde comemos torradas e bebemos café preto, escutando discos e conversando sem parar sobre nossas vidas, até o dia começar a raiar.

Havia quadros apoiados na parede e atrás da cabeceira da cama, e cadernos de desenho atulhavam o quarto.

— Você é artista? — perguntei, e ela fez que sim.

— É por isso que estou aqui na faculdade — explicou ela. Lembrei-me de ela ter dito que estudava artes plásticas. — Vou acabar professora, claro, mas nesse meio-tempo a gente precisa sonhar. Certo? — Eu ri. — E você? O que está estudando? — Contei-lhe. Letras. — Ah! — exclamou ela. — Você quer escrever romances ou dar aulas, então? — ela riu, sem maldade, mas eu não mencionei o conto que estava escrevendo antes de descer até ali.

— Sei lá — retruquei, em vez disso. — Acho que estou na mesma situação que você.

Ela riu de novo.

— Bom, um brinde a nós duas! — disse ela, e enquanto brindávamos uma à outra com café eu senti, pela primeira vez em muitos meses, que as coisas talvez finalmente fossem ficar bem.

Relembrei isso tudo. O esforço me esgotou, esse esforço consciente de vasculhar o vazio da minha memória buscando encontrar algum detalhezinho minúsculo que pudesse desencadear uma recordação. Porém e as minhas lembranças da vida com o meu marido? Sumiram. Ler isso não suscitou o menor resíduo de lembrança. Era como se não apenas o passeio até Parliament Hill jamais houvesse acontecido, como também tudo o que ele me disse ali em cima.

— Lembrei algumas coisas — contei ao Dr. Nash. — Coisas de quando eu era mais jovem, coisas que lembrei ontem. Elas continuam aqui. E consigo recordar mais detalhes, também. Mas não consigo lembrar do que fizemos ontem. Nem sábado. Posso tentar construir uma imagem da cena que descrevi no meu diário, mas sei que não é uma lembrança. Sei que estou apenas imaginando-a.

Ele assentiu.

— Você se lembra de alguma coisa que aconteceu no sábado? Qualquer detalhezinho que você anotou e de que ainda consiga se lembrar? À noite, por exemplo?

Pensei no que eu havia escrito sobre ir para a cama. Percebi que me sentia culpada. Culpada por, apesar de sua gentileza, eu não ter sido capaz de me entregar ao meu marido.

— Não — menti. — Nada.

Imaginei o que ele talvez fizesse de diferente para mim para que eu desejasse tomá-lo nos braços, para que o deixasse me amar. Flores? Chocolates? Precisaria ele fazer investidas românticas sempre que quisesse fazer sexo, como se fosse a primeira vez? Percebi o quanto os caminhos da sedução estavam fechados para ele. Ele não pode sequer colocar a primeira música que nós dançamos no nosso casamento, nem recriar a refeição que tivemos na primeira vez que saímos para comer juntos, porque não me lembro de nenhuma dessas coisas. E, seja como for, sou mulher dele; ele não deveria precisar me seduzir como se nós tivéssemos acabado de nos conhecer sempre que deseja fazer sexo.

Porém, haveria alguma vez em que eu o deixava fazer amor comigo, ou talvez até desejava fazer amor com ele? Será que alguma vez eu acordo sabendo o bastante para que o desejo possa existir, sem ser forçado?

— Nem sequer me lembro de Ben — eu disse. — Esta manhã não tinha a menor ideia de quem ele era.

Ele assentiu.

— E você gostaria de ter?

Quase ri:

— Mas claro! — falei. — Quero me lembrar do passado. Quero saber quem eu sou. Com quem me casei. É tudo parte da mesma coisa.

— É claro — respondeu ele. Fez uma pausa, depois apoiou os cotovelos na mesa e juntou as mãos na frente do rosto, como se pensasse cuidadosamente no que dizer, ou em como dizê-lo. — O que você me contou é animador. Sugere que suas lembranças não estão completamente perdidas. A questão não é de armazenamento, e sim de acesso.

Refleti por um instante, depois disse:

— Quer dizer que minhas lembranças estão aqui, porém eu simplesmente não consigo acessá-las?

Ele sorriu.

— Se prefere colocar as coisas desse modo... — respondeu.

— Sim.

Fiquei frustrada.

— Então como posso me lembrar de mais coisas?

Ele se reclinou na cadeira e olhou para a pasta à sua frente.

— Na semana passada, no dia em que lhe dei o diário, você escreveu que eu lhe mostrei uma foto da casa em que passou sua infância? Acredito que eu a entreguei a você.

— Sim — respondi. — Escrevi.

— Você pareceu se lembrar muito mais ao ver aquela foto do que quando lhe perguntei do local onde você morava sem antes mostrar-lhe uma foto. — Ele fez uma pausa. — O que, novamente, não é de surpreender. Mas gostaria de ver o que acontece se eu lhe mostrar fotos do período de que você definitivamente não se lembra. Gostaria de ver se algo volta à sua lembrança assim.

Hesitei, incerta de onde isso poderia levar, mas certa de que era uma via que eu não tinha escolha a não ser seguir.

— Certo — concordei.

— Ótimo! Vamos olhar apenas uma foto hoje. — Ele apanhou uma fotografia dos fundos da gaveta e depois deu a volta na mesa para vir se sentar ao meu lado. — Antes de olhá-la, me diga: você se lembra de alguma coisa do seu casamento?

Eu já sabia que não havia nada sobre o assunto aqui dentro; até onde eu sabia, meu casamento com o homem com quem eu acordara esta manhã simplesmente não havia acontecido.

— Não — respondi. — Nada.

— Certeza?

Assenti:

— Sim.

Ele pousou a fotografia na mesa à minha frente.

— Você se casou aqui — informou, apontando para a foto. Era de uma igreja. Pequena, com teto baixo e uma torrezinha. Completamente estranha. — Alguma lembrança?

Fechei os olhos e tentei esvaziar a mente. Vi água. Minha amiga. Um chão com azulejos pretos e brancos. Nada mais.

— Não. Não me lembro de jamais ter visto essa igreja antes.

Ele pareceu desapontado:

— Tem certeza?

Voltei a fechar os olhos. Escuridão. Tentei pensar no dia do meu casamento, tentei imaginar Ben e eu, de terno e vestido de noiva, em pé no gramado em frente à igreja, mas nada me veio.

Nenhuma lembrança. A tristeza cresceu dentro de mim. Como qualquer noiva, eu devo ter passado semanas planejando o meu casamento, escolhendo o vestido e aguardando ansiosamente pelas alterações, marcando cabeleireiro, pensando na maquiagem. Imaginei-me sofrendo por causa do cardápio, escolhendo os cânticos, selecionando as flores, o tempo inteiro esperando que aquele dia correspondesse às minhas expectativas impossíveis. E agora eu não tinha meios de saber se havia de fato correspondido ou não. Tudo foi arrancado de mim, todos os vestígios apagados. Tudo, exceto o homem com quem eu me casei.

— Não — eu disse. — Não vem nada.

Ele pôs a fotografia de lado.

— Segundo os registros feitos no início do seu tratamento, você se casou em Manchester — informou ele. — A igreja se chama St. Mark's. Esta é uma foto recente, foi a única que consegui, mas suponho que ela tenha basicamente a mesma aparência daquela época.

— Não existem fotografias do meu casamento — eu disse. Era tanto uma pergunta quanto uma afirmação.

— Não. Elas se perderam. Em um incêndio na sua casa, ao que parece.

Assenti. Ouvi-lo dizer aquilo cimentava o fato de algum modo, tornava-o mais real. Era quase como se o fato de ele ser um médico desse às suas palavras uma autoridade que as de Ben não possuíam.

— Quando me casei? — perguntei.

— Deve ter sido em meados dos anos 1980.

— Antes do meu acidente.

O Dr. Nash pareceu incomodado. Teria eu alguma vez conversado com ele sobre o acidente que me deixou sem memória?

— Você sabe o que provocou sua amnésia? — perguntou ele.

— Sei — respondi. — Conversei com Ben. Outro dia. Ele me contou tudo. Eu anotei no meu diário.

Ele concordou.

— Como se sente a respeito?

— Não sei bem. — A verdade é que eu não tinha nenhuma lembrança do acidente, portanto ele não parecia real. Tudo o que havia eram seus efeitos. O modo como ele me deixou. — Sinto como se eu devesse odiar quem fez isso comigo — continuei. — Especialmente porque essa pessoa nunca foi pega, nunca foi punida por me deixar assim. Por arruinar a minha vida. Mas o estranho é que não a odeio, na verdade. Não consigo. Não consigo imaginar essa pessoa, ou visualizar sua aparência. É como se ela nem sequer existisse.

Ele pareceu decepcionado.

— É isso o que você acha? — perguntou. — Que sua vida está arruinada?

— Sim — respondi após alguns instantes. — Sim. É o que eu acho. — Ele ficou em silêncio. — E não está?

Não sei o que eu esperava que ele dissesse, ou fizesse. Suponho que parte de mim desejava que ele dissesse o quanto estou errada, tentasse me convencer de que minha vida vale a pena ser vivida. Mas ele não fez isso. Apenas me fitou. Notei como seus olhos são extraordinários. Azuis salpicados de cinza.

— Sinto muito, Christine — disse ele. — Sinto muito. Mas estou fazendo tudo o que posso, e acho que posso ajudar você. Acho mesmo. Você precisa acreditar nisso.

— Eu acredito — falei. — Eu acredito.

Ele pôs sua mão sobre a minha, que estava pousada sobre a mesa entre nós. Era pesada. Quente. Ele apertou meus dedos, e por um segundo me senti constrangida, por ele e também por mim, mas então olhei para seu rosto, para a expressão de tristeza que vi nele, e me dei conta de que aquilo era apenas um jovem rapaz confortando uma mulher mais velha. Nada além.

— Desculpe — falei. — Preciso ir ao toalete.

Quando voltei, ele havia servido café, que bebemos à mesa, sentados um de frente para o outro. Ele parecia relutante em fazer contato visual, folheando em vez disso os papéis sobre a mesa de um modo esquisito. No começo achei que ele estava envergonhado por haver apertado a minha mão, mas então ele me olhou e disse:

— Christine, gostaria de lhe fazer uma pergunta. Duas, na verdade. — Assenti. — Primeiro: decidi escrever sobre o seu caso. Ele é bastante incomum na área, e acho que seria de grande benefício divulgar seus detalhes para uma comunidade científica mais ampla. Você se incomoda?

Olhei para os periódicos científicos arrumados em pilhas aleatórias nas prateleiras do consultório. Seria assim que ele tencionava avançar na carreira, ou torná-la mais estável? *É por isso que estou aqui?* Por um momento pensei em dizer que preferia que ele não utilizasse a minha história, mas por fim apenas balancei a cabeça e disse:

— Não. Tudo bem.

Ele sorriu.

— Ótimo. Obrigado. Agora, outra pergunta. É mais uma ideia, na verdade. Algo que eu gostaria de tentar. Você se importaria?

— No que está pensando? — perguntei. Me sentia nervosa, mas aliviada por ele finalmente estar prestes a me contar o que tinha em mente.

— Bom — disse ele. — Segundo seus arquivos, depois que você e Ben se casaram, continuaram morando na mesma casa no leste de Londres onde já viviam. — Ele fez uma pausa. Do nada veio uma voz que devia ser a da minha mãe. "Viviam em pecado": um muxoxo, um menear de cabeça dela que diziam tudo. — E depois de mais ou menos um ano se mudaram para outra casa, onde ficaram até você ser hospitalizada. — Ele fez uma pausa. — Fica bem perto daquela onde vocês moram hoje. — Comecei a entender o que ele poderia estar sugerindo. — Achei que podíamos sair agora e visitá-la no caminho de volta para sua casa. O que acha?

O que eu achava? Eu não sabia. Era uma pergunta quase irrespondível. Eu sabia que era algo razoável de se fazer, que poderia me ajudar de algum modo indefinível que nenhum de nós poderia ainda entender, mas mesmo assim senti relutância. Era como se meu passado de repente parecesse perigoso. Um lugar que talvez não fosse sábio visitar.

— Não tenho certeza — respondi.

— Você morou ali durante alguns anos — disse ele.

— Eu sei, mas...

— Podemos simplesmente ir e olhar. Não precisamos entrar.

— Entrar? — perguntei. — Como...?

— Sim — disse ele. — Escrevi para o casal que hoje mora ali. Nós conversamos ao telefone. Eles disseram que se existe uma chance de isso ajudar, então se sentiriam mais do que felizes em deixar você dar uma olhada.

Fiquei surpresa com aquilo.

— É mesmo?

Ele desviou ligeiramente o olhar — rápido, mas o suficiente para que eu registrasse algo como constrangimento. Imaginei o que ele poderia estar escondendo.

— Sim — disse ele, e então: — Não me dou a esse tipo de trabalho com todos os meus pacientes. — Eu não disse nada. Ele sorriu. — Eu acredito mesmo que isso possa ajudar, Christine.

O que mais eu poderia fazer?

No caminho eu tencionava escrever em meu diário, mas o trajeto não foi longo e eu mal havia acabado de ler a última entrada quando estacionamos em frente a uma casa. Fechei o caderno e olhei para cima. A casa era parecida com aquela de onde eu saíra pela manhã — aquela da qual precisava me lembrar que moro agora — com tijolinhos vermelhos, esquadrias de madeira pintada e a mesma janela ampla e jardim cuidado. Se havia alguma diferença é que esta casa parecia maior, e uma janela no teto sugeria um sótão convertido em quarto que a nossa não tinha. Achei difícil entender por que havíamos nos mudado desta para outra casa quase idêntica, localizada a somente alguns quilômetros de distância. Depois de um instante, compreendi: por causa das lembranças. Lembranças de uma época melhor, anterior ao meu acidente, quando éramos felizes, levávamos uma vida normal. Ben devia ter essas recordações, embora eu não.

Subitamente tive certeza de que a casa revelaria coisas para mim. Revelaria o meu passado.

— Quero entrar — falei.

Aqui, devo fazer uma pausa. Desejo escrever o resto, mas é importante, importante demais para que seja escrito às pressas, e Ben estará de volta a qualquer momento. Ele já está atrasado; o céu escureceu, a rua reverbera com os sons de portas se fechando à medida que as pessoas voltam do trabalho para casa. Carros desaceleram em frente à nossa casa — em breve, o de Ben será um deles. É melhor eu interromper agora, deixar meu caderno de lado, escondê-lo em segurança dentro do armário.

Mais tarde eu continuo.

∽

Estava recolocando a tampa da caixa de sapatos quando ouvi o barulho da chave de Ben na fechadura. Ele me chamou quando entrou em casa, e eu lhe disse que desceria em um instante. Embora eu não tenha motivos para fingir que não estava olhando dentro do guarda-roupa, fechei a porta do armário suavemente e depois fui encontrar meu marido.

A noite foi entrecortada. Meu diário me chamava. Enquanto comíamos, não parava de pensar se conseguiria escrever algo antes de lavar a louça; enquanto a lavava, pensava se eu não poderia fingir uma dor de cabeça e escrever depois que terminasse. Mas então, quando terminei de arrumar a cozinha, Ben falou que precisava trabalhar um pouco e foi para seu escritório. Suspirei, aliviada, e disse que iria me deitar.

É onde estou agora. Consigo ouvir o Ben — o *tac tac tac* do teclado — e admito que o som é reconfortante. Li o que escrevi antes de Ben voltar para casa e consigo agora mais uma vez me visualizar como estava esta tarde: parada em frente a uma casa onde um dia morei. Posso retomar minha história.

Aconteceu na cozinha.

Uma mulher — Amanda — atendeu a campainha insistente da porta, cumprimentou o Dr. Nash com um aperto de mão e a mim com um olhar que pairava entre a pena e o fascínio.

— Você deve ser Christine — disse ela, inclinando a cabeça para o lado e estendendo sua mão manicurada. — Entre!

Ela fechou a porta atrás de nós. Usava uma blusa cor de creme e joias douradas. Apresentou-se e disse:

— Pode ficar quanto tempo quiser, ok? Quanto tempo quiser.

Assenti e olhei ao redor. Estávamos em um corredor iluminado e acarpetado. O sol atravessava as vidraças da janela e incidia sobre um vaso de tulipas vermelhas que estava em uma mesinha de canto. O silêncio foi duradouro e incômodo.

— É uma casa adorável — disse Amanda finalmente, e por um momento senti como se o Dr. Nash e eu fôssemos possíveis compradores e ela uma corretora ávida por fechar um negócio. — Nós a compramos há mais ou menos dez anos. Simplesmente a adoramos. É tão iluminada. Quer ver a sala?

Nós a seguimos até a sala de estar. Era ampla, de bom gosto. Não senti nada, nem mesmo a mais tênue sensação de familiaridade; podia ser qualquer sala de qualquer casa em qualquer cidade.

— Muitíssimo obrigado por ter nos deixado dar uma olhada — disse o Dr. Nash.

— Ah, não foi nada! — retrucou ela, com um riso peculiar. Imaginei-a andando a cavalo, ou fazendo arranjos de flores.

— Você fez muitas reformas desde que se mudou? — perguntou ele.

— Ah, um pouco — disse ela. — Aqui e ali.

Olhei para as tábuas de madeira cor de areia e as paredes brancas, para o sofá cor de creme, para as reproduções de arte moderna penduradas na parede. Pensei na casa de onde eu havia saído de manhã; esta não poderia ser mais diferente.

— Você se lembra de como ela era antes de se mudar?

Ela suspirou.

— Apenas vagamente, receio. Tinha carpete. De tom bege, acho. E papel de parede. Alguma estampa listrada, se me lembro bem. — Tentei visualizar a sala como ela a havia descrito. Nada me veio. — Havia uma lareira que mandamos retirar, também. Hoje me arrependo. Era de um tipo original.

— Christine? — perguntou o Dr. Nash. — Alguma coisa? — Quando fiz que não, ele disse: — Acha que poderíamos olhar o resto da casa?

Subimos as escadas. Havia dois quartos.

— Giles trabalha boa parte do tempo em casa — comentou ela enquanto entrávamos no que ficava na parte da frente. Era dominado por uma mesa de trabalho, gaveteiros e livros. — Acho que os antigos donos devem ter usado este como quarto de dormir. — Ela olhou para mim, mas eu nada disse. — É um pouco maior do que o outro, mas Giles não consegue dormir aqui. Por causa do trânsito. — Uma pausa. — Ele é arquiteto. — Novamente, eu nada disse. — É uma grande coincidência — continuou ela —, porque o homem de quem compramos a casa também era arquiteto. Nós o conhecemos quando viemos olhar o lugar. Eles se deram bastante bem. Acho que conseguimos um desconto de alguns milhares de libras só por causa dessa conexão. — Outra pausa. Imaginei se ela estaria esperando que a parabenizássemos. — Giles está abrindo o próprio negócio.

Um arquiteto, pensei. Não um professor, como Ben. Não podia ser para eles que ele vendeu essa casa. Tentei imaginar o quarto com uma cama em vez da mesa de tampo de vidro, com carpete e papel de parede listrado no lugar das tábuas de madeira e das paredes brancas.

O Dr. Nash se virou para me olhar.

— Alguma coisa?

Balancei a cabeça.

— Não. Nada. Não me lembro de nada.

Olhamos o outro quarto, o banheiro. Nada me veio e, então, descemos as escadas e entramos na cozinha.

— Quer uma xícara de chá? — perguntou Amanda. — Não é incômodo nenhum, já está pronto.

— Não, obrigada — respondi. A cozinha era dura. Cheia de arestas. Os móveis eram cromados e brancos, e a bancada parecia puro concreto. Uma tigela com limões fornecia o único ponto de cor. — Acho que daqui a pouco já vamos embora — continuei.

— Claro — disse Amanda. Sua eficiência jovial parecia ter desaparecido, substituída por um olhar de decepção. Eu me senti culpada; ela obviamente esperara que uma visita à sua casa pudesse ser o milagre que me curaria.

— Posso tomar um copo d'água? — pedi.

Ela se animou imediatamente.

— Claro! Vou apanhar.

Ela me estendeu o copo e foi nesse momento, quando o apanhei de sua mão, que eu vi.

Amanda e o Dr. Nash sumiram. Eu estava sozinha. Sobre a bancada vi um peixe cru, úmido e cintilante, disposto numa travessa ovalada. Ouvi uma voz. Uma voz masculina. Era a voz de Ben, pensei, mas de algum modo mais jovem.

— Vinho branco — dizia ela — ou tinto? — E eu me virei e o vi entrando numa cozinha. Era a mesma cozinha — aquela onde eu estava com Dr. Nash e Amanda —, mas as paredes estavam pintadas de uma cor diferente. Ben segurava uma garrafa de vinho em cada mão, e era o mesmo Ben, porém mais magro, com menos fios grisalhos nos cabelos, e com bigode. Estava nu e seu pênis estava semiereto, balançando comicamente enquanto ele andava. Sua pele era macia, tesa sobre os músculos de seus braços e peito, e senti a pontada pungente do desejo. Eu me vi engolir em seco, mas ri.

— Branco, acho? — disse ele, e riu comigo, e então colocou as duas garrafas na mesa e veio até onde eu estava. Seus braços me envolveram, e comecei a fechar os olhos, e minha boca se abriu, como se de forma involuntária, e eu o beijei, e ele a mim, e pude sentir seu pênis pressionando a minha virilha e a minha mão se movendo em direção a ele. E, enquanto eu o beijava, eu pensava: "Preciso me lembrar disso, dessa sensação. Preciso colocar isso no meu livro. É isso o que eu quero escrever."

Então eu me larguei em seus braços, pressionando o meu corpo contra o dele, e suas mãos começaram a abrir o meu vestido, buscando o zíper.

— Pare! — eu disse. — Não... — Mas mesmo enquanto eu dizia não, pedia que ele parasse, sentia como se eu o desejasse mais do que jamais desejara alguém antes. — Lá em cima — falei —, rápido. — E então saímos da cozinha, tirando nossas roupas no caminho, e nos dirigimos ao quarto com carpete cinza e papel de parede de estampa azul, e o tempo inteiro eu pensava: "Sim, é sobre isso que eu deveria escrever no meu próximo romance, essa é a sensação que quero captar."

Balancei para a frente. Ouvi o som de vidro se quebrando, e a imagem à minha frente sumiu. Era como se um rolo de filme tivesse acabado, as imagens na tela tivessem sido substituídas por uma luz trêmula e sombras de partículas de poeira. Abri os olhos.

Eu continuava ali, naquela cozinha, mas agora era o Dr. Nash quem estava na minha frente, e Amanda um pouco atrás dele, e os dois me olhavam, preocupados e ansiosos. Percebi que eu deixara o copo cair.

— Christine — chamou o Dr. Nash. — Christine, você está bem?

Não respondi. Não sabia o que sentir. Era a primeira vez — pelo que eu sabia — que eu havia me lembrado do meu marido.

Fechei os olhos e tentei fazer a visão voltar. Tentei ver o peixe, o vinho, meu marido de bigode, nu, com o pênis balançando, mas nada veio. A lembrança havia desaparecido, evaporado como se jamais houvesse existido ou tivesse sido obliterada pelo presente.

— Sim — respondi. — Estou bem. Eu...

— O que foi? — perguntou Amanda. — Você está bem?

— Eu me lembrei de algo — falei. Vi as mãos de Amanda voarem até a boca, seu rosto adquirir uma expressão de prazer.

— É mesmo? — exclamou ela. — Que maravilha! O quê? O que você lembrou?

— Por favor... — pediu o Dr. Nash. Ele deu um passo para a frente e segurou o meu braço. O vidro quebrado se esmigalhou sob seus pés.

— Do meu marido — eu disse. — Aqui. Eu me lembrei do meu marido...

A expressão de Amanda desabou. "Só isso?", parecia dizer ela.

— Dr. Nash? — falei. — Eu me lembrei de Ben! — Comecei a tremer.

— Ótimo — disse o Dr. Nash. — Ótimo! Isso é excelente!

Juntos, os dois me levaram até a sala de estar. Sentei no sofá. Amanda me entregou uma caneca com chá quente, um biscoito num prato. Ela não entende, pensei. Não tem como entender. Eu me lembrei de Ben. De mim, quando jovem. De nós dois, juntos. Sei que estávamos apaixonados. Não tenho mais de aceitar a palavra dele a esse respeito. É importante. Muito mais importante do que ela jamais seria capaz de saber.

Eu me sentia empolgada durante todo o trajeto de volta para casa. Acesa com energia nervosa. Olhei para o mundo exterior — o mundo estranho, misterioso e não familiar — e nele não enxerguei ameaça, e sim possibilidade. O Dr. Nash me disse que achava que estávamos chegando a algum lugar. Parecia animado. "Isso é bom", não parava de dizer. "Isso é bom." Eu não tinha certeza se ele queria dizer que era bom para mim ou para ele, para sua carreira. Ele disse que gostaria de marcar um exame de escaneamento cerebral e, quase sem pensar, concordei. Ele me entregou um telefone celular também, dizendo que tinha sido da namorada dele. Era diferente daquele que Ben havia me dado. Era menor, e a tampa se abria para revelar um teclado e uma tela em seu interior. "É um celular de reserva", disse ele. "Pode me ligar a qualquer hora. Qualquer hora que for importante. E fique sempre com ele. Vou ligar para lembrar você do diário." Isso foi horas atrás. Agora percebo que ele o deu para mim para que pudesse me telefonar sem que Ben soubesse. Ele inclusive chegou a dizer isso. "Liguei para você outro dia e quem atendeu foi Ben. As coisas podem ficar meio estranhas. Isso vai facilitar tudo." Aceitei sem fazer perguntas.

Eu me lembrei de Ben. Lembrei que eu o amava. Logo ele estará em casa. Talvez mais tarde, quando formos para a cama, eu compense a rejeição da noite passada. Eu me sinto viva. Vibrando de possibilidades.

Terça-feira, 13 de novembro

Agora é de tarde. Logo Ben chegará em casa após mais um dia de trabalho. Estou sentada com este diário à minha frente. Um homem — o Dr. Nash — me ligou na hora do almoço e me contou onde eu poderia encontrá-lo. Eu estava sentada na sala quando ele ligou, e de início não acreditei que ele soubesse quem eu sou. "Olhe na caixa de sapatos dentro do armário", disse ele por fim. "Você vai encontrar um caderno." Eu não acreditei no que ele dizia, mas ele ficou na linha enquanto eu olhava, e estava certo. Meu diário estava lá, embrulhado em papel de seda. Eu o retirei como se fosse algo frágil e então, depois que me despedi do Dr. Nash, me ajoelhei em frente ao armário e o li. Cada palavra.

Estava nervosa, embora não soubesse por quê. O diário parecia proibido, perigoso, embora isso talvez se devesse apenas ao cuidado com que eu o havia escondido. Eu não parava de desviar os olhos das páginas para verificar as horas; cheguei mesmo a fechá-lo rapidamente e a embrulhá-lo de novo no papel de seda quando ouvi o som de um carro em frente à casa. Mas agora estou calma. Estou escrevendo isso à janela do quarto. Tenho uma sensação familiar aqui, de algum modo, como se fosse um local onde costumo me sentar com frequência. Vejo a rua, que em uma das direções leva a uma fileira de árvores altas atrás das quais se vê um parque, e na outra, a uma fileira de casas e a outra rua, mais movimentada. Percebo que, embora eu tenha decidido manter o diário escondido de Ben, nada terrível aconteceria se ele o encontrasse. Ele é meu marido. Posso confiar nele.

Li mais uma vez sobre o entusiasmo que senti a caminho de casa, ontem. Ele desapareceu. Agora me sinto satisfeita. Tranquila. Carros passam. De vez em quando alguém passa caminhando, um homem assoviando, ou uma jovem mãe levando o filho para o parque e, mais tarde, trazendo-o de volta. À distância, um avião, que se aproxima do pouso, parece quase parado.

As casas em frente estão vazias, a rua, silenciosa, a não ser pelo homem que assovia e pelo latido de um cão infeliz. A comoção da manhã, com sua sinfonia de portas se fechando, despedidas melodiosas e motores dando partida, desapareceu. Sinto-me sozinha no mundo.

Começa a chover. Grandes gotas se espalham na janela em frente ao meu rosto, permanecem ali por um instante e então, unidas com outras, começam sua lenta descida pela vidraça. Ponho a mão sobre o vidro gelado.

Tanta coisa me separa do resto do mundo.

Leio a respeito da visita à casa que compartilhei com meu marido. Teria sido mesmo apenas ontem que essas palavras foram escritas? Não parecem pertencer a mim. Leio sobre o dia do qual havia me lembrado, também. De beijar meu marido — na casa que compramos juntos, há tanto tempo —, e, quando fecho os olhos, consigo ver a cena novamente. É tênue no início, desfocada, mas então a imagem se ilumina e se revela, ganhando foco com uma intensidade quase insuportável. Meu marido arrancando as minhas roupas. Ben me abraçando, seus beijos se tornando mais urgentes, profundos. Eu me lembro de que não comemos o peixe nem bebemos o vinho; em vez disso, depois que terminamos de fazer amor, ficamos na cama pelo máximo de tempo possível, com as pernas entrelaçadas, minha cabeça em seu peito, sua mão afagando meu cabelo, o sêmen secando sobre minha barriga. Ficamos em silêncio. A felicidade nos envolvia como uma nuvem.

— Eu amo você — disse ele. Num sussurro, como se jamais tivesse dito aquelas palavras antes e, embora devesse tê-lo feito muitas vezes, elas pareciam novas. Proibidas e perigosas.

Olhei para ele, para os pelos eriçados de seu queixo, a carne de seus lábios e a linha do nariz acima deles.

— Também amo você — falei, sussurrando para seu peito, como se aquelas palavras fossem frágeis.

Ele apertou o meu corpo de encontro ao dele, e me beijou suavemente. O topo da minha cabeça, minha testa. Fechei os olhos e ele beijou minhas pálpebras, mal tocando-as com os lábios. Eu me sentia segura, em casa. Sentia como se ali, de encontro ao corpo dele, fosse o único lugar que eu podia chamar de meu. O único lugar onde eu já desejara estar na vida. Deitados em silêncio por um instante, abraçados, nossa pele se fundindo, nossa respiração sincronizada, senti como se o silêncio fosse permitir àquele momento durar para sempre — tempo que ainda assim não seria o suficiente.

Ben quebrou o encanto.

— Preciso ir — disse ele, e eu abri os olhos e segurei sua mão. Era quente. Macia. Trouxe-a até meus lábios e a beijei. Gosto de vidro, de terra.

— Já? — falei.

Ele voltou a me beijar.

— Sim. Está mais tarde do que você pensa. Vou perder o trem.

Senti meu corpo afundar. A separação parecia impensável. Insuportável.

— Fique um pouco mais — pedi. — Pegue o próximo.

Ele riu.

— Não dá, Chris — disse ele. — Você sabe disso.

Eu o beijei novamente.

— Eu sei — falei. — Eu sei.

Tomei uma chuveirada depois que ele partiu. Demorei, ensaboando-me lentamente, sentindo a água em minha pele como se fosse uma nova sensação. No quarto, borrifei perfume no corpo e vesti minha camisola e um robe, e então desci até a sala de jantar.

Estava escuro. Acendi a luz. Na mesa à minha frente havia uma máquina de escrever, com papel em branco, e ao lado dela uma pilha de folhas de papel viradas para baixo. Eu me sentei à máquina e comecei a datilografar: *Capítulo Dois*.

Então me detive. Não conseguia pensar no que escrever em seguida, em como começar. Suspirei, apoiando os dedos sobre o teclado. Ele me dava uma sensação de naturalidade, frio e macio, delineado de encontro à ponta dos meus dedos. Fechei os olhos e voltei a datilografar.

Meus dedos bailaram ao longo das teclas, automaticamente, quase sem pensar. Quando abri os olhos eu havia datilografado uma única frase.

Lizzy não sabia o que ela havia feito, ou como isso poderia ser desfeito.

Olhei para a frase. Sólida. Ali, colocada na página.

Que lixo, pensei. Senti raiva. Sabia que poderia fazer melhor. Já o fizera antes, dois verões atrás, quando as palavras jorraram de mim, espalhando minha história sobre a página feito confetes. Mas e agora? Agora havia algo de errado. A linguagem se tornara sólida, rígida. Endurecera.

Apanhei um lápis e risquei a frase. Eu me senti um pouco melhor com ela riscada, mas agora de novo eu não tinha nada; nenhum ponto de partida.

Levantei-me e acendi um cigarro do maço que Ben deixara em cima da mesa. Traguei a fumaça profundamente, retive-a nos pulmões, expirei. Por um instante desejei que fosse maconha, me perguntei onde eu poderia conseguir um pouco para uma próxima vez. Eu me servi uma bebida — vodca pura num copo de uísque — e tomei um gole. Teria de servir. Bloqueio de escritor, pensei. Como é que eu havia caído nessa merda de clichê?

Da última vez. Como eu havia conseguido da última vez? Vasculhei pelas estantes que tomavam a parede da sala e, com o cigarro pendurado entre os lábios, retirei um livro da prateleira superior. Deve haver pistas ali, com certeza, não é?

Pousei o copo de vodca e virei o livro em minhas mãos. Apoiei as pontas dos dedos sobre a capa, como se o livro fosse delicado, e passei-as delicadamente sobre o título. *Para os pássaros da manhã*, dizia. *Christine Lucas*. Abri o livro e folheei as páginas.

∽

A imagem sumiu. Meus olhos se abriram. O quarto onde eu estava parecia desmazelado e cinzento, mas minha respiração estava entrecortada. Registrei fracamente a surpresa de que eu já fui fumante, mas ela logo foi substituída por outra coisa. Seria verdade? Será que escrevi um romance? Teria ele sido publicado? Levantei-me; meu diário deslizou do colo. Se sim, eu havia sido alguém, alguém com uma vida, com objetivos, ambições e conquistas. Desci as escadas correndo.

Seria verdade? Ben não me disse nada esta manhã. Nada sobre ser uma escritora. Esta manhã eu li sobre o passeio até Parliament Hill. Lá ele havia me dito que eu trabalhava como secretária quando sofri o acidente.

Vasculhei as estantes de livros da sala de estar. Dicionários. Um atlas. Um guia do tipo faça-você-mesmo. Alguns romances de capa dura, que, pelo estado, adivinhei não terem sido lidos. Mas nada escrito por mim. Nada sugerindo que eu havia publicado um romance. Girei o corpo, meio enlouquecida. Deve estar aqui, pensei. Tem de estar. Mas então outro pensamento me atingiu. Talvez minha visão não tivesse sido uma lembrança, e sim uma invenção. Talvez, sem ter uma história verdadeira à qual se agarrar e sobre a qual refletir, minha mente houvesse criado uma. Talvez meu subconsciente tenha decidido que eu era escritora porque foi isso o que eu sempre quis ser.

Subi as escadas correndo. As prateleiras do escritório estavam repletas de caixas de arquivo e manuais de computador, e eu não havia visto livro algum em nenhum dos quartos quando explorei a casa pela manhã. Fiquei parada um instante, depois vi o computador à minha frente, silencioso e escuro. Sabia o que fazer, embora não soubesse como eu sabia. Eu o liguei e embaixo da mesa ele zuniu de volta à vida, sua tela se acendeu um instante depois. Um barulho musical soou das caixinhas de som que ficavam dos lados da tela, e então uma imagem surgiu. Uma fotografia minha com Ben, os dois sorrindo. Bem no meio dos nossos rostos havia uma caixa. *Usuário*, dizia, e embaixo outra: *Senha*.

Na minha visão eu datilografava sem ver, os dedos dançando pelas teclas como se guiados pelo instinto. Posicionei o cursor piscante sobre a caixa marcada *Usuário* e ergui as mãos acima do teclado. Seria verdade? Teria eu aprendido a digitar? Deixei que os dedos se apoiassem sobre as letras erguidas. Eles se moveram, sem esforço, os mindinhos buscando as teclas que eram de seu domínio e o restante encontrando seu lugar ao lado deles. Fechei os olhos e, sem pensar, comecei a digitar, ouvindo apenas o barulho da minha respiração e o bater das teclas de plástico. Ao terminar, olhei para o que eu havia feito, para o que estava escrito na caixa. Esperava algo sem sentido, mas o que vi me chocou.

Um pequeno jabuti xereta viu dez cegonhas felizes.

Olhei fixamente para a tela. Era verdade. Eu era capaz de digitar sem olhar para o teclado. Talvez minha visão não tivesse sido invenção, e sim uma lembrança.

Talvez eu tivesse de fato escrito um romance.

Corri para o quarto. Não fazia sentido. Por um momento, tive a sensação excruciante de que eu estava ficando louca. O romance parecia existir e não existir ao mesmo tempo, ser real e também completamente imaginário. Não conseguia me lembrar de nada a seu respeito, nada sobre sua trama ou seus personagens, nem mesmo o motivo pelo qual eu havia dado aquele título — mas mesmo assim ele parecia real, como se fosse um coração pulsando dentro de mim.

E por que Ben não me contara? Nem tinha um exemplar à vista? Eu o imaginei escondido na casa, embrulhado em papel de seda, armazenado em uma caixa no sótão ou no porão. Por quê?

Uma explicação me ocorreu. Ben havia me contado que eu trabalhava como secretária. Talvez fosse por isso que eu soubesse digitar: o único motivo.

Retirei um dos telefones da minha bolsa, sem me importar qual era e mal dando importância para quem eu iria ligar. Meu marido ou meu médico? Os dois pareciam igualmente estranhos para mim. Abri o telefone e procurei na lista de contatos até avistar um nome que reconheci, depois apertei a tecla de chamada.

— Dr. Nash? — eu disse, quando ele atendeu. — É Christine. — Ele começou a dizer alguma coisa, mas eu o interrompi. — Escute. Eu já escrevi alguma coisa?

— Perdão, não entendi — disse ele. Parecia confuso, e por um instante tive a sensação de que eu havia feito algo terrivelmente errado. Fiquei em dúvida se ele sabia quem eu era, mas então ele disse: — Christine?

Repeti o que havia acabado de perguntar.

— Acabei de me lembrar de uma coisa. Que eu estava escrevendo algo, anos atrás, na época em que conheci Ben, acho. Um romance. Eu cheguei a escrever um romance?

Ele pareceu não entender o que eu queria dizer.

— Um romance?

— Sim — falei. — Parece que me lembro de ter tido vontade de ser escritora, quando pequena. Só fiquei me perguntando se cheguei a escrever alguma coisa de fato. Ben me contou que eu trabalhava como secretária, mas eu pensei que...

— Ele não lhe disse? — perguntou o Dr. Nash. — Você estava escrevendo o seu segundo romance quando perdeu a memória. O primeiro foi publicado. Foi um sucesso. Eu não diria que chegou a ser um best seller, mas com certeza foi um sucesso.

As palavras giraram em falso. Um romance. Um sucesso. Publicado. Era verdade, a lembrança tinha sido real. Eu não sabia o que dizer. O que pensar.

Eu me despedi e depois subi para escrever isso.

✍

O relógio na mesa de cabeceira diz 10h30. Imagino que Ben logo virá se deitar, mas continuo aqui sentada na beira da cama, escrevendo. Conversei com ele depois do jantar. Passei a tarde impaciente, andando de um ambiente para outro, olhando tudo como se fosse a primeira vez, me perguntando por que ele removeria os indícios até mesmo deste sucesso modesto. Não fazia sentido. Estaria ele envergonhado? Constrangido? Será que eu havia escrito sobre ele, sobre nossa vida a dois? Ou seria o motivo algo pior? Algo mais sombrio, que eu ainda não conseguia vislumbrar?

Quando ele chegou em casa resolvi que iria lhe perguntar diretamente, mas agora... Agora isso não parecia possível. Tinha a sensação de que eu o estaria acusando de mentir.

Falei o mais casualmente que pude.

— Ben? O que eu fazia para viver? — Ele levantou os olhos do jornal e olhou para mim. — Eu tinha um emprego?

— Sim — respondeu ele. — Você trabalhou como secretária durante algum tempo. Logo depois que nos casamos.

Tentei manter o tom uniforme.

— Verdade? Tenho a sensação de que eu queria escrever.

Ele fechou o jornal, dando-me total atenção.

— Sensação?

— Sim. Definitivamente, eu me lembro de amar os livros quando criança. E pareço ter uma vaga lembrança de querer ser escritora. — Ele estendeu o braço por cima da mesa de jantar e segurou a minha mão. Seus olhos pareciam tristes. Desapontados. "Que pena", pareciam dizer. "Que azar. Acho que agora você não vai mais poder fazer isso." — Tem certeza? — comecei a dizer. — Pareço recordar que...

Ele me interrompeu.

— Christine — disse ele —, por favor. Você está imaginando coisas...

Durante o resto da noite fiquei em silêncio, ouvindo apenas os pensamentos que ecoavam em minha cabeça. Por que ele faria isso? Por que fingiria que eu jamais havia escrito uma palavra sequer? Por quê? Eu o observei, adormecido no sofá, roncando baixinho. Por que eu não lhe disse que eu sabia ter escrito um romance? Será que eu realmente confiava tão pouco nele assim? Eu havia me lembrado de nós dois nos braços um do outro, murmurando juras de amor enquanto o céu escurecia. Como chegamos então a esse ponto?

Mas depois comecei a imaginar o que aconteceria se eu topasse com um exemplar do meu romance em um armário ou nos fundos de uma prateleira alta. O que aquilo me diria, a não ser

"Olhe o quanto você decaiu. Olhe o que você era capaz de fazer antes de um carro em uma rua coberta de gelo tirar tudo de você, deixando-a menos que imprestável."

Não seria um momento feliz. Eu me vi ficando histérica — muito mais do que nesta tarde, quando pelo menos essa compreensão foi gradual, desencadeada por uma lembrança há muito ansiada —, gritando, chorando. O efeito poderia ser devastador.

Não admira que Ben tenha desejado esconder aquilo de mim. Eu o vejo agora, recolhendo todos os exemplares, queimando-os na churrasqueira no quintal, antes de decidir o que me diria. Qual seria a melhor maneira de reinventar o meu passado a fim de torná-lo tolerável. No que eu precisaria acreditar durante o restante dos meus anos.

Mas agora isso acabou. Conheço a verdade. Minha própria verdade, que ninguém me contou, mas que eu mesma recordei. E agora ela está escrita, anotada neste diário em vez de na minha memória, e permanentemente assim.

Sei que o livro que estou escrevendo — o segundo, percebo com orgulho — pode ser tão perigoso quanto necessário. Não se trata de ficção. Pode revelar coisas que seria melhor permanecerem ignoradas. Segredos que não deveriam ver a luz do dia.

E, contudo, minha caneta se movimenta pela página.

Quarta-feira, 14 de novembro

Esta manhã perguntei a Ben se ele já usou bigode. Ainda me sentia confusa, incerta do que seria verdade e do que não. Acordei cedo e, ao contrário dos dias anteriores, não pensei que ainda era uma criança. Me senti adulta. Sexual. A pergunta na minha mente não era "Por que estou na cama com um homem?", e sim "Quem é ele?" e "O que fizemos?". No banheiro olhei para o meu reflexo horrorizada, mas as fotos ao redor dele pareciam ressoar de veracidade. Vi o nome do homem — Ben — e me pareceu de algum modo familiar. Minha idade, meu casamento, esses fatos pareciam coisas que eu relembrava, e não que ouvia pela primeira vez. Coisas enterradas, mas não muito fundo.

O Dr. Nash me ligou praticamente logo depois que Ben saiu para trabalhar. Ele me lembrou do meu diário e então — depois de me contar que viria me apanhar mais tarde para me levar para o exame de escaneamento cerebral — eu o li. Havia algumas coisas ali que eu tinha a sensação de talvez relembrar, e talvez passagens inteiras que eu me lembrava de ter escrito. Era como se algum resíduo de memória houvesse sobrevivido à noite.

Talvez fosse por isso que eu precisasse ter certeza de que as coisas ali contidas eram verdadeiras. Liguei para o Ben.

— Ben — falei, depois que ele me falou que não estava ocupado —, você alguma vez usou bigode?

— Que pergunta estranha! — exclamou ele. Ouvi o clangor de uma colher contra uma xícara e imaginei-o colocando açúcar em seu café, com um jornal aberto à sua frente. Me senti esquisita. Incerta do quanto dizer.

— É que... — comecei. — Tive uma lembrança, acho.

Silêncio.

— Uma lembrança?

— Sim — falei. — Creio que sim.

Minha mente repassou as coisas que eu havia escrito no outro dia — o bigode dele, seu corpo nu, sua ereção — e as que eu lembrei ontem. Nós dois na cama. Nos beijando. Elas foram iluminadas brevemente, antes de voltarem a afundar nas profundezas. De repente senti medo.

— Parece que me lembro de você com bigode — falei.

Ele riu, e eu o ouvi pousar a bebida. Senti o chão começar a me fugir dos pés. Talvez tudo o que eu escrevi fosse mentira. Sou uma romancista, afinal de contas, pensei. Ou costumava ser.

A fragilidade da minha lógica me ocorreu. Eu costumava escrever obras de ficção, portanto minha afirmativa de que fui uma romancista bem podia ser uma dessas ficções. Se fosse esse o caso, eu não havia escrito ficção. Minha cabeça girava.

Mas parecia verdade, disse a mim mesma. Além disso, eu era capaz de digitar sem olhar para as teclas. Ou pelo menos escrevi que eu era...

— Usou ou não usou? — perguntei, desesperada. — É que... é importante.

— Vejamos — disse ele. Eu o imaginei fechando os olhos, mordendo o lábio inferior em uma paródia de concentração. — Suponho que talvez tenha usado, certa vez. Durante um período muito breve. Anos atrás. Não me lembro... — Pausa, e então: —

Sim. Na verdade, usei sim. Acho que provavelmente usei. Durante uma semana, mais ou menos. Há muito tempo.

— Obrigada — falei, aliviada. O chão em que eu pisava parecia um pouco mais seguro.

— Você está bem? — perguntou ele.

E respondi que estava.

O Dr. Nash me apanhou ao meio-dia. Disse que eu deveria almoçar antes de ir, mas eu não estava com fome. Estava nervosa, acho.

— Vamos encontrar um colega meu — explicou ele no carro. — O Dr. Paxton.

Eu nada disse.

— Ele é um especialista no campo das imagens funcionais de pacientes com problemas parecidos com o seu. Trabalhamos juntos.

— Certo — falei, e então ficamos parados no trânsito. — Eu liguei para você ontem? — perguntei. Ele respondeu que sim.

— Você leu seu diário?

— A maior parte dele. Pulei alguns trechos. Já está bem comprido.

Ele pareceu interessado.

— Que partes você pulou?

Pensei por um instante.

— Há algumas partes que me parecem familiares. Suponho que me dão a sensação de estar apenas relembrando coisas que já sei. Das quais eu já lembro...

— Isso é bom. — Ele olhou de relance para mim. — Muito bom.

Senti que corava de prazer.

— Então, eu liguei para você para falar sobre o quê? Ontem?

— Você queria saber se havia mesmo escrito um romance — disse ele.

— E escrevi? Escrevi?

Ele se virou para mim. Estava sorrindo.

— Sim — respondeu. — Sim, escreveu.

O trânsito voltou a andar e nós partimos. Senti alívio. Eu sabia que o que eu havia escrito era verdade. Relaxei durante o trajeto.

O Dr. Paxton era mais velho do que eu havia imaginado. Usava um paletó de tweed, e os cabelos brancos saíam selvagens de seu nariz e das orelhas. Ele dava a impressão de provavelmente estar aposentado.

— Bem-vinda ao Centro de Imagens do Vincent Hall — disse ele depois que o Dr. Nash nos apresentou, e então, sem tirar os olhos dos meus, deu uma piscadela e apertou minha mão. — Não se preocupe — disse ele. — Não é tão pomposo quanto parece. Aqui, vamos entrar. Vou lhe mostrar o local.

Entramos no prédio.

— Estamos ligados ao hospital e à universidade — disse ele, enquanto atravessávamos a entrada principal. — O que pode ser ao mesmo tempo uma bênção e uma maldição. — Eu não sabia o que ele queria dizer com aquilo e esperei que ele dissesse mais a respeito, mas ele nada disse. Sorri.

— Verdade? — falei. Ele estava tentando me ajudar. Eu queria ser educada.

— Todo mundo quer que a gente faça tudo — Ele riu. — Mas ninguém quer pagar nem um centavo por isso.

Entramos em uma sala de espera. Estava pontilhada de cadeiras vazias, exemplares das mesmas revistas que Ben deixou para mim em casa — *Radio Times, Hello!*, agora acompanhadas de *Country Life* e *Marie Claire* — e copos de plástico descartados. A impressão que se tinha é de que ali havia acabado de acontecer uma festa e que todos tinham saído com pressa. O Dr. Paxton fez uma pausa em frente a outra porta.

— Quer ver a sala de controle?

— Sim — respondi. — Por favor.

— A RMI é uma técnica relativamente nova — disse ele, depois que entramos. — Já ouviu falar dela? RMI? Ressonância Magnética por Imagem?

Estávamos em uma saleta, iluminada apenas pelo brilho fantas-magórico de uma fileira de monitores de computador. Uma das paredes estava tomada por uma janela, através da qual se via outra sala, dominada por uma grande máquina cilíndrica, com uma cama que dela se projetava como uma língua. Comecei a sentir medo. Não sabia nada sobre essa máquina. Sem memória, como poderia saber?

— Não — respondi.

Ele sorriu.

— Desculpe. A ressonância magnética é um procedimento relativamente padrão. É como uma radiografia pelo corpo todo. Usamos algumas das mesmas técnicas, só que para observar como o cérebro opera. Enquanto espera.

O Dr. Nash então falou, — pela primeira vez em algum tempo — e sua voz pareceu baixa, quase tímida. Eu não tive certeza se ele tinha muita admiração pelo Dr. Paxton ou se estava desesperado para impressioná-lo.

— Se alguém tem um tumor no cérebro, precisamos escanear sua cabeça para descobrir a localização dele, a região afetada do cérebro. Isso é, observar a estrutura. Este exame de ressonância magnética permitirá que vejamos a região do cérebro que você usa ao executar determinadas tarefas. Queremos ver como o seu cérebro processa a memória.

— Quais regiões se iluminam e quais não — completou Paxton. — Para onde os fluidos estão se dirigindo.

— Isso irá ajudar? — perguntei.

— Esperamos que nos ajude a identificar onde está o dano — disse o Dr. Nash. — O que houve de errado. O que não está funcionando direito.

— E isso irá me ajudar a recuperar minha memória?

Ele fez uma pausa e então respondeu:

— Esperamos que sim.

Retirei minha aliança e meus brincos e coloquei-os em uma bandeja plástica.

— Você precisará deixar sua bolsa aí também — informou o Dr. Paxton, e depois me perguntou se eu tinha mais algum brinco ou piercing no corpo. — Você ficaria surpresa, minha cara — disse ele quando balancei a cabeça. — Bem, esse monstro é um pouquinho barulhento. Você vai precisar disso. — Ele me entregou tampões de ouvido amarelos. — Pronta?

Hesitei.

— Não sei. — O medo estava começando a se arrastar sobre mim. A sala pareceu encolher e escurecer, e do outro lado do vidro o próprio scanner se agigantava. Tive a sensação de que eu já o havia visto antes, ou uma máquina parecida. — Não tenho certeza se quero fazer isso — disse.

Então o Dr. Nash se aproximou de mim e pousou a mão no meu braço.

— Não causa absolutamente nenhuma dor — disse ele. — Só é um pouco barulhento.

— É seguro?

— Perfeitamente. Eu vou estar aqui, logo atrás do vidro. Estaremos vendo você durante todo o exame.

Ainda assim eu devo ter parecido insegura, porque o Dr. Paxton acrescentou:

— Não se preocupe. Você está em mãos seguras, minha cara. Nada de errado irá acontecer. — olhei para ele, que sorriu e disse: — Imagine que as suas memórias estão perdidas em algum lugar da sua mente. A única coisa que faremos com essa máquina é tentar descobrir onde elas estão.

* * *

Estava frio, apesar do cobertor enrolado ao redor do meu corpo, e escuro, exceto pela luz vermelha que piscava na sala e por um espelho, pendurado alguns centímetros acima da minha cabeça em um ângulo tal que refletiria para mim a imagem de uma tela de computador situada em outro lugar. Além dos tampões de ouvido, eu usava fones, por meio dos quais eles me disseram que conversariam comigo, mas por enquanto eles estavam em silêncio. Eu não ouvia nada além de um zumbido distante, o som da minha respiração, pesada e difícil, e os batimentos monótonos do meu coração.

Com a mão direita eu segurava um bulbo de plástico cheio de ar. "Aperte-o, se precisar nos dizer alguma coisa", dissera o Dr. Paxton. "Não será possível ouvir você." Acariciei aquela superfície borrachuda e aguardei. Queria fechar os olhos, mas eles haviam me dito para mantê-los abertos, a fim de olhar para a tela. Moldes de espuma mantinham minha cabeça perfeitamente imóvel; eu não poderia me mexer nem que quisesse. O cobertor sobre mim era como uma mortalha.

Um instante de quietude e então um clique. Tão alto que eu me assustei, apesar dos tampões de ouvido. A ele se seguiu outro, e depois um terceiro. Um barulho grave, vindo da máquina ou da minha cabeça, eu não saberia dizer. Era como um monstro desajeitado acordando, o momento de silêncio antes do ataque. Segurei firme o bulbo de plástico, determinada a não apertá-lo, e então começou um som, como o de um alarme ou furadeira, altíssimo, tão alto que todo o meu corpo se sacudia a cada novo choque. Fechei os olhos.

Ouvi uma voz.

— Christine — dizia. — Poderia abrir os olhos, por favor? — Portanto, de algum modo eles podiam me ver. — Não se preocupe, está tudo bem.

"Bem?", pensei. O que eles sabem sobre estar bem? O que eles sabem sobre como é estar no meu lugar, aqui deitada, em uma cidade da qual não me lembro, com pessoas que nunca vi? Estou flutuando, pensei, completamente sem lastros, à mercê do vento.

Uma voz diferente. A do Dr. Nash.

— Pode olhar para as imagens? Pense no que elas são e diga o que são, mas apenas para si mesma. Não diga nada em voz alta.

Abri os olhos. Acima de mim, no espelhinho, apareciam desenhos, um após o outro, de traço preto sobre fundo branco. Um homem. Uma escada. Uma cadeira. Um martelo. Nomeei cada um à medida que surgiam e então a tela cintilou as palavras *Obrigado! Agora relaxe!*, e eu repeti isso a mim mesma também, para me manter ocupada, pensando ao mesmo tempo em como alguém poderia relaxar em uma máquina como essa.

Mais orientações apareceram na tela. *Relembre um acontecimento do passado*, dizia, e embaixo piscaram as palavras: *Uma festa.*

Fechei os olhos.

Tentei lembrar a festa que eu havia recordado enquanto eu e Ben assistíamos ao show de fogos de artifício. Tentei me visualizar no terraço, ao lado da minha amiga, ouvindo os ruídos da festa lá embaixo, sentindo o sabor dos fogos de artifício no ar.

Imagens vieram, mas não pareciam reais. Dava para perceber que eu não estava me lembrando delas, e sim inventando-as.

Tentei ver Keith, lembrar dele me ignorando, mas nada veio. Aquelas lembranças estavam novamente perdidas para mim. Enterradas, como se para sempre, embora agora pelo menos eu soubesse que elas existem, que estão em algum lugar aqui dentro, trancafiadas.

Minha mente se voltou para festas de criança. Aniversários, com minha mãe, minha tia e minha prima Lucy. Passa-anel. Dança das cadeiras. Estátua. Minha mãe com sacolas de guloseimas para embrulhar como prêmios. Sanduíches de carne assada e patê de peixe no pão de forma sem casca. Pavê com geleia.

Lembrei-me de um vestido branco com babados nas mangas, meias com babados, sapatos pretos. Meu cabelo ainda é loiro, estou sentada em uma mesa diante de um bolo, com velinhas. Inspiro fundo, me inclino para a frente e sopro. A fumaça sobe no ar.

Lembranças de outra festa me ocorreram então. Eu me vi em casa, olhando pela janela do meu quarto. Estou nua, com mais ou menos 17 anos. Há mesas dobráveis ao longo da rua, arrumadas em longas filas, repletas de travessas com pãezinhos de linguiça e sanduíches, jarras de suco de laranja. Há bandeiras do Reino Unido em toda parte, flâmulas penduradas em todas as janelas. Azuis. Vermelhas. Brancas.

As crianças estão fantasiadas — de pirata, de feiticeiro, de viking — enquanto os adultos tentam organizá-las em grupos para fazer uma corrida do ovo na colher. Vejo minha mãe no outro lado da rua amarrando uma capa no pescoço de Matthew Soper, e, logo abaixo da minha janela, meu pai está sentado em uma espreguiçadeira com um copo de suco na mão.

— Volte para a cama — diz uma voz. Eu me viro. Dave Sopper está sentado na minha cama de solteiro, embaixo do meu pôster dos Slits. O lençol branco está enrolado ao redor dele, manchado de sangue. Eu não tinha lhe contado que era a minha primeira vez.

— Não — respondo. — Levante! Você precisa se vestir antes que os meus pais voltem!

Ele ri, mas não com maldade.

— Venha!

Coloco meus jeans.

— Não — digo, esticando o braço para apanhar uma camiseta. — Levante. Por favor...

Ele parece desapontado. Eu não achava que isso iria acontecer — o que não significa que eu não quisesse que acontecesse —, e agora queria ficar sozinha. Não tinha nada a ver com ele.

— Tá, tudo bem — diz ele, levantando-se. Seu corpo parece pálido e magro, seu pênis quase absurdo. Olho para o outro lado, para a janela, enquanto ele se veste. Meu mundo mudou, acho. Cruzei uma fronteira e não posso mais voltar atrás. — Tchau, então — continua ele, mas eu não digo nada. Só olho para trás depois que ele sai.

Uma voz em meu ouvido me traz de volta ao presente.

— Ótimo. Mais imagens agora, Christine — diz o Dr. Paxton. — Olhe cada uma e diga a si mesma o que, ou quem, é, certo? Pronta?

Engoli em seco. O que será que eles iriam me mostrar? Quem? Quão ruim seria?

"Sim", pensei comigo mesma, e começamos.

A primeira fotografia era em preto e branco. Uma criança — uma garota de 4, 5 anos de idade — nos braços de uma mulher. A garota apontava para alguma coisa, ela e a mulher estavam rindo, e no fundo, ligeiramente fora de foco, via-se uma grade atrás da qual descansava um tigre. Uma mãe, pensei comigo mesma. Uma filha. Em um zoológico. E então, com um choque de reconhecimento, olhei para o rosto da criança e percebi que a menininha era eu e a mãe, a minha mãe. A respiração ficou presa em minha garganta. Eu não conseguia me lembrar de já ter ido a um zoológico, e no entanto ali estávamos, ali estava a prova de que eu fora. "Eu", disse silenciosamente, lembrando o que me disseram. "Mamãe." Olhei para a tela, tentando gravar a imagem da minha mãe na memória, mas a foto foi desaparecendo e sendo substituída por outra, também da minha mãe, agora mais velha, mas não parecendo tão velha a ponto de precisar de uma bengala, na qual se apoiava. Ela sorria, mas parecia exausta, os olhos muito fundos em seu rosto magro. "Minha mãe", pensei mais uma vez, e outras palavras vieram, sem querer: "Com dor." Fechei os olhos involuntariamente e tive de me obrigar a abri-los de novo. Comecei a segurar o bulbo com força.

As imagens começaram a passar rápido, e reconheci apenas algumas. Uma era da amiga que eu havia visto na minha lembrança, e com alegria eu a reconheci quase na mesma hora. Ela era exatamente como a havia imaginado e estava vestida com jeans velhos e uma camiseta, fumando, o cabelo ruivo solto e despenteado. Outra foto a mostrava de cabelo curto e tingido de preto, com um par de óculos escuros apoiados sobre a cabeça. A ela se seguiu uma foto do meu pai — com a aparência que ele tinha quando eu era pequena, sorrindo, feliz, lendo o jornal no quarto da frente da nossa casa — e então uma minha e de Ben, com outro casal que não reconheci.

As outras fotos eram de desconhecidos. Uma negra com uniforme de enfermeira; outra mulher de tailleur, sentada diante de uma estante de livros, espiando por cima de seus óculos em meia-lua com expressão séria. Um homem com cabelo loiro-avermelhado e rosto redondo; outro de barba. Uma criança de 6 ou 7 anos, um menino, tomando sorvete; e então, depois, o mesmo menino sentado a uma mesa, desenhando. Um grupo de pessoas dispersas, olhando para a câmera. Um homem atraente de cabelo negro ligeiramente comprido, com óculos de armação escura emoldurando seus olhos estreitos e uma cicatriz num dos lados do rosto. Elas continuaram aparecendo, essas fotografias, e eu as olhava, tentando localizá-las, lembrar como (ou até mesmo se) estavam entremeadas na tapeçaria da minha vida. Fiz como me pediram. Eu me comportei, porém comecei a entrar em pânico. O ruído da máquina parecia aumentar de tom e de volume, até virar uma sirene, um alerta, e meu estômago se revirou. Não conseguia respirar e fechei os olhos. O peso do cobertor começou a pressionar o meu corpo, tão pesado quanto uma placa de mármore, tanto que tive a sensação de estar me afogando.

Tentei apertar o bulbo com a mão direita, mas ela estava cerrada em forma de punho, fechada sobre o nada. As unhas se enterraram na carne; eu havia deixado cair o bulbo. Gritei, um grito sem palavras.

— Christine — disse uma voz no meu ouvido. — Christine.

Não consegui distinguir de quem era, ou o que ela queria que eu fizesse, por isso tornei a gritar e comecei a chutar o cobertor para longe do meu corpo.

— Christine!

Agora mais alto. Então a sirene parou, uma porta se abriu e apareceram vozes na sala e mãos sobre mim, sobre meus braços e pernas e ao longo do meu peito, e eu abri os olhos.

— Está tudo bem — disse o Dr. Nash ao meu ouvido. — Você está bem. Estou aqui.

Depois de me acalmarem, garantindo que estava tudo bem (e de me entregarem minha bolsa, meus brincos e minha aliança), o Dr. Nash e eu fomos a um café. Ficava no fim de um corredor pequeno, com cadeiras de plástico cor de laranja e mesas de fórmica amarelada. Travessas com itens de confeitaria amanhecidos e sanduíches murchavam à luz implacável. Eu não tinha nenhum dinheiro na bolsa, e deixei o Dr. Nash me pagar uma xícara de café e uma fatia de bolo de cenoura, depois escolhi um lugar perto da janela enquanto ele pagava. Lá fora o dia estava ensolarado, as sombras se espraiavam ao longo do gramado. Flores roxas pontilhavam a grama.

O Dr. Nash arrastou sua cadeira por baixo da mesa. Parecia bem mais tranquilo, agora que nós dois estávamos sozinhos.

— Aqui está — disse ele, colocando a bandeja na minha frente. — Espero que esteja razoável.

Vi que ele havia escolhido chá para si; o saquinho ainda flutuava sobre o líquido xaroposo enquanto ele acrescentava açúcar do açucareiro que estava no meio da mesa. Tomei um gole do meu café e sorri. Estava amargo e quente demais.

— Está bom — falei. — Obrigada.

— Sinto muito — disse ele, depois de um instante. Primeiro achei que ele estivesse falando do café. — Não tinha ideia de que você acharia tão incômodo.

— É claustrofóbico — eu disse. — E barulhento.

— Sim, claro.

— Deixei cair o botão de emergência.

Ele nada disse, e, em vez disso, mexeu sua bebida. Retirou o saquinho de chá da xícara e o depositou sobre a bandeja. Tomou um gole.

— O que aconteceu? — perguntei.

— Difícil dizer. Você entrou em pânico. Não é assim tão incomum. Não é nada confortável lá dentro, como você mesma disse.

Olhei para a minha fatia de bolo. Intocada. Seca.

— As fotografias. Quem eram? Onde as conseguiu?

— Eram uma mistura. Algumas eu consegui nos seus arquivos médicos. Ben as doou anos atrás. Pedi que você trouxesse algumas de casa para este exercício — você disse que elas estavam organizadas ao redor do seu espelho. Algumas eu forneci, de pessoas que você nunca viu. Para o que chamamos de grupo de controle. Nós as misturamos. Algumas das fotos eram de pessoas que você conheceu quando ainda era criança, de pessoas que deveria, ou poderia, se lembrar. Familiares. Amigos da escola. O resto era de pessoas de uma época da sua vida da qual você definitivamente não se recorda. O Dr. Paxton e eu estamos tentando descobrir se existe diferença na forma como você tenta acessar as lembranças desses diversos períodos. A reação mais forte foi ao seu marido, é claro, mas você também reagiu a outras. Embora você não se lembre das pessoas do seu passado, os padrões de excitação neural definitivamente estão presentes.

— Quem era a mulher ruiva? — perguntei.

Ele sorriu.

— Uma velha amiga, talvez?

— Sabe o nome dela?

— Receio que não. As fotos estavam em seu arquivo. Não estavam com legendas.

Assenti. "Uma velha amiga." Disso eu sabia, é claro — era o nome dela que eu tanto queria.

— Você disse que reagi às fotos, porém?

— A algumas delas, sim.

— Isso é bom?

— Precisamos olhar melhor os resultados antes de realmente saber que conclusões podemos tirar. Este trabalho é bastante recente — explicou ele. — Experimental.

— Entendo. — Cortei um cantinho do bolo de cenoura. Estava amargo demais, a cobertura demasiado doce. Ficamos sentados em silêncio por algum tempo. Ofereci bolo a ele, que recusou, dando palmadinhas na barriga.

— Preciso ficar de olho nisso aqui! — comentou, embora eu ainda não visse motivo para ele se preocupar. Sua barriga era praticamente reta, embora parecesse ser do tipo que aumentaria. Mas ele ainda era jovem; a idade mal o havia tocado.

Pensei em meu próprio corpo. Não sou gorda, nem mesmo estou acima do peso, entretanto, mesmo assim ele me surpreende. Quando estou sentada, ele assume uma forma diferente daquela que eu esperaria. Minhas nádegas pendem, minhas coxas roçam uma na outra quando cruzo as pernas. Eu me inclino para pegar a caneca e meus seios se movem dentro do sutiã, como se me lembrassem da sua existência. No banho, sinto uma ligeira flacidez sob meus braços, que mal é perceptível. Sou maior do que penso ser, ocupo mais espaço do que percebo. Não sou uma menininha, compacta, com a pele tesa sobre os ossos, nem mesmo uma adolescente, com o corpo começando a acumular gordura.

Olhei para o bolo intocado e fiquei pensando no futuro. Talvez eu continue a me expandir, fique rechonchuda e depois gorda, inchando cada vez mais, como um balão. Ou então ficarei do mesmo tamanho que agora, sem jamais me acostumar com isso, observando as rugas do meu rosto se aprofundarem e a pele das minhas mãos ficar fina como a de uma cebola, e eu me transformar em uma velha, etapa por etapa, no espelho do banheiro.

O Dr. Nash olhou para baixo para coçar a cabeça. Através do seu cabelo vislumbrei o couro cabeludo, que aparecia de modo mais óbvio em um círculo ao redor do cocuruto. Ele ainda não deve ter notado isso, pensei, mas um dia notará. Verá uma foto sua de costas ou tomará um susto dentro de um provador, ou então seu barbeiro comentará algo a respeito, ou sua namorada. A idade chega para todos, pensei quando ele olhou para mim. De jeitos diferentes.

— Ah — disse ele, com uma vivacidade que pareceu forçada. — Trouxe algo para você. Um presente. Bem, na verdade não é um presente, só uma coisa que acho que você gostaria de ter. — Esticou o braço para baixo e ergueu sua maleta do chão. — Você já deve ter um exemplar — disse ele, abrindo-a. Retirou um embrulho. — Aqui está.

Eu soube o que era antes mesmo de abri-lo. O que mais poderia ser? Aquilo pesou em minha mão. O Dr. Nash o colocara em um envelope acolchoado, fechado com fita adesiva. Meu nome estava escrito com hidrocor preto. *Christine*.

— É o seu romance — disse ele. — O que você escreveu.

Eu não sabia o que sentir. Uma prova, pensei. Prova de que o que escrevi no diário era verdade, caso eu precisasse de uma amanhã.

Dentro do envelope havia um único exemplar do meu livro. Eu o retirei. Era uma brochura e não estava nova. Havia uma mancha de café na capa e as beiradas das páginas estavam amareladas pelo tempo. Será que o Dr. Nash me deu o próprio exemplar? Estaria o livro fora de catálogo? Com ele nas mãos, eu me vi novamente como no outro dia; mais jovem, muito mais jovem, estendendo o braço para apanhar este livro na tentativa de encontrar um meio de chegar ao próximo que escrevia. De algum modo eu sabia que isso não havia dado certo: o segundo romance jamais chegara a ser publicado.

— Obrigada — falei. — Obrigada.

Ele sorriu.

— Não tem de quê.

Coloquei o livro sob o casaco, onde, durante todo o trajeto de volta para casa, ele pulsou como um coração.

⁊

Assim que voltei para casa, olhei para meu romance, mas apenas rapidamente. Queria escrever no diário o máximo que eu pudesse me lembrar antes que Ben voltasse, mas, assim que terminei e guardei o caderno, desci correndo a escada para olhar direito o que eu tinha ganhado.

Examinei o livro. A capa mostrava um desenho, feito com giz pastel, de uma mesa sobre a qual havia uma máquina de escrever. Um corvo estava encarapitado no carro da máquina com a cabeça inclinada para o lado, quase como se estivesse lendo o papel ali preso. Acima do corvo estava escrito o meu nome, e, sobre ele, o título.

Para os pássaros da manhã, dizia. *Christine Lucas.*

Minhas mãos começaram a tremer ao abrir o livro. Dentro havia uma folha de rosto, uma dedicatória — *Para meu pai* — e embaixo a palavra: *Saudade*.

Fechei os olhos. Um lampejo de lembrança. Vi meu pai deitado em uma cama sob luzes brancas fortes, a pele translúcida coberta de suor, de modo que ele quase brilhava. Vi um tubo em seu braço, um saco com líquido claro preso a um suporte para administração intravenosa, uma bandeja de papelão e um frasco de comprimidos. Uma enfermeira checa seu pulso, sua pressão, mas ele não acorda. Minha mãe, sentada do outro lado da cama, tenta não chorar, enquanto eu tento forçar as lágrimas a surgirem.

Então vem um cheiro. De flores cortadas e terra suja. Doce e enjoativo. Vejo o dia em que ele foi cremado. Eu vestida de preto (algo que, de algum modo, sei que não é incomum), porém desta vez sem maquiagem. Minha mãe sentada ao lado da minha avó. As cortinas se abrem, o caixão desliza para dentro e eu choro, imaginando meu pai sendo transformado em pó. Minha mãe aperta minha mão, depois voltamos para casa e bebemos vinho barato e comemos sanduíches enquanto o sol se põe e ela se dissolve a meia-luz.

Suspirei. A imagem desapareceu e abri os olhos. Meu livro, à minha frente.

Abri na primeira página de texto, na primeira frase. *Foi então*, eu escrevera, *com o motor gemendo e seu pé direito pressionando com força o acelerador, que ela soltou as mãos do volante e fechou os olhos. Sabia o que iria acontecer. Sabia para onde aquilo iria levar. Sempre soube.*

Folheei as páginas até a metade do romance. Li um parágrafo ali, depois outro perto do fim.

Eu havia escrito sobre uma mulher chamada Lou e um homem (seu marido, supus) chamado George. O livro parecia ser ambientado em uma guerra. Fiquei frustrada. Não sei o que eu estava esperando — algo autobiográfico, talvez? —, mas parecia que as respostas que esta obra poderia me dar eram limitadas.

Ainda assim, pensei, enquanto virava o livro para olhar a quarta capa, pelo menos eu o havia escrito, publicado.

Onde poderia estar a foto do autor não havia nenhuma. Em seu lugar havia uma pequena biografia.

Christine Lucas nasceu em 1960 no norte da Inglaterra, dizia. *Formou-se em Letras pela University College de Londres, onde vive atualmente. Este é seu primeiro romance.*

Sorri para mim mesma, sentindo-me inchar de felicidade e orgulho. *Eu fiz isso.* Queria lê-lo, destrancar seus segredos, mas ao mesmo tempo não queria. Tinha medo que a realidade pudesse levar embora minha felicidade. Ou eu gostaria do romance e ficaria triste por nunca mais poder escrever outro, ou não gostaria e ficaria frustrada por jamais haver desenvolvido meu talento. Eu não saberia dizer que opção era mais provável, mas sabia que um dia, incapaz de resistir ao fascínio da minha única conquista, eu descobriria. Faria essa descoberta.

Mas não hoje. Hoje eu tinha outra coisa para descobrir, algo muito pior do que a tristeza, mais prejudicial do que a mera frustração. Algo que poderia me dilacerar.

Tentei guardar o livro no envelope. Havia outra coisa ali dentro. Um bilhete, dobrado em quatro, com as pontas certinhas. Nele o Dr. Nash havia escrito: *Achei que você gostaria de ver isso!*

Desdobrei o papel. Em cima ele havia escrito *Standard, 1986.* Embaixo havia uma cópia de um artigo de jornal, junto de uma fotografia. Olhei para a página por um ou dois segundos antes de perceber que o artigo era uma resenha do meu livro e havia uma foto minha.

Tremia ao segurar a página. Não sabia por quê. Era uma resenha antiga; bons ou ruins, quaisquer efeitos que possa ter tido há muito se foram. Agora aquilo era passado, suas ondas sumiram completamente — mas era importante para mim. Como a minha obra fora recebida, há tantos anos? Teria sido bem-sucedida?

Li o artigo por alto, esperando entender o tom antes de me obrigar a analisar os detalhes. Palavras saltaram à vista, a maioria positiva. *Estudado. Perceptivo. Talentosa. Humanidade. Brutal.*

Olhei para a foto. Em preto e branco, eu estava sentada a uma escrivaninha, com o corpo voltado na direção da câmera. Eu estava em uma posição esquisita. Algo fazia com que eu me sentisse desconfortável, e me perguntei se seria a pessoa atrás da câmera ou a posição em que estava sentada. Apesar disso, sorrio. Meu cabelo é comprido e está solto, e, embora a foto seja em preto e branco, ele parece mais escuro do que é atualmente, como se eu o tivesse pintado de preto, ou se ele estivesse molhado. Atrás de mim há portas de vidro e, através delas, visível no canto do quadro, há uma árvore desfolhada. Abaixo da foto, há uma legenda: *Christine Lucas em sua casa no norte de Londres.*

Percebi que devia ser a casa que eu havia visitado com o Dr. Nash. Por um segundo tive o desejo quase avassalador de voltar lá, de levar essa fotografia comigo e me convencer de que sim, era verdade; eu havia mesmo existido, naquela época. Tinha sido mesmo eu.

Mas isso eu já sabia, é claro. Embora não pudesse mais me lembrar, eu sabia que ali, de pé na cozinha, eu havia me lembrado de Ben. Ben e sua ereção balouçante.

Sorri e toquei a foto, correndo a ponta dos dedos por ela, procurando pistas escondidas como um cego. Tracei o contorno dos meus cabelos, corri os dedos pelo meu rosto. Na foto pareço pouco à vontade, mas também, de algum modo, radiante. É como se eu estivesse escondendo um segredo, aferrando-me a ele como a um amuleto. Meu romance tinha sido publicado, claro, mas havia algo mais, algo além disso.

Olhei mais de perto. Percebi o inchaço dos meus seios no vestido solto que estava usando, a forma como pouso um dos braços ao redor da barriga. Uma lembrança borbulha na superfície, vinda do nada — eu, sentada posando para a foto, o fotógrafo na minha frente atrás do tripé, a jornalista com quem acabo de discutir minha obra borboletando pela cozinha. Ela grita, perguntando como estão indo as coisas, e nós dois respondemos com um alegre "Bem!" e rimos. "Não vamos demorar muito", diz ele, trocando o filme. A jornalista acende um cigarro e grita para perguntar não se eu me incomodo, mas onde tem um cinzeiro. Fico irritada, mas só um pouco. A verdade é que eu mesma estou doida por um cigarro, mas parei de fumar desde que descobri que...

Olhei para a foto mais uma vez e entendi. Nela, eu estou grávida.

Minha mente parou por um momento e depois disparou. Tropeçou sobre si mesma, apanhada nas arestas afiadas da compreensão do fato de que não apenas eu estava com um bebê no ventre enquanto estava sentada ali na sala de jantar tirando foto, como sabia e estava feliz com isso.

Não fazia sentido. O que havia acontecido? A criança devia ter o quê, hoje... que idade? Dezoito anos? Dezenove? Vinte?

Mas não há criança, pensei. Onde está meu filho?

Senti meu mundo guinar mais uma vez. Aquela palavra: *filho*. Eu pensei nela, disse-a a mim mesma cheia de certeza. De algum modo, em algum lugar muito profundo do meu ser, eu sabia que a criança que eu gerara era um menino.

Agarrei a borda da cadeira para tentar me orientar, e, ao fazê-lo, outra palavra borbulhou à superfície e explodiu. *Adam*. Senti meu mundo mudar girar.

Eu havia dado à luz aquele filho. Nós lhe demos o nome de Adam.

Levantei-me e o embrulho que continha o livro caiu no chão. Minha mente disparara como um motor que, depois de inúmeras tentativas, finalmente havia pegado; a energia ricocheteava dentro de mim como se em desespero para ser liberada. Ele não constava do álbum da sala de estar, disso eu sabia. Eu teria me lembrado de ver uma foto do meu próprio filho ao folheá-lo esta manhã. Teria perguntado a Ben quem ele era. Teria escrito a respeito dele no meu diário. Enfiei o recorte de volta no envelope junto com o livro e corri para o andar de cima. No banheiro, postei-me em frente ao espelho. Nem sequer olhei para o meu rosto, e sim ao redor dele, para as fotos do passado, as fotografias que eu devo utilizar para me reconstruir quando não tenho memória.

Eu e Ben. Eu sozinha, e Ben sozinho. Nós dois com outro casal, mais velho, que suponho serem os pais dele. Eu muito mais nova, de cachecol, acariciando um cão e sorrindo, feliz. Mas não há nenhuma de Adam. Nenhum bebê, nenhuma criança pequena. Nenhuma foto tirada em seu primeiro dia na escola, ou num evento esportivo, ou nas férias. Nenhuma foto dele fazendo castelos de areia. Nada.

Não fazia sentido. Com certeza todos os pais tiram essas fotos, e não as jogam fora, não é?

Devem estar aqui, pensei. Levantei as fotos para ver se não havia outras grudadas embaixo delas, camadas de história dispostas umas sobre as outras como nuvens baixas. Não havia nada. Nada além dos azulejos azul-claros na parede e do vidro liso do espelho. Um vazio.

Adam. O nome girava em minha cabeça. Meus olhos se fecharam e mais lembranças me atingem, com violência, cada uma delas cintilando um instante antes de desaparecer e desencadear a lembrança seguinte. Vi Adam, o cabelo loiro que eu sabia que um dia ficaria castanho, a camiseta de Homem-Aranha que ele insistiu em usar até ficar pequena demais para ele e ter de ser jogada fora. Eu o vi em um carrinho de bebê, dormindo, e me lembro de pensar que ele era o bebê mais perfeito do mundo, a coisa mais perfeita que eu já tinha visto. Eu o vi andando em uma bicicleta azul — um triciclo de plástico — e de algum modo soube que nós o havíamos comprado para ele de presente de aniversário e que ele andava com aquilo por todo lado. Eu o vi em um parque, a cabeça abaixada entre as barras do guidão, sorrindo enquanto descia uma ladeira a toda velocidade na minha direção e, um segundo mais tarde, inclinando-se para a frente e caindo no chão quando o triciclo bateu em algo no caminho e se retorceu embaixo dele. Eu me vi segurando-o enquanto ele chorava, limpando o sangue do seu rosto, encontrando um de seus dentes no chão, perto de uma roda que ainda girava em falso. Eu o vi me mostrando um desenho que ele havia feito — uma faixa azul para o céu, outra verde para o chão e entre as duas coisas três figuras amorfas e uma casinha minúscula — e vi o coelho de brinquedo que ele levava para todo lugar.

Voltei num estalo para o presente, para o banheiro onde eu estava, mas tornei a fechar os olhos. Queria me lembrar dele na escola, ou quando adolescente, ou visualizá-lo comigo ou com o pai. Mas não consegui. Quando tentei organizar minhas memórias, elas flutuaram e sumiram, como uma pena apanhada pelo vento que muda de direção sempre que alguém a toca. Em vez disso, eu o vi segurando um sorvete pingando, depois com alcaçuz sujando-lhe o rosto inteiro, depois dormindo no banco de trás de um carro. Tudo o que eu podia fazer era observar essas lembranças aparecendo e depois sumindo com a mesma rapidez com que haviam surgido.

Foi preciso reunir toda a minha força para não rasgar as fotos à minha frente. Eu sentia vontade de arrancá-las da parede, buscando provas do meu filho. Em vez disso, como se temendo que qualquer movimento pudesse fazer com que os meus membros me traíssem, fiquei perfeitamente imóvel na frente do espelho, cada músculo do meu corpo tensionado.

Nenhuma foto sobre a lareira. Nenhum quarto de adolescente com pôsteres de pop stars na parede. Nenhuma camiseta para lavar ou entre as pilhas de roupas para passar. Nenhum tênis desgastado no armário embaixo da escada. Mesmo que ele tivesse saído de casa, ainda haveria algum vestígio de sua existência, com certeza... não? Algum indício?

Mas não, ele não está nesta casa. Com um calafrio, percebo que era como se ele não existisse e jamais tivesse existido.

Não sei quanto tempo fiquei ali de pé no banheiro, olhando para a ausência dele. Dez minutos? Vinte? Uma hora? Em algum momento escutei uma chave abrindo a porta de entrada, o arrastar dos pés de Ben ao limpá-los no capacho. Não me mexi. Ele entrou na cozinha, depois na sala de jantar, e, em seguida, gritou para o andar de cima perguntando se estava tudo bem. Parecia aflito, sua voz tinha reverberações de nervosismo que eu não ouvi de manhã, mas apenas murmurei que sim, sim, eu estava bem. Eu o ouvi entrar na sala de estar e ligar a televisão.

O tempo parou. Minha mente se esvaziou de tudo. Tudo, exceto a necessidade de saber o que havia acontecido com meu filho, perfeitamente equilibrada com o sentimento de horror perante ao que eu poderia descobrir.

Escondi meu livro no armário e desci as escadas.

Fiquei parada na frente da porta da sala de estar. Tentei acalmar minha respiração, mas não consegui; ela saía em jorros quentes. Eu não sabia o que dizer a Ben, como lhe contar que eu sabia sobre Adam. Ele me perguntaria como eu sabia, e o que eu lhe diria então?

Não importava, porém. Nada importava. Nada, a não ser saber do meu filho. Fechei os olhos e, quando me senti o mais calma que achei ser possível, empurrei a porta suavemente e a abri. Eu a senti deslizar sobre o carpete áspero.

Ben não me ouviu. Estava sentado no sofá, vendo televisão, com um prato equilibrado sobre o colo com metade de um biscoito. Senti uma onda de raiva. Ele parecia tão relaxado e feliz. Um sorriso brincava em sua boca. Ele começou a rir. Quis correr até lá, agarrá-lo e gritar até que ele me contasse tudo, me contasse por que havia escondido o meu livro de mim, por que havia escondido as provas da existência do meu filho. Queria exigir que ele me devolvesse tudo o que eu tinha perdido.

Mas eu sabia que não adiantaria nada. Em vez disso, pigarreei. Um pigarro minúsculo, delicado. Um pigarro que dizia: "Não quero incomodar, mas..."

Ele me viu e sorriu.

— Querida! — exclamou. — Você está aí!

Entrei na sala.

— Ben? — falei. Minha voz estava engasgada. Parecia estranha para mim. — Ben, preciso conversar com você.

O rosto dele assumiu uma expressão de ansiedade. Ele se levantou e veio a mim, deixando o prato cair no chão.

— O que foi, meu amor? Você está bem?

— Não — respondi. Ele parou a mais ou menos 1 metro de onde eu estava. Estendeu os braços para que eu o abraçasse, mas não o fiz.

— O que foi?

Olhei para o meu marido, para o seu rosto. Ele parecia controlado, como se já tivesse passado por isso antes, estivesse acostumado com esses momentos de histeria.

Eu já não podia aguentar mais não dizer o nome do meu filho.

— Onde está Adam? — perguntei. As palavras saíram engasgadas. — Onde ele está?

A expressão de Ben mudou. Surpresa? Ou choque? Ele engoliu em seco.

— Me diga! — eu disse.

Ele me abraçou. Senti vontade de empurrá-lo para longe, mas não o fiz.

— Christine — disse ele. — Por favor, acalme-se. Posso explicar tudo. Certo?

Eu queria lhe dizer que não, as coisas não estavam nem um pouco certas, mas não disse nada. Escondi meu rosto, enterrando-o nas dobras da camisa dele.

Comecei a tremer.

— Me diga — pedi. — Por favor, me diga agora.

Sentamos no sofá. Eu, numa ponta, ele, na outra. Era o mais próximo que eu queria que ficássemos.

Conversamos. Alguns minutos. Horas. Não sei dizer. Não queria que ele falasse, que repetisse aquilo, mas ele o fez.

— Adam morreu.

Eu me senti contrair, me fechar toda como uma ostra. Suas palavras, afiadas como arame farpado.

Pensei na mosca no vidro a caminho de casa, vindo da casa da minha avó.

Ele tornou a falar:

— Christine, meu amor. Lamento muito.

Senti raiva. Raiva dele. "Maldito", pensei, embora eu soubesse que não era culpa dele. Eu me obriguei a falar.

— Como?

Ele suspirou.

— Adam estava nas forças armadas.

Entrei em estupor. Tudo o mais se distanciou, até sobrar apenas a dor e nada mais. A dor. Reduzida a um único ponto.

Um filho que eu nem sequer sabia que tivera, e ele havia se tornado um soldado! Algo passou pela minha cabeça. Absurdo. "O que a minha mãe vai pensar?"

Ben falou de novo, em pequenos rompantes:

— Ele era fuzileiro da Marinha Real britânica. Estava no Afeganistão e foi morto. No ano passado.

Engoli com dificuldade, a garganta seca.

— Por quê? — perguntei, e depois: — Como?

— Christine...

— Quero saber — falei. — Preciso saber.

Ele esticou o braço para segurar a minha mão e eu deixei, embora tenha ficado aliviada quando ele não se aproximou de mim no sofá.

— Você não quer saber tudo, não é?

Minha raiva se agitou. Não consegui evitar. Raiva e pânico.

— Ele era meu filho!

Ele desviou o olhar, olhou para a janela.

— Ele estava se deslocando em um veículo blindado — disse ele. Falava lentamente, quase num sussurro. — Estava escoltando tropas. Explodiu uma bomba, num dos cantos da estrada. Um dos soldados sobreviveu. Adam e o outro, não.

Fechei os olhos e minha voz também baixou para um sussurro.

— Ele morreu na hora? Ele sofreu?

Ben suspirou.

— Não — disse ele, após um instante. — Ele não sofreu. Pelo que disseram, tudo aconteceu muito rápido.

Olhei na direção em que ele estava sentado. Ele não me olhou de volta.

"Você está mentindo", pensei.

Vi Adam sangrando até a morte num canto da estrada e afastei o pensamento, concentrando-me em vez disso no nada, no vazio.

Minha mente começou a girar. Perguntas. Perguntas que eu não ousava fazer, com medo de que as respostas acabassem comigo. Como ele era quando menino, adolescente, homem? Nós dois éramos próximos? Brigávamos? Ele era feliz? Eu fui uma boa mãe?

E como o menininho que havia andado num triciclo de plástico acabou sendo morto do outro lado do mundo?

— O que ele estava fazendo no Afeganistão? — perguntei. — Por que lá?

Ben me disse que estávamos em guerra. Uma guerra contra o terror, explicou, embora eu não soubesse o que isso significava. Disse que houve um ataque, um ataque terrível, nos Estados Unidos. Milhares de pessoas morreram.

— E por isso o meu filho acaba morto no Afeganistão? — eu disse. — Não entendo...

— É complicado — falou ele. — Ele sempre quis entrar para as forças armadas. Achava que estava cumprindo o seu dever.

— Dever? Você acreditava que era isso o que ele estava fazendo? Cumprindo o seu dever? E eu, acreditava? Por que você não o convenceu a fazer outra coisa? Qualquer coisa?

— Christine, era o que ele queria.

Por um momento horrível, eu quase ri.

— Ser morto? Era isso o que ele queria? Por quê? Eu nem sequer o conheci.

Ben ficou em silêncio. Apertou a minha mão, e uma lágrima solitária rolou pelo meu rosto, quente como ácido, e depois outra, e então mais outras. Eu as enxuguei, com medo de que começar a chorar pudesse significar jamais parar.

Senti minha mente começar a se fechar, a se esvaziar, a se recolher para o nada.

— Eu nem sequer o conheci — falei.

* * *

Mais tarde, Ben trouxe uma caixa e a colocou sobre a mesinha de centro à nossa frente.

— Deixo essas lá em cima — disse ele. — Por segurança.

Contra o quê?, pensei. A caixa era cinza, de metal. O tipo de caixa em que alguém guardaria dinheiro ou documentos importantes.

Seja lá o que contivesse, devia ser perigoso. Imaginei animais selvagens, escorpiões e serpentes, ratos famintos, sapos venenosos. Ou um vírus invisível, algo radioativo.

— Por segurança? — repeti.

Ele suspirou.

— Há certas coisas com as quais não seria bom você topar quando está sozinha, certas coisas que seria melhor que eu explicasse a você.

Ele sentou ao meu lado e abriu a caixa. Não vi nada ali dentro a não ser papel.

— Este é Adam bebê — disse ele, retirando um punhado de fotografias e entregando-as a mim.

Era uma foto minha em uma rua. Estou andando na direção da câmera, com um bebê — Adam — preso ao meu peito por um *sling*. O corpo dele está de frente para o meu, mas ele olha para trás, por cima do ombro, para a pessoa que está tirando a foto. O sorriso em seu rosto é uma versão desdentada do meu próprio.

— Você tirou essa foto?

Ben assentiu. Olhei-a novamente. Estava rasgada, as bordas manchadas, as cores lavadas como se estivessem lentamente desbotando.

Eu. Um bebê. Não parecia real. Tentei me autoconvencer que eu era mãe.

— Quando? — perguntei.

Ben olhou por cima do meu ombro.

— Ele devia ter uns 6 meses — disse ele. — Então, vejamos. Isso deve ter sido mais ou menos em 1987.

Eu teria 27 anos. Aquilo foi há uma vida inteira.

O tempo de vida do meu filho.

— Quando ele nasceu?

Ele enfiou a mão na caixa novamente, me entregou uma folha de papel.

— Em janeiro — respondeu.

Era amarela, quebradiça. Uma certidão de nascimento. Eu a li em silêncio. Seu nome estava ali. Adam.

— Adam Wheeler — eu disse, em voz alta. Tanto para mim quanto para Ben.

— Wheeler é meu sobrenome — disse ele. — Nós decidimos que ele teria o meu sobrenome.

— É claro — falei. Aproximei o papel do meu rosto. Parecia leve demais para ser portador de tanto significado. Eu desejava aspirá-lo para que se tornasse parte de mim.

— Aqui — disse Ben. Tirou o papel das minhas mãos e o dobrou. — Há mais fotos. Quer vê-las?

Ele me entregou mais fotografias.

— Não temos tantas assim — falou ele enquanto eu as olhava. — Muitas se perderam.

Ele fazia parecer que elas tinham sido esquecidas em trens ou entregues a desconhecidos para que as guardassem em segurança.

— Sim, eu lembro. Teve um incêndio. — eu disse, sem pensar.

Ele me olhou de um jeito estranho, com os olhos estreitados, bem apertados.

— Você lembra? — perguntou ele.

De repente não tive certeza. Será que ele tinha me contado sobre o incêndio esta manhã ou estaria eu apenas me lembrando de algo que ele me disse outro dia? Ou teria eu simplesmente lido aquilo no meu diário depois do café da manhã?

— Bom, você me contou.

— Contei? — indagou ele.

— Sim.

— Quando?

Quando mesmo? Tinha sido aquela manhã ou dias atrás? Pensei no meu diário, lembrei de tê-lo lido depois que ele saiu para o trabalho. Ele me contara sobre o incêndio quando estávamos em Parliament Hill, sentados no banco.

Eu poderia ter lhe falado sobre o meu diário naquela ocasião, mas algo me conteve. Ele não parecia nada contente por eu haver me lembrado de algo.

— Antes de você sair para o trabalho — falei. — Quando estávamos olhando o álbum. Você deve ter me contado, acho.

Ele franziu a testa. Eu me sentia péssima por mentir para ele, mas não me sentia capaz de lidar com mais revelações.

— Como eu saberia, se não fosse assim? — falei.

Ele me encarou.

— Creio que sim.

Fiz uma pausa por um instante, olhando para o punhado de fotografias na minha mão. Eram dolorosamente poucas, e pude ver que a caixa não continha muitas mais. Seriam elas realmente tudo o que eu tinha para descrever a vida do meu filho?

— Como o incêndio começou? — perguntei.

O relógio sobre a lareira soou suas badaladas.

— Foi anos atrás. Na nossa antiga casa. Aquela onde moramos antes de nos mudarmos para cá. — Tentei adivinhar se ele estaria se referindo àquela que eu havia visitado. — Perdemos muita coisa. Livros, documentos. Esse tipo de coisa.

— Mas como começou? — insisti.

Por um momento ele não disse nada. Sua boca abriu e fechou, e então ele disse:

— Foi um acidente. Apenas um acidente.

O que será que ele não queria me dizer? Teria eu deixado um cigarro aceso, ou o ferro ligado, ou esquecido uma panela no fogo? Eu me imaginei na cozinha onde eu estivera anteontem, com sua bancada de concreto e os móveis brancos, porém anos atrás. Me vi de pé diante de uma fritadeira chiando, sacudindo a peneira de metal com as batatas fatiadas que eu estava fazendo, observando-as flutuarem à superfície antes de girarem e voltarem a afundar no óleo. Eu me vi ouvir o telefone tocar, enxugar as mãos no avental que eu amarrara ao redor da cintura, ir até o corredor.

Então o quê? Teria o óleo explodido em chamas enquanto eu atendia o telefone, ou será que eu havia voltado para a sala ou ido ao banheiro, sem nenhuma lembrança de haver começado a preparar o jantar?

Eu não sei, jamais poderei saber. Mas era generoso da parte de Ben me dizer que tinha sido um acidente. A vida doméstica oferece tantos perigos para uma pessoa sem memória, e talvez outro marido tivesse apontado os meus erros e minhas deficiências, talvez incapaz de resistir a assumir uma posição superior. Toquei seu braço, e ele sorriu.

Folheei o maço de fotografias. Havia uma de Adam com um chapéu plástico de caubói e um lenço amarelo, mirando, com um rifle de plástico, a pessoa que segurava a câmera; noutra ele estava alguns anos mais velho, seu rosto era mais magro, seu cabelo começava a escurecer. Ele usava uma camisa abotoada até o pescoço e uma gravata de criança.

— Essa foi tirada na escola — disse Ben. — Um retrato oficial. — Ele apontou para a foto e riu: — Olhe. Que vergonha. Estragou a foto!

O elástico da gravata estava visível, e não enfiado embaixo do colarinho. Corri as mãos pela foto. Não estragou, não, pensei. A foto está perfeita.

Tentei me lembrar do meu filho, tentei me ver ajoelhada à sua frente segurando uma gravata de elástico, ou penteando seu cabelo, ou limpando sangue seco de um joelho ralado.

Não veio nada. O garoto da foto tinha os mesmos lábios cheios que os meus, e olhos que pareciam vagamente os da minha mãe, mas se não fosse isso, poderia ser um estranho.

Ben apanhou outra foto e entregou-me. Nela, Adam estava um pouquinho mais velho; talvez 7 anos.

— Você acha que ele se parece comigo? — perguntou ele.

O menino segurava uma bola de futebol e vestia shorts e camiseta branca. O cabelo era curto e estava espetado de suor.

— Um pouco — falei. — Talvez.

Ben sorriu, e juntos continuamos olhando as fotos. A maioria era minha com Adam, uma ou outra dele sozinho; Ben deve ter tirado a maioria. Em algumas ele estava com os amigos; duas o mostravam numa festa, com fantasia de pirata e espada de papelão. Em outra, ele segurava um cachorrinho preto.

Havia uma carta enfiada entre as fotos. Estava endereçada ao Papai Noel e escrita com giz de cera azul. As letras desajeitadas dançavam pela página. Ele quer uma bicicleta, dizia, ou um cachorrinho, e promete ser bonzinho. Está assinada, e ele acrescentou sua idade. Quatro anos.

Não sei por quê, mas ao lê-la meu mundo pareceu entrar em colapso. A dor explodiu em meu peito como uma granada. Até então eu estava calma — não feliz, nem mesmo resignada, mas calma —, porém aquela serenidade desapareceu como se tivesse evaporado. Embaixo dela, eu estava em carne viva.

— Desculpe — falei, devolvendo o maço de fotos para Ben. — Não consigo. Não agora.

Ele me abraçou. Senti a náusea se avolumar na minha garganta, mas a controlei. Ele me disse para não me preocupar, que eu ficaria bem, me lembrou que estava ao meu lado, sempre estaria. Eu me agarrei nele e ficamos ali sentados, balançando um ao outro. Eu me sentia dormente, totalmente distante da sala onde estávamos. Observei-o apanhar um copo d'água para mim e fechar a caixa de fotografias. Eu soluçava. Pude ver que ele também estava triste, entretanto, sua expressão parecia ter um quê de alguma outra coisa. Resignação, talvez, ou aceitação, mas não choque.

Com um estremecimento, percebi que ele já havia feito tudo isso antes. Sua dor não é nova. Ela teve tempo de se acomodar dentro dele, de se tornar parte de suas bases, em vez de algo que as abala.

Somente a minha dor é nova, todos os dias.

Dei uma desculpa. Subi as escadas e fui até o quarto. De volta ao armário. Continuei escrevendo.

∽

Esses momentos roubados. Ajoelhada diante do armário ou reclinada na cama. Escrevendo. Febril. As palavras jorram de mim quase automaticamente. Páginas e mais páginas. Estou aqui novamente, enquanto Ben pensa que estou descansando. Não consigo parar. Quero anotar tudo.

Teria sido assim quando escrevi o meu romance, essa enxurrada sobre as páginas? Ou será que o processo foi mais lento, e teve mais reflexo? Gostaria de me lembrar.

Depois que desci as escadas, preparei chá para nós dois. Enquanto misturava o leite ao chá, pensei em quantas vezes devo ter preparado refeições para Adam: papinha de legumes, suco. Levei o chá para Ben.

— Fui uma boa mãe? — perguntei, entregando a xícara para ele.

— Christine...

— Preciso saber — insisti. — Quer dizer, como eu lidei com isso? Com uma criança? Ele devia ser bem pequeno quando eu...

— ...quando você se acidentou? — interrompeu ele. — Ele tinha 2 anos. Você foi uma mãe maravilhosa. Até aquele momento. Depois, bom...

Ele parou de falar, deixando o resto da frase em suspenso, e virou o rosto. O que ele estaria deixando por dizer, que achava melhor não me contar?

Eu sabia o bastante para preencher algumas lacunas. Podia não ser capaz de me recordar daquela época, mas era capaz de imaginá-la. Posso me ver sendo relembrada todos os dias de que era casada e tinha um filho, que meu marido e meu filho estavam vindo me visitar. Posso me imaginar cumprimentando-os todos os dias como se eu nunca os tivesse visto antes, ligeiramente fria talvez, ou apenas espantada. Posso ver a dor pela qual passamos. Todos nós.

— Tudo bem — falei. — Eu entendo.

— Você era incapaz de se virar sozinha. Estava doente demais para que eu cuidasse de você em casa. Não podia ficar sozinha, nem mesmo por alguns minutos. Você se esquecia do que estava fazendo. Costumava vagar por aí. Eu tinha medo de um dia você preparar um banho e deixar a torneira ligada, ou tentar preparar uma refeição e se esquecer de que havia começado. Era demais para mim. Portanto fiquei em casa e cuidei de Adam. Minha mãe ajudou. Porém, todas as noites íamos visitar você, e...

Segurei a mão dele.

— Desculpe — falou Ben. — Só acho difícil pensar naquela época.

— Eu sei — eu disse. — Eu sei. Mas e a minha mãe? Ela ajudou? Ela gostava de ser avó? — Ele fez que sim e pareceu prestes a dizer algo. — Ela morreu, não é? — perguntei.

Ele apertou minha mão.

— Morreu há alguns anos. Sinto muito.

Então eu tinha razão. Minha mente começou a se fechar, como se fosse incapaz de processar mais sofrimentos, mais informações desse passado confuso, contudo, eu sabia que acordaria amanhã sem me lembrar de nada disso.

O que eu poderia escrever no meu diário que me faria sobreviver ao dia de amanhã, ao dia depois de amanhã e àquele depois disso?

Uma imagem pairou diante de mim. Uma mulher ruiva. Adam nas forças armadas. Um nome veio, sem querer. "O que Claire vai achar disso?"

Ali estava. O nome da minha amiga. *Claire*.

— E Claire? — perguntei. — Minha amiga Claire. Ela ainda está viva?

— Claire? — exclamou Ben. Pareceu intrigado durante um longo momento, então sua expressão mudou. — Você se lembra da Claire?

Ele parecia surpreso. Eu me lembrei que (segundo o meu diário, pelo menos) fazia alguns dias que eu contara a ele que havia me lembrado dela, da festa no terrraço.

— Sim — respondi. — Éramos amigas. O que aconteceu com ela?

Ben olhou com tristeza para mim e, por um instante, congelei. Ele falou devagar, mas o que disse não foi tão ruim quanto eu temia.

— Ela se mudou — disse ele. — Há alguns anos. Quase vinte, acho. Poucos anos depois de a gente se casar, na verdade.

— Para onde?

— Nova Zelândia.

— Eu e ela ainda mantemos contato?

— Mantiveram durante algum tempo. Depois não mais.

Não parecia possível. "Minha melhor amiga", eu havia escrito, depois de me lembrar dela em Parliament Hill, e tive a mesma sensação de proximidade quando pensei nela hoje. Por que outro motivo eu me importaria com o que ela pensa?

— Nós brigamos?

Ele hesitou, e novamente senti uma reflexão calculada, um ajuste. Percebi que Ben sabia o que poderia me chatear. Teve anos para aprender o que eu acharia aceitável e o que é terreno perigoso. Afinal, essa não é a primeira vez que ele tem essa conversa comigo. Ele teve a oportunidade de praticar, de aprender a preferir vias que não irão cortar pelo meio a visão da minha vida e me despachar confusa para algum outro lugar.

— Não — respondeu ele. — Acho que não. Vocês não brigaram. Ou pelo menos não que você tenha me contado. Acho que vocês duas apenas se afastaram, e então Claire conheceu alguém, casou e os dois se mudaram.

Uma imagem me veio então. Claire e eu dizendo de brincadeira que jamais nos casaríamos. "Casamento é coisa de otário!", dizia ela, enquanto levava uma garrafa de vinho tinto aos lábios, e eu concordava, embora ao mesmo tempo soubesse que um dia eu seria dama de honra do casamento dela e ela do meu, e que ficaríamos sentadas em quartos de hotel com vestidos de organza, bebericando taças de champanhe enquanto alguém arrumava o nosso cabelo.

Senti uma onda repentina de amor. Embora eu mal me lembrasse do que vivemos, da nossa vida juntas (e amanhã até o pouco que lembrei estará perdido), senti de algum modo que ainda estávamos conectadas, que por algum tempo ela significou tudo para mim.

— Nós fomos ao casamento dela? — perguntei.

— Sim — assentiu ele, abrindo a caixa sobre seu colo e vasculhando ali dentro. — Tem umas duas fotos aqui.

Eram fotos de casamento, embora não oficiais; estavam fora de foco e escuras, tinham sido tiradas por um amador. Por Ben, adivinhei. Eu me aproximei da primeira com cautela.

Ela era como eu a havia imaginado. Alta, magra. Mais bonita ainda. Estava de pé, perto da beira de um penhasco, com um vestido transparente agitado pela brisa, enquanto o sol se punha no mar atrás dela. Pousei a foto e olhei as outras. Em algumas ela estava com o marido — um homem que não reconheci — e em outras eu estava com os dois, com uma roupa de seda azul-clara, parecendo apenas ligeiramente menos bonita. Era verdade; eu havia mesmo sido dama de honra.

— Tem alguma do nosso casamento? — perguntei.

Ele balançou a cabeça.

— Elas estavam num álbum separado — informou. — Que se perdeu.

É claro. O incêndio.

Devolvi as fotos para ele. Senti como se estivesse olhando outra vida, não a minha. Tive uma vontade desesperadora de subir as escadas, de escrever sobre minhas descobertas

— Estou cansada — falei. — Preciso descansar.

— Claro — disse ele. Estendeu a mão. — Aqui. — Apanhou o maço de fotografias da minha mão e o recolocou na caixa. — Vou guardá-las em um local seguro — disse ele, fechando a tampa, e eu subi para cá, para o meu diário, e escrevi isso.

❧

Meia-noite. Estou na cama. Sozinha. Tentando entender tudo o que aconteceu hoje. Tudo o que descobri. Não sei se consigo.

Resolvi tomar um banho antes do jantar. Olhei para a porta do banheiro atrás de mim e, rapidamente, para as fotos arrumadas ao redor do espelho, vendo agora apenas o que está faltando. Abri a torneira de água quente.

Na maioria dos dias percebo que não me lembro de Adam, porém, hoje ele surgiu para mim depois que vi apenas uma foto. Teriam essas fotos sido cuidadosamente escolhidas para servirem de âncora sem precisarem me lembrar do que perdi?

O banheiro começou a ficar repleto de vapor branco. Eu ouvia meu marido lá embaixo. Ele havia ligado o rádio e o som de jazz flutuava até mim, nebuloso e indistinto. Lá embaixo eu ouvira o som rítmico de uma faca fatiando sobre uma tábua de corte; ele devia estar cortando cenouras, cebolas, pimentões. Preparando o jantar, como se fosse um dia normal.

Para ele é um dia normal, percebo. Eu estou crivada de dor, mas não Ben.

Não o culpo por não me contar, todos os dias, sobre Adam, minha mãe, Claire. No lugar dele eu faria o mesmo. Essas coisas são dolorosas e, se eu puder passar um dia inteiro sem me lembrar delas, então sou poupada da tristeza e ele, da dor de causá-la. Como deve ser tentador para ele ficar em silêncio, e como a vida deve ser difícil para ele, sabendo que carrego comigo a todo momento esses cacos afiados de memória, em toda parte, como minúsculas bombas, e que a qualquer instante um deles pode emergir e me obrigar a passar pela dor como se fosse pela primeira vez, levando-o a meu reboque.

Eu me despi devagar, dobrei as roupas, coloquei-as sobre a cadeira ao lado da banheira. Nua, fiquei de pé na frente do espelho e olhei para o meu corpo estranho. Obriguei-me a olhar para as rugas da minha pele, para meus seios caídos. Não me conheço, pensei. Não reconheço nem o meu corpo, nem o meu passado.

Dei um passo na direção do espelho. Lá estavam elas, ao longo da minha barriga, das nádegas e dos seios. Listras finas e prateadas, as cicatrizes irregulares da história. Eu não as havia visto antes porque não as tinha procurado. Eu me vi acompanhando seu crescimento, desejando que desaparecessem à medida que meu corpo se expandia. Agora estou feliz por elas estarem ali; um lembrete.

Meu reflexo começou a desaparecer na névoa. Tenho sorte, pensei. Sorte de ter Ben, de ter alguém que me proteja, aqui, na minha casa, mesmo que não me lembre dela como tal. Não sou a única que sofre. Ele passou por tudo o que eu passei, hoje, mas irá se deitar sabendo que amanhã talvez tenha de fazer tudo isso novamente. Outra pessoa talvez tivesse me deixado. Olhei para o meu próprio rosto, como se tentasse gravar a imagem a ferro e fogo no meu cérebro, deixá-la próxima à superfície para que, quando eu acorde amanhã, ela não me seja tão estranha, tão chocante. Quando ela desapareceu completamente, eu dei as costas a mim mesma e entrei na água. Caí no sono.

Não sonhei — ao menos pensei que não —, mas quando acordei fiquei confusa. Eu estava em um banheiro diferente, com a água ainda morna, e ouvi uma batida à porta. Abri os olhos e nada reconheci. O espelho era vazio, sem adornos, preso a azulejos brancos, e não azuis. Uma cortina de chuveiro pendia de um trilho acima de mim, havia dois copos virados de boca para baixo numa prateleira em cima da pia e havia um bidê perto do vaso sanitário.

Ouvi uma voz dizer:

— Estou indo. — E percebi que era minha. Sentei na banheira e olhei para a porta trancada. Dois robes estavam pendurados em ganchos na parede oposta, ambos brancos, combinando, monogramados com as letras R.G.H. Eu me levantei.

— Venha! — disse uma voz em frente à porta. Parecia a de Ben, mas ao mesmo tempo não parecia a de Ben. Tornou-se cantarolante: — Venha! Venha, venha, venha, venha!

— Quem é? — perguntei, mas a voz não parou. Saí da banheira. O chão era azulejado, preto e branco, em diagonais. Estava molhado, eu me senti escorregar, minhas pernas cederam. Caí no chão, puxando a cortina do chuveiro por cima de mim. Minha cabeça bateu na pia quando caí. Gritei:

— Me ajude!

Acordei de vez então, com outra voz, diferente, me chamando.

— Christine! Chris! Você está bem? — perguntou a voz, e, aliviada, percebi que era Ben e que eu havia sonhado. Abri os olhos. Estava deitada em uma banheira, as roupas dobradas numa cadeira ao meu lado, fotos da minha vida grudadas com fita adesiva nos azulejos azul-claros acima da pia.

— Sim — respondi. — Estou bem. Só tive um sonho ruim.

Eu me levantei, jantei, e depois fui para a cama. Queria escrever, anotar tudo o que eu havia descoberto antes que desaparecesse. Não tinha certeza se teria tempo para fazer isso antes de Ben vir se deitar.

Mas o que eu podia fazer? Hoje passei tanto tempo escrevendo, pensei. Com certeza ele vai ficar desconfiado, vai querer saber o que estive fazendo sozinha aqui em cima. Eu lhe disse todas as vezes que estava cansada, que precisava descansar, e ele acreditou em mim.

Não posso dizer que não me sinto culpada. Eu o ouvi andando pela casa, abrindo e fechando portas bem suavemente para não me acordar, enquanto eu estava curvada sobre o meu diário, escrevendo furiosamente. Mas não tenho outra escolha. Preciso registrar essas coisas. Fazê-lo me parece quase mais importante do que qualquer outra coisa, porque de outro modo eu as perderei para sempre. Preciso inventar minhas desculpas e voltar ao meu caderno.

— Acho que vou dormir no quarto de hóspedes hoje — eu disse. — Estou triste. Você entende?

Ele dissera que sim, que viria me olhar de manhã, para ter certeza de que eu estava bem antes de sair para o trabalho, e depois me deu um beijo de boa-noite. Agora eu o ouço desligar a televisão, fechar a porta da frente à chave. Trancando-nos aqui. Não me faria nenhum bem sair vagando por aí, eu acho. Não na minha condição.

Não posso acreditar que daqui a alguns instantes, quando eu cair no sono, novamente esquecerei tudo a respeito do meu filho. As lembranças dele haviam parecido (ainda parecem) tão reais, tão vívidas. E eu me lembrei dele depois de cochilar no banheiro. Não parece possível que um sono mais duradouro seja capaz de apagar tudo, entretanto Ben e o Dr. Nash me disseram que isso é exatamente o que irá acontecer.

Ouso torcer para que estejam errados? Estou me lembrando de mais coisas a cada dia, sabendo mais a respeito de quem sou a cada vez que acordo. Talvez as coisas estejam indo bem, talvez escrever este diário esteja fazendo minhas memórias afluírem.

Talvez hoje seja o dia que, um dia, ao olhar para trás, eu reconheça como um divisor de águas. É possível.

Estou cansada agora. Daqui a pouco vou parar de escrever, depois vou esconder meu diário, apagar a luz. Dormir. Rezo para que amanhã eu possa acordar e me lembrar do meu filho.

Quinta-feira, 15 de novembro

Estava no banheiro. Não sei por quanto tempo fiquei ali de pé. Apenas observando. Todas aquelas fotos de Ben e eu juntos, sorrindo alegremente, quando na verdade deveríamos ser três. Fitei-as, imóvel, como se pensasse que dessa forma faria a imagem de Adam surgir, transformando-se em realidade pela minha vontade. Mas isso não aconteceu. Ele continuou invisível.

Acordei sem memória alguma dele. Absolutamente nenhuma. Ainda acreditava que a maternidade era algo que me aguardava no futuro, algo vago e inquietante. Mesmo depois de ter visto meu próprio rosto de meia-idade, de descobrir que sou esposa de alguém, em breve velha o suficiente para ter netos — mesmo depois de esses fatos terem me deixado tonta —, eu não estava preparada para o diário que o Dr. Nash me contou ao telefone que eu guardava no armário. Eu não imaginava que descobriria também que sou mãe. Que eu tive um filho.

Peguei o diário. Assim que eu o li, soube que era verdade. Eu tive um filho. Eu senti isso, quase como se ele ainda estivesse comigo, dentro dos meus poros. Li o diário diversas vezes, tentando registrar na minha mente o que ele dizia.

E então eu continuei a ler e descobri que ele estava morto. Não parecia real. Não parecia possível. Meu coração resistiu àquela descoberta, tentou rejeitá-la mesmo sabendo que era verdadeira. Senti náusea. Senti a bile subir pela garganta e, enquanto a engolia, o quarto começou a rodar. Por um momento, senti que eu começava a cair no chão. O diário escorregou do meu colo e abafei um grito de dor. Fiquei de pé e me impeli para fora do quarto.

Fui até o banheiro, para olhar novamente as fotos nas quais ele deveria estar. Fiquei desesperada. Não sabia o que faria quando Ben chegasse em casa. Imaginei-o chegando, me beijando, cozinhando; pensei em nós dois jantando juntos. E então assistiríamos televisão ou seja lá o que fazemos na maioria das noites, e durante esse tempo todo eu teria de fingir que não sabia que havia perdido um filho. E então iríamos para a cama, juntos, e depois...

Parecia muito mais do que eu poderia suportar. Não consegui me conter. Não tive muita certeza do que estava fazendo. Comecei a arranhar as fotografias, arrancá-las, rasgá-las. No que pareceu um instante, elas tinham sumido. Espalhadas pelo chão do banheiro. Flutuando na água do vaso sanitário.

Peguei este diário e o coloquei na minha bolsa. Minha carteira estava vazia, por isso peguei uma das duas notas de 20 libras que, segundo li, estavam escondidas atrás do relógio da lareira, e saí de casa correndo. Não sabia aonde estava indo. Queria ver o Dr. Nash, mas não fazia a mínima ideia de onde ele estava ou como chegaria até ele, mesmo que soubesse aonde ir. Me senti impotente. Sozinha. E então corri.

Quando cheguei à rua virei à esquerda, em direção ao parque. Era uma tarde ensolarada. A luz alaranjada se refletia nos carros estacionados e nas poças d'água deixadas pela chuva da manhã, mas estava frio. Minha respiração fumegava ao meu redor. Fechei meu casaco, embrulhei o cachecol sobre minhas orelhas e segui apressada. Folhas caíam das árvores, flutuavam ao sabor do vento, amontoavam-se na sarjeta numa massa marrom.

Desci do meio-fio. Som de freios. Um carro parou ruidosamente. Uma voz masculina, abafada por detrás dos vidros.

— *Saia da frente!* — disse a voz. — *Vaca idiota!*

Levantei a cabeça. Eu estava no meio da rua, com um carro parado na minha frente, o motorista gritando enfurecido. Tive uma visão: eu, meus ossos entre os metais, sendo atingida, arremessada, e então deslizando sobre a capota do carro ou por baixo dele, ficando ali enrolada, o fim de uma vida arruinada.

Poderia ser assim tão simples? Iria uma segunda colisão acabar com aquilo que a primeira havia começado, tantos anos atrás? Sinto como se já estivesse morta há vinte anos, mas é a isso que tudo vai levar, no fim das contas?

Quem sentiria a minha falta? Meu marido. Um médico, talvez, embora para ele eu seja apenas uma paciente. Mas não há mais ninguém. Poderia meu círculo social ter se tornado assim tão restrito? Teriam meus amigos me abandonado, um por um? Como eu seria esquecida rapidamente se viesse a morrer.

Olhei para o homem no carro. Ele, ou alguém como ele, fez isso comigo. Me roubou tudo. Me roubou até de mim mesma. E entretanto aí está ele, vivendo.

Ainda não, pensei. Ainda não. Seja como fosse que a minha vida iria terminar, eu não queria que fosse assim. Pensei sobre o romance que eu havia escrito, o filho que eu havia criado, até mesmo sobre a festa com os fogos de artifício, tantos anos atrás. Ainda tenho memórias para desenterrar. Coisas por descobrir. Minha própria verdade para encontrar.

Murmurei "desculpe" e continuei correndo. Atravessei a rua e entrei por um portão que dava no parque.

* * *

Havia uma casinha no meio do gramado. Um café. Entrei, comprei um café e me sentei em um dos bancos, esquentando minhas mãos no copo de isopor. Do outro lado do café havia um parque infantil. Um escorregador, balanços, um gira-gira. Um garotinho estava sentado num brinquedo em formato de joaninha que era fixado ao chão por uma grande mola. Observei-o se balançando para a frente e para trás, com um sorvete na mão apesar do frio.

Veio à minha mente uma visão de mim mesma e outra garotinha no parque. Eu nos vi subindo as escadas que levavam a uma casinha de madeira, de onde iríamos escorregar para o chão num escorregador de metal. A altura parecia enorme naquela época, mas olhando para o parque agora, vejo que deve ter sido apenas um pouco mais alta do que sou agora. Sujaríamos nossos vestidos e seríamos repreendidas pelas nossas mães, depois voltaríamos para casa saltitando, segurando um saco de balinhas ou um pacote de batatas fritas.

Seria isso memória? Ou imaginação?

Observei o garotinho. Ele estava sozinho. O parque parecia vazio. Apenas nós dois, no frio, sob o céu repleto de nuvens negras. Tomei um gole do meu café.

— Ei! — disse o menino. — Ei! Moça!

Olhei para ele, depois baixei o olhar e fitei minhas mãos.

— Ei! — gritou ele mais alto dessa vez. — Moça! Me ajuda! Me roda!

Ele se levantou da joaninha e foi em direção ao gira-gira.

— Me roda, moça! — disse o garoto. Ele tentou girar o brinquedo de metal, mas, apesar do esforço, evidente em seu rosto, o brinquedo permaneceu praticamente imóvel. Desistiu, parecendo frustrado. — Por favor? — pediu ele.

— Você vai conseguir — falei. Tomei um gole do meu café. Decidi que esperaria ali até a mãe dele voltar de seja lá onde tivesse ido. Vou ficar de olho nele.

O garoto subiu no gira-gira, ajeitando-se até ficar exatamente no meio do brinquedo.

— Me roda! — pediu ele mais uma vez. Seu tom estava mais grave. Suplicante. Desejei não ter vindo para cá, tive vontade de mandá-lo embora. Me senti deslocada do mundo. Estranha. Perigosa. Pensei nas fotos que havia arrancado da parede e deixado espalhadas pelo chão do banheiro. Viera aqui para ficar em paz. Não para isso.

Olhei para o menino. Ele havia se mexido, estava novamente tentando fazer o brinquedo girar, suas pernas mal tocando o chão onde ele pisava, na plataforma do gira-gira. Parecia tão frágil. Desamparado. Fui até ele.

— Me roda! — falou. Forcei o peso do meu corpo contra as barras de ferro. O brinquedo era surpreendentemente pesado, mas senti que começou a ceder e girei junto com ele para que ganhasse velocidade.

— Lá vamos nós! — eu disse, e me sentei na beirada da plataforma.

Ele soltou gritinhos animados, agarrando a barra de metal com as mãos, como se estivéssemos girando bem mais rápido do que de fato estávamos. Suas mãos pareciam frias, quase azuladas. Ele trajava um casaco verde que parecia leve demais, um par de jeans dobrados nos tornozelos. Imaginei quem o teria deixado sair de casa sem gorro, cachecol nem luvas.

— Cadê a sua mamãe? — perguntei. Ele deu de ombros. — Seu papai?

— Não sei — disse ele. — Mamãe disse que o papai foi embora. Ela disse que ele não ama mais a gente.

Olhei para o menino. Ele disse aquilo sem esboçar dor nem frustração. Para ele, era o simples relato de um fato. Por um momento o gira-gira deu impressão de estar parado, o mundo girando ao nosso redor em vez de nós girando dentro dele.

— Mas aposto que a sua mamãe ama você, não é? — disse eu.

Ele ficou em silêncio por alguns segundos.

— Às vezes — respondeu.

— Mas às vezes não?

Ele parou.

— Acho que não. — Senti um golpe no peito, como se algo estivesse se revirando. Ou acordando. — Ela diz que não. Às vezes.

— Que pena — falei. Observei o banco no qual eu estivera sentada se aproximar de nós, depois se afastar. E continuamos girando, sem parar.

— Qual o seu nome?

— Alfie — respondeu.

Estávamos começando a girar mais devagar, o mundo parava atrás do menino. Meus pés tocaram o chão e impulsionei, fazendo-nos girar novamente. Disse o nome dele como se para mim mesma. *Alfie*.

— Às vezes, a mamãe diz que ela estaria melhor se eu morasse em outro lugar — disse ele.

Tentei continuar sorrindo, manter o tom alegre.

— Aposto que ela está brincando quando diz isso.

Ele deu de ombros.

Meu corpo inteiro enrijeceu. Imaginei se ele gostaria de vir comigo. Para casa. Para morar comigo. Imaginei como seu rosto se iluminaria, mesmo dizendo que não deveria ir a lugar algum com desconhecidos. "Mas não sou desconhecida", eu diria. Iria pegá-lo no colo — ele seria pesado e teria um perfume doce, como chocolate — e juntos iríamos até o café. "Que suco você quer?", eu perguntaria, e ele pediria suco de maçã. Compraria o suco para ele, depois alguns doces, e iríamos embora do parque. Ele seguraria a minha mão enquanto caminhávamos de volta para casa, a casa que eu divido com meu marido, e aquela noite eu cortaria a carne para ele e faria purê de batatas e então, uma vez que estivesse de pijama, leria uma história antes de cobrir seu corpinho com o lençol, e o beijaria suavemente na testa. E amanhã...

Amanhã? Eu não tenho amanhã, pensei. Assim como também não tenho um ontem.

— Mamãe! — gritou ele. Por um momento pensei que estivesse falando comigo, mas ele pulou do brinquedo e correu em direção ao café.

— Alfie! — gritei, mas então vi uma mulher andando em nossa direção, segurando um copo plástico em cada mão.

Ela se abaixou quando ele a alcançou.

— Você está bem, campeão? — disse ela, enquanto ele corria para os seus braços, então olhou por cima dele, para mim. Seus olhos se estreitaram, seu rosto ficou sério. "Não fiz nada de errado!", tive vontade de gritar. "Me deixe em paz!"

Mas não fiz isso. Olhei para o outro lado e, depois que ela levou Alfie embora, desci do gira-gira. O céu estava escurecendo, ficando azul-escuro. Eu me sentei no banco. Não sabia que horas eram ou há quanto tempo eu tinha saído. Mas sabia que não poderia retornar para casa, pelo menos não ainda. Não poderia encarar Ben. Não poderia suportar ter de fingir que não sabia nada a respeito de Adam, que não tinha a mínima ideia de que tive um filho. Por um momento, senti vontade de contar tudo para ele. Sobre o meu diário, o Dr. Nash. Sobre tudo. Mas afastei o pensamento da minha cabeça. Eu não queria ir para casa, mas não tinha para onde ir.

Eu me levantei e comecei a caminhar enquanto o céu escurecia.

A casa estava um breu. Eu não sabia o que esperar quando abri a porta da frente. Ben deve ter sentido a minha falta; ele disse que estaria em casa às 5 horas. Imaginei-o andando de um lado para o outro da sala de estar — por algum motivo, embora não o tenha visto fumar de manhã, minha imaginação adicionou um cigarro aceso à cena — ou talvez ele tivesse saído, estivesse dirigindo pelas ruas à minha procura. Imaginei equipes de polícia e voluntários pelas ruas, batendo de porta em porta com uma foto minha, e me senti culpada. Tentei dizer a mim mesma que, muito embora não tivesse memória, eu não era uma criança, não era uma pessoa desaparecida, pelo menos ainda não, mas mesmo assim entrei em casa pronta para me desculpar.

Chamei o nome dele em voz alta.

— Ben?

Não houve resposta, mas senti, em vez de ouvir, um movimento. O estalo do assoalho em algum lugar no andar acima, uma alteração quase imperceptível no equilíbrio da casa. Chamei novamente, dessa vez mais alto.

— Ben?

— Christine? — respondeu uma voz. Ela soou fraca, quebrada.

— Ben? — repeti. — Ben, sou eu. Estou aqui.

Ele surgiu acima, de pé no topo das escadas. Ele parecia ter estado dormindo. Ainda vestia as roupas que usara para ir trabalhar de manhã, mas agora a camisa estava amarrotada e para fora das calças, e os cabelos estavam emaranhados, enfatizando sua expressão de choque, com um toque quase cômico de eletricidade. Uma lembrança flutuou por dentro de mim — aulas de ciência e geradores Van de Graaff —, mas não emergiu.

Ele começou a descer as escadas.

— Chris, você chegou!

— Eu... eu precisava de um pouco de ar — expliquei.

— Graças a Deus. — Ele veio até onde eu estava e pegou minha mão. Segurou-a, como se para me cumprimentar ou para ter certeza de que eu era real, mas não a moveu. — Graças a Deus!

Me fitou, com olhos arregalados, brilhantes. Reluziam sob a luz fraca como se ele tivesse chorado. Como ele me ama, pensei. Meu sentimento de culpa se intensificou.

— Desculpe — falei. — Não tive a intenção de...

Ele me interrompeu.

— Ora, não vamos nos preocupar com isso, certo?

Levou minhas mãos em direção aos seus lábios. Sua expressão mudou, parecia que sentia prazer, que estava feliz. Todos os sinais de ansiedade sumiram. Ele me beijou.

— Mas...

— Você está em casa agora. Isso é o mais importante. — Deu uma piscadela e então colocou os cabelos mais ou menos em ordem. — Muito bem! — exclamou, colocando a camisa para dentro das calças. — O que me diz de ir lá em cima tomar um banho? E então sair? O que você acha?

— Acho que não — respondi. — Eu...

— Ora, Christine. Nós deveríamos! Você parece estar precisando se alegrar!

— Mas, Ben, não estou com vontade.

— Por favor? — disse ele. Pegou minha mão novamente, apertando-a de leve. — Significaria muito para mim. — Pegou minha outra mão e juntou ambas dentro da mão dele. — Não sei se eu lhe disse de manhã. Hoje é meu aniversário.

~

O que eu poderia fazer? Não tinha vontade de sair. Mas, pensando bem, não tinha vontade de fazer nada. Disse que faria o que me pediu, tomaria um banho e veria como me sentiria depois disso. Subi as escadas. O humor dele me incomodou. Parecera tão preocupado, mas logo que apareci sã e salva a preocupação se evaporou. Será que ele realmente me amava tanto assim? Acreditava tanto em mim que sua única preocupação era que eu estivesse bem, não importando onde eu estivera?

Entrei no banheiro. Talvez ele não tenha visto as fotos espalhadas pelo chão e tenha realmente acreditado que saí apenas para dar uma volta. Ainda me restava tempo para cobrir meus rastros. Para esconder a minha raiva e o meu pesar.

Tranquei a porta depois de entrar. Puxei o cordão e acendi a luz. O chão havia sido limpo. Lá, organizadas ao redor do espelho como se nunca houvessem sido removidas, estavam as fotos, cada uma delas perfeitamente restaurada.

Eu dissera a Ben que estaria pronta em meia hora. Me sentei no banheiro e, o mais rápido que pude, escrevi isso.

Sexta-feira, 16 de novembro

Não sei o que aconteceu depois disso. O que eu fiz depois que Ben me disse que era aniversário dele? Depois que subi as escadas e descobri que as fotografias tinham sido recolocadas no lugar exatamente da mesma forma que estiveram antes de eu arrancá-las? Não sei. Talvez eu tenha tomado banho, me trocado, talvez tenhamos saído para jantar ou fomos ao cinema. Não sei dizer. Não escrevi o que aconteceu e não me lembro, apesar de ter acontecido apenas algumas horas atrás. A menos que eu pergunte a Ben, a lembrança está completamente perdida. Sinto como se estivesse ficando louca.

Esta manhã, logo cedo, acordei com ele deitado ao meu lado. Novamente um desconhecido. O quarto estava escuro, silencioso. Permaneci deitada, petrificada de medo, sem saber quem eu era nem onde estava. Só conseguia pensar em fugir, em escapar, mas não conseguia me mover. Minha mente parecia vazia, oca, mas então palavras afluíram à superfície. Ben. Marido. Memória. Acidente. Morte. Filho.

Adam.

Elas pairavam à minha frente, entrando e saindo de foco. Eu não conseguia conectá-las. Não sabia o que significavam. Elas giravam na minha mente, ecoando, como um mantra, e então o sonho me veio à mente, o sonho que deve ter me despertado.

Eu estava num quarto, numa cama. Em meus braços havia um corpo, um homem. Ele estava em cima de mim, pesado, suas costas largas. Me senti estranha, esquisita, minha cabeça leve demais, meu corpo muito pesado; o quarto balançava sob mim e quando abri meus olhos, o teto estava desfocado.

Eu não sei dizer quem era o homem — sua cabeça estava próxima demais da minha para que eu visse o rosto dele — mas eu conseguia sentir tudo, até mesmo os pelos de seu peito, crespos contra os meus seios nus. Havia um gosto na minha língua, doce. Ele estava me beijando. Ele era muito bruto; eu queria que ele parasse, mas não disse nada. "Eu te amo", murmurou ele, suas palavras perdidas entre os meus cabelos, no meu pescoço. Eu sabia que queria falar — embora não soubesse o que desejava dizer —, mas não conseguia entender como se fazia isso. Minha boca não parecia estar ligada ao meu cérebro, então permaneci ali, deitada, enquanto ele me beijava e falava entre meus cabelos. Eu me lembrava que, ao mesmo tempo que o desejava também queria que ele parasse, como eu havia pensado, quando ele começou a me beijar, que não chegaríamos a fazer sexo, mas suas mãos deslizaram pelas minhas costas até minhas nádegas e eu deixei. E novamente, enquanto ele erguia minha blusa e colocava a mão por baixo dela, pensei: Pronto, pronto, só vou deixar que você vá até aí. Não vou fazê-lo parar, não agora, porque estou gostando. Porque sua mão morna está sobre o meu seio, porque meu corpo está respondendo com pequenos calafrios de prazer. Porque, pela primeira vez, me sinto mulher. Mas não vou fazer sexo com você. Não essa noite. Só vou deixar você ir até aí, não além desse ponto. Então ele tirou minha blusa e abriu meu sutiã e não era mais a sua mão sobre o meu seio, e sim sua boca, e ainda pensei que logo iria fazê-lo parar. A palavra *não* havia até começado a se formar, se fixando na minha mente, mas quando eu a pronunciei ele já estava me puxando em direção à cama e tirando a minha calcinha, e a palavra havia se transformado noutra coisa, num gemido, em algo que eu reconhecia vagamente como prazer.

Senti algo entre meus joelhos. Era duro. "Eu te amo", disse ele novamente, e então percebi que era o joelho dele, que ele estava forçando minhas pernas a se abrirem com o joelho. Eu não queria deixar, mas de alguma forma sabia que deveria, que já o havia deixado ir longe demais, que havia deixado minhas chances de dizer algo, de fazê-lo parar, passarem, uma a uma. E agora eu não tinha escolha. Eu havia desejado isso momentos antes, enquanto ele abria o zíper da calça e se livrava desajeitadamente da cueca, então devo querer isso agora, agora que estou embaixo do corpo dele.

Tentei relaxar. Ele arqueou o corpo e gemeu — um ruído grave, alarmante, que começou bem fundo dentro dele — e então vi seu rosto. Não o reconheci, ao menos não no meu sonho, mas agora o reconheço. Ben. "Eu te amo", disse ele, e eu sabia que deveria dizer alguma coisa, que ele era meu marido, embora eu sentisse que o havia visto pela primeira vez naquela manhã. Eu podia impedi-lo. Podia confiar que ele seria capaz de parar o que estava fazendo.

— Ben, eu...

Ele me calou com sua boca molhada e o senti rasgar meu íntimo. Dor, ou prazer. Eu não sabia dizer onde terminava um e começava o outro. Agarrei suas costas, molhadas de suor, e tentei me abrir para ele, inicialmente tentei aproveitar o que estava acontecendo e então, quando descobri que não conseguia, tentei ignorar. Eu pedi isso, pensei, embora ao mesmo tempo não quisesse isso. É possível querer e, ao mesmo tempo, não querer uma coisa? Pelo desejo de desafiar o medo?

Fechei os olhos. Vi um rosto. Um desconhecido de cabelos escuros e barba. Uma cicatriz na bochecha. Ele me parecia familiar, mas eu não tinha a mínima ideia de onde eu o conhecia. Enquanto eu o fitava, seu sorriso desaparecia e foi então que gritei, no sonho. Foi nesse momento que acordei e me vi numa cama silenciosa, ao lado de Ben e sem a menor ideia de onde eu estava.

Levantei-me da cama. Para usar o banheiro? Para fugir? Eu não sabia aonde ir, o que fazer. Se de alguma forma eu soubesse de sua existência, eu teria aberto a porta do guarda-roupa o mais silenciosamente possível e tirado de lá a caixa de sapatos que continha o meu diário, mas eu não o fiz. Então fui para o andar de baixo. A porta da frente estava trancada, a lua brilhava azulada pelo vidro congelado. Percebi que estava nua.

Sentei nos primeiros degraus da escada. O sol nasceu, o corredor passou de azul queimado a cor de laranja. Nada fazia sentido; o sonho muito menos. Parecia real demais, e eu havia acordado no mesmo quarto que aparecia no sonho, ao lado de um homem que eu não esperava ver.

E agora, agora que li meu diário depois que o Dr. Nash me ligou, um pensamento começa a se formar. Teria sido uma recordação? Uma lembrança que consegui reter da noite passada?

Não sei. Se foi, então é um sinal de progresso, acho. Mas também quer dizer que Ben forçou-se para cima de mim e, pior ainda, enquanto ele o fazia eu vi a imagem de um desconhecido barbudo com uma cicatriz no rosto. De todas as lembranças possíveis, essa parece ser uma das mais cruéis para se reter.

Talvez não signifique nada, porém. Foi apenas um sonho. Apenas um pesadelo. Ben me ama, e o estranho barbudo não existe.

Mas como ter certeza?

Mais tarde, me encontrei com o Dr. Nash. Estávamos parados no sinal de trânsito, o Dr. Nash tamborilando os dedos no volante, não exatamente no mesmo ritmo da música que tocava no rádio — uma música pop que eu não conhecia e nem estava gostando

—, enquanto eu olhava para a frente. Eu havia ligado para ele esta manhã, logo depois de ler meu diário, após terminar de escrever sobre o sonho que pode ter sido uma lembrança. Eu precisava falar com alguém — a notícia de que eu era mãe havia sido como um pequeno rasgo na minha vida, que agora ameaçava se alargar, dilacerando-a por completo — e ele havia sugerido que antecipássemos nosso próximo encontro para hoje. Pediu que eu trouxesse meu diário. Eu não tinha dito qual era o problema, pretendia aguardar até estarmos no seu consultório, mas agora eu já não sabia se conseguiria esperar.

O sinal de trânsito ficou verde; ele parou de tamborilar os dedos no volante e o carro voltou a andar.

— Por que Ben não me conta sobre Adam? — eu me ouvi perguntar. — Não entendo. Por quê?

Ele me olhou, mas não disse nada. Andamos um pouco mais. Um cachorrinho de plástico estava postado no painel do carro à nossa frente, sua cabeça assentindo comicamente, e atrás dele vi os cabelos loiros de uma criança. Pensei em Alfie.

O Dr. Nash pigarreou.

— Conte o que aconteceu.

Era verdade, então. Parte de mim esperava que ele me perguntasse do que eu estava falando, mas tão logo eu disse o nome *Adam*, percebi como tinha sido vã aquela esperança, como tinha sido equivocada. Adam dá a sensação de ser real. Ele existe, dentro de mim, dentro da minha consciência, ocupando espaço de uma maneira que ninguém mais ocupa. Nem Ben, nem o Dr. Nash. Nem eu mesma.

Senti raiva. Ele sabia sobre Adam o tempo todo.

— E você — falei. — Você me deu meu livro. Então por que não me contou a respeito de Adam?

— Christine — pediu ele —, me conte o que aconteceu.

Fitei o para-brisa.

— Eu tive uma lembrança.

Ele me fitou.

— É mesmo? — Eu não disse nada. — Christine, estou tentando ajudá-la.

Então contei para ele.

— Foi no outro dia — comecei. — Depois que você me deu o livro. Olhei para a fotografia que você colocou junto e, de repente, me lembrei do dia em que ela foi tirada. Não sei dizer por quê. A lembrança simplesmente veio a mim. E eu me lembrei de estar grávida.

Ele não disse nada.

— Você sabia dele? — perguntei. — Sabia de Adam?

Ele falou calmamente.

— Sim — disse. — Sabia. Está na sua ficha. Ele tinha cerca de 2 anos quando você perdeu a memória. — Ele fez uma pausa. — Além do mais, já conversamos sobre isso antes.

Eu me senti gelar. Estremeci, apesar do calor que fazia dentro do carro. Eu sabia que era possível, até mesmo provável, que eu já tivesse me lembrado de Adam antes, mas essa verdade crua — a de que eu já havia passado por tudo isso antes, e que iria passar por isso de novo — me abalou.

O Dr. Nash deve ter percebido a minha surpresa.

— Há algumas semanas — continuou ele — você me disse que viu uma criança na rua. Um garotinho. Inicialmente você foi dominada pela sensação de que o conhecia, de que ele estava perdido, mas que estava indo para casa, para a sua casa, e que você era a mãe dele. Então você se lembrou. Você disse isso a Ben e ele contou a você sobre Adam. Mais tarde naquele dia, você me contou tudo.

Eu não me lembrava de nada disso. Tive de lembrar a mim mesma de que ele não estava falando sobre alguma desconhecida, mas sobre mim.

— Mas você não falou mais nada sobre ele desde então?

Ele suspirou.

— Não...

De repente, me lembrei do que havia lido de manhã, sobre as imagens que me mostraram enquanto eu estava deitada no aparelho de ressonância.

— Havia fotos dele! — disse. — Quando eu estava dentro do aparelho para fazer o exame! Havia fotos...

— Sim — disse ele. — Da sua ficha.

— Mas você não mencionou Adam! Por quê? Eu não entendo.

— Christine, você precisa aceitar que não posso iniciar cada sessão contando a você todas as coisas que eu sei e você não. Além disso, nesse caso, decidi que falar sobre isso não iria necessariamente fazer bem a você.

— Fazer bem a mim?

— Não. Eu sabia que seria muito perturbador para você saber que teve um filho e se esqueceu dele.

Estávamos agora entrando num estacionamento subterrâneo. A fraca luz do dia sumiu e foi substituída por uma forte luz fluorescente e pelo cheiro de gasolina e concreto. Fiquei pensando o que mais ele poderia achar que não era ético me contar, quais outras bombas-relógio eu posso estar carregando na minha cabeça, armadas e tiquetaqueando, prontas para explodir.

— Não existem mais... — perguntei.

— Não — interrompeu ele. — Você teve apenas Adam. Ele foi seu único filho.

Ele falou no passado. Então o Dr. Nash também sabia que Adam estava morto. Eu não queria perguntar, mas sabia que deveria fazê-lo.

— Você sabia que ele morreu?

Ele parou o carro e desligou o motor. O estacionamento estava escuro, iluminado apenas por algumas luzes fluorescentes, e silencioso. Não se podia ouvir nada além do barulho ocasional de alguma porta batendo, o ruído de algum elevador. Por um momento pensei que ainda havia uma chance. Talvez eu estivesse errada. Adam estava vivo. Minha mente se iluminou com a ideia. Senti que Adam era real tão logo eu li sobre ele de manhã, entretanto sua morte não parecia verdade. Tentei imaginá-la, ou me lembrar de como devo ter me sentido ao receber a notícia de que ele havia sido morto, mas não consegui. Não parecia ser verdade. A dor do pesar certamente me atordoou. Todos os dias seriam inundados por uma dor constante, pela espera, pelo conhecimento de que parte de mim havia morrido e que eu nunca mais seria inteira novamente. Com certeza o amor que eu sentia pelo meu filho seria forte o suficiente para que eu me lembrasse da sua perda. Se ele de fato estava morto, então minha dor tinha que ser mais forte do que a minha amnésia.

Percebi que não acreditava no meu marido. Não acreditava que o meu filho estava morto. Por um momento pairou certa alegria no ar, mas então o Dr. Nash começou a falar.

— Sim — disse ele. — Eu sei.

A empolgação que tomava conta de mim se tornou o oposto. Algo pior do que decepção. Mais destrutivo; uma dor lancinante.

— Como...? — Foi tudo o que consegui dizer.

Ele me contou a mesma história que Ben havia contado. Adam nas forças armadas. Uma bomba na estrada. Ouvi tudo, determinada a encontrar forças para não chorar. Quando ele terminou de contar, fez-se uma pausa, um momento de silêncio, antes que ele colocasse sua mão sobre a minha.

— Christine — disse ele suavemente. — Sinto muito.

Eu não sabia o que dizer. Olhei para ele. Ele se inclinou em minha direção. Olhei para a sua mão, cobrindo a minha, repleta de pequenos arranhões. Eu o vi em casa, mais tarde. Brincando com um gatinho, talvez um cachorro pequeno. Vivendo uma vida normal.

— Meu marido não me conta sobre Adam — falei. — Guarda todas as fotos dele numa caixa de metal. Para a minha própria proteção. — O Dr. Nash não disse nada. — Por que ele faria isso?

Ele olhou para fora. Vi a palavra *vadia* pichada na parede à nossa frente.

— Deixe-me fazer a mesma pergunta a você. Por que você acha que ele faria isso?

Pensei. Pensei em todos os motivos que consegui. Para que ele possa me controlar. Para que possa ter poder sobre mim. Para que possa me negar essa única coisa que poderia me fazer sentir completa. Percebi que não acreditava que nenhum desses motivos fossem verdadeiros. Restou apenas o fato mundano.

— Acho que deve ser mais fácil para ele. Não me contar, já que eu não me lembro.

— E por que seria mais fácil para ele?

— Porque é extremamente perturbador para mim, talvez. Deve ser uma função terrível, ter de me contar todos os dias não apenas que eu tive um filho, mas que ele morreu. E de uma forma tão terrível.

— Você consegue pensar em mais algum motivo?

Fiquei em silêncio, então percebi.

— Bem, deve ser muito difícil para ele também. Ele era o pai de Adam e, bom... — Pensei em como ele deveria lidar com a própria dor, além de lidar com a minha.

— Isso é difícil para você, Christine — disse ele. — Mas você precisa tentar entender que é difícil para Ben, também. Até mais difícil, de certa forma. Ele a ama muito, acredito, e...

— E ainda assim eu nem me lembro de que ele existe.

— Verdade — disse ele.

Suspirei.

— Eu devo tê-lo amado, um dia. Afinal de contas, me casei com ele. — O Dr. Nash nada disse. Pensei sobre o desconhecido ao lado de quem acordei aquela manhã, nas fotos de nossa vida juntos, no sonho (ou lembrança) que eu tive no meio da noite. Pensei em Adam e em Alfie, no que eu havia feito, ou no que havia pensado em fazer. Fui tomada pelo pânico. Eu me senti como se estivesse numa armadilha, como se não houvesse saída, minha mente indo de uma coisa a outra, procurando liberdade.

Ben, pensei comigo. Posso me apoiar em Ben. Ele é forte.

— Que confusão — falei. —Me sinto despedaçada.

Ele se virou para me encarar.

— Gostaria de poder fazer alguma coisa para tornar isso tudo mais fácil para você.

Ele parecia estar mesmo falando a verdade, como se fosse realmente capaz de fazer qualquer coisa para me ajudar. Havia certa ternura em seus olhos, na maneira como ele pousou a mão sobre a minha, e então, naquele estacionamento mal iluminado, me vi pensando no que aconteceria se eu colocasse minha mão sobre a dele, ou se eu inclinasse a cabeça um pouco mais em sua direção, fitando seus olhos, abrindo minha boca enquanto fazia isso, apenas um toque. Será que ele também iria se inclinar em minha direção? Será que tentaria me beijar? E será que eu permitiria, se ele tentasse?

Ou pensaria que sou ridícula? Acharia um absurdo? Posso ter acordado esta manhã pensando que estou na casa dos 20, mas não estou. Tenho quase 50 anos. Quase o suficiente para ser a mãe dele. E então, em vez disso, olhei-o. Ele permaneceu completamente imóvel, olhando para mim. Parecia forte. Forte o suficiente para me ajudar. Para me fazer enfrentar tudo aquilo.

Abri a boca para falar, sem saber o que iria dizer, mas o toque abafado de um celular me interrompeu. O Dr. Nash não se moveu, a não ser para retirar sua mão, e percebi que o telefone deveria ser um dos meus.

Retirei o telefone que tocava de dentro da minha bolsa. Não era o que se abria, e sim aquele que o meu marido havia me dado. No visor estava o nome *Ben*.

Quando vi seu nome, percebi o quanto estava sendo injusta. Ele estava sofrendo também. E tinha de conviver com isso todos os dias, sem poder conversar comigo a respeito, sem poder recorrer à esposa para apoiá-lo.

E fazia aquilo tudo por amor.

E aqui estava eu, num estacionamento com um homem que ele mal conhecia. Pensei nas fotos que havia visto aquela manhã, no álbum. Páginas e páginas de fotos de mim e de Ben. Sorrindo. Felizes. Apaixonados. Se eu fosse para casa agora e olhasse para elas, provavelmente enxergaria apenas aquilo que estava faltando. Adam. Mas são as mesmas fotos, e nelas olhamos um para o outro como se não existisse mais ninguém no mundo.

Era óbvio que fomos apaixonados.

— Ligo para ele mais tarde — disse.

Coloquei o telefone de volta na bolsa. Vou contar a ele hoje à noite, pensei. Sobre o meu diário. Sobre o Dr. Nash. Sobre tudo.

O Dr. Nash pigarreou.

— Deveríamos subir até o consultório. Começar.

— Claro — respondi.

Não olhei para ele.

⁓

Comecei a escrever no carro enquanto o Dr. Nash me levava para casa. A maior parte do que escrevi está praticamente ilegível, uns garranchos horrorosos. O Dr. Nash não falou nada enquanto eu escrevia, mas eu o vi olhando para mim enquanto eu procurava a palavra certa ou uma frase melhor. Tentei imaginar o que ele estaria pensando — antes de deixarmos o consultório, ele me perguntou se eu permitiria que ele discutisse o meu caso numa conferência para a qual havia sido convidado.

— Em Genebra — disse, sem conseguir esconder um lampejo de orgulho.

Eu disse que sim, e imaginei que logo ele me perguntaria se poderia tirar uma cópia do meu diário. "Para fins de pesquisa."

Quando chegamos à minha casa ele se despediu, dizendo:

— Fiquei surpreso que você tenha tido vontade de escrever seu diário no carro. Você parece estar bastante... determinada. Suponho que não queira deixar passar nenhum detalhe.

Entretanto, sei o que ele quis dizer. Ele quis dizer frenética. Desesperada. Desesperada para conseguir registrar tudo. E ele está certo. Estou determinada. Assim que entrei em casa, terminei de escrever na mesa de jantar e fechei o diário, guardando-o de volta no lugar antes de me despir lentamente. Ben havia deixado uma mensagem no telefone. "Vamos sair hoje à noite", dissera ele. "Para jantar. É sexta-feira..."

Despi as calças azul-marinho que havia encontrado no guarda-roupa aquela manhã e a blusa azul-clara que havia decidido ser a melhor combinação. Eu estava completamente desnorteada. Havia entregue meu diário ao Dr. Nash durante aquela consulta — ele me perguntara se poderia ler, e eu dissera que sim. Isso foi antes de ele mencionar o convite que recebeu para ir a Genebra, e agora me pergunto se foi por isso que pediu para ler.

— Isso é ótimo! — disse, ao terminar a leitura. — Muito bom mesmo. Você está se lembrando de um monte de coisas, Christine. Várias lembranças estão começando a voltar. Não vejo por que não continuariam. Você tem bons motivos para ficar otimista...

Mas eu não me sentia otimista. Me sentia confusa. Teria eu flertado com ele, ou ele comigo? Foi a mão dele sobre a minha, mas eu o deixei colocá-la ali e permiti que ficasse.

— Você precisa continuar escrevendo — disse ele quando me devolveu o diário, e eu respondi que o faria.

Agora, no meu quarto, tentei me convencer de que não tinha feito nada de errado. Ainda assim, me sentia culpada. Porque eu havia gostado. A atenção, o sentimento de conexão. Por um momento, no meio de tudo o mais que estava acontecendo, havia uma pontinha de alegria. Eu havia me sentido atraente. Desejável.

Fui até a minha gaveta de lingeries. Ali, escondido no fundo, encontrei um conjunto de calcinhas de seda pretas com sutiã combinando. Coloquei-os — essas roupas que sei que devem ser minhas, mesmo que eu não sinta que sejam —, pensando durante o tempo todo no meu diário escondido dentro do armário. O que Ben pensaria se o encontrasse? Se lesse tudo o que eu havia escrito, tudo o que eu havia sentido? Será que ele entenderia?

Fiquei de pé na frente do espelho. Ele entenderia, disse a mim mesma. Precisava entender. Examinei meu corpo com os olhos e as mãos. Explorei-o, corri os dedos sobre seus contornos e ondulações, como se fosse algo novo, um presente. Algo que deveria ser aprendido desde o começo.

Embora eu soubesse que o Dr. Nash não flertara comigo, durante o breve momento em que pensei que ele o fizera não me senti velha. Eu me senti viva.

Não sei quanto tempo permaneci ali. Para mim o tempo é elástico, praticamente sem importância. Os anos passaram por mim sem deixar rastros. Os minutos não existem. Eu tinha apenas o tique-taque do relógio no andar de baixo para me mostrar que o tempo estava passando. Olhei para o meu corpo. Para o peso que se acumulou nas minhas nádegas e quadris, os pelos escuros nas minhas pernas, sob meus braços. Encontrei um aparelho de barbear no banheiro e ensaboei as pernas, depois desci a lâmina fria pela minha pele. Devo ter feito isso antes, pensei, incontáveis vezes, mas ainda assim parecia algo estranho de se fazer, quase ridículo. Feri um pouco a pele no tornozelo — uma pequena pontada de dor —, e então surgiu uma nascente vermelha que tremulou antes de começar a gotejar perna abaixo. Eu a estanquei com o dedo, espalhando o sangue como um melaço, e o levei à boca. Gosto de sabão e metal quente. Não coagulou. Deixei que corresse pela minha pele recém-depilada, depois limpei-a com um pano molhado.

De volta ao quarto, coloquei meias e um vestido preto justo. Escolhi um colar de ouro da caixa que estava na penteadeira e um par de brincos que combinavam com ele. Sentei-me à penteadeira, coloquei maquiagem, enrolei o cabelo e passei fixador. Borrifei perfume nos pulsos e atrás das orelhas. E durante todo o tempo em que fiz isso, uma lembrança pairava sobre mim. Eu me vi colocando um par de meias-calças, abotoando os fechos de uma cinta-liga, colocando um sutiã, mas era outra versão de mim, num quarto diferente. O quarto estava em silêncio. Havia música tocando, baixinho, e à distância eu distinguia vozes, portas se abrindo e fechando, o fraco barulho do trânsito. Eu me sentia calma e feliz. Virei-me em direção ao espelho, examinei meu rosto à luz de velas. Nada mau, pensei. Nada mau mesmo.

A lembrança estava um pouco fora de alcance. Ela tremulava sob a superfície e, embora eu pudesse ver detalhes, pedaços de imagens, momentos, ela estava funda demais para que eu pudesse ver aonde ela iria levar. Vi uma garrafa de champanhe numa mesa de cabeceira. Duas taças. Um buquê de flores sobre a cama, um cartão. Vi que eu estava num quarto de hotel, à espera do homem que amo. Ouvi uma batida na porta, me vi levantar, andar em direção a ela, mas então acabou, como se eu estivesse vendo televisão e de repente a antena houvesse sido desconectada. Voltei a mim e me vi de volta à minha casa. Muito embora a mulher que eu via no espelho fosse uma desconhecida — maquiada e com o cabelo arrumado, aquela estranheza se tornava ainda mais pronunciada —, eu me sentia pronta. Para o quê eu não sabia dizer, mas me sentia pronta. Desci para esperar pelo meu marido, o homem com quem me casei, o homem que eu amava.

"Amo", lembrei a mim mesma. O homem que eu amo.

Ouvi a chave dele na fechadura, a porta sendo aberta, pés sendo limpos no capacho. Um assovio? Ou seria o som da minha própria respiração, forte e pesada?

Uma voz.

— Christine? Christine, você está bem?

— Sim — respondi. — Estou aqui.

Uma tosse, o barulho de alguém pendurando o casaco, uma maleta sendo pousada no chão.

Ele gritou para o andar de cima.

— Está tudo bem? — repetiu ele. — Telefonei para você mais cedo. Deixei um recado.

O estalar das escadas. Por um momento, pensei que ele iria subir para o banheiro ou para o escritório, sem vir me ver primeiro, e me senti tola, ridícula por estar toda arrumada, esperando pelo meu marido de sabe-se lá quantos anos vestida com as roupas de outra pessoa. Desejei poder tirar aquela roupa, limpar a maquiagem e me transformar novamente na mulher que eu sou, mas ouvi seu resmungo enquanto ele tirava um pé do sapato e depois o outro, e percebi que ele estava se sentando para colocar os chinelos. A escada estalou novamente, e então ele entrou no quarto.

— Querida... — começou ele, e então parou.

Seus olhos percorreram meu rosto, meu corpo e subiram para encontrar os meus olhos. Não soube dizer o que ele estava pensando.

— Uau — falou. — Você está... — Ele balançou a cabeça.

— Encontrei essa roupa — falei. Pensei que deveria me arrumar um pouco. Afinal, é sexta à noite. Final de semana.

— Sim — disse ele, ainda de pé na soleira da porta. — Sim, mas...

— Você quer ir a algum lugar?

Então me levantei e andei em direção a ele.

— Me beije — pedi, e embora eu não houvesse exatamente planejado isso, parecia ser a coisa certa a fazer, então passei meus braços ao redor do seu pescoço. Ele cheirava a sabonete, suor e trabalho. Doce, como lápis de cera. Uma lembrança flutuou por mim — eu ajoelhada no chão com Adam, desenhando —, mas não durou muito tempo.

— Me beije — pedi novamente. Suas mãos contornaram a minha cintura.

Nossos lábios se tocaram. Roçando, inicialmente. Um beijo de boa noite ou de despedida, um beijo em público, um beijo na frente da mãe. Não soltei seu pescoço e ele me beijou novamente. Da mesma maneira.

— Beije-me, Ben — falei. — De verdade.

— Ben — falei mais tarde. — Nós somos felizes?

Estávamos em um restaurante onde já estivemos antes, segundo ele, embora é claro que eu não me lembrasse. Fotografias emolduradas de pessoas que pensei serem celebridades cobriam as paredes; na parede dos fundos havia um forno de pizza. Belisquei do prato de melão à minha frente. Não me lembrava de tê-lo pedido.

— Quero dizer — continuei —, estamos casados... há quanto tempo?

— Deixe-me ver — disse ele. — Vinte e dois anos. — Parecia um período impossivelmente longo. Pensei na lembrança que tive esta tarde enquanto me arrumava. Flores num quarto de hotel. Eu só poderia estar esperando por ele.

— E nós somos felizes?

Ele descansou o garfo no prato e tomou um gole do vinho branco que havia pedido. Uma família chegou e se sentou na mesa ao lado. Pais mais velhos, uma filha na faixa dos 20. Ben falou:

— Estamos apaixonados, se é o que quer saber. Eu com certeza a amo.

E então lá estava; minha deixa para dizer a ele que também o amava. Os homens sempre dizem que amam como se estivessem fazendo uma pergunta.

Entretanto, o que eu poderia dizer? Ele é um desconhecido. O amor não acontece no espaço de 24 horas, não importa o quanto eu desejasse acreditar que acontece.

— Eu sei que você não me ama — disse Ben. Olhei para ele, chocada por um momento. — Não se preocupe, entendo a situação em que você se encontra. Na qual nós nos encontramos. Você não se lembra, mas fomos apaixonados. Perdidamente, completamente. Como nas histórias, sabe? Romeu e Julieta, essa baboseira toda. — Ele tentou rir, mas parecia estranho. — Eu amava você e você me amava. Nós éramos felizes, Christine. Muito felizes.

— Até o meu acidente.

Ele recuou diante da palavra. Teria eu falado demais? Eu li meu diário, mas será que tinha sido hoje que ele me contou sobre meu atropelamento? Eu não sabia, mas, ainda assim, "acidente" teria sido um chute razoável para alguém na minha situação. Decidi não me preocupar com isso.

— Sim — disse ele tristemente. — Até o seu acidente. Nós éramos felizes.

— E agora?

— Agora? Gostaria que as coisas pudessem ser diferentes, mas não sou infeliz, Chris. Eu a amo. Não gostaria de estar com nenhuma outra pessoa.

"E quanto a mim?", pensei. "Será que eu sou infeliz?"

Olhei para a mesa ao lado. O pai levava um par de óculos ao rosto, examinando o cardápio plastificado, enquanto a esposa arrumava o chapéu da filha e tirava seu cachecol. A garota permaneceu sentada sem ajudar, fitando o nada, a boca ligeiramente aberta. Sua mão direita contraía-se por baixo da mesa. Um fio fino de saliva escorria pelo seu queixo. O pai percebeu que eu estava olhando, então desviei o olhar rapidamente, de volta para o meu marido, tentando fingir que eu não havia olhado. Eles devem estar acostumados com isso — com pessoas desviando o olhar tarde demais.

Suspirei.

— Queria poder me lembrar do que aconteceu.

— O que aconteceu? — disse ele. — Por quê?

Pensei em todas as outras lembranças que me ocorreram. Elas haviam sido breves, transitórias. Já não existiam mais. Haviam desaparecido. Mas eu as registrara no meu diário; sabia que elas haviam existido — e que ainda existem em algum lugar. Que estavam apenas perdidas.

Eu tinha certeza de que deveria haver alguma chave, uma lembrança que destrancaria todas as outras.

— Só acho que, se eu pudesse me lembrar do meu acidente, então talvez fosse capaz de me lembrar de outras coisas também. Talvez não de tudo, mas do suficiente. Nosso casamento, por exemplo, nossa lua de mel. Não consigo nem mesmo me lembrar disso. — Tomei um gole de vinho. Eu quase havia mencionado o nome do nosso filho antes de me lembrar que Ben não sabia que eu tinha lido sobre ele. — Simplesmente acordar e saber quem eu sou já seria uma grande coisa.

Ben estalou os dedos, apoiando o queixo nas mãos fechadas.

— Os médicos disseram que isso não vai acontecer.

— Mas eles não têm certeza, não é? Eles podem estar errados.

— Duvido.

Pousei a taça na mesa. Ele estava errado. Pensava que tudo estava perdido, que meu passado fora apagado por completo. Talvez esse fosse o momento para contar sobre os fragmentos de lembrança que eu tinha, sobre o Dr. Nash. Meu diário. Tudo.

— Mas às vezes eu me lembro de algumas coisas — falei. Ele pareceu surpreso. — Acho que as coisas estão começando a voltar para mim, em imagens.

Ele descruzou as mãos.

— Sério? Que coisas?

— Bom, depende. Às vezes quase nada. Apenas sentimentos estranhos, sensações. Visões. Um pouco como sonhos, mas parecem ser reais demais para que eu os esteja inventando. — Ele não disse nada. — Têm de ser memórias.

Esperei, torcendo para que ele me perguntasse mais, que quisesse que eu contasse tudo o que eu havia visto, bem como de que forma eu conseguia me lembrar das recordações que havia tido.

Mas ele não falou. Continuou olhando para mim, com tristeza. Pensei nas lembranças sobre as quais escrevi, naquela em que ele me oferece vinho na cozinha da nossa primeira casa.

— Tive uma visão de você — falei. — Bem mais jovem...

— O que eu estava fazendo? — ele quis saber.

— Não muita coisa — respondi. — Estava só de pé na cozinha. — Pensei na garota com o pai e a mãe, sentados a apenas alguns metros de distância. Minha voz virou um sussurro. — Me beijando.

Ele sorriu.

— Achei que, se sou capaz de me lembrar de uma coisa, então talvez eu seja capaz de me lembrar de várias...

Ele pegou minha mão.

— Mas amanhã você não vai se lembrar de ter tido essa lembrança. Esse é o problema. Você não tem uma base sobre a qual construir suas memórias.

Suspirei. O que ele dizia era verdade; eu não poderia continuar escrevendo sobre tudo o que acontece comigo pelo resto da vida, principalmente se eu tiver de ler todos os registros diariamente.

Olhei para a outra mesa, para a família ao nosso lado. A garota comia um minestrone de forma vacilante, molhando o babador de pano que a mãe havia colocado ao redor do seu pescoço. Eu podia vislumbrar a vida deles; despedaçada, presos na função de responsáveis, um papel do qual eles haviam esperado estarem livres muitos anos antes.

Nós estamos na mesma situação, pensei. Também preciso que me alimentem na boca. Então percebi que, assim como aqueles pais e sua filha, Ben me ama de uma maneira que jamais poderá ser recíproca.

E, ainda assim, talvez fôssemos diferentes. Talvez nós ainda tivéssemos esperança.

— Você quer que eu melhore? — perguntei.

Ele pareceu surpreso.

— Christine — disse ele. — Por favor...

— Talvez exista alguém com quem eu possa me consultar. Um médico?

— Nós já tentamos isso antes...

— Mas talvez valha a pena tentar novamente. As coisas estão progredindo a cada dia. Quem sabe há um novo tratamento?

Ele apertou a minha mão.

— Christine, não há nenhum tratamento novo. Acredite em mim, nós tentamos de tudo.

— O quê? — perguntei. — O que nós tentamos?

— Chris, por favor. Não...

— O que nós tentamos? — perguntei. — O quê?

— Tudo — respondeu ele. — Tudo. Você não tem ideia de como foi. — Ele parecia incomodado. Seus olhos iam de um lado para o outro, como se esperasse ser atingido por alguma coisa, mas não soubesse de que direção viria o golpe. Eu poderia ter deixado a pergunta morrer nesse momento, mas não o fiz.

— Como foi, Ben? Eu preciso saber. Como foi?

Ele não disse nada.

— Me diga!

Ele levantou a cabeça e engoliu em seco. Parecia aterrorizado, o rosto vermelho, os olhos arregalados.

— Você esteve em coma — disse. — Todos pensavam que iria morrer. Mas eu, não. Eu sabia que você era forte, sabia que você sairia daquela. Que iria melhorar. E então, um dia, me ligaram do hospital e disseram que você havia acordado. Acharam que era um milagre, mas eu sabia que não era. Era você, minha Chris, voltando para mim. Você estava entorpecida, confusa. Não sabia onde estava e não conseguia recordar nada sobre o acidente, mas me reconheceu e também à sua mãe, embora não soubesse exatamente quem éramos. Eles falaram para não nos preocuparmos, que perda de memória era normal após ter sofrido ferimentos tão graves, que aquilo iria passar. Mas então... — Ele deu de ombros, baixou os olhos para fitar o guardanapo que segurava nas mãos. Por um momento pensei que não fosse continuar.

— Então o quê?

— Bem, você parecia estar piorando. Fui visitá-la um dia e você não fazia a menor ideia de quem eu era. Achou que eu era um médico. E então também se esqueceu de quem você era. Não conseguia lembrar o próprio nome, o ano em que nasceu. Nada. Eles perceberam que você também havia parado de formar novas memórias. Fizeram testes, tomografias, tudo. Mas os resultados não foram bons. Disseram que o acidente havia danificado sua memória. Que seria algo permanente. Que não havia cura, não havia nada que eles pudessem fazer.

— Nada? Eles não fizeram nada?

— Não. Disseram que a sua memória tanto poderia voltar como não voltar mais, e que quanto mais tempo se passasse sem que você a recuperasse, mais provável seria que a perdesse para sempre. Disseram que a única coisa que eu poderia fazer era tomar conta de você. E isso é o que tenho tentado fazer. — Ele segurou minhas mãos entre as dele, acariciando meus dedos, roçando o metal da minha aliança.

Ben se inclinou para a frente, de forma que sua cabeça ficasse a apenas alguns centímetros de distância da minha.

— Eu amo você — sussurrou ele, mas eu não consegui responder, então ficamos o resto do jantar praticamente em silêncio. Eu sentia um ressentimento crescendo dentro de mim. E raiva. Ele parecia tão determinado em dizer que ninguém poderia me ajudar! Tão inflexível. Subitamente não me senti mais inclinada a contar a ele sobre o meu diário, nem sobre o Dr. Nash. Queria manter os meus segredos por um pouco mais de tempo. Senti como se eles fossem a única coisa minha que me restava.

Chegamos em casa. Ben fez café e fui ao banheiro. Então escrevi o máximo que pude sobre o que acontecera até então, tirei minha roupa e a maquiagem. Vesti a camisola. Outro dia chegava ao fim. Logo eu iria adormecer e meu cérebro começaria a deletar tudo. Amanhã vou passar por tudo isso novamente.

Percebi que não possuo ambições. Não posso tê-las. Tudo o que quero é me sentir normal. Poder viver como todas as outras pessoas, construir experiências em cima de experiências, cada dia moldando o dia seguinte. Quero crescer, aprender coisas novas, melhorar com as experiências vividas. Ali, no banheiro, pensei na minha velhice. Tentei imaginar como será. Será que ainda irei acordar, com meus 70 ou 80 anos, pensando que ainda estou no início da minha vida? Será que vou acordar sem ter a menor ideia de que meus ossos são velhos, minhas juntas rígidas e pesadas? Não consigo imaginar como vou lidar com isso, quando descobrir que minha vida ficou para trás, que já aconteceu e eu não construí nada. Nenhuma lembrança querida, nenhuma riqueza de experiência, nenhum conhecimento acumulado que possa ensinar a alguém. O que somos senão o acúmulo de nossas próprias memórias? Como irei me sentir quando olhar no espelho e ver o reflexo da minha avó? Não sei, mas não posso me permitir pensar a respeito agora.

Ouvi Ben entrar no quarto. Percebi que não conseguiria guardar meu diário no guarda-roupa, então deixei-o sobre a cadeira ao lado da banheira, sob as roupas que eu tinha acabado de despir. Eu vou colocá-lo no lugar mais tarde, assim que Ben adormecer. Apaguei as luzes e entrei no quarto.

Ben estava sentado na cama, olhando para mim. Eu não disse nada, mas sentei ao lado dele. Percebi que ele estava nu.

— Eu amo você, Christine — disse, e então começou a me beijar, meu pescoço, minhas bochechas, meus lábios. Seu hálito era quente e tinha um leve odor de alho. Não queria que ele me beijasse, mas não o repeli. Eu pedi isso, pensei. Ao vestir aquele vestido idiota, ao colocar maquiagem e perfume, ao pedir que ele me beijasse antes de sairmos de casa.

Virei o rosto na direção dele e, embora não quisesse, beijei-o também. Tentei imaginar nós dois na casa que havíamos acabado de comprar juntos, arrancando as roupas a caminho do quarto, nosso almoço por preparar na cozinha. Disse a mim mesma que deveria tê-lo amado naquela época — do contrário, por que teria me casado com ele? —, por isso não havia motivo para não amá-lo agora. Disse a mim mesma que o que eu estava fazendo era importante, uma expressão de amor e gratidão, e quando sua mão subiu para o meu seio não tentei impedi-lo, mas disse a mim mesma que aquilo era natural, normal. Também não tentei impedi-lo quando ele desceu as mãos por entre as minhas pernas e tocou minha vagina, e fui saber apenas depois, muito depois, que quando comecei a gemer baixinho não foi pelo o que ele estava fazendo. Não foi por prazer, de forma alguma, foi por medo, por causa do que vi quando fechei os olhos.

Eu, num quarto de hotel. O mesmo que vi enquanto me arrumava naquela tarde. Vejo as velas, o champanhe, as flores. Ouço a batida na porta, me vejo colocando na mesa a taça na qual estava bebendo, levanto e abro a porta. Sinto excitação, ansiedade; o ar está pleno de promessas. Sexo e redenção. Estendo o braço, seguro a maçaneta da porta, fria e dura. Respiro fundo. Finalmente vai ficar tudo bem.

E então, um buraco. Um branco na minha memória. *A porta se abrindo, girando na minha direção, mas não consigo ver quem está do outro lado.* Ali, na cama com meu marido, o pânico tomou conta de mim, do nada.

— Ben! — gritei, mas ele não parou, não parecia me ouvir. — Ben! — repeti. Fechei os olhos e apertei-os. Fui levada de volta ao passado.

Ele está no quarto. Atrás de mim. Esse homem, como ousa! Eu me viro, mas não vejo nada. Dor, queimando. Uma pressão na minha garganta. Não consigo respirar. Ele não é o meu marido, não é Ben, mas suas mãos estão por todo o meu corpo, suas mãos e sua carne, me cobrindo. Tento respirar, mas não consigo. Meu corpo, tremendo, macio, transforma-se em nada, em cinzas e ar. Água nos meus pulmões. Abro os olhos, mas não vejo nada além de vermelho. Vou morrer aqui, neste quarto de hotel. Meu Deus, penso. Nunca quis isso. Nunca pedi isso. Alguém tem que me ajudar. Alguém tem que aparecer aqui. Sim, cometi um erro terrível, mas não mereço esse castigo. Não mereço morrer.

Eu me sinto desaparecer. Quero ver Adam. Quero ver o meu marido. Mas eles não estão aqui. Ninguém está aqui além de mim e desse homem com as mãos ao redor da minha garganta. Me sinto descer por um buraco. Cair na escuridão. Não posso dormir. Não posso dormir. Não. Posso. Dormir.

A lembrança se foi, subitamente, deixando um vazio, uma lacuna terrível. Meus olhos se abrem. Estou de volta à minha casa, na cama, meu marido dentro de mim.

— Ben! — gritei, mas era tarde demais. Com grunhidos abafados, ele ejaculou. Me segurei nele, abraçando-o o mais forte que pude e então, após um momento, ele beijou meu pescoço e me disse novamente que me amava e depois:

— Chris, você está chorando...

Os soluços vieram, incontroláveis.

— O que aconteceu? — perguntou. — Machuquei você?

O que eu poderia dizer? Tremi enquanto minha mente tentava processar o que havia acontecido. Um quarto de hotel cheio de flores. Champanhe e velas. Um desconhecido com as mãos ao redor da minha garganta.

O que eu poderia dizer? Tudo o que consegui fazer foi chorar mais, afastá-lo com as mãos e então esperar. Esperá-lo adormecer, para que então eu pudesse levantar da cama e escrever tudo isso.

Sábado, 17 de novembro — 2:07

Não consigo dormir. Ben está no andar de cima e estou escrevendo isso na cozinha. Ele pensa que estou tomando o chocolate quente que ele acabou de fazer para mim. Pensa que logo voltarei para a cama.

Voltarei, mas primeiro tenho que escrever.

A casa está em silêncio e escura agora. Mais cedo, no entanto, me pareceu que tudo estava vivo. Amplificado. Escondi meu diário no armário e voltei para a cama após escrever sobre o que eu vi enquanto fazíamos amor, mas ainda não me sentia cansada. Ouvia o tique-taque do relógio no andar de baixo, as badaladas enquanto ele marcava as horas, os leves roncos de Ben. Sentia o tecido do edredom no meu peito e não via nada além do brilho do despertador na mesa de cabeceira ao meu lado. Virei-me de bruços e fechei os olhos. Tudo o que conseguia ver era a mim, com mãos me apertando a garganta para que eu não pudesse respirar. Tudo o que conseguia ouvir era minha própria voz, ecoando: "Vou morrer."

Pensei no meu diário. Ajudaria se escrevesse mais? Ou ler tudo novamente? Será que eu conseguiria tirá-lo do esconderijo sem acordar Ben?

Ele estava ali deitado, quase invisível nas sombras. Você está mentindo para mim, pensei. Porque ele de fato estava. Mentindo sobre o meu livro, sobre Adam. E agora tenho certeza de que está mentindo sobre como acabei aprisionada aqui dessa maneira.

Tive vontade de sacudi-lo para que acordasse. De gritar: "Por quê? Por que você me diz que fui atropelada por um carro numa estrada congelada?" Imagino do que ele está tentando me proteger. O quanto a verdade pode ser terrível.

E o que mais eu não sei?

Meus pensamentos vão do meu diário para a caixa de metal, aquela em que Ben guarda as fotos de Adam. Talvez dentro dela existam mais respostas, pensei. Talvez eu descubra a verdade.

Decidi me levantar da cama. Dobrei o cobertor para não acordar meu marido. Retirei meu diário do esconderijo e fui andando pé ante pé, descalça, até o patamar da escada. A casa parecia diferente agora, iluminada pelo luar azulado. Fria e imóvel.

Fechei a porta do quarto depois de sair, um roçar leve de madeira contra o carpete, um clique sutil ao fechar. Ali, no patamar da escada, olhei para o que havia escrito. Li que Ben me contara que eu tinha sido atropelada por um carro. Li que ele negara que eu havia escrito um romance. Li sobre o nosso filho.

Eu precisava ver uma foto de Adam. Mas onde eu deveria procurar? "Eu as guardo lá em cima", dissera ele. "Por segurança." Eu sabia disso. Havia escrito no meu diário. Mas onde ele guardava, exatamente? No quarto de hóspedes? No escritório? Como eu iria começar a procurar por algo que não me lembrava de ter visto antes?

Coloquei o diário de volta onde eu o havia encontrado e entrei no escritório, fechando a porta depois de entrar. O luar se infiltrava pela janela, deixando o quarto com um brilho prateado. Não ousei acender a luz, não poderia correr o risco de Ben me encontrar ali, remexendo nas coisas. Ele me perguntaria o que eu estava procurando e eu não teria nada a dizer para ele, nenhum motivo para estar ali. Haveria muitas perguntas a responder.

Eu havia escrito que a caixa era de metal cinza. Olhei primeiro na mesa. Um pequeno computador com uma tela incrivelmente fina, canetas e lápis numa caneca, papéis organizados em pilhas, um peso de papel de cerâmica em formato de cavalo-marinho. Em cima da mesa havia um calendário de parede cheio de adesivos coloridos, círculos e estrelas. Embaixo da mesa havia uma maleta de couro e uma lixeira, ambas vazias, e próximo à mesa, um gaveteiro porta-arquivos.

Olhei ali primeiro. Puxei a primeira gaveta, bem devagar, silenciosamente. Estava cheia de papéis, organizados em pastas com os rótulos *Casa, Trabalho, Finanças*. Folheei os arquivos. Atrás deles havia um recipiente plástico com comprimidos, embora eu não conseguisse ler o nome no rótulo na semiescuridão. A segunda gaveta estava cheia de material de escritório — caixas, blocos de anotações, canetas, corretivo — e fechei-a com cuidado antes de me agachar para abrir a última gaveta.

Um cobertor, ou uma toalha; era difícil distinguir na luz fraca. Levantei uma das pontas, coloquei a mão, senti o frio do metal. Puxei. Embaixo do pano estava a caixa de metal, maior do que eu havia imaginado, tão grande que ocupava praticamente a gaveta inteira. Coloquei minhas mãos ao redor dela e percebi que era também mais pesada do que eu pensava, e quase a derrubei quando a tirei da gaveta e a coloquei no chão.

A caixa estava no chão, à minha frente. Por um momento fiquei sem saber o que queria fazer, se realmente queria abri-la. Que novidades chocantes ela poderia conter? Assim como a própria memória, ela poderia guardar verdades que eu não podia sequer tentar imaginar. Sonhos não imaginados e horrores inesperados. Eu estava com medo. Porém, percebi que essas verdades eram tudo o que eu tinha. Elas são o meu passado. São o que me tornam humana. Sem elas não sou nada. Nada além de um animal.

Respirei fundo, fechando os olhos, e comecei a levantar a tampa.

Ela abriu um pouquinho, mas então parou. Tentei novamente, pensando que estava emperrada, depois outra vez, e foi então que percebi. Estava trancada. Ben a havia trancado.

Tentei me manter calma, mas a raiva subiu pelo meu corpo, sem convite. Quem era ele para trancar essa caixa de recordações? Para me manter longe do que era meu?

A chave tinha de estar por perto, eu tinha certeza. Olhei na gaveta. Abri a toalha e chacoalhei-a. Eu me levantei, tirei canetas e lápis da caneca e olhei lá dentro. Nada.

Desesperada, procurei nas outras gavetas o melhor que pude sob a luz fraca. Não encontrei chave nenhuma e percebi que ela poderia estar em qualquer lugar. Em qualquer lugar. Caí de joelhos.

Então, um ruído. Um estalo tão baixo que pensei que havia sido meu próprio corpo. Mas então outro ruído. Respiração. Ou um suspiro.

Uma voz. A voz de Ben.

— Christine? — chamou a voz, e então soou mais alta. — Christine!

O que eu iria fazer? Estava ali sentada, no escritório dele, com a caixa de metal da qual Ben acha que não me recordo no chão à minha frente. Entrei em pânico. Uma porta se abriu, a luz do patamar se acendeu, iluminando a porta do escritório por baixo. Ele estava vindo.

Eu me levantei rapidamente. Guardei a caixa de volta e, sacrificando o silêncio em nome da rapidez, fechei a gaveta com força.

— Christine? — chamou ele novamente. Som de passos no patamar da escada. — Christine, querida? Sou eu. Ben. — Enfiei as canetas e os lápis de volta na caneca sobre a mesa e me deixei cair no chão novamente. A porta começou a se abrir.

Eu não sabia o que iria fazer até que fiz. Reagi instintivamente, de um nível mais baixo do que coragem.

— Socorro! — disse, quando ele abriu a porta. Apenas sua silhueta contra a luz da escada e por um momento eu realmente senti o terror que estava encenando. — Por favor! Socorro!

Ele acendeu a luz e veio em minha direção.

— Christine! O que aconteceu? — perguntou ele, se agachando.

Recuei, me afastando dele, até que fiquei encurralada contra a parede, sob a janela.

— Quem é você? — falei.

Percebi que havia começado a chorar e tremer histericamente. Corri as mãos pela parede atrás de mim, agarrei a cortina que estava acima de mim como se procurando apoio para me levantar. Ben permaneceu onde estava, do outro lado do escritório. Ele estendeu a mão para mim, como se eu fosse um animal perigoso, selvagem.

— Sou eu — disse ele. — Seu marido.

— Meu o quê? — falei. E então: — O que está acontecendo comigo?

— Você tem amnésia — disse ele. — Estamos casados há anos.

Então, enquanto ele preparava uma xícara de chocolate quente que ainda está na minha frente, deixei que me contasse, desde o começo, tudo o que eu já sabia.

Domingo, 18 de novembro

Isso aconteceu nas primeiras horas da manhã de sábado. Hoje é domingo. Meio-dia, ou quase isso. Todo um dia se passou sem registros. Vinte e quatro horas. Perdidas. Vinte e quatro horas passadas acreditando em tudo o que Ben me disse. Acreditando que nunca escrevi um romance, que nunca tive um filho. Acreditando que tinha sido um acidente que roubara o meu passado.

Talvez, diferentemente de hoje, o Dr. Nash não tenha ligado, e eu não tenha descoberto este diário. Ou talvez ele tenha ligado e eu tenha escolhido não lê-lo. Sinto um calafrio. O que acontecerá se um dia ele decidir não ligar nunca mais? Eu jamais iria encontrar o diário, jamais o leria, jamais saberia que ele existe. Não saberia do meu passado.

Isso seria impensável. Sei disso agora. Meu marido me conta uma versão de como acabei ficando sem memória, mas meus sentimentos me dão outra versão. Imagino se alguma vez já perguntei ao Dr. Nash sobre o que me aconteceu. E, mesmo se eu o tiver feito, poderia acreditar no que ele me diz? A única verdade que tenho é a que está escrita neste diário.

Escrita por mim. Eu devo me lembrar disso. Escrita por mim.

* * *

Meus pensamentos voltam ao que aconteceu nesta manhã. Me lembro do sol brilhando por entre as cortinas, me acordando subitamente. Dos meus olhos fitando um cenário estranho e de ter ficado confusa. Ainda assim, embora eventos específicos não tenham vindo à memória, tive a sensação de olhar para trás, para toda uma história, não apenas alguns anos. E soube, mesmo que sem convicção, que aquela história abrigava um filho. Meu filho. Naquela fração de segundo antes de eu estar completamente consciente, eu soube que era mãe. Que dei à luz um filho, que o meu corpo não era mais o único que eu deveria nutrir e proteger.

Eu me virei, ciente de estar dividindo a cama com outro corpo, um braço ao redor da minha cintura. Não me senti assustada, mas segura. Feliz. Fui acordando e as imagens e os sentimentos começaram a se unir em verdades e lembranças. Primeiro eu vi meu menino, ouvi minha voz chamando seu nome — Adam — e o vi correndo em minha direção. Então me lembrei do meu marido. Do seu nome. Me senti completamente apaixonada. Sorri.

A sensação de paz não durou. Olhei para o homem ao meu lado e o seu rosto não era aquele que eu esperava ver. Um momento depois percebi que não reconhecia o quarto onde dormira, não me lembrava de ter chegado ali. E então, finalmente, percebi que não conseguia me lembrar de nada com clareza. Aquelas imagens breves, desconectadas, não representavam minhas memórias, mas sua soma total.

Ben me explicou, é claro. Ou pelo menos algumas partes. E este diário me explicou o resto, uma vez que o Dr. Nash me ligou e eu o encontrei. Não tive tempo de ler tudo o que estava escrito — fingi uma dor de cabeça e quis ficar no quarto, atenta ao menor ruído vindo do andar de baixo, com medo de que Ben pudesse subir a qualquer momento com uma aspirina ou um copo d'água. Mas li o suficiente. O diário me disse quem eu sou, o que tenho e o que perdi. Que nem tudo está perdido. Que as minhas lembranças estão começando a voltar, embora lentamente. O Dr. Nash me falou isso no dia em que o observei lendo o meu diário. "Você está se lembrando de um monte de coisas, Christine", dissera ele. "Não vejo por que isso não continuaria." E o diário me disse que o atropelamento é uma mentira, que em algum lugar do meu íntimo eu me lembro do que aconteceu comigo na noite em que perdi a memória. Que a verdade não contém um carro nem estradas congeladas, mas champanhe e flores e a batida à porta de um quarto de hotel.

E agora eu tenho um nome. O nome da pessoa que eu esperava ver quando abri meus olhos essa manhã não era Ben.

Ed. Acordei esperando estar deitada ao lado de alguém chamado Ed.

No momento eu não sabia quem ele era, esse tal de Ed. Pensei que talvez ele não fosse ninguém, que fosse apenas um nome que eu inventei, tirado do nada. Ou talvez fosse um antigo amante, alguém com quem fiz sexo casual uma noite e de quem não me esqueci. Mas agora li esse diário. Descobri que fui atacada num quarto de hotel. E agora sei quem é esse Ed.

Ele é o homem que eu estava esperando naquela noite. O homem que me atacou. O homem que roubou a minha vida.

∞

Esta noite coloquei meu marido à prova. Não queria fazer isso, nem sequer o planejei, mas havia passado o dia inteiro preocupada. Por que ele havia mentido para mim? Por quê? Será que ele mente para mim todos os dias? Que me conta apenas uma versão do passado? Ou serão várias? Preciso confiar nele, pensei. Não me resta mais ninguém.

Estávamos comendo cordeiro; um corte barato, gorduroso e cozido demais. Eu remexia a mesma garfada ao redor do prato, mergulhando-a em um pouco de molho, levando-a à boca e depois ao prato novamente.

— Como fiquei assim? — perguntei. Eu tentei evocar a imagem do quarto de hotel, mas ela permanecia nebulosa, fora de alcance. De certa forma fiquei grata por isso.

Ben olhou para mim, os olhos arregalados de surpresa.

— Christine — disse ele. — Querida. Eu não...

— Por favor — interrompi. — Preciso saber.

Ele pousou o garfo e a faca no prato.

— Está bem — disse ele.

— Preciso que você me conte tudo — falei. — Tudo.

Ele olhou para mim, os olhos semicerrados.

— Você tem certeza?

— Sim — respondi. Hesitei um pouco, mas então decidi falar. — Algumas pessoas podem pensar que é melhor não me contar todos os detalhes, especialmente se eles forem perturbadores. Mas eu não concordo. Acho que você deve me contar tudo, assim posso decidir por mim mesma o que devo sentir. Você entende?

— Chris — disse ele. — O que você quer dizer com isso?

Desviei o olhar. Meus olhos pousaram na fotografia de nós dois que estava sobre o aparador.

— Não sei — respondi. — O que sei é que nem sempre fui dessa maneira. Mas agora sou. Então algo deve ter acontecido. Algo ruim. Estou apenas dizendo que sei disso. Sei que deve ter sido algo horrível. Mas, mesmo assim, quero saber o que foi. Preciso saber o que foi. O que aconteceu comigo. Não minta, Ben — pedi. — Por favor.

Ele estendeu a mão e pegou a minha.

— Querida, eu jamais faria isso.

E então ele começou.

— Era dezembro. As estradas estavam cobertas de gelo... — E eu fiquei ouvindo, com um pavor crescente, enquanto ele me contava sobre o acidente de carro. Quando terminou, pegou de novo garfo e faca e voltou a comer.

— Tem certeza? — perguntei. — Tem certeza de que foi um acidente?

Ele suspirou.

— Por quê?

Tentei calcular o quanto deveria dizer. Não queria revelar que estava escrevendo novamente, que escrevia um diário, mas queria ser o mais sincera possível.

— Hoje mais cedo tive uma sensação estranha — falei. — Quase como uma lembrança. De alguma forma, foi como se tivesse algo a ver com o motivo de eu ter ficado assim.

— Que tipo de sensação?

— Não sei.

— Uma lembrança?

— Mais ou menos.

— Bem, você conseguiu se lembrar de alguma coisa específica sobre o que aconteceu?

Pensei no quarto de hotel, nas velas, nas flores. Na impressão de que não haviam sido enviadas por Ben, de que não foi para ele que abri a porta daquele quarto. Pensei, também, na sensação de não conseguir respirar.

— Que tipo de coisa? — perguntei.

— Qualquer detalhe. O tipo de carro que a atropelou? Ou ao menos a cor? Se você viu quem dirigia ou não?

Tive vontade de gritar com ele: "Por que você quer que eu acredite que fui atropelada?" Seria realmente uma história mais fácil do que a que de fato aconteceu?

Uma história mais fácil de ouvir, pensei, ou mais fácil de contar?

Pensei no que ele faria se eu dissesse: "Na verdade, não. Não me lembro de ter sido atropelada por um carro. Me lembro de estar num quarto de hotel, esperando por alguém que não era você."

— Não — respondi. — Na verdade, não. É mais uma impressão mesmo.

— Uma impressão? — disse ele. — O que você quer dizer com "uma impressão"? — Ele levantou a voz, soando quase irritado. Eu já não tinha mais certeza se queria continuar a discussão.

— Nada — respondi. — Não foi nada. Apenas uma sensação estranha, como se algo muito ruim estivesse acontecendo, a sensação de dor. Mas não me lembro de quaisquer detalhes.

Ele pareceu relaxar.

— Não deve ser nada — falou. — Apenas sua mente lhe pregando peças. Tente ignorar.

Ignorar?, pensei. Como ele pode me pedir para fazer isso? Estaria ele com medo de que eu me lembrasse da verdade?

Suponho que seja possível. Ele já me disse hoje que fui atropelada por um carro. Ele não tem como gostar da ideia de ser desmascarado, ainda que seja apenas pelo resto deste único dia em que conseguirei guardar essa lembrança. Especialmente se ele estiver mentindo para me poupar. Posso entender que acreditar que fui atropelada seja mais fácil para nós dois, mas como irei descobrir o que de fato aconteceu?

E quem eu estava esperando, naquele quarto?

— Tudo bem. — Afinal o que mais eu poderia dizer? — Você deve estar certo.

Voltamos ao nosso cordeiro, agora frio. Outro pensamento me ocorreu. Terrível. Brutal: "E se ele estiver certo?" E se foi realmente um atropelamento? E se a minha mente tiver inventado o quarto de hotel, o ataque? Pode ter sido tudo invenção. Imaginação, e não lembrança. Seria possível que, não podendo compreender um simples acidente numa estrada congelada, eu tenha inventado essa história toda?

Se assim foi, então minha memória não está funcionando. Não estou começando a me lembrar das coisas. Não estou melhorando de forma alguma, e sim ficando louca.

Encontrei minha bolsa e a abri em cima da cama. Tudo o que estava dentro dela caiu. Minha carteira, minha agenda florida, um batom, pó compacto, alguns lenços de papel. Um telefone celular, depois outro. Um pacotinho de balas de menta. Algumas moedas soltas. Um pedaço de papel amarelo.

Sentei na cama, procurando entre os objetos. Primeiro peguei a pequena agenda e pensei estar com sorte quando vi o nome do Dr. Nash anotado com tinta preta na parte de trás, mas então vi que o número abaixo dele tinha a palavra *consultório*. Ele não estaria lá agora.

O papel amarelo estava grudado numa das bordas, com poeira e cabelos colados nele, mas fora isso, em branco. Estava começando a imaginar o que teria me feito pensar, por um momento, que o Dr. Nash me daria seu telefone particular, quando me lembrei de ter lido que ele havia escrito seu telefone na capa do meu diário. "Me ligue se estiver confusa", dissera ele.

Encontrei o número, então peguei ambos os telefones. Não conseguia me lembrar qual dos dois o Dr. Nash havia me dado. Olhei rapidamente o maior dos dois, vendo que cada ligação havia sido recebida ou feita para Ben. O segundo — que se abria — mal havia sido utilizado. Por qual outro motivo o Dr. Nash me daria esse telefone, pensei, senão para isso? O que me sinto agora, senão confusa? Abri o celular e disquei o número dele, então apertei o botão *Ligar*.

Silêncio por alguns segundos, então uma campainha tocou, interrompida por uma voz.

— Alô? — falou. Ele parecia sonolento, embora não fosse tarde da noite. — Quem é?

— Dr. Nash — sussurrei. Eu ouvia Ben no andar de baixo, onde eu o havia deixado, assistindo a algum programa de auditório na televisão. Música, risadas, complementadas por palmas. — É Christine.

Houve uma pausa. Um momento para pensar.

— Ah. Certo. Como...

Senti um inesperado sentimento de decepção. Ele não parecia estar contente por ouvir minha voz.

— Desculpe — falei. — Peguei o seu número na capa do meu diário.

— Ah, claro — disse ele. — É claro. Como está você? — não respondi. — Está tudo bem?

— Desculpe. — falei. As palavras escaparam de mim, uma após a outra. — Preciso vê-lo agora. Ou amanhã. Sim. Amanhã. Tive uma lembrança. Na noite passada. Escrevi tudo. Um quarto de hotel. Alguém batendo à porta. Eu não conseguia respirar. Eu... Dr. Nash?

— Christine — falou ele. — Calma. O que aconteceu?

Respirei fundo.

— Tive uma lembrança. Tenho certeza de que tem algo a ver com o fato de eu não conseguir me lembrar de nada. Mas não faz sentido. Ben diz que fui atropelada por um carro.

Ouvi movimento, como se ele estivesse mudando de posição, e outra voz. Uma voz de mulher.

— Não é nada — disse ele, baixinho, enquanto falava algo mais que não consegui ouvir.

— Dr. Nash? — falei. — Dr. Nash? Eu fui atropelada por um carro?

— Não posso falar agora — disse ele, e ouvi a voz da mulher novamente, agora mais alta, reclamando. Senti algo dentro de mim. Raiva ou pânico.

— Por favor! — falei. A palavra saiu da minha boca como um silvo.

Primeiro silêncio, depois a voz dele novamente, agora com autoridade:

— Desculpe — disse. — Estou um pouco ocupado agora. Você anotou tudo?

Não respondi. Ocupado. Pensei nele e na namorada, pensei no que eu teria interrompido. Ele perguntou novamente.

— O que você recordou... está escrito no seu diário? Não deixe de escrever.

— Tudo bem — respondi. — Mas...

Ele me interrompeu.

— Nos falamos amanhã. Ligo para você neste mesmo número. Prometo.

Alívio misturado com algo mais. Alegria? Deleite?

Não. Era mais do que isso. Parte ansiedade, parte certeza, perpassada pela promessa de prazer. Ainda sinto isso enquanto escrevo esses acontecimentos, mais ou menos uma hora depois de terem ocorrido. Mas agora sei o que é. Algo que não sei se já senti antes. Expectativa.

Mas expectativa com relação a quê? Que ele me dirá o que preciso saber, que ele vai confirmar que minhas lembranças estão começando a voltar, que meu tratamento está funcionando? Ou há algo mais?

Penso em como devo ter me sentido quando ele me tocou no estacionamento, o que deveria estar passando pela minha cabeça para ignorar um telefonema do meu marido. Talvez a verdade seja mais simples. Estou ansiosa para falar com ele.

— Sim — respondi, quando ele disse que ligaria. — Sim. Por favor.

Mas ele já havia desligado. Pensei na voz da mulher, percebi que eles deveriam estar na cama.

Tirei esse pensamento da minha cabeça. Persegui-lo seria realmente ficar maluca.

Segunda-feira, 19 de novembro

O café estava movimentado. Era de uma rede. Tudo era verde ou marrom e descartável, embora (segundo os cartazes que pontilhavam as paredes acarpetadas) de um jeito sustentável. Bebi o meu café em um copo de papel assustadoramente grande, enquanto o Dr. Nash se acomodava em uma poltrona diante daquela em que eu havia me afundado.

Era a primeira vez que eu tinha a chance de olhar para ele direito; ou pelo menos a primeira vez hoje, o que no fim dá na mesma. Ele havia ligado — para aquele telefone que se abre — não muito tempo depois de eu limpar os restos do meu café da manhã, e foi me apanhar dali a uma hora, mais ou menos, depois que eu havia lido a maior parte do meu diário. Olhei pela janela durante o trajeto de carro até o café. Me sentia confusa. Desesperadamente confusa. Nesta manhã, quando acordei — embora não pudesse ter certeza de saber meu próprio nome —, eu sabia de algum modo que era adulta e mãe, embora não tivesse a menor ideia de que estava na meia-idade e que meu filho estava morto. Meu dia até então havia sido brutalmente desorientador, um choque depois do outro — o espelho do banheiro, o álbum de fotos, e depois, mais tarde, este diário —, culminando na crença de que não confio em meu marido. Acabei perdendo quase toda a vontade de examinar qualquer outra coisa com mais profundidade.

Agora, contudo, eu percebia que o Dr. Nash era mais jovem do que eu havia esperado, e embora eu houvesse escrito que ele não precisava se preocupar com o peso, via que isso não queria dizer que ele era tão magro quanto eu imaginara. Ele tinha certa solidez, enfatizada pelo paletó grande demais que pendia sobre seus ombros e do qual seus antebraços surpreendentemente peludos quase nunca saíam.

— Como você está se sentindo hoje? — perguntou ele, depois de se acomodar.

Dei de ombros.

— Não sei bem. Confusa, creio.

Ele assentiu.

— Prossiga.

Empurrei para um canto o biscoito que o Dr. Nash havia me dado sem que eu houvesse pedido.

— Bom, acordei meio que sabendo que era adulta. Não sabia que era casada, mas não fiquei exatamente surpresa ao ver que havia alguém na cama comigo.

— Isso é bom, porém... — começou ele.

Interrompi.

— Mas ontem eu escrevi que acordei sabendo que tinha um marido...

— Você continua escrevendo no seu diário, então? — disse ele, e assenti. — Você o trouxe hoje?

Eu tinha trazido. Estava na minha bolsa. Mas havia coisas ali que eu não queria que ele lesse, não queria que ninguém lesse. Coisas pessoais. Minha história. A única história que eu tenho.

Coisas que eu havia escrito sobre ele.

— Esqueci — menti.

Não consegui perceber se ele ficou desapontado.

— Certo — disse ele. — Não tem problema. Posso entender como deve ser frustrante, num dia se lembrar de uma coisa e no outro aquilo parecer ter se perdido novamente. Mas ainda assim é um progresso. No geral, você está se lembrando de mais coisas do que antes.

Será que isso ainda seria verdade? Nas primeiras entradas deste diário, eu escrevi que me lembrava da minha infância, dos meus pais, de uma festa com minha melhor amiga. Havia visto meu marido quando éramos jovens e recém-apaixonados, me vira escrevendo um livro. Mas desde então... Ultimamente tenho visto apenas o filho que perdi e o ataque que me deixou assim. Coisas que talvez fosse melhor esquecer.

— Você disse que estava preocupada com Ben. Com o que ele está dizendo ser o motivo da sua amnésia.

Engoli em seco. O que eu havia escrito ontem parecia distante, apagado. Quase ficcional. Um acidente de carro. Violência num quarto de hotel. Nada disso parecia ter alguma coisa a ver comigo. Entretanto eu não tinha outra escolha a não ser acreditar que eu havia escrito a verdade. Que Ben realmente mentiu para mim a respeito de como acabei ficando assim.

— Prossiga... — pediu ele.

Eu contei a ele o que eu havia escrito, começando com a história de Ben sobre o acidente e terminando com minha lembrança do quarto de hotel, porém não mencionei nem o sexo quando a recordação do quarto de hotel apareceu, nem o cenário romântico — as flores, as velas e o champanhe — do quarto.

Observei-o enquanto eu falava. De vez em quando ele murmurava em incentivo, e até mesmo coçou o queixo e estreitou os olhos em dado momento, embora sua expressão fosse mais pensativa do que surpresa.

— Você já sabia disso, não é? — perguntei, ao terminar de contar. — Já sabia disso tudo?

Ele pousou sua bebida.

— Não exatamente, não. Sabia que não tinha sido um acidente de carro que havia causado seus problemas, embora, depois de ler seu diário outro dia, eu saiba agora que Ben lhe disse que foi isso. Também sabia que você devia estar hospedada em um hotel na noite da sua... de seu... na noite em que você perdeu a memória. Porém, os outros detalhes que você mencionou são novidade. E, até onde sei, é a primeira vez que você mesma se lembra de alguma coisa. Isso é uma ótima notícia, Christine.

Ótima notícia? Será que ele achava que eu devia estar contente?

— Então é verdade? — perguntei. — Não foi um acidente de carro?

Ele fez uma pausa, e então disse:

— Não. Não, não foi.

— Mas por que você não me contou que Ben estava mentindo? Quando leu o meu diário? Por que você não me contou a verdade?

— Porque Ben deve ter seus motivos — explicou ele. — E não parecia certo lhe contar que ele estava mentindo. Não naquele momento.

— Então você também mentiu para mim?

— Não — respondeu ele. — Nunca menti para você. Nunca lhe disse que tinha sido um acidente de carro.

Pensei no que eu havia lido de manhã.

— Mas outro dia... — eu disse. — No seu consultório. Nós conversamos sobre isso...

Ele balançou a cabeça.

— Eu não estava falando de um acidente — disse ele. — Você me disse que Ben havia lhe contado o que aconteceu, portanto achei que você soubesse a verdade. Eu não tinha lido seu diário ainda, não se esqueça. Provavelmente eu e você tivemos uma falha de comunicação...

Agora pude ver que aquilo podia ter acontecido: nós dois dando voltas em um assunto que não desejávamos mencionar.

— Então o que realmente aconteceu? — perguntei. — Naquele quarto de hotel? O que eu estava fazendo ali?

— Não sei de tudo — disse ele.

— Então me diga o que sabe. — As palavras saíram em um tom irritado, mas era tarde demais para retirá-las. Observei-o limpar uma migalha inexistente das calças.

— Tem certeza de que quer mesmo saber?

Tive a sensação de que ele estava me dando uma última chance. "Você ainda pode desistir", parecia estar me dizendo. "Pode continuar sua vida sem saber o que estou prestes a lhe contar."

Porém, ele estava errado. Eu não podia. Sem a verdade, estou vivendo menos do que meia vida.

— Tenho — respondi.

Sua voz ficou baixa. Vacilante. Ele começava frases apenas para abortá-las algumas palavras depois. A história espiralava, como se rodeasse algo terrível, algo que seria melhor permanecer não dito. Algo que zombava da conversa fiada a que, imagino, um café está mais acostumado.

— É verdade. Você foi atacada. Foi... — Ele fez uma pausa. — Bem, foi bem feio. Encontraram você vagando pela rua. Confusa. Não estava com nenhum documento de identificação e não tinha a menor lembrança de quem era ou do que havia acontecido. Sofreu ferimentos na cabeça. A polícia inicialmente achou que você tinha sido assaltada. — Outra pausa. — Encontraram você enrolada em uma manta, coberta de sangue.

Gelei.

— Quem me encontrou?

— Não sei direito...

— Ben?

— Não. Ben, não. Um desconhecido. Seja lá quem for, ele a acalmou. Chamou uma ambulância. Você foi levada para um hospital, é claro. Tinha hemorragias internas e precisou ser operada com urgência.

— Mas como descobriram quem eu era?

Por um momento terrível pensei que talvez jamais houvessem descoberto a minha identidade. Talvez tudo, a história toda, até mesmo o meu nome, tivesse me sido dado no dia em que me encontraram. Até mesmo Adam.

O Dr. Nash disse:

— Não foi difícil. Você fez check-in no hotel com o seu nome verdadeiro. E Ben já havia reportado o seu desaparecimento à polícia. Mesmo antes de encontrarem você.

Pensei no homem que bateu à porta daquele quarto, no homem que eu estivera esperando.

— Ben não sabia onde eu estava?

— Não — disse ele. — Aparentemente ele não fazia a menor ideia.

— Nem com quem eu estava? Quem fez isso comigo?

— Não — disse ele. — Ninguém jamais foi preso. Havia pouquíssimas provas, e logicamente você não era capaz de ajudar a polícia com as investigações. Supõe-se que a pessoa que a atacou tirou tudo do quarto, depois abandonou você e fugiu. Ninguém foi visto entrando ou saindo do hotel. Aparentemente naquela noite o lugar estava movimentado — algum evento em um dos quartos, com bastante entra e sai. Você provavelmente ficou inconsciente durante algum tempo depois do ataque. Era de madrugada quando você desceu a escada e saiu do hotel. Ninguém viu você sair.

Suspirei. Percebi que a polícia devia ter encerrado o caso anos atrás. Para todo mundo, menos para mim — até mesmo para Ben

—, isso era passado, história antiga. Jamais saberei quem fez isso comigo ou por quê. A menos que eu me lembre.

— O que aconteceu depois? — perguntei. — Depois que me levaram para o hospital?

— A operação foi bem-sucedida, mas houve efeitos colaterais. Foi difícil mantê-la estável depois da cirurgia. Principalmente sua pressão sanguínea. — Ele fez uma pausa. — Você ficou em coma durante algum tempo.

— Coma?

— Sim — disse ele. — Correu um grande risco, mas, bem, teve sorte. Estava no lugar certo e eles atacaram o problema por todas as frentes. Você se recuperou. Mas então ficou evidente que a sua memória havia desaparecido. De início acharam que poderia ser algo temporário. Devido à combinação dos ferimentos na cabeça com a anoxia. Era uma suposição razoável...

— Desculpe — falei. — Anoxia?

Eu não conhecia aquela palavra.

— Desculpe — disse ele. — Falta de oxigenação.

Senti minha cabeça começar a se debater. Tudo começou a encolher e a se distorcer, como se estivesse diminuindo de tamanho, ou como se eu estivesse aumentando de tamanho. Eu me ouvi repetir:

— Falta de oxigenação?

— Sim — disse ele. — Você tinha sintomas de uma falta grave de oxigenação no cérebro. Combinava com um quadro de envenenamento por dióxido de carbono — embora não houvesse nenhuma outra prova além da anoxia — ou de estrangulamento. Havia marcas em seu pescoço que poderiam sugerir isso, mas a explicação mais provável era que você quase fora afogada. — Ele fez uma pausa enquanto eu absorvia o que ele estava me dizendo. — Você se lembra de quase ter sido afogada?

Fechei os olhos. Não vi nada além de um cartão sobre o travesseiro, onde vi as palavras *Eu amo você*. Balancei a cabeça.

— Você se recuperou, mas sua memória não sofreu melhoras. Você ficou no hospital por duas semanas. No começo, na unidade de tratamento intensivo, depois na ala médica geral. Quando ficou bem o bastante para ser transferida, foi trazida de volta a Londres.

De volta para Londres. É claro. Fui encontrada perto de um hotel; eu devia estar longe de casa. Perguntei onde.

— Em Brighton — respondeu ele. — Você tem alguma ideia de por que estaria ali? Alguma conexão com aquela área?

— Não — falei. — Nenhuma. Não que eu saiba, pelo menos.

— Talvez ajude voltar lá um dia. Para ver se você recorda.

Gelei. Balancei a cabeça.

Ele assentiu.

— Tudo bem. Bom, você poderia estar lá por uma série de motivos, logicamente.

Sim, pensei. Mas havia apenas um que incorporava velas acesas e buquês de rosas e não incluía o meu marido.

— Sim — falei. — Logicamente.

Fiquei pensando se um de nós dois iria mencionar a palavra *caso*, e em como Ben deve ter se sentido quando soube onde eu estava e por quê.

Então eu entendi. O motivo pelo qual Ben não me deu a verdadeira explicação da minha amnésia. Por que ele iria querer me lembrar que certa vez, por mais breve que tenha sido, eu preferi estar com outro homem? Me senti gelar. Eu havia preterido o meu marido, e olhe o preço que paguei.

— O que aconteceu depois? — perguntei. — Eu voltei a morar com Ben?

Ele balançou a cabeça.

— Não, não — respondeu o Dr. Nash. — Você ainda estava muito doente. Teve de ficar no hospital.

— Por quanto tempo?

— Você ficou na enfermaria no início. Durante alguns meses.

— E depois?

— Foi transferida. — Ele hesitou; achei que eu teria de lhe pedir que continuasse, mas depois ele disse: — Para uma ala psiquiátrica.

A palavra me chocou.

— Uma ala psiquiátrica?

Imaginei um lugar assustador, cheio de gente maluca uivando, descontrolada. Não consegui me ver ali.

— Sim.

— Mas por quê? Por que lá?

Ele falou baixinho, mas seu tom deixou escapar certa irritação. De repente me assaltou a certeza de que já havíamos conversado isso tudo antes, talvez muitas vezes, presumivelmente antes de eu começar a escrever o diário.

— Era mais seguro — explicou ele. — Você havia se recuperado razoavelmente bem dos ferimentos físicos àquela altura, mas seus problemas de memória estavam piores do que nunca. Você não sabia quem era, nem onde estava. Exibia sintomas de paranoia, dizia que os médicos estavam conspirando contra você. Não parava de tentar fugir. — Ele aguardou. — Você estava ficando cada vez mais rebelde. Foi transferida para sua própria segurança, além da segurança dos outros.

— Dos outros?

— Você agredia as pessoas de vez em quando.

Tentei imaginar como deve ter sido. Imaginei alguém acordando confusa todos os dias, sem saber quem era, nem onde estava, nem por que estava internada em um hospital. Pedindo respostas sem obtê-las. Rodeada de gente que sabia mais a seu respeito do que você mesma. Deve ter sido um inferno.

Então lembrei que estávamos falando de mim.

— E depois?

Ele não respondeu. Vi seus olhos se erguerem e olharem para um ponto atrás de mim, na direção da porta, como se a observasse, aguardando. Mas não havia ninguém ali: ela não se abriu, ninguém saiu nem entrou. Fiquei imaginando se ele na verdade não estaria pensando em fugir.

— Dr. Nash — repeti —, o que aconteceu depois?

— Você ficou lá por algum tempo. — A voz dele agora era quase um sussurro. Ele já me contou isso antes, pensei, porém dessa vez sabe que vou anotar tudo e guardar a informação durante mais do que algumas poucas horas.

— Por quanto tempo?

Ele nada disse. Repeti a pergunta.

— Por quanto tempo?

Ele me olhou, seu rosto uma mistura de tristeza e dor.

— Sete anos.

Ele pagou e então saímos do café. Eu me sentia entorpecida. Não sabia o que eu estivera esperando ouvir, onde achava que havia ficado durante a pior fase da minha doença, mas não imaginei que teria sido ali. Não no meio daquela dor toda.

Enquanto caminhávamos, o Dr. Nash se virou para mim.

— Christine — disse ele —, tenho uma sugestão.

Notei a casualidade com que ele falava, como se estivesse me perguntando que sabor de sorvete eu iria querer. Aquela casualidade só podia ser forçada.

— Diga.

— Acho que talvez possa ser de alguma ajuda visitar a ala em que você ficou. O lugar onde passou todo esse tempo — disse ele.

Minha reação foi instantânea. Automática.

— Não! Por quê?

— Você está tendo lembranças — disse ele. — Pense no que aconteceu quando fomos visitar sua antiga casa. — Assenti. — Você se lembrou de algo. Acho que isso pode voltar a acontecer. Podemos desencadear mais lembranças.

— Mas...

— Não precisa fazer isso. Mas... olhe. Vou ser sincero. Já combinei tudo com eles. Eles ficariam felizes em receber você. Nós dois. A qualquer momento. Eu só precisaria ligar para avisar que estamos a caminho. E eu iria com você. Se você se sentir incomodada ou tensa, podemos ir embora. Será tranquilo. Prometo.

— Acha que isso pode me ajudar a melhorar? Mesmo?

— Não sei — disse ele. — Talvez.

— Quando? Quando você quer ir?

Paramos de andar. Percebi que o carro na frente do qual estávamos devia ser o dele.

— Hoje — respondeu ele. — Acho que deveríamos ir hoje. — E então ele disse algo estranho. — Não temos tempo a perder.

∾

Não me obrigaram a ir. O Dr. Nash não me forçou a fazer aquela visita. Mas, embora eu não me lembre (não me lembro de quase nada, na verdade), devo ter dito sim.

O trajeto não foi longo e o fizemos em silêncio. Eu não conseguia pensar em nada. Não tinha nada para dizer, nada para sentir. Minha mente estava vazia. Como se tivessem retirado todo o seu interior. Tirei o diário da bolsa — sem me importar por ter dito ao Dr. Nash que eu não o havia trazido — e escrevi essa última entrada. Eu desejava registrar cada detalhe da nossa conversa, e o fiz, em silêncio, quase sem pensar. Não conversamos enquanto ele estacionava o carro, nem enquanto caminhávamos pelos corredores antissépticos com seu cheiro de café velho e tinta nova. Pessoas eram transportadas em cadeiras de rodas à nossa volta, presas a bolsas de soro. Havia cartazes descolando das paredes. Lâmpadas acima de nós vacilavam e zumbiam. Eu só conseguia pensar nos sete anos que passei ali. Parecia uma vida inteira; um tempo do qual eu nada me lembrava.

Paramos em frente a uma porta dupla. Ala Fisher. O Dr. Nash apertou um dos botões de um interfone preso à parede e murmurou algo. Ele está errado, pensei, quando a porta se abriu. Eu não sobrevivi àquele ataque. A Christine Lucas que abriu a porta daquele quarto de hotel está morta.

Outra porta dupla.

— Está tudo bem, Christine? — perguntou ele depois que a primeira fechou-se às nossas costas, cerrando-nos lá dentro. Eu não respondi. — Aqui é uma unidade de segurança. — Fui atingida pela súbita convicção de que a porta atrás de mim estava se fechando para sempre, de que eu jamais iria sair dali.

Engoli em seco.

— Compreendo — falei.

A porta interna começou a se abrir. Eu não sabia o que veria atrás dela, não podia acreditar que já estivera ali antes.

— Preparada? — perguntou ele.

Um longo corredor. Havia portas nos dois lados e, ao percorrê-lo, vi que elas davam para quartos com janelas de vidro. Em cada um deles havia uma cama, umas feitas, outras desfeitas, algumas ocupadas, a maioria não.

— Os pacientes daqui sofrem de diferentes doenças — explicou o Dr. Nash. — A maioria exibe sintomas esquizoafetivos, mas há aqueles com bipolaridade, ansiedade aguda, depressão.

Olhei por uma das janelas. Uma garota estava sentada na cama, nua, olhando a televisão. Em outra, um homem estava sentado de cócoras, balançando-se, abraçado aos joelhos como se para se proteger do frio.

— Eles estão trancados aqui? — perguntei.

— Os pacientes daqui foram isolados de acordo com o Mental Health Act. Também conhecido como Estatuto. Estão aqui pelo seu próprio bem, mas contra a própria vontade.

— "Seu próprio bem?"

— Sim. Representam perigo para si mesmos ou para outros. Precisam ser mantidos em segurança.

Continuamos andando. Uma mulher olhou para mim quando passei pelo seu quarto e, embora nossos olhos tenham feito contato, os dela não traíram nenhuma expressão. Em vez disso, ela se estapeou, ainda olhando para mim, e quando meu rosto se franziu, ela o fez novamente. Uma visão me atravessou rapidamente — eu visitando um zoológico quando criança, observando um tigre andando para cima e para baixo na sua jaula —, mas eu a afastei e continuei caminhando, decidida a não olhar nem para a direita, nem para a esquerda.

— Por que me trouxeram para cá? — perguntei.

— Antes de você ser transferida para cá, estava em uma ala médica normal. Numa cama, como todos os outros pacientes. Passava alguns fins de semana em casa, com Ben. Mas você foi ficando de trato cada vez mais difícil.

— Difícil?

— Você fugia. Ben precisou começar a trancar as portas de casa. Você teve ataques histéricos duas vezes, convencida de que fora ele quem a machucara, de que você estava trancafiada ali contra sua vontade. Durante algum tempo, ao voltar para o hospital você ficava bem, mas depois começou a demonstrar comportamentos semelhantes também ali.

— Então precisaram encontrar um jeito de me trancafiar — falei.

Havíamos chegado a um posto de enfermagem. Um homem uniformizado estava sentado atrás de uma mesa, escrevendo algo no computador. Ele olhou para nós quando nos aproximamos e disse que a médica viria nos receber em um instante. Nos convidou a sentar. Eu examinei seu rosto — o nariz torto, o brinco de ouro — esperando uma faísca de familiaridade se acender. Nada. A ala me parecia completamente estranha.

— Sim — disse o Dr. Nash. — Você ficou desaparecida. Durante aproximadamente quatro horas e meia. Foi recolhida pela polícia perto do canal. Vestia apenas pijama e robe. Ben precisou ir buscá-la na delegacia. Você não queria ir com nenhuma das enfermeiras. Não tiveram escolha.

Ele me disse então que Ben começou a fazer campanha para me transferir de lá.

— Ele acreditava que uma ala psiquiátrica não era o lugar ideal para você. E na verdade, tinha razão. Você não era perigosa, nem para si mesma nem para os outros. É até possível que o fato de estar rodeada de gente mais doente que você estivesse fazendo você piorar. Ele escreveu para os médicos, para a coordenadora do hospital, para o seu clínico geral. Mas não havia outro lugar disponível.

"Então — continuou o Dr. Nash — foi inaugurado um centro residencial para pacientes com danos cerebrais crônicos. Ben fez uma campanha vigorosa, e você foi analisada e considerada adequada, porém a verba da internação era um problema. Ben tivera de se afastar temporariamente do trabalho para cuidar de você e não era capaz de pagar as despesas, mas não aceitou um não como resposta. Ao que parece, ele ameaçou relatar a história para a imprensa. Houve audiências, requerimentos e coisas do gênero, mas no final ele conseguiu, e você foi aceita como paciente — com as despesas custeadas pelo Estado durante todo o período que ficasse internada. Você foi transferida para lá há mais ou menos dez anos.

Pensei no meu marido, tentei imaginá-lo escrevendo cartas, fazendo campanhas, ameaças. Não parecia possível. O homem que eu conheci de manhã parecia humilde, deferente. Não exatamente fraco, mas resignado. Não parecia ser alguém capaz de fazer estardalhaço.

Não sou a única, pensei, cuja personalidade mudou por causa dos meus ferimentos.

— O lugar era relativamente pequeno — prosseguiu o Dr. Nash. — Alguns quartos em um centro de reabilitação. Não havia muitos outros residentes. E havia muita gente para cuidar de você. Você tinha um pouco mais de independência ali. Estava segura. Apresentou melhoras.

— Mas eu não fiquei com Ben?

— Não. Ele morava na casa dele. Precisava continuar trabalhando, e não podia fazer isso e cuidar de você ao mesmo tempo. Ele decidiu que...

Uma lembrança irrompeu, levando-me subitamente de volta ao passado. Tudo estava um pouco fora de foco e tinha uma névoa ao redor, e as imagens eram tão claras que quase tive vontade de afastar o olhar. Eu me vejo andando por esses mesmos corredores, sendo conduzida até um quarto que eu mal entendia ser o meu. Estou usando pantufas e uma camisola hospitalar azul amarrada atrás. A mulher que está comigo é negra e usa uniforme.

— Pronto, meu bem — diz ela para mim. — Olhe quem veio visitar você! — Ela solta a minha mão e me guia até a cama.

Um grupo de estranhos está sentado ao redor da cama, me observando. Vejo um homem de cabelos escuros e uma mulher de boina, mas não consigo distinguir seus rostos. Vim parar no quarto errado, sinto vontade de dizer. Houve um engano. Mas não digo nada.

Um menino, de 4 ou 5 anos, se levanta de onde estava sentado, na beira da cama. Ele corre na minha direção e diz

"Mamãe", e percebo que está falando comigo, e só então entendo quem é. *Adam.* Eu me agacho e ele corre para os meus braços; então eu o abraço e beijo sua cabeça, depois me levanto.

— Quem são vocês? — pergunto ao grupo ao redor da cama. — O que estão fazendo aqui?

O homem parece subitamente triste, a mulher de boina se levanta e diz:

— Chris. Chrissy. Sou eu. Você sabe quem eu sou, não é?

Depois anda na minha direção e vejo que ela está chorando.

— Não — digo. — Não! Saiam! Saiam!

Então eu me viro para sair do quarto e há outra mulher ali, de pé atrás de mim, e não sei quem é ela, nem como chegou aqui, e começo a chorar. Começo a afundar em direção ao chão, mas o menino está lá, abraçando meus joelhos, e não sei quem ele é, mas ele não para de me chamar de *Mamãe*, de repetir aquilo sem parar, *Mamãe, Mamãe, Mamãe*, e eu não sei por quê, nem quem ele é, nem por que está me abraçando...

Uma mão tocou meu braço e me sobressalto como se tivesse levado uma picada. Uma voz.

— Christine? Está tudo bem? A Dra. Wilson está aqui.

Abri os olhos, olhei ao redor. Uma mulher de jaleco branco estava à nossa frente.

— Dr. Nash — cumprimentou ela. Apertou a mão dele, depois virou-se para mim. — Christine?

— Sim — falei.

— Prazer em conhecê-la — disse ela. — Meu nome é Hilary Wilson. — Apertei sua mão. Ela era um pouco mais velha do que eu; seu cabelo estava começando a ficar grisalho, e um par de óculos em meia-lua pendia de uma corrente dourada ao redor de seu pescoço. — Como vai? — perguntou ela, e do nada tive certeza de que já a conhecia. Ela indicou o corredor com um meneio de cabeça. — Podemos ir?

O consultório era amplo, com as paredes repletas de livros, além de pilhas de caixas abarrotadas de papéis. Ela se sentou atrás de uma mesa e indicou duas cadeiras à frente, onde eu e o Dr. Nash nos sentamos. Observei-a retirar uma pasta da pilha sobre a mesa e abri-la.

— Bem, minha cara — disse ela. — Vamos dar uma olhada.

Sua imagem se congelou. Eu a conhecia. Tinha visto sua foto enquanto fazia o exame de ressonância, e, embora não a tivesse reconhecido então, eu a conhecia. Já estivera aqui antes. Muitas vezes. Sentada onde estou agora, nessa mesma cadeira ou em uma parecida, vendo-a fazer anotações em uma pasta enquanto me observava por trás dos óculos que emolduravam delicadamente seus olhos.

— Já vi você antes... — eu disse. — Eu me lembro.

O Dr. Nash olhou para mim, depois tornou a olhar para a Dra. Wilson.

— Sim — confirmou ela. — Sim, já viu. Embora não com muita frequência. — Ela explicou que havia acabado de começar a trabalhar ali quando fui transferida e que de início eu nem sequer era um dos casos dela. — Mas com certeza é bastante animador que você se lembre de mim — continuou ela. — Você esteve internada aqui faz muito tempo. — O Dr. Nash se inclinou para a frente e disse que talvez fosse ajudar se eu visse o quarto onde havia ficado. Ela concordou e espiou dentro da pasta, então depois de um minuto disse que não sabia qual era. — É possível que você tenha mudado de quarto com certa frequência, de todo modo — disse ela. — Isso é muito comum. Será que poderíamos perguntar ao seu marido? Segundo o seu arquivo, ele e seu filho, Adam, vinham visitar você quase todos os dias.

Eu havia lido a respeito de Adam naquela manhã e senti um lampejo de felicidade ao ouvir a menção do seu nome, além do alívio por ter presenciado um pouco do seu crescimento, mas balancei a cabeça.

— Não — falei. — Prefiro não ligar para Ben.

A Dra. Wilson não discutiu.

— Uma amiga sua chamada Claire parecia vir com regularidade também. E ela?

Fiz que não.

— Não temos mais contato.

— Ah — disse ela. — Que pena. Mas não importa. Posso lhe contar um pouco de como era a vida aqui naquela época. — Ela olhou rapidamente para suas anotações, depois uniu as mãos. — Seu tratamento era conduzido basicamente por um psiquiatra consultor. Você foi submetida a sessões de hipnose, mas receio que os progressos tenham sido limitados e efêmeros. — Ela continuou lendo. — Você não recebia muita medicação. Um sedativo, de vez em quando, embora mais para ajudá-la a dormir — as coisas podem ficar bastante barulhentas aqui, estou certa de que entende por quê.

Eu me lembrei dos uivos que havia imaginado, pensando se um dia eu teria uivado assim.

— Como era aqui? — perguntei. — Eu era feliz?

Ela sorriu.

— Em geral, sim. Você era bastante querida. Pareceu ter feito amizade com uma das enfermeiras em particular.

— Como ela se chamava?

Ela procurou nas anotações.

— Receio que não haja nada aqui. Você jogava paciência.

— Paciência?

— Um jogo de cartas. Talvez o Dr. Nash possa explicar mais tarde...? — Ela olhou para cima. — Segundo as anotações, você por vezes era violenta — disse ela. — Não se alarme. Não é incomum em casos como o seu. As pessoas que sofreram traumas graves na cabeça com frequência exibem tendências violentas, especialmente quando houve danos na região do cérebro que comanda o autocontrole. Além disso, os pacientes com amnésia como a sua frequentemente tendem a fazer algo que chamamos de confabulação. As coisas ao redor deles não parecem fazer sentido, portanto eles se sentem inclinados a inventar detalhes. Sobre si mesmos e sobre as pessoas ao redor, ou sobre a história deles, sobre o que aconteceu com eles. Acredita-se que isso se deva ao desejo de preencher lacunas na memória. É de certo modo compreensível. Mas pode, com frequência, levar a comportamentos violentos quando a fantasia do amnésico é contradita. A vida deve ter sido bastante desorientadora para você, principalmente quando você recebia visitas.

Visitas. De repente tive medo de haver batido no meu filho alguma vez.

— O que eu fazia?

— Você de vez em quando agredia alguns dos funcionários — disse ela.

— Mas não Adam? O meu filho?

— Não, de acordo com essas anotações, não. — Suspirei, porém não completamente aliviada. — Temos aqui algumas páginas de uma espécie de diário que você estava escrevendo — continuou ela. — Quem sabe olhá-las não ajude você? Talvez assim você ache mais fácil entender a sua própria confusão.

Isso parecia perigoso. Olhei de relance para o Dr. Nash, e ele assentiu. Ela empurrou uma página de papel azul na minha direção e eu a segurei, de início com medo até mesmo de olhar para aquilo.

Quando por fim o fiz, vi que ela estava coberta por garatujas desorganizadas. Em cima as letras estavam bem desenhadas e alinhadas com a pauta que atravessava a página de cima a baixo, mas chegando ao final elas ficavam grandes e bagunçadas, com centímetros de altura, formando poucas palavras em cada linha. Embora com medo do que eu pudesse ver, comecei a ler.

8:15, dizia a primeira entrada. *Acabo de acordar. Ben está aqui.* Logo embaixo eu escrevi: *8:17. Ignore aquela última anotação. Foi escrita por outra pessoa,* e embaixo disso: *8:20. AGORA é que estou acordada. Antes eu não estava. Ben está aqui.*

Meus olhos desceram para o fim da página: *9:45. Acabo de acordar, PELA PRIMEIRA VEZ,* e então, algumas linhas depois: *10:07. AGORA é que acordei definitivamente. Todas as outras anotações são mentira. AGORA é que acordei.*

Olhei para cima.

— Isso realmente fui eu? — perguntei.

— Sim. Durante um longo período você pareceu acreditar constantemente que havia acabado de acordar de um sono muito longo, muito profundo. Olhe aqui. — A Dra. Wilson apontou para a página na minha frente e começou a citar algumas passagens. — "Estive adormecida por uma eternidade. Foi como estar MORTA. Acabo de acordar. Estou vendo novamente, pela primeira vez." Aparentemente você foi incentivada a anotar o que estava sentindo, na tentativa de fazer você se lembrar do que havia acontecido antes, porém receio que você apenas ficou convencida de que todas as anotações anteriores tinham sido feitas por outra pessoa. Você começou a achar que as pessoas daqui estavam conduzindo experimentos com você, mantendo você aqui contra a sua vontade.

Olhei mais uma vez para a página, que estava completamente preenchida com anotações quase idênticas, cada uma com diferença de apenas alguns minutos. Eu me senti gelar.

— Eu estava mesmo tão mal assim? — perguntei. Minhas palavras pareceram ecoar dentro da minha cabeça.

— Por algum tempo, sim — respondeu o Dr. Nash. — Suas anotações indicam que você só conseguia reter as lembranças por uns poucos segundos. Às vezes um ou dois minutos. Esse tempo aos poucos foi se ampliando, com o passar dos anos.

Eu não conseguia acreditar que havia escrito isso. Parecia ser obra de alguém cuja mente estava completamente fraturada. Fragmentada. Vi as palavras de novo. "Foi como estar MORTA."

— Sinto muito — falei. — Não posso...

A Dra. Wilson tomou o papel da minha mão.

— Compreendo, Christine. É frustrante. Eu...

Então o pânico me atingiu. Eu me levantei, mas a sala começou a rodar.

— Quero ir embora — falei. — Essa não sou eu. Não pode ter sido eu. Eu... eu nunca bateria em ninguém. Jamais. Eu só...

O Dr. Nash também se levantou, e em seguida a Dra. Wilson. Ela deu um passo à frente, trombou contra a mesa e mandou papéis pelos ares. Uma fotografia caiu no chão.

— Santo Deus... — falei, e ela olhou para baixo, depois agachou-se para cobri-la com outra folha de papel. Porém, eu já tinha visto. — Essa era eu? — perguntei, quase gritando. — Essa era eu?

A fotografia mostrava o rosto de uma moça. Seu cabelo havia sido afastado do rosto. De início parecia que ela estava usando uma máscara de Halloween. Um dos olhos estava aberto e fixava a câmera, o outro estava fechado por um hematoma roxo gigantesco, e os lábios estavam inchados, rosados, lacerados por cortes. As bochechas estavam distendidas, o que dava ao rosto inteiro uma aparência grotesca. Pensei em purê de fruta. Em ameixas podres, abertas.

— Essa era eu? — berrei, embora, apesar do rosto inchado e distorcido, eu percebesse que era.

* * *

Minha memória se desintegra aqui, fraturada em duas. Parte de mim estava calma, tranquila. Serena. Observou enquanto a outra parte de mim batia nas coisas e berrava e precisou ser contida pelo Dr. Nash e pela Dra. Wilson. Você precisa se comportar, ela parecia dizer. Isso é constrangedor.

Porém, a outra parte era mais forte. Havia assumido as rédeas, se tornado a verdadeira eu. Gritei e gritei, sem parar, depois me virei e corri para a porta. O Dr. Nash veio atrás de mim. Eu escancarei a porta e saí correndo, mas para onde poderia ir? Uma imagem de portas trancadas. Alarmes. Um homem me perseguindo. Meu filho chorando. Já fiz isso antes, pensei. Já fiz tudo isso antes.

Minha memória se oblitera.

Eles devem ter me acalmado de alguma maneira, me convencido a ir com o Dr. Nash; a próxima coisa de que me lembro é de estar sentada no carro ao lado dele, enquanto ele dirige. O céu estava começando a ficar nublado, as ruas, cinzentas, de algum modo chapadas. Ele falava, mas eu não conseguia me concentrar. Era como se minha mente tivesse tropeçado, caído de volta em alguma outra parte, e agora eu não mais pudesse acompanhá-la. Olhei pelas janelas para as pessoas com sacolas de compras e passeando com seus cachorros, para as pessoas com carrinhos de bebê e bicicletas, e me perguntei se isso — essa busca pela verdade — era realmente o que eu queria. Sim, talvez ela me ajudasse a melhorar, mas quanto posso esperar ganhar com isso? Não espero que um dia eu venha a acordar sabendo de tudo, como as pessoas normais, sabendo o que fiz no dia anterior, quais planos tenho para o dia seguinte, que caminho tortuoso me levou até o aqui e agora, até a pessoa que hoje sou. O melhor que posso esperar é que, um dia, me olhar no espelho não seja um choque total, que eu me lembre de que me casei com um homem chamado Ben e perdi um filho chamado Adam, que eu não tenha de ver um exemplar do meu romance para saber que escrevi um livro.

Porém, até mesmo isso parece inatingível. Pensei no que eu havia visto na Ala Fisher. Loucura e dor. Mentes estilhaçadas. Estou mais perto disso, pensei, do que da recuperação. Talvez no fim das contas fosse melhor aprender a conviver com minha doença. Eu poderia dizer ao Dr. Nash que não quero mais vê-lo e queimar o meu diário, enterrando assim as verdades que já descobri, escondendo-as tão bem quanto as que ainda desconheço. Eu estaria fugindo do meu passado, mas não teria arrependimentos — em questão de algumas horas eu nem sequer saberia que meu médico e meu diário haviam existido — e então eu poderia simplesmente viver. Um dia se seguiria ao outro, desconectados. Sim, de vez em quando a lembrança de Adam viria à tona. Eu teria um dia de dor e luto, me lembraria do que perdi, mas isso não duraria. Logo eu iria dormir e, silenciosamente, esquecer. Como seria fácil, pensei. Tão mais fácil do que isto.

Pensei na foto que eu havia visto. A imagem estava gravada em mim. "Quem fez isso comigo? Por quê?". Eu me lembrei da recordação que tive do quarto de hotel. Ela continuava presente, apenas ligeiramente submersa, quase ao alcance. Eu lera pela manhã que tinha motivos para acreditar que eu havia tido um caso, mas agora percebi que (mesmo que fosse verdade) eu não sabia com quem. Tudo o que eu tinha era apenas um nome, recordado quando despertei alguns dias atrás, sem a promessa de um dia poder me lembrar de mais coisas, ainda que quisesse.

O Dr. Nash continuava falando. Eu não fazia ideia sobre o quê e o interrompi.

— Estou melhorando? — perguntei.

Uma pequena pausa, durante a qual achei que ele não teria resposta, e então ele disse:

— Você acha que está?

Eu achava? Não saberia dizer ao certo.

— Não sei. Sim. Acho que sim. Consigo me lembrar de coisas do passado, às vezes. Lampejos de lembranças. Eles aparecem quando leio o diário. Parecem reais. Eu me lembro de Claire. De Adam. Da minha mãe. Mas eles são como fios que não consigo segurar. Balões que voam para o céu antes que eu possa agarrá-los. Não consigo recordar o meu casamento. Não consigo me lembrar dos primeiros passos de Adam, de sua primeira palavra. Não consigo me lembrar do primeiro dia dele na escola, de sua formatura. De nada. Nem sequer sei se eu estava presente. Talvez Ben tenha resolvido que não fazia sentido me levar. — Respirei fundo. — Não consigo sequer me lembrar de receber a notícia da morte dele. Nem de enterrá-lo. — Comecei a chorar. — Sinto como se eu estivesse ficando louca. Às vezes nem mesmo acho que ele está morto. Acredita? Às vezes acho que Ben está mentindo para mim sobre Adam, assim como mentiu sobre tudo o mais.

— Tudo o mais?

— Sim — falei. — Meu romance. O ataque. O motivo pelo qual não tenho mais memória. Tudo.

— Mas por que você acha que ele faria algo assim?

Um pensamento me ocorreu.

— Porque eu estava tendo um caso? — eu disse. — Porque eu o traí?

— Christine — falou ele. — Isso é improvável, não acha?

Eu nada disse. Ele tinha razão, é claro. No fundo eu não acreditava que as mentiras dele pudessem de fato ser uma vingança prolongada por algo que havia acontecido anos e anos atrás. A explicação provavelmente era muito mais corriqueira.

— Sabe — disse o Dr. Nash —, eu acho que você está melhorando. Está se lembrando das coisas. Com muito mais frequência do que quando nos conhecemos. Esses lampejos de memória são certamente um sinal de progresso. Significam que...

Eu me virei para ele.

— Progresso? Você chama isso de progresso? — Eu estava quase gritando agora, a raiva transbordando como se eu não fosse mais capaz de contê-la. — Se isso é progresso, então não sei se é o que quero! — As lágrimas vieram em profusão agora, incontroláveis. — Não quero!

Fechei os olhos e me entreguei à tristeza. A sensação de estar indefesa, de algum modo, era melhor. Não senti vergonha. O Dr. Nash falou comigo, dizendo primeiro para eu não ficar desapontada, que as coisas agora ficariam bem, e depois para eu me acalmar. Eu o ignorei. Eu não podia e não queria me acalmar.

Ele parou o carro. Desligou o motor. Abri os olhos: havíamos saído da estrada principal e diante de mim havia um parque. Por entre minhas lágrimas embaçadas, vi um grupo de garotos — adolescentes, suponho — jogando futebol, usando duas pilhas de casacos para marcar o gol. Havia começado a chover, mas eles não interromperam o jogo. O Dr. Nash se virou para me encarar.

— Christine — disse ele. — Sinto muito. Talvez ir até lá hoje tenha sido um erro. Não sei. Achei que poderíamos desencadear outras lembranças. Eu estava errado. Seja como for, você não deveria ter visto aquela foto...

— Nem mesmo sei se foi a foto — falei. Tinha parado de soluçar agora, mas meu rosto estava úmido e eu sentia uma grande massa de muco escorrendo do nariz. — Você teria um lenço de papel? — pedi. Ele esticou o braço pela frente do meu corpo para olhar no porta-luvas. — Foi tudo — prossegui. — Ver aquelas pessoas, imaginar que eu já estive assim um dia. E o diário. Não consigo acreditar que fui eu que escrevi aquilo. Não consigo acreditar que eu estava tão mal assim.

Ele me entregou um lenço de papel.

— Mas não está mais — disse ele. Eu apanhei o lenço da mão dele e assoei o nariz.

— Talvez eu esteja pior — falei, baixo. — Eu escrevi que foi como estar morta. Mas isso...? Isso é pior. É como morrer todos os dias. Sem parar... Preciso melhorar. Não consigo me imaginar seguindo desse jeito por muito tempo. Eu sei que vou dormir esta noite e que amanhã irei acordar novamente sem saber de nada, e o mesmo no dia seguinte, e no dia depois dele, para sempre. Não consigo imaginar isso. Não consigo enfrentar isso. Isso não é vida, é apenas uma existência, saltar de um momento para o outro sem ter ideia do passado, nem planos para o futuro. É como penso que deve ser a vida dos animais. O pior é que eu nem mesmo sei o que eu não sei. Pode haver muitas coisas aguardando para me ferir. Coisas sobre as quais jamais sonhei.

Ele pousou a mão sobre a minha. Caí em seus braços, sabendo o que ele faria, o que deveria fazer, e ele o fez. Abriu os braços e me abraçou, e eu deixei.

— Está tudo bem — disse ele. — Está tudo bem.

Pude sentir seu peito sob a minha bochecha e respirei, inalei seu aroma — de roupa limpa e, vagamente, de alguma outra coisa. De suor e sexo. A mão dele estava nas minhas costas e eu a senti se movimentar, senti que tocava o meu cabelo, minha cabeça, de leve no início, mas então com mais firmeza quando recomecei a soluçar.

— Vai ficar tudo bem — disse ele num sussurro, e eu fechei os olhos.

— Só quero lembrar o que aconteceu na noite em que fui atacada. De algum modo sinto que, se eu conseguisse me lembrar disso, então eu me lembraria de tudo.

Ele falou baixinho:

— Não existe prova de que esse seja o caso. Nenhum motivo para...

— Mas é o que eu acho — interrompi. — Eu sei, de algum jeito.

Ele me apertou. Com suavidade, tanta suavidade que quase não senti. Senti seu corpo firme contra o meu e inspirei profundamente o seu cheiro, e, ao fazê-lo, lembrei de outro momento em que fui abraçada. Outra recordação. *Meus olhos estão fechados, exatamente como agora, e meu corpo é apertado contra o de outra pessoa, embora seja diferente. Não quero que esse homem me abrace. Ele está me machucando. Luto, tento me afastar, mas ele é forte e me puxa para si. Ele fala.* Piranha, *diz ele.* Vadia. *E, embora eu queira discutir com ele, não o faço. Meu rosto está pressionado contra a camisa dele, e, como com o Dr. Nash, estou chorando, berrando. Abro os olhos e vejo o tecido azul da sua camisa, uma porta, uma penteadeira com três espelhos e um quadro — a pintura de um pássaro — em cima dela. Vejo seu braço, forte, musculoso, com uma veia saltada ao longo dele. Me solte!, digo, e então começo a girar, e a cair, ou então é o chão que se levanta até mim, não sei. Ele agarra o meu cabelo e me arrasta até a porta. Viro a cabeça para ver seu rosto.*

É então que me falha a memória mais uma vez. Embora eu me lembre de ter visto o seu rosto, não consigo recordar o que vi. Não tem feições, é vazio. Como se incapaz de lidar com esse vácuo, minha mente começa a alternar entre os rostos que conheço, oferecendo possibilidades absurdas. Vejo o Dr. Nash. A Dra. Wilson. O recepcionista da Ala Fisher. Meu pai. Ben. Vejo até mesmo o meu rosto, rindo enquanto ergo o punho para um golpe.

Por favor, *choro*, por favor, não. *Mas meu atacante de diversos rostos me bate mesmo assim, e sinto gosto de sangue. Ele me arrasta pelo chão, e então estou no banheiro, sobre azulejos frios, pretos e brancos. O chão está úmido de vapor condensado, o banheiro cheira a flor de laranjeira, e eu me lembro de como eu estivera ansiosa para me banhar, para ficar bonita, pensando que talvez eu ainda estaria na banheira quando ele chegasse, e então ele se juntaria a mim, e faríamos amor, fazendo ondas na água cheia de sabonete, encharcando o chão, nossas roupas, tudo. Porque finalmente, depois de todos aqueles meses de dúvida, tinha ficado claro para mim. Eu amo este homem. Finalmente eu sei. Eu o amo.*

Minha cabeça bate no chão. Uma, duas, três vezes. Minha visão fica turva e dobrada, depois volta. Meus ouvidos estão zunindo, e ele grita alguma coisa, mas não consigo ouvir o quê. O grito ecoa, como se houvesse dois homens, os dois me segurando, os dois torcendo o meu braço, os dois agarrando chumaços do meu cabelo enquanto se ajoelham sobre as minhas costas. Eu imploro para que ele me deixe em paz, e há duas de mim, também. Engulo. Sangue.

Minha cabeça é impulsionada para trás. Pânico. Estou de joelhos. Vejo água, bolhas, já sumindo. Tento falar, mas não consigo. A mão dele envolve a minha garganta, e não consigo respirar. Sou lançada para a frente, para baixo, para baixo, tão rápido que acho que jamais vai parar, e então minha cabeça está dentro da água. Flor de laranjeira na minha garganta.

Ouvi uma voz.

— Christine! — dizia. — Christine! Pare!

Abri os olhos. De algum modo, eu estava fora do carro, correndo. Pelo parque, o mais rápido que podia, e atrás de mim corria o Dr. Nash.

Sentamos em um banco de concreto, forrado com ripas de madeira. Uma delas estava faltando, e a outra cedia embaixo de nós. Senti o sol contra a minha nuca, vi suas longas sombras sobre o chão. Os garotos ainda jogavam futebol, embora o jogo a essa altura devesse estar chegando ao fim; alguns deles estavam indo embora, outros conversavam, uma das pilhas de casacos tinha sido removida, deixando o gol sem delimitação. O Dr. Nash me perguntou o que aconteceu.

— Me lembrei de algo — eu disse.

— Sobre a noite em que você foi atacada?

— Sim — respondi. — Como você sabe?

— Você estava gritando — disse ele. — Dizia "Me solte", sem parar.

— Era como se eu estivesse lá — expliquei. — Desculpe.

— Por favor, não se desculpe. Quer me contar o que você viu?

A verdade é que não. Senti como se algum instinto muito antigo me dissesse que essa era uma recordação que era melhor guardar para mim. Mas eu precisava da ajuda dele, sabia que podia confiar nele. Eu lhe contei tudo.

Quando terminei, ele ficou em silêncio por um momento e depois disse:

— Mais alguma coisa?

— Não — falei. — Acho que não.

— Você não se lembra de como ele era? O homem que atacou você?

— Não. Não consigo vê-lo de jeito nenhum.

— Nem do seu nome?

— Não. Nada. — Hesitei. — Você acha que pode ajudar saber quem fez isso comigo? Vê-lo? Lembrar dele?

— Christine, não existe nenhuma prova verdadeira que sugira que se lembrar do ataque vá ajudar.

— Mas poderia?

— Essa parece ser uma das suas lembranças mais profundamente reprimidas...

— Então poderia?

Ele ficou em silêncio, depois disse:

— Sei que já sugeri isso, mas talvez ajude ir até lá...

— Não — retruquei. — Nem fale nisso.

— Podemos ir juntos. Você ficaria bem, prometo. Se você voltasse lá... Em Brighton...

— Não.

— Talvez então se lembrasse...

— Não! Por favor!

— Talvez pudesse ajudar...

Olhei para as minhas mãos, cruzadas sobre meu colo.

— Não posso voltar lá — eu disse. — Simplesmente não posso.

Ele suspirou.

— Tudo bem — disse. — Podemos conversar sobre isso outra hora, talvez.

— Não — sussurrei. — Não posso.

— Tudo bem — disse ele. — Tudo bem.

Ele sorriu, mas pareceu desapontado. Eu fiquei ansiosa para lhe dar alguma coisa, para que ele não desistisse de mim.

— Dr. Nash?

— Sim?

— Outro dia escrevi algo que me ocorreu. Talvez seja relevante, não sei.

Ele voltou-se para mim.

— Continue. — Nossos joelhos se tocaram. Nenhum de nós se afastou.

— Quando acordei, eu meio que sabia que estava na cama com um homem. Eu me lembrei de um nome, mas não era o nome de Ben. Fiquei pensando se não seria o nome da pessoa com quem eu estava tendo um caso. O homem que me atacou.

— É possível — disse ele. — Pode ser o começo da lembrança reprimida emergindo. Qual era o nome?

De repente não quis lhe dizer, não quis dizer o nome em voz alta. Senti que se fizesse isso eu tornaria as coisas reais, traria meu agressor de volta à existência. Fechei os olhos.

— Ed — sussurrei. — Eu imaginei que estava acordando com alguém chamado Ed.

Silêncio. O tempo de uma batida de coração, que pareceu durar para sempre.

— Christine — disse ele. — Esse é o meu nome. Eu me chamo Ed. Ed Nash.

Minha mente disparou por um instante. Meu primeiro pensamento foi que ele havia me atacado.

— O quê? — exclamei, em pânico.

— Esse é o meu nome. Já lhe disse isso antes. Talvez você nunca tenha anotado. Meu nome é Edmund. Ed.

Percebi que não podia ter sido ele. Ele mal era nascido naquela época.

— Mas...

— Talvez você esteja confabulando — disse ele. — Como a Dra. Wilson explicou.

— Sim — falei. — Eu...

— Ou talvez você tenha sido atacada por alguém com o mesmo nome que eu...

Ele sorriu de forma estranha ao dizer isso, tornando a situação mais leve, mas ao fazê-lo revelou que já havia pensado naquilo que somente mais tarde — depois que ele me deixou em casa, na verdade — me ocorreu. Eu havia acordado feliz esta manhã. Feliz por estar na cama com um homem chamado Ed. Mas não era uma lembrança, era uma fantasia. Acordar com esse homem chamado Ed não era algo que eu já havia feito no passado, e sim — embora meu consciente, minha mente ativa não soubesse quem ele era — algo que eu queria fazer no futuro. Eu desejo dormir com o Dr. Nash.

E agora, por acaso, inadvertidamente, eu contei isso a ele. Revelei o que provavelmente sinto por ele. Ele foi profissional, é claro. Nós dois fingimos não dar importância ao acontecido, e ao fazê-lo revelamos exatamente quanta importância havia nisso. Voltamos andando para o carro e ele me levou para casa. Conversamos sobre amenidades. O clima. Ben. Há poucas coisas sobre as quais podemos conversar; há arenas inteiras de experiência das quais estou completamente excluída. Em determinado ponto, ele disse "Vamos ao teatro hoje", e notei seu cuidado em usar o plural. Não se preocupe, tive vontade de dizer. Conheço o meu lugar. Mas não disse nada. Não queria que ele me achasse amargurada.

Ele me disse que ligaria amanhã.

— Se você tiver certeza de que ainda deseja continuar.

Eu sei que não posso parar agora. Não antes de descobrir a verdade. Eu devo isso a mim, de outra forma estarei vivendo apenas meia vida.

— Sim — falei. — Eu quero. — De qualquer forma, preciso dele para me lembrar de escrever no meu diário.

— Certo — disse ele. — Ótimo. Da próxima vez acho que deveríamos visitar outro lugar do seu passado. — Ele olhou para onde eu estava sentada. — Não se preocupe. Não aquele lugar. Acho que deveríamos visitar a casa de repouso para onde você foi transferida depois de sair da Ala Fisher. Ela se chama Waring House. — Eu não disse nada. — Não fica longe da sua casa. Posso ligar para eles?

Pensei por um instante, incerta do bem que isso poderia fazer, mas depois percebi que não havia outra opção e que qualquer coisa seria melhor do que nada.

Respondi:

— Sim. Sim. Ligue para eles.

Terça-feira, 20 de novembro

É de manhã. Ben sugeriu que eu limpasse as janelas.

— Anotei no quadro — disse ele, enquanto entrava no carro. — Da cozinha.

Olhei. *Limpar janelas*, ele escrevera, acrescentando um ponto de interrogação hesitante. Será que ele achava que eu não teria tempo, será que se perguntava o que eu ficava fazendo o dia inteiro? Ele não sabe que agora passo horas lendo o meu diário, e às vezes horas escrevendo nele. Ele não sabe que há dias em que me encontro com o Dr. Nash.

Não sei o que eu fazia antes de os meus dias serem preenchidos dessa maneira. Será que eu realmente passava todo o tempo vendo televisão, ou saindo para caminhadas, ou cuidando de tarefas domésticas? Será que passava horas e horas sentada na poltrona, ouvindo o tique-taque do relógio, me perguntando como viver?

Limpar janelas. Possivelmente alguns dias leio coisas como essa e sinto rancor, vendo aquilo como um esforço dele para controlar a minha vida, mas hoje olhei aquilo com afeição; não era nada mais sinistro do que o desejo de me manter ocupada. Sorri, mas, enquanto o fazia, pensei em como deve ser difícil morar comigo. Ele deve ter se esforçado extraordinariamente para garantir minha segurança, mas ainda assim deve se preocupar constantemente, com medo de que eu fique confusa, saia vagando por aí ou coisa pior. Eu me lembrei de que li sobre o incêndio que destruiu a maior parte do nosso passado, o incêndio que Ben jamais disse que fui eu quem comecei, muito embora provavelmente tenha sido. Vi uma imagem pairando quase ao meu alcance — uma porta em chamas, quase invisível sob a fumaça espessa, um sofá derretendo, virando cera —, mas me recusei em transformá-la numa recordação, e ela continuou sendo apenas um sonho meio imaginado. Porém, Ben me perdoou pelo incêndio, pensei, assim como deve ter me perdoado por tantas outras coisas. Olhei pela janela da cozinha e, atrás do reflexo do meu rosto, vi o gramado cortado, as sebes certinhas, o barracão, as cercas. Percebi que Ben devia saber que eu tive um caso — certamente depois que fui encontrada em Brighton, se não antes. Quanta força deve ter sido necessária para cuidar de mim depois que perdi a memória, ainda mais sabendo que quando tudo aconteceu eu estava fora de casa, planejando transar com outro. Pensei no que eu tinha visto, no diário que havia escrito. Minha mente ficara fraturada. Destruída. Mesmo assim ele ficou ao meu lado, quando outro homem talvez dissesse que eu merecia aquilo tudo e me abandonasse às moscas.

Dei as costas à janela e olhei embaixo da pia. Materiais de limpeza. Sabão, embalagens cartonadas, garrafas de plástico com gatilho de spray. Havia um balde vermelho de plástico e eu o enchi de água quente, acrescentando um pouco de detergente e uma gota minúscula de vinagre. "E eu, como retribuí?", pensei. Apanhei uma esponja e comecei a ensaboar a janela, de cima para baixo. Me esgueirando por Londres, consultando médicos, fazendo vários exames, visitando nossas antigas casas e os lugares onde recebi tratamento depois do acidente, tudo sem contar nada a ele. E por quê? Porque não confio nele? Porque ele se dedicou a me proteger da verdade, de manter minha vida o mais simples e fácil possível? Observei a água com sabão correr em pequeninos filetes e se acumular em poças lá embaixo, depois apanhei outro pano e poli o vidro até que ele ficasse brilhando.

Agora sei que a verdade é ainda pior. Esta manhã acordei com um sentimento quase exasperante de culpa, com as palavras *Você devia ter vergonha de si mesma* girando na minha cabeça. *Você vai se arrepender.* No começo achei que eu havia acordado com um homem que não era o meu marido e só depois descobri a verdade. Que eu o traí. Duas vezes. A primeira anos atrás, com um homem que acabaria por tirar tudo de mim, e agora novamente, com o coração se não com o resto. Desenvolvi uma paixonite ridícula e infantil por um médico que está tentando me ajudar, me confortar. Um médico cuja aparência nem sequer consigo imaginar agora, do qual não consigo recordar de ter visto antes, mas que sei que é bem mais jovem do que eu e tem namorada. E agora eu lhe disse o que sinto! Sem querer, é verdade, mas mesmo assim eu disse. Eu me sinto mais do que culpada. Me sinto boba. Não posso nem começar a imaginar o que deve ter me levado a esse ponto. Sou patética.

Ali, enquanto limpava a vidraça, tomei uma decisão. Mesmo que Ben não compartilhe minha crença de que este tratamento vá funcionar, não posso crer que ele me negaria a chance de verificar por mim mesma. Não se for isso o que eu quero. Sou adulta, ele não é um monstro; estou certa de que posso confiar a verdade a ele, não é? Joguei a água na pia e enchi o balde de novo. Vou contar tudo ao meu marido. Esta noite. Quando ele voltar para casa. Isso não pode continuar. Continuei limpando as janelas.

❧

Escrevi isso uma hora atrás, mas agora já não tenho mais tanta certeza. Penso em Adam. Li a respeito das fotografias na caixa de metal, porém mesmo assim ainda não há nenhuma foto dele à mostra. Nenhuma. Não posso acreditar que Ben — que ninguém — perca um filho e depois remova todos os vestígios dele de sua casa. Não parece certo, não parece possível. Poderia eu confiar em um homem capaz de fazer isso? Eu me lembrei de ler sobre o dia em que ficamos sentados em Parliament Hill, quando eu lhe perguntei isso diretamente. Ele mentiu. Folheio as páginas do meu diário agora e leio a passagem uma vez mais. "Nós não tivemos filhos?", perguntei, e ele respondeu: "Não. Não, não tivemos." Será que ele realmente fez isso apenas para me proteger? Poderia ele acreditar que essa é a atitude mais acertada? Não me contar nada além do necessário, do conveniente?

É o caminho mais rápido, também. Ele deve estar muito entediado de ter que repetir para mim a mesma coisa sem parar, todos os dias. Penso então que o motivo de ele abreviar as explicações e modificar as histórias não tem nada a ver comigo. Talvez seja para que ele mesmo não enlouqueça com a repetição incessante.

Sinto que estou ficando louca. Tudo é fluido, tudo é movediço. Penso uma coisa e então, um momento depois, imagino o contrário. Acredito em tudo o que meu marido diz e depois não acredito em nada. Confio nele, depois não. Nada parece real, nada inventado. Nem eu mesma.

Gostaria de saber de uma coisa ao certo. Uma única coisa que não precisaram me contar, sobre a qual não precisei ser relembrada.

Gostaria de saber com quem eu estava, naquele dia em Brighton. Gostaria de saber quem fez isso comigo.

Mais tarde. Acabei de falar com o Dr. Nash. Eu estava cochilando na sala de estar quando o telefone tocou. A televisão estava ligada, o som, baixinho. Por um instante não soube onde eu estava, se estava acordada ou dormindo. Achei ter ouvido vozes que aumentavam de volume. Percebi que uma delas era a minha, e que a outra parecia ser a de Ben. Mas ele dizia "Sua piranha desgraçada" e coisas piores. Gritei com ele. Estava com raiva, depois com medo. Uma porta bateu, sons de soco, vidro quebrando. Foi então que me dei conta de que eu estava sonhando.

Abri os olhos. Uma caneca lascada com café frio estava na mesa à minha frente e um telefone zumbia nervosamente ao lado dela. Aquele que abre. Apanhei-o.

Era o Dr. Nash. Ele se apresentou, embora sua voz já me parecesse familiar. Perguntou se eu estava bem. Eu disse que sim, e que havia lido o meu diário.

— Você sabe sobre o que conversamos ontem? — ele quis saber.

Senti um lampejo de choque. De horror. Ele havia decidido enfrentar as coisas, então. Senti um fio de esperança — talvez ele na verdade sentisse o mesmo que eu, a mesma mistura confusa de desejo e medo —, mas não durou.

— Sobre visitar o lugar onde você morou depois de sair da ala psiquiátrica? — continuou ele. — Waring House?

Respondi:

— Sim.

— Bem, eu liguei para eles esta manhã. Está tudo acertado. Podemos fazer uma visita. Eles disseram basicamente para irmos quando quisermos. — O futuro. Novamente ele parecia quase irrelevante para mim. — Estarei ocupado nos próximos dois dias — prosseguiu ele. — Podemos ir na quinta?

— Parece bom — respondi. Para mim não parecia importar quando iríamos. Eu não estava otimista quanto ao potencial daquilo como ajuda, fosse como fosse.

— Ótimo — disse ele. — Bem, eu ligo para você.

Eu estava prestes a me despedir quando me lembrei do que estivera escrevendo antes de cochilar. Percebi que meu sono não devia ter sido profundo, senão eu teria me esquecido de tudo.

— Dr. Nash? — perguntei. — Posso conversar com você sobre um assunto?

— Sim?

— Sobre Ben?

— Claro.

— Bom, é que estou confusa. Ele não me conta as coisas. Coisas importantes. Adam. Meu livro. E mente sobre outras coisas. Ele me diz que foi um acidente que fez com que eu ficasse assim.

— Certo — disse ele. Uma pausa. — Por que você acha que ele faz isso?

O Dr. Nash enfatizou o *você* em vez do *por que*.

Pensei por um segundo.

— Ele não sabe que estou anotando as coisas. Não sabe que eu sei. Acho que é mais fácil para ele.

— Somente para ele?

— Não. Acho que é mais fácil para mim, também. Ou pelo menos ele acha que sim. Mas não é. Apenas significa que eu nem sequer sei se posso confiar nele.

— Christine, estamos constantemente modificando os fatos, reescrevendo a história para tornar as coisas mais fáceis, para fazer com que se encaixem na versão que preferimos dos acontecimentos. Fazemos isso de modo automático. Inventamos lembranças. Sem pensar. Se constantemente dissermos a nós mesmos que algo aconteceu, começamos a acreditar que aconteceu de fato e então somos capazes até mesmo de lembrar disso. Não é isso o que Ben está fazendo?

— Creio que sim — falei. — Mas tenho a sensação de que ele está tirando vantagem de mim. Tirando vantagem da minha doença. Acha que pode reescrever a história do modo como deseja, pois eu nunca vou saber, nunca terei como saber. Mas eu sei. Sei exatamente o que ele está fazendo. E por isso não confio nele. Ele acaba me afastando dele, Dr. Nash. Estragando tudo.

— Então — disse ele. — O que você acha que pode fazer a respeito?

Eu já sabia a resposta. Li o que escrevi esta manhã, vezes sem conta. Que eu deveria confiar nele. Que não deveria. Que não confio. No fim tudo em que consegui pensar foi: "Isso não pode continuar assim."

— Preciso contar a ele que estou escrevendo um diário — falei. — Preciso contar que estou me consultando com você.

Ele não disse nada por um momento. Não sei o que eu esperava... desaprovação? Mas, quando ele voltou a falar, disse:

— Acho que talvez você tenha razão.

Uma sensação de alívio tomou conta de mim.

— Você concorda?

— Sim — disse ele. — Ando pensando há uns dois dias que talvez seja melhor. Eu não tinha ideia de que a versão de Ben do passado seria tão diferente da que você está começando a recordar. Nenhuma ideia de como isso seria frustrante. Mas também penso que na verdade agora nós temos apenas metade do quadro. Pelo que você disse, uma parte cada vez maior de suas recordações reprimidas está começando a afluir. Pode ser útil conversar com Ben. Sobre o passado. Talvez isso ajude no processo.

— Você acha?

— Sim — disse ele. — Acho que talvez tenha sido um erro esconder a nossa terapia de Ben. Além disso, hoje conversei com a equipe de Waring House. Queria ter uma ideia de como foram as coisas por lá. Falei com uma mulher de quem você foi próxima. Uma das funcionárias. O nome dela é Nicole. Ela me disse que apenas recentemente voltou a trabalhar lá, mas ficou muito feliz em saber que você havia voltado para casa. Disse que ninguém poderia ter amado mais você do que Ben. Ele ia visitá-la praticamente todos os dias. Ela disse que ele se sentava ao seu lado, no seu quarto ou nos jardins. E tentava com todas as forças ser animado, apesar de tudo. Todos os funcionários no fim acabaram por conhecê-lo bem. Aguardavam com ansiedade a visita dele. — Ele fez uma pausa por um momento. — Por que você não sugere que Ben nos acompanhe quando formos fazer a visita? — Outra pausa. — Provavelmente seria bom eu conhecê-lo, também.

— Vocês nunca se viram?

— Não — disse ele. — Só falamos brevemente ao telefone quando eu o abordei sobre a possibilidade de conhecer você. A coisa não deu muito certo...

Então entendi. Esse era o motivo pelo qual ele estava sugerindo que eu convidasse Ben. Ele finalmente desejava conhecê-lo. Queria trazer tudo às claras, garantir que o constrangimento de ontem nunca mais se repetisse.

— Tudo bem — falei. — Se você acha...

Ele disse que sim. Aguardou por um longo tempo, depois disse:

— Christine? Você me contou que leu o seu diário hoje?

— Sim — respondi.

Ele aguardou mais uma vez.

— Eu não liguei esta manhã. Não lhe disse onde ele estava.

Percebi que era verdade. Eu tinha ido sozinha ao guarda-roupa, e, embora não soubesse o que iria encontrar ali dentro, vi a caixa de sapato e a abri quase sem pensar. Eu a havia encontrado sozinha. Como se tivesse me lembrado de que o diário estaria ali.

— Isso é excelente — disse ele.

Estou escrevendo isso na cama. É tarde, mas Ben está em seu escritório, do outro lado do patamar da escada. Ouço-o trabalhando, o barulho do teclado, o clique do mouse. Posso ouvir um suspiro ocasional, o ranger da cadeira dele. Imagino-o com os olhos estreitados diante da tela, imerso em concentração. Confio que vou ouvir o computador ser desligado quando ele se preparar para dormir, de que terei tempo para esconder meu diário quando isso acontecer. Agora, apesar do que decidi de manhã e concordei com o Dr. Nash em fazer, tenho certeza de que não quero que meu marido descubra o que ando escrevendo.

Conversei com ele esta noite, quando estávamos sentados na sala de jantar.

— Posso fazer uma pergunta? — disse, e então, quando ele me olhou: — Por que nunca tivemos filhos? — Acho que eu o estava testando. Queria incitá-lo a me dizer a verdade, a contradizer minha afirmação.

— Nunca pareceu ser o momento certo — respondeu ele. — E depois ficou muito tarde.

Empurrei meu prato de comida para o lado. Estava desapontada. Ele havia chegado tarde em casa, me chamara pelo nome ao entrar, perguntara como eu estava. "Onde está você?", dissera ele. O tom parecia acusatório.

Gritei que estava na cozinha. Estava preparando o jantar, picando cebolas para refogá-las no azeite de oliva que eu estava aquecendo no fogão. Ele ficou parado à porta, como se hesitasse em entrar na cozinha. Parecia cansado. Infeliz.

— Você está bem? — indaguei.

Ele viu a faca em minha mão.

— O que você está fazendo?

— Só estou preparando o jantar — expliquei. Sorri, mas ele não retribuiu o sorriso. — Achei que seria uma boa ideia fazer uma omelete. Encontrei uns ovos na geladeira e alguns cogumelos. Nós temos batatas? Não consegui encontrar nenhuma, eu...

— Eu tinha planejado jantarmos costeletas de porco — disse ele. — Comprei algumas. Ontem. Achei que a gente podia comer isso.

— Desculpe — falei. — Eu...

— Mas não. Omelete está ótimo. Se é isso o que você quer.

Senti a conversa degringolar, descer para algum lugar aonde eu não desejava ir. Ele ficou olhando a tábua de corte, acima da qual minha mão pairava, ainda segurando a faca.

— Não — eu disse. Ri, mas ele não riu comigo. — Não tem importância. Eu não sabia. Posso...

— Agora você já cortou as cebolas — retrucou ele. Suas palavras não tinham entonação. Eram a afirmação de um fato, sem adornos.

— Eu sei, mas... mesmo assim ainda poderíamos comer as costeletas, não?

— Você é quem sabe — disse ele. Virou-se para entrar na sala. — Vou arrumar a mesa.

Não respondi. Não sabia o que eu tinha feito, se é que tinha feito alguma coisa. Voltei para as cebolas.

Agora estávamos sentados um de frente para o outro. Tínhamos jantado praticamente em silêncio. Eu lhe perguntara se estava tudo bem, mas ele apenas dera de ombros e dissera que estava. "Foi um dia cansativo", foi só o que me disse, acrescentando apenas: "No trabalho", quando insisti em mais explicações. A discussão tinha degringolado antes mesmo de começar de fato, e mudei de ideia quanto a contar a ele a respeito do meu diário e do Dr. Nash. Apenas belisquei minha comida, tentei não me preocupar — afinal, pensei, ele também tem direito a ter dias ruins —, porém a ansiedade me tomava. Pude sentir a chance de falar escapulir pelas minhas mãos, e não sabia se iria acordar amanhã com a mesma convicção de que era a coisa certa a fazer. Ao fim, não consegui mais suportar aquilo.

— Mas nós quisemos ter filhos?

Ele suspirou.

— Christine, precisamos mesmo falar disso?

— Desculpe — falei. Ainda não sabia o que ele iria dizer, se é que diria alguma coisa. Talvez tivesse sido melhor deixar para lá, mas percebi que não conseguiria fazer isso. — É só que hoje aconteceu a coisa mais estranha do mundo — continuei. Estava tentando injetar leveza na voz, uma animação que eu não estava sentindo. — Achei ter me lembrado de uma coisa.

— Uma coisa?

— Sim. Ah, não sei...

— Continue — falou ele. Inclinou-se para a frente, subitamente aflito. — O que você lembrou?

Meus olhos se fixaram na parede atrás dele. Havia um quadro pendurado ali, uma foto. Era um close das pétalas de uma flor com gotículas de água, porém em preto e branco. Parecia vagabundo, pensei. Como se pertencesse a uma loja de departamentos, e não ao lar de alguém.

— Eu me lembrei de ter tido um filho.

Ele voltou a se sentar na cadeira. Seus olhos se arregalaram, depois se fecharam completamente. Ele inspirou, deixando escapar um longo suspiro.

— É verdade? — perguntei. — Nós tivemos mesmo um filho? — Se ele mentir agora, pensei, então não sei o que irei fazer. Discutir com ele, acho. Dizer tudo de uma só vez, numa avalanche catastrófica. Ele abriu os olhos e encarou os meus.

— Sim — respondeu. — É verdade.

Ele me contou sobre Adam, uma sensação de alívio tomou conta de mim. Alívio mesclado com dor. Todos aqueles anos, perdidos para sempre. Todos aqueles momentos dos quais não tenho nenhuma lembrança, que jamais conseguirei trazer de volta. Senti as saudades se agitarem dentro de mim, senti como aumentavam, tanto que poderiam me engolfar. Ben me contou sobre o nascimento de Adam, sua infância, sua vida. A que escola ele havia ido, a peça de Natal da qual ele havia participado; seu dom para o futebol e para a corrida, sua frustração no resultado dos exames. Namoradas. A vez em que um papel enrolado de modo indiscreto havia sido confundido com um baseado. Eu lhe fiz perguntas e ele as respondeu; parecia feliz por estar falando do filho, como se seu mau humor tivesse sido afastado pelas lembranças.

Eu me vi fechando os olhos enquanto ele falava. Imagens flutuavam por mim — imagens de Adam, de mim e de Ben —, mas eu não saberia dizer se eram lembranças ou fruto da imaginação. Quando ele terminou, abri os olhos e, por um momento, fiquei chocada com a pessoa que estava na minha frente, com sua velhice, com o fato de ele ser tão diferente do jovem pai que eu tinha imaginado.

— Mas não há nenhuma fotografia dele — falei. — Em lugar nenhum.

Ele pareceu incomodado.

— Eu sei — disse Ben. — Você fica chateada.

— Chateada?

Ele não disse nada. Talvez não tivesse força para me contar sobre a morte de Adam. Parecia derrotado, de alguma maneira. Exaurido. Senti culpa pelo que estava fazendo com ele, pelo que eu fazia com ele todos os dias.

— Tudo bem — eu disse. — Eu sei que ele morreu.

Ele pareceu surpreso. Hesitante.

— Você... sabe?

— Sim — falei. Estava prestes a contar-lhe sobre o meu diário, dizer que ele já havia me contado tudo aquilo antes, mas não fiz isso. O humor dele ainda parecia frágil, o ar ainda estava tenso. Isso poderia esperar. — Simplesmente sinto isso — falei.

— Faz sentido. Eu já lhe contei isso antes.

Era verdade, claro. Assim como ele já tinha me contado antes sobre a vida de Adam. E contudo, eu percebi, uma das histórias parecia real, enquanto a outra não. Eu me dei conta de que não acreditava que o meu filho estivesse morto.

— Conte de novo — pedi.

Ele me contou sobre a guerra, sobre a bomba na estrada. Tentei permanecer o mais calma que pude. Ele falou do funeral de Adam, sobre a salva de tiros que havia sido disparada sobre o caixão, sobre a bandeira do Reino Unido enrolada ao redor dele. Tentei forçar minha mente a buscar as lembranças, até mesmo das que eram tão difíceis, tão horrendas, assim como essa. Não veio nada.

— Quero ir até lá — pedi. — Quero ver o túmulo dele.

— Chris — disse Ben. — Não sei se...

Percebi que, sem memória, eu teria de ver a prova de que ele estava morto, senão eu conservaria para sempre a esperança de que ele talvez não estivesse.

— Eu quero — insisti. — Eu preciso.

Ainda assim, achei que ele fosse dizer não. Dizer que não achava aquilo uma boa ideia, de que talvez aquilo me chateasse demais. O que eu faria então? Como poderia obrigá-lo?

Mas ele não fez isso.

— Vamos no fim de semana — disse. — Prometo.

Alívio mesclado com terror, deixando-me anestesiada.

Tiramos a mesa. Fiquei diante da pia, mergulhando os pratos que ele me passava na água quente e cheia de detergente, esfregando-os, devolvendo-os para ele para que os secasse, o tempo inteiro evitando o meu reflexo na janela. Eu me obriguei a pensar no funeral de Adam, me imaginei de pé no gramado em um dia nublado, perto de um monte de terra, olhando para um caixão suspenso sobre o buraco cavado no chão. Tentei imaginar a salva de tiros, o corneteiro solitário tocando enquanto nós — sua família, seus amigos — soluçávamos em silêncio.

Mas não consegui. Não fazia tanto tempo assim, contudo, eu não vi nada. Tentei imaginar como devo ter me sentido. Devo ter acordado naquela manhã sem sequer saber que era mãe; primeiro, Ben provavelmente precisou me convencer de que eu tinha um filho, depois, que passaríamos aquela mesma tarde enterrando-o. Imagino não horror, mas entorpecimento, descrença. Irrealidade. Uma mente não é capaz de suportar tanto de uma só vez e com certeza nenhuma consegue lidar com isso, especialmente a minha. Visualizei-me sendo instruída quanto ao que vestir, conduzida para fora de casa até um carro que aguardava, acomodada no banco de trás. Talvez no trajeto eu tenha me perguntado de quem seria aquele funeral. Possivelmente a mim pareceria o meu.

Olhei para o reflexo de Ben na janela. Ele deve ter sido obrigado a lidar com isso tudo, e em um momento que sua própria tristeza estava no auge. Talvez tivesse sido menos pesado, para todos nós, se ele não tivesse me levado ao funeral. Com um calafrio, me perguntei se ele não teria feito exatamente isso.

Ainda não sabia o que lhe contar a respeito do Dr. Nash. Agora ele parecia cansado de novo, quase deprimido. Sorriu apenas quando meu olhar cruzou o dele e eu sorri. Talvez mais tarde, pensei, mas se haveria um momento melhor eu não sabia. Não conseguia deixar de pensar que eu era a culpada pelo humor dele, ou por alguma coisa que eu tinha feito ou por alguma coisa que eu não tinha feito. Percebi o quanto eu gostava desse homem. Não poderia dizer se o amava ou não — e ainda não posso — mas isso é porque eu não sei muito bem o que é o amor. Apesar da lembrança nebulosa e vacilante que tenho de Adam, sinto amor por ele, o instinto de protegê-lo, o desejo de lhe dar tudo, o sentimento de que ele é parte de mim e que sem ele sou incompleta. Por minha mãe, também, quando minha mente a visualiza, eu sinto um amor diferente. Uma ligação mais complexa, com advertências e reservas. Uma ligação que não entendo completamente. Mas Ben...? Eu o acho atraente. Confio nele — apesar das mentiras que ele me contou, sei que ele só tem o meu bem em vista —, mas seria eu capaz de dizer que o amo, quando tenho apenas a vaga consciência de conhecê-lo há poucas horas?

Eu não sabia. Porém, queria que ele fosse feliz, e, em algum nível, entendia que eu desejava ser a pessoa que o faria feliz. Preciso me esforçar mais, decidi. Assumir o controle. Este diário pode ser uma ferramenta para melhorar a vida de nós dois, não apenas a minha.

Eu estava prestes a perguntar como ele estava quando aquilo aconteceu. Devo ter soltado o prato antes de ele o apanhar; ele se espatifou no chão — acompanhado do "Merda!" balbuciado de Ben — e se estilhaçou em centenas de pedacinhos.

— Desculpe! — disse, mas Ben não olhou para mim. Agachou-se, xingando entre dentes. — Pode deixar que eu faço isso — continuei, mas ele me ignorou e em vez disso começou a recolher os pedaços maiores e a reuni-los na mão direita.

— Desculpe — repeti. — Sou tão desastrada!

Não sei o que eu esperava. Perdão, creio, ou que ele me dissesse que não era nada. Mas em vez disso Ben exclamou: "Porra!" Deixou cair os restos do prato no chão e começou a chupar o polegar esquerdo. Gotas de sangue se espalharam pelo piso.

— Você está bem? — perguntei.

Ele olhou para mim.

— Sim, sim. Me cortei, só isso. Filho de uma...

— Deixa eu ver.

— Não foi nada — disse ele.

Levantou-se.

— Deixa eu ver — repeti. Estendi o braço para segurar a mão dele. — Vou pegar um Band-Aid. Ou algo para fazer um curativo. Nós temos...?

— Pelo amor de Deus! — exclamou ele, dando um tapa para afastar a minha mão. — Deixa para lá! Está bem?

Fiquei estupefata. Eu via que o corte era fundo; o sangue se empoçava na extremidade do ferimento e corria em uma linha fina pulso abaixo. Eu não sabia o que fazer, o que dizer. Ele não havia exatamente gritado, mas também não tinha feito nenhum esforço para esconder sua irritação. Nós nos encaramos, num limbo, equilibrados à beira de uma discussão, cada um esperando que o outro falasse, ambos sem saber o que havia acontecido, o quão importante era aquele momento.

Não consegui suportar.

— Desculpe — falei, embora parte de mim se ressentisse disso. O rosto dele se suavizou.

— Tudo bem — disse ele. — Também sinto muito. — Fez uma pausa. — Só estou tenso, acho. Foi um dia cansativo.

Apanhei um pouco de papel-toalha e lhe estendi.

— Acho melhor você se limpar.

Ele o pegou da minha mão.

— Obrigado — disse ele, limpando o sangue do pulso e dos dedos. — Vou subir. Tomar uma chuveirada. — Ele se inclinou para a frente e me beijou. — Tudo bem?

Ele se virou e saiu da cozinha.

Ouvi a porta do banheiro se fechar, uma torneira se abrir. O aquecedor ao meu lado ganhou vida. Reuni o resto dos cacos e depois os coloquei na lata de lixo, enrolando-os primeiro com papel, depois varrendo os fragmentos minúsculos antes de finalmente limpar o sangue. Depois que terminei, fui para a sala de estar.

O telefone que abre estava tocando, abafado pela minha bolsa. Eu o atendi. Era o Dr. Nash.

A televisão continuava ligada. Acima de mim eu escutava o ranger das tábuas do assoalho enquanto Ben andava de um cômodo para o outro. Eu não queria que ele me escutasse falando em um telefone que ele não sabe que eu tenho. Sussurrei:

— Alô?

— Christine — disse a voz. — É Ed. O Dr. Nash. Pode falar agora?

Se hoje à tarde ele parecera calmo, quase reflexivo, agora sua voz tinha um tom de urgência. Comecei a sentir medo.

— Sim — respondi, baixando ainda mais a voz. — O que foi?

— Escute — disse ele. — Você já falou com Ben?

— Sim — falei. — Mais ou menos. Por quê? Qual o problema?

— Você contou a ele sobre seu diário? Sobre mim? Você o convidou para ir a Waring House?

— Não. Eu estava prestes a fazer isso. Ele está lá em cima; eu... O que aconteceu?

— Desculpe — disse ele. — Provavelmente não é nada com que se preocupar. É que alguém de Waring House acabou de me ligar. A mulher com quem falei hoje de manhã, Nicole. Ela queria me passar um número de telefone. Disse que aparentemente a sua amiga Claire ligou para lá querendo falar com você e deixou o telefone dela.

Fiquei tensa. Ouvi a descarga e o som de água caindo na pia.

— Não entendo — falei. — Recentemente?

— Não — disse ele. — Duas semanas depois de você voltar para casa. Quando ela viu que você não estava mais lá, pegou o número de telefone de Ben, mas, enfim, eles disseram que ela voltou a ligar mais tarde dizendo que não conseguia falar com ele. Perguntou se poderiam lhe fornecer o seu endereço. Eles não podiam fazer isso, lógico, mas pediram que ela deixasse seu telefone, para o caso de um dia você ou Ben ligarem. Nicole encontrou um bilhete no seu arquivo depois de nós conversarmos hoje de manhã e então me ligou para me passar o número.

Eu não entendi.

— Mas por que eles simplesmente não me enviaram o número pelo correio? Ou para Ben?

— Bem, Nicole disse que enviaram. Mas que nunca tiveram resposta de vocês. — Ele fez uma pausa.

— Ben é quem cuida da correspondência — falei. — Ele a apanha de manhã. Bem, fez isso hoje, pelo menos...

— Ben lhe deu o número de Claire?

— Não — respondi. — Não. Ele disse que faz anos que nós duas perdemos contato. Ela se mudou logo depois que nos casamos. Para a Nova Zelândia.

— Certo — disse ele, e depois: — Christine? Você já me disse isso antes, mas... bem... o número do telefone dela não é um número internacional.

Senti um pavor crescente, embora ainda não pudesse identificar o motivo.

— Então ela voltou?

— Nicole disse que Claire costumava sempre visitar você em Waring House. Que ia para lá tanto quanto Ben. Nicole nunca ouviu dizer que ela tivesse se mudado. Nem para a Nova Zelândia nem para lugar nenhum.

Senti como se tudo estivesse de repente decolando, como se as coisas estivessem se movimentando rápido demais para que eu pudesse acompanhar. Ouvi Ben no andar de cima. Agora a água tinha parado de correr, o aquecedor estava em silêncio. Deve existir alguma explicação racional, pensei. Precisa existir. Senti que tudo o que eu precisava fazer era desacelerar as coisas para poder acompanhá-las e conseguir descobrir o que era. Queria que ele parasse de falar, que retirasse tudo o que disse, mas ele não o fez.

— Tem mais uma coisa — disse Nash. — Desculpe, Christine, mas Nicole me perguntou como você estava e eu contei. Ela disse que estava surpresa de você ter voltado a morar com Ben. E perguntou por quê.

— Certo. — Eu me ouvi dizer. — Continue.

— Desculpe, Christine, mas ouça. Ela disse que você e Ben se divorciaram.

A sala oscilou. Agarrei o braço da cadeira para me apoiar. Aquilo não fazia sentido. Na televisão uma mulher loira gritava com um homem mais velho, dizendo que o odiava. Eu tive vontade de gritar também.

— O quê? — falei.

— Ela disse que você e Ben estavam separados. Que Ben abandonou você. Mais ou menos um ano depois da sua transferência para a Waring House.

— Separados? — repeti. Parecia que a sala estava recuando, tornando-se cada vez menor, quase sumindo. Desaparecendo. — Tem certeza?

— Sim. Parece que sim. Foi o que ela me disse. Ela disse que achava que tinha alguma coisa a ver com a Claire. Não quis me contar mais nada.

— Com a Claire?

— Sim — disse ele. Mesmo com toda a minha confusão, pude perceber o quanto ele estava achando difícil aquela conversa, ouvia a hesitação em sua voz, a lentidão para escolher a melhor palavra. — Não sei por que Ben não está lhe contando tudo — continuou o Dr. Nash. — Até este momento, eu achava que ele estivesse agindo corretamente. Para proteger você. Mas agora? Agora eu não sei. Não dizer que Claire continua morando aqui? Não mencionar o divórcio? Não sei. Não parece certo, mas suponho que ele deva ter seus motivos. — Eu não disse nada. — Achei que talvez fosse melhor você conversar com a Claire. Quem sabe ela tenha algumas respostas. Talvez ela possa até mesmo conversar com Ben. Não sei. — Outra pausa. — Christine? Você tem uma caneta aí? Quer o telefone dela?

Engoli em seco.

— Sim — respondi. — Sim, por favor.

Estendi o braço para apanhar o jornal que estava sobre a mesa de centro e a caneta ao lado dele e anotei num canto o número que ele me passou. Ouvi a porta do banheiro ser destrancada e Ben andar até o patamar da escada.

— Christine? — disse o Dr. Nash. — Eu ligo para você amanhã. Não conte nada a Ben. Não antes de descobrirmos o que está acontecendo. Certo?

Eu me ouvi concordar e me despedir. Ele me disse para não esquecer de anotar isso no meu diário antes de dormir. Escrevi *Claire* perto do número, sem saber ainda o que eu iria fazer. Rasguei o pedaço de papel e o coloquei na minha bolsa.

Não disse nada a Ben quando ele desceu, nada quando ele se sentou no sofá à minha frente. Fixei os olhos na televisão. Um documentário sobre a vida selvagem. Os habitantes do fundo do mar. Um veículo submarino não tripulado explorava uma fossa submarina com movimentos irregulares. Duas luzes brilhavam em locais que jamais haviam conhecido luz antes. Fantasmas das profundezas.

Tive vontade de perguntar a ele se eu ainda mantinha contato com Claire, mas não queria ouvir outra mentira. Uma lula gigante pairava na escuridão, ao sabor da corrente suave. Aquela criatura jamais havia sido capturada em filme antes, disse o narrador, sob um fundo musical eletrônico.

— Você está bem? — perguntou ele. Assenti, sem tirar os olhos da tela.

Ele se levantou.

— Tenho trabalho a fazer — avisou. — Lá em cima. Daqui a pouco vou me deitar.

Então eu olhei para ele. Não sabia quem ele era.

— Sim — falei. — Até mais tarde.

Quarta-feira, 21 de novembro

Passei a manhã inteira lendo este diário e, mesmo assim, não li tudo. Algumas páginas apenas olhei por alto, outras li e reli, tentando acreditar no que diziam. E agora estou no quarto, sentada à janela, escrevendo.

O telefone está no meu colo. Por que parece tão difícil discar o número de Claire? Impulsos neuronais, contrações musculares. Somente isso é necessário. Nada complicado. Nada difícil. Porém parece tão mais fácil apanhar uma caneta e escrever a respeito!

Esta manhã fui para a cozinha. Minha vida, pensei, está construída sobre areia movediça. Muda de um dia para o outro. Coisas que creio saber que são erradas, coisas das quais tenho certeza, fatos sobre a minha vida, correspondem a anos atrás. Toda a minha história parece ficção. Dr. Nash, Ben, Adam, e agora Claire. Eles existem, porém como sombras no escuro. Como desconhecidos, eles perpassam a minha vida uma e outra vez, conectando, desconectando. Elusivos, etéreos. Como fantasmas.

E não só eles. Tudo. É tudo inventado. Conjurado a partir do nada. Estou desesperada por chão firme, por algo real, algo que não vá sumir com o sono. Preciso me ancorar.

Abri a tampa da lata de lixo. Um calor emanou dela — o calor da putrefação e da decomposição — e um leve fedor. O cheiro doce e enjoativo de comida apodrecendo. Vi um jornal, com a seção das palavras cruzadas resolvida, um saquinho de chá solitário tingindo-a de marrom. Prendi a respiração e me ajoelhei no chão.

Dentro do jornal havia cacos de porcelana, migalhas, uma fina poeira branca e, embaixo dele, um saco plástico fechado. Eu o retirei, pensando em fraldas sujas, decidida a abri-lo mais tarde se preciso fosse. Embaixo dele havia cascas de batatas e uma garrafa de plástico quase vazia que vazava ketchup. Empurrei as duas coisas para o lado.

Cascas de ovo — quatro ou cinco — e um punhado de cascas de cebola finas como papel. Os restos do miolo com sementes de um pimentão vermelho, um cogumelo grande, semiapodrecido.

Satisfeita, recoloquei as coisas na lata de lixo e a fechei. Era verdade. Na noite passada, nós comemos omelete. Um prato se quebrou. Olhei dentro da geladeira. Havia duas costeletas de porco em uma bandeja de isopor. No corredor, os chinelos de Ben estavam ao pé da escada. Tudo estava ali, exatamente como descrito pelo meu diário na noite passada. Eu não havia inventado. Era tudo verdade.

E isso significava que o número de telefone era de Claire. O Dr. Nash realmente havia me ligado. Ben e eu havíamos nos divorciado.

Tenho vontade de ligar para o Dr. Nash agora. Quero lhe perguntar o que fazer, ou melhor, pedir que ele o faça por mim. Mas por quanto tempo continuarei agindo feito visita em minha própria vida? Feito uma pessoa passiva? Preciso assumir o controle. O pensamento de que talvez eu jamais torne a ver o Dr. Nash novamente cruza a minha mente — agora que lhe contei sobre meus sentimentos, minha "paixonite" —, mas eu não o deixo criar raízes. Seja como for, preciso eu mesma falar com Claire.

Mas o que vou dizer? Parece haver tanto o que conversarmos, e ao mesmo tempo tão pouco. Tanta história entre nós, mas nada que eu conheça.

Penso no que o Dr. Nash me contou sobre o motivo pelo qual Ben e eu nos separamos. "Algo a ver com Claire."

Tudo faz sentido. Anos atrás, quando eu mais precisava dele, menos o entendia, meu marido se divorciou de mim, e agora que estamos novamente juntos, ele me diz que minha melhor amiga se mudou para o outro lado do mundo antes de tudo isso acontecer.

Será por isso que não consigo telefonar para ela? Porque tenho medo de que ela tenha mais coisas a esconder do que eu nem sequer imagino? Será por isso que Ben parece muito pouco favorável a que eu me lembre de mais coisas? Será por isso até que ele ande sugerindo que minhas tentativas de tratamento são inúteis, para que eu jamais seja capaz de ligar uma lembrança à outra e descobrir o que aconteceu?

Não consigo imaginar que ele seja capaz de fazer isso. Ninguém seria. É ridículo. Penso no que o Dr. Nash me disse sobre o período que passei no hospital. "Você dizia que os médicos estavam conspirando contra você, disse ele. Exibia sintomas de paranoia."

Seria isso o que estou fazendo agora?

De repente uma lembrança me invade. E me atinge quase com violência, surgindo do vazio do meu passado para me lançar para trás, mas então some com a mesma rapidez. Claire e eu, em outra festa. "Meu Deus", diz ela. "É tão irritante! Sabe o que eu acho que está errado? Todo mundo é tão ligado em sexo. Não passamos de animais copulando, sabe? Não importa o quanto tentemos fazer rodeios quanto a essa verdade e a disfarcemos de alguma outra coisa: no fim das contas é isso o que é."

Será possível que comigo presa em meu inferno particular Claire e Ben tenham buscado consolo nos braços um do outro?

Olho para baixo. O telefone está desligado sobre o meu colo. Não tenho ideia de onde Ben realmente vai quando sai toda manhã, ou de onde pode parar a caminho de casa. Pode ser em qualquer lugar. E não tenho a oportunidade de ligar suspeita a suspeita, de conectar um fato a outro. Mesmo que um dia eu descobrisse Claire e Ben na cama, no outro esqueceria o que vi. Sou a pessoa perfeita para ser traída. Talvez eles ainda estejam se encontrando. Talvez eu já tenha descoberto os dois juntos e depois esquecido.

Penso nisso e de algum modo, ao mesmo tempo, também não penso. Confio em Ben, e ao mesmo tempo não confio. É perfeitamente possível ter dois pontos de vista opostos ao mesmo tempo na mente e oscilar entre eles.

Mas por que ele iria mentir? Ele apenas acha que está fazendo o certo, digo a mim mesma. Está protegendo você. Protegendo você das coisas que você não precisa saber.

Disquei o número, claro. Não havia como não fazer isso. Ele tocou por algum tempo, e depois ouvi um clique e uma voz. "Olá", disse ela. "Por favor deixe o seu recado."

Reconheci a voz na mesma hora. Era a de Claire. Sem sombra de dúvida.

Deixei um recado. "Por favor, me ligue", falei. "É Christine."

Desci as escadas. Tinha feito todo o possível.

Esperei. Por uma hora que se transformou em duas. Passei esse tempo escrevendo no meu diário, e então, quando ela não ligou, preparei um sanduíche e o comi na sala. Enquanto eu estava na cozinha — limpando a bancada, juntando as migalhas na palma da minha mão, me preparando para esvaziá-la na pia —, a campainha tocou. O som me assustou. Pousei a esponja, sequei as mãos no pano de prato que estava pendurado na porta do fogão e fui ver quem era.

Através do vidro congelado vi a silhueta de um homem. Em vez de uniforme, ele usava o que parecia ser terno e gravata. "Ben?", pensei, antes de perceber que ele ainda estaria no trabalho. Abri a porta.

Era o Dr. Nash. Eu sabia, em parte porque não podia ser mais ninguém, em parte porque — muito embora quando li a respeito dele esta manhã não tivesse sido capaz de imaginá-lo, e muito embora meu marido continuasse me parecendo não familiar mesmo depois de me dizer quem era — eu o reconheci. Seu cabelo era curto e estava partido ao meio, a gravata frouxa e desarrumada, havia um colete sob um paletó que não combinava com ele.

Ele deve ter visto o olhar de surpresa no meu rosto.

— Christine?

— Sim — falei. — Sim. — Não abri a porta mais do que uma fresta.

— Sou eu. Ed. Ed Nash. O Dr. Nash?

— Eu sei — falei. — Eu...

— Você leu o seu diário?

— Sim, mas...

— Você está bem?

— Sim — respondi. — Estou bem.

Ele abaixou a voz.

— Ben está em casa?

— Não. Não, não está. É que, bem, eu não estava esperando você. Nós tínhamos marcado algum encontro?

Ele se conteve por um instante, uma fração de segundo, o suficiente para interromper o ritmo da nossa conversa. Não tínhamos marcado, eu sabia. Ou pelo menos eu não havia escrito nada a respeito.

— Sim — disse ele. — Você não anotou?

Não, mas não disse nada. Ficamos ali em pé diante da porta da casa que continuo não vendo como o meu lar, olhando um para o outro.

— Posso entrar? — pediu ele.

Não respondi de início. Não tinha certeza se queria convidá-lo para entrar. Parecia errado, de algum modo. Uma traição.

Mas do quê? Da confiança de Ben? Eu não sabia o quanto aquilo ainda importava para mim. Não depois das mentiras dele. Mentiras sobre as quais passei a maior parte da manhã lendo.

— Sim — falei. Abri a porta. Ele assentiu ao entrar na casa, olhando para a direita e para a esquerda ao fazê-lo. Apanhei seu paletó e o pendurei no cabide, ao lado de um casaco de chuva que supus ser meu. — Vamos para lá — falei, apontando para a sala de estar, e seguimos.

Preparei uma bebida para nós, dei-lhe a sua, sentei-me do lado oposto com a minha. Ele nada disse, e eu tomei um gole lentamente, aguardando enquanto ele fazia o mesmo. Ele pousou sua xícara na mesa de centro entre nós.

— Você não se lembra de ter me ligado para vir? — perguntou ele.

— Não — respondi. — Quando?

A resposta dele me fez gelar.

— Esta manhã. Quando telefonei para contar onde encontrar o seu diário.

Eu não conseguia me lembrar de ele haver me ligado de manhã, e ainda não consigo, mesmo agora, depois que ele já foi embora.

Pensei em outras coisas que eu havia anotado. Um prato de melão que eu não conseguia me lembrar. Um biscoito que eu não havia pedido.

— Não me lembro — falei. A sensação de pânico começou a aumentar dentro de mim.

A preocupação varou o rosto dele.

— Você dormiu hoje? Mais do que um simples cochilo?

— Não — respondi —, não. De jeito nenhum. Simplesmente não consigo me lembrar. Quando foi isso? Quando?

— Christine — disse ele. — Calma. Provavelmente não é nada.

— Mas e se... eu não...

— Christine, por favor. Não quer dizer nada. Você apenas se esqueceu, é tudo. Todo mundo esquece as coisas às vezes.

— Mas conversas inteiras? Isso deve ter sido apenas duas horas atrás!

— Sim — concordou ele. Falava suavemente, tentando me acalmar, porém não se mexeu. — Mas você passou por muita coisa ultimamente. Sua memória sempre foi variável. Esquecer uma coisa não significa que você está piorando, que não vai melhorar de novo. Certo? — Assenti, tentando acreditar nele, desesperada por acreditar. — Você me pediu que viesse até aqui porque queria falar com a Claire, mas não tinha certeza se seria capaz. E queria que eu falasse com Ben em seu lugar.

— Queria?

— Sim. Você disse que não achava que conseguiria fazê-lo sozinha.

Olhei para ele, pensei em todas as coisas que eu havia escrito. Percebi que não acreditava nele. Devo ter encontrado o meu diário sozinha. Não pedi que ele viesse até aqui hoje. Não queria que ele falasse com Ben. Por que iria querer, quando tinha decidido não contar nada a Ben por enquanto? E por que eu lhe contaria que precisava de sua presença aqui para me ajudar a falar com Claire, se eu já tinha telefonado para ela e deixado um recado?

"Ele está mentindo." Fiquei pensando em que outros motivos ele poderia ter para aparecer aqui. O que ele talvez não se sentisse capaz de me contar.

Não tenho memória, mas não sou idiota.

— Qual é o verdadeiro motivo de você estar aqui? — perguntei. Ele se remexeu na cadeira. Provavelmente queria dar apenas uma olhada dentro da casa onde moro. Ou provavelmente queria me ver, uma vez mais, antes de eu falar com Ben. — Está com medo de que Ben não me deixe ver você depois que eu contar a ele sobre nós dois?

Outro pensamento me ocorre. Talvez ele não esteja escrevendo artigo nenhum. Talvez tenha outras razões para querer passar tanto tempo comigo. Afasto isso da minha mente.

— Não — disse ele. — Não é isso mesmo. Vim porque você me pediu que viesse. Além do mais, você decidiu não contar a Ben que está se consultando comigo. Até falar com Claire. Lembra?

Balancei a cabeça. Não lembrava. Não sabia do que ele estava falando.

— Claire está trepando com meu marido — falei.

Ele pareceu chocado.

— Christine — disse ele. — Eu...

— Ele está me tratando como uma idiota — continuei. — Mentindo para mim sobre tudo. Bom, eu não sou idiota.

— Eu sei que você não é idiota — disse ele. — Mas não acho que...

— Eles estão trepando há anos — interrompi. — Isso explica tudo. Porque ele me diz que ela se mudou. Porque eu não a vejo, muito embora ela supostamente seja a minha melhor amiga.

— Christine — disse ele. — Você não está pensando direito. — Ele veio se sentar ao meu lado no sofá. — Ben ama você. Eu sei. Falei com ele, quando queria convencê-lo a me deixar ver você. Ele foi totalmente fiel. Totalmente. Disse que já havia perdido você uma vez e que não queria perdê-la de novo. Que havia assistido ao seu sofrimento todas as vezes que tentavam tratar você e não poderia mais vê-la sofrer. Ele ama você. Isso é óbvio. Está tentando protegê-la. Da verdade, suponho eu.

Pensei no que eu tinha lido de manhã. Sobre o divórcio.

— Mas ele me deixou. Para ficar com ela.

— Christine — disse o Dr. Nash. — Você não está raciocinando. Se fosse verdade, por que ele a traria de volta? De volta para cá? Ele teria simplesmente abandonado você em Waring House. Mas não foi o que ele fez. Ele cuida de você. Todos os dias.

Senti-me entrar em colapso, dobrar-me ao meio. Senti como se entendesse suas palavras, mas ao mesmo tempo não compreendesse. Senti o calor que emanava do seu corpo, vi a bondade em seus olhos. Ele sorriu quando olhei para ele. Ele pareceu ficar maior, até o seu corpo ser a única coisa que eu conseguia ver, sua respiração a única coisa que eu conseguia ouvir. Ele falou, mas não ouvi o que disse. Ouvi apenas uma única palavra. *Amor*.

Não tencionava fazer o que fiz. Não planejei nada. Aconteceu de repente; minha vida se deslocou como uma tampa dura que de repente cede. Em um instante, tudo o que senti foram meus lábios sobre os dele, meus braços ao redor do seu pescoço. Seu cabelo estava úmido e eu não entendi nem quis entender por quê. Queria falar, dizer a ele o que eu sentia, mas não o fiz, porque fazê-lo seria ter de parar de beijá-lo, encerrar o momento que eu desejava que durasse para sempre. Eu me sentia mulher, finalmente. No controle. Embora eu deva ter feito isso, não lembro — não escrevi — de nenhuma outra vez em que tenha beijado alguém que não fosse o meu marido; podia muito bem ser a primeira vez.

Não sei quanto durou. Não sei nem mesmo como aconteceu, como passei de estar ali sentada no sofá ao lado dele, diminuída, tão pequena que sentia que poderia desaparecer, a começar a beijá-lo. Não me lembro de resolver fazer isso, o que não quer dizer que não me lembre de querer fazê-lo. Não lembro de como começou. Lembro apenas que passei de um estado a outro, sem nada no meio, sem nenhuma oportunidade para pensar de modo consciente, nenhuma decisão.

Ele não me afastou com grosseria. Foi gentil. Teve essa consideração, pelo menos. Não me insultou perguntando o que eu estava fazendo, muito menos o que eu *achava* que estava fazendo. Simplesmente retirou seus lábios dos meus, depois minhas mãos de seus ombros, onde elas haviam pousado, e disse em voz baixa:

— Não.

Fiquei estupefata. Com o que eu havia feito? Ou com a reação dele? Não sei dizer. Senti apenas que, por um momento, eu estive em outro lugar, e uma nova Christine entrou em cena, assumiu o controle completamente, e depois desapareceu. Não fiquei horrorizada, porém. Nem mesmo desapontada. Fiquei feliz. Feliz porque, por causa dela, algo havia acontecido.

Ele olhou para mim.

— Desculpe — disse, e eu não consegui saber o que ele estava sentindo. Raiva? Pena? Arrependimento? Qualquer uma dessas coisas era possível. Talvez a expressão que vi tenha sido uma mistura das três. Ele, que ainda segurava as minhas mãos, colocou-as de volta no meu colo, depois as soltou. — Desculpe, Christine — repetiu.

Eu não sabia o que dizer. O que fazer. Fiquei em silêncio, prestes a me desculpar, e então eu disse:

— Ed. Eu amo você.

Ele fechou os olhos.

— Christine — começou a dizer —, eu...

— Por favor — interrompi. — Não. Não me diga que você não sente o mesmo. — Ele franziu a testa. — Você sabe que também me ama.

— Christine — disse ele. — Por favor, você está... você está...

— O quê? — falei. — Louca?

— Não. Confusa. Você está confusa.

Ri.

— Confusa?

— Sim — disse ele. — Você não me ama. Lembra-se do que falamos sobre a confabulação? É bastante comum em pessoas que...

— Ah. Eu sei. Eu lembro. Com pessoas que não têm memória. É isso o que você acha que é?

— É possível. Perfeitamente possível.

Então eu o odiei. Ele achava que sabia tudo, que me conhecia melhor do que eu mesma. E só o que ele conhecia de verdade era a minha doença.

— Não sou idiota — falei.

— Eu sei. Sei disso, Christine. Não acho que você seja. Só acho que...

— Você deve me amar.

Ele suspirou. Agora eu o estava frustrando. Acabando com a paciência dele.

— Que outro motivo você teria para vir me ver com tanta frequência? Para dirigir comigo por Londres, para cima e para baixo? Você faz isso com todos os pacientes?

— Sim — começou ele, mas depois: — Bem, não. Não exatamente.

— Então por quê?

— Estou tentando ajudá-la — respondeu o Dr. Nash.

— Só isso?

Uma pausa, então ele disse:

— Bem, não. Estou escrevendo um artigo, também. Um artigo científico...

— Me analisando?

— Mais ou menos — disse ele.

Tentei afastar da mente o que ele estava dizendo.

— Mas você não me contou que eu e Ben estamos separados — falei. — Por quê? Por que não contou?

— Eu não sabia! — exclamou ele. — Só por isso. Não estava em seus arquivos e Ben não me contou. Eu não sabia!

Fiquei em silêncio. Ele se mexeu, como se fosse segurar minhas mãos novamente, depois parou e coçou a testa.

— Eu teria lhe contado — disse ele. — Se soubesse.

— Teria mesmo? Assim como me contou sobre Adam?

Ele pareceu magoado.

— Christine, por favor.

— Por que você o escondeu de mim? Você é tão mau quanto Ben!

— Meu Deus, Christine — disse ele. — Nós já conversamos sobre isso. Fiz o que eu achei que era melhor. Ben não estava lhe contando a respeito de Adam. Eu não podia contar. Não seria certo. Não seria ético.

Eu ri. Um riso vazio, de desdém.

— Ético? O que tem de ético em esconder a existência dele de mim?

— Cabia a Ben decidir se iria ou não contar sobre Adam. Não a mim. Sugeri que você escrevesse um diário, porém. Para que pudesse anotar o que descobrisse. Achei que seria o melhor.

— E quanto ao ataque? Para você estava ótimo se eu continuasse pensando que fui atropelada!

— Christine, não. Não estava. Ben é quem lhe disse isso. Eu não sabia que ele estava dizendo isso a você. Como poderia saber?

Pensei no que eu havia visto. Banhos de imersão perfumados a flor de laranjeira e mãos ao redor da minha garganta. A sensação de não conseguir respirar. O homem cujo rosto continuava sendo um mistério. Comecei a chorar.

— Então por que você me contou, afinal? — perguntei.

Ele falou com bondade, mas ainda sem me tocar.

— Eu não contei — respondeu. — Não contei a você que tinha sido atacada. Isso você lembrou sozinha. — Ele tinha razão, é claro. Senti raiva. — Christine, eu...

— Quero que você vá embora — falei. — Por favor. — Eu estava aos prantos agora, porém me sentia curiosamente viva. Não sabia o que havia acabado de acontecer, mal conseguia me lembrar do que havíamos conversado, mas tive a sensação de que algum peso horroroso havia sido retirado dos meus ombros, que alguma represa dentro de mim finalmente rompera.

— Por favor — repeti. — Por favor, vá embora.

Esperei que ele fosse discutir. Implorar para que eu o deixasse ficar. Quase desejei que ele o fizesse. Mas ele não o fez.

— Tem certeza? — perguntou.

— Sim — respondi num sussurro. Eu me virei para a janela, determinada a não olhar mais para ele. Não hoje, o que para mim significa que talvez amanhã eu jamais chegue a vê-lo novamente. Ele se levantou, caminhou até a porta.

— Ligo para você — disse ele. — Amanhã? Seu tratamento. Eu...

— Saia — pedi. — Por favor.

Ele não disse mais nada. Ouvi a porta se fechar atrás dele.

Fiquei ali sentada durante algum tempo. Alguns minutos? Horas? Não sei. Meu coração pulava. Eu me sentia vazia e sozinha. Em algum momento acabei indo para o primeiro andar. No banheiro olhei as fotos. Meu marido. Ben. "O que foi que eu fiz?" Não tenho mais nada, agora. Ninguém em quem confiar. Ninguém com quem contar. Minha mente disparou, descontroladamente. Eu não parava de pensar no que o Dr. Nash tinha dito. "Ele ama você. Está tentando protegê-la."

Me proteger do quê, porém? Da verdade. Eu achava que a verdade era mais importante do que qualquer outra coisa. Talvez eu esteja errada.

Entrei no escritório. Ben mentiu sobre tanta coisa que não há nada que ele tenha me dito em que eu consiga acreditar. Nada.

Sabia o que precisava fazer. Eu precisava saber. Saber que eu podia confiar nele pelo menos nisso.

A caixa estava no lugar que eu havia descrito, trancada, como eu desconfiava. Não fiquei chateada.

Comecei a procurar. Eu disse a mim mesma que só iria parar depois que encontrasse a chave. Primeiro procurei no escritório. Nas outras gavetas, na mesa. Metodicamente. Recoloquei tudo de volta no mesmo lugar onde eu havia encontrado e depois que terminei fui até o quarto. Olhei nas gavetas, embaixo das cuecas dele, dos lenços bem passados, dos coletes e das camisetas. Nada, e nada nas gavetas que eu usava, também.

Havia gavetas nas mesas de cabeceira. Eu pretendia procurar em cada uma, a começar pelo lado de Ben. Abri a gaveta de cima e vasculhei seu conteúdo — canetas, um relógio de pulso parado, uma cartela de comprimidos que não reconheci — antes de abrir a gaveta de baixo.

De início achei que estava vazia. Fechei-a devagar, mas ao fazer isso ouvi um minúsculo tilintar de metal contra a madeira. Voltei a abri-la, com o coração já batendo rápido.

Uma chave.

Eu me sentei no chão com a caixa aberta. Estava cheia. Fotos, em sua maioria. Fotos minhas com Adam. Algumas pareciam familiares — acho que eram aquelas que ele já havia me mostrado antes —, mas muitas não. Encontrei sua certidão de nascimento, a carta que Adam escreveu para o Papai Noel. Maços de fotos dele bebê — engatinhando, sorrindo para a câmera, mamando no meu peito, dormindo enrolado em um cobertor verde — e em todas as etapas do crescimento. A foto dele vestido de caubói, as fotos da escola, o triciclo. Elas estavam todas ali, exatamente como eu as havia descrito em meu diário.

Eu retirei todas e as espalhei pelo chão, olhando para cada uma. Havia fotos de Ben comigo também; uma em que estamos na frente do Parlamento, sorrindo, mas de modo estranho, como se nenhum dos dois soubesse da existência do outro; outra do nosso casamento, uma foto formal. Estamos na frente de uma igreja sob o céu nublado. Parecemos felizes, ridiculamente felizes, e parecemos ainda mais felizes em outra foto que deve ter sido tirada depois, em nossa lua de mel. Estamos em um restaurante, sorrindo, inclinados sobre um prato pela metade, com os rostos corados de amor e de sol.

Olhei para a foto e o alívio começou a tomar conta de mim. Olhei para a foto da mulher ali sentada com seu novo marido, olhando para um futuro que ela não podia e não desejava prever, e pensei no quanto compartilho com ela. Mas é tudo físico. Células e tecidos. DNA. Nossa assinatura química. Porém nada mais além disso. Ela é uma desconhecida. Não há nada que a ligue a mim, nenhuma linha de carretel que eu possa seguir para voltar a ela.

E contudo ela sou eu, e eu, ela, e pude ver que ela estava apaixonada. Por Ben. Pelo homem com quem tinha acabado de se casar. O homem com quem ainda acordo, todos os dias. Ele não rompeu os votos que fez naquele dia na capelinha em Manchester. Não me desapontou. Olhei para a foto e o amor brotou novamente dentro de mim.

Estava ali. No fundo da caixa, dentro de um envelope. Uma xerox de um artigo de jornal, dobrada, com as pontas bem lisas. Eu sabia o que era, quase antes mesmo de abri-la, mas mesmo assim tremi ao ler. *Soldado britânico que morreu escoltando tropas na província de Helmand, Afeganistão, foi identificado pelo Ministério da Defesa. Adam Wheeler*, dizia a matéria, *tinha 19 anos. Nascido em Londres...* Presa com clipe havia uma foto. Flores, arrumadas sobre uma sepultura. A lápide dizia: *Adam Wheeler, 1987-2006.*

A tristeza me atingiu, então, com uma força que duvido jamais ter sido tamanha. Deixei o papel cair e me dobrei cheia de dor, tanta que era demais até para chorar, e emiti um som quase idêntico ao uivo de um animal ferido, faminto, rezando para o seu fim chegar. Fechei os olhos e então vi. Um flash momentâneo. Uma imagem pairando à minha frente, cintilante. Uma medalha entregue a mim em uma caixa de veludo preta. Um caixão, uma bandeira. Afastei o olhar daquilo e rezei para que aquela imagem jamais voltasse. Há lembranças que é melhor não ter. Coisas que é melhor perder para sempre.

Comecei a guardar os papéis. Eu devia ter confiado nele, pensei. Desde o início. Devia ter acreditado que ele estava escondendo as coisas de mim somente porque são dolorosas demais para que eu as enfrente de novo todos os dias. Ele só estava tentando me poupar disso, dessa verdade brutal. Guardei as fotos, os documentos, coloquei tudo como eu havia encontrado. Me senti satisfeita. Devolvi a caixa ao porta-arquivos, a chave à gaveta. Agora posso olhar sempre que eu quiser, pensei. Tanto quanto eu quiser.

Havia mais uma coisa que eu ainda precisava fazer. Tinha de descobrir por que Ben havia me deixado. E tinha de descobrir o que havia ido fazer em Brighton todos aqueles anos atrás. Precisava saber quem havia roubado a minha vida de mim. Precisava tentar uma vez mais.

Pela segunda vez hoje, disquei o número de Claire.

Estática. Silêncio. Então dois toques. Ela não vai atender, pensei. Não respondeu minha mensagem, afinal de contas. Tem algo a esconder, algo a encobrir de mim.

Quase fiquei feliz. Aquela era uma conversa que eu queria ter apenas em teoria. Não via como poderia ser outra coisa que não dolorosa. Me preparei para outro convite impessoal para deixar recado.

Um clique. Depois uma voz.

— Alô? — Era Claire. Eu soube, instantaneamente. Sua voz parecia tão familiar quanto a minha. — Alô? — repetiu ela.

Eu não disse nada. As imagens me inundaram, em flashes. Vi o rosto dela, de cabelo curto, usando uma boina. Rindo. Eu a vi num casamento — o meu, suponho, embora não possa ter certeza — com um vestido verde-esmeralda, servindo champanhe. Eu a vi segurando um menino nos braços e entregando-o para mim com as palavras "Hora do jantar!" Eu a vi sentada à beira de uma cama, conversando com a pessoa ali deitada, e percebi que a pessoa era eu.

— Claire? — falei.

— Há-há — respondeu ela. — Alô? Quem é?

Tentei me concentrar, lembrar a mim mesma de que nós duas já tínhamos sido melhores amigas, não importa o que tenha acontecido anos atrás. Tive uma visão dela deitada na minha cama, com uma garrafa de vodca, rindo, me dizendo que os homens são "uns ridículos".

— Claire? — repeti. — Sou eu. Christine.

Silêncio. O momento se alongou tanto que pareceu durar uma eternidade. Primeiro achei que ela não iria falar nada, que tinha esquecido quem eu era, ou que não queria falar comigo. Fechei os olhos.

— Chrissy! — exclamou. Uma explosão. Eu a ouvi engolir em seco, como se estivesse comendo algo. — Chrissy! Meu Deus. Querida, é você mesmo?

Abri os olhos. Uma lágrima tinha começado sua longa descida pelas linhas não familiares do meu rosto.

— Claire? — falei. — Sim. Sou eu. É a Chrissy.

— Meu Deus do céu. Puta que o pariu — disse ela, e depois de novo: — Puta que o pariu! — A voz dela era baixa. — Roger! Rog! É a Chrissy! No telefone! — Em voz subitamente alta, ela disse: — Como você está? Onde você está? — E depois: —Roger!

— Ah, estou em casa — respondi.

— Casa?

— Sim.

— Com Ben?

Eu me senti subitamente defensiva.

— Sim — falei. — Com Ben. Você recebeu o meu recado?

Ouvi uma inspiração. Surpresa? Ou ela estava fumando?

— Hã-hã! Eu teria ligado de volta, mas você não deixou seu número. — Ela hesitou, e por um momento me perguntei que outros motivos ela teria para não retornar a minha ligação. Ela prosseguiu. — Enfim, como você está, querida? É tão bom ouvir a sua voz! — Eu não sabia o que responder, e quando não disse nada, Claire falou: — Onde você está morando?

— Não sei ao certo. — Senti uma onda de prazer, certa de que a pergunta dela significava que ela não estava saindo com Ben, seguida pela compreensão de que ela poderia estar me perguntando isso para que eu não suspeitasse de nada. Eu queria muito confiar nela — saber que Ben não havia me deixado por causa de algo que viu nela, algum amor que substituísse aquele que foi tomado de mim — porque isso significaria que eu poderia também confiar no meu marido. — Crouch End?

— Certo — disse ela. — Então como está tudo? Como vão as coisas?

— Bem, você sabe — falei —, não consigo me lembrar de porcaria nenhuma.

Nós duas rimos. Foi uma sensação boa, essa erupção de uma emoção que não era tristeza, mas durou pouco, seguida pelo silêncio.

— Você parece bem — disse ela depois de algum tempo. — Bem mesmo. — Contei que eu estava escrevendo de novo. — Sério? Uau. Demais. O que está escrevendo? Um romance?

— Não — falei. — Seria meio difícil escrever um romance quando não consigo me lembrar de nada de um dia para o outro. — Silêncio. — Estou apenas escrevendo sobre o que está acontecendo comigo.

— Certo — disse ela, depois nada. Fiquei pensando que talvez ela não entendesse completamente a minha situação e tive medo do tom dela. Pareceu frio. Imaginei como as coisas haviam ficado na última vez que nos vimos. — E aí, como você tem passado? — perguntou ela.

O que dizer? Senti um ímpeto de deixar que ela visse o meu diário, deixar que o lesse, mas obviamente eu não podia fazer isso. Ou pelo menos ainda não. Parecia haver tanto a dizer, havia tanto que eu queria saber. Minha vida inteira.

— Não sei — respondi. — É difícil...

Eu devo ter soado chateada, porque ela disse:

— Chrissy, querida, qual é o problema?

— Nada — falei. — Estou bem. Só... — A frase morreu.

— Querida?

— Não sei. — Pensei no Dr. Nash, nas coisas que eu tinha dito a ele. Poderia eu ter certeza de que ele não iria falar com Ben? — É que me sinto confusa. Acho que fiz uma burrice.

— Ah, tenho certeza de que isso não é verdade. — Outro silêncio (um cálculo?) e depois ela disse: — Escute. Posso falar com Ben?

— Ele saiu — respondi. Eu me senti aliviada por nossa conversa parecer ter passado a algo concreto, factual. — Está no trabalho.

— Certo — disse Claire. Silêncio novamente. A conversa pareceu subitamente absurda.

— Preciso ver você — falei.

— "Preciso"? — repetiu ela. — E não "quero"?

— Não — comecei a dizer. — Obviamente eu quero...

— Relaxe, Chrissy — disse ela. — Estou brincando. Quero ver você também. Estou morrendo de vontade.

Eu me senti aliviada. Estivera pensando que a nossa conversa talvez vacilasse até parar, acabasse com uma despedida educada e a vaga promessa de nos falarmos de novo outro dia, e então outra avenida para o meu passado se trancaria para sempre.

— Obrigada — falei. — Obrigada.

— Chrissy — disse ela. — Senti tanto a sua falta. Todos os dias. Todo santo dia esperei que esse maldito telefone tocasse, torcendo para que fosse você, mas sem nunca sequer imaginar por um segundo que seria mesmo. — Ela fez uma pausa. — Como... como está sua memória agora? Quanto você sabe?

— Não sei direito — falei. — Mais do que antes, acho. Mas ainda não me lembro de muita coisa. — Pensei em todas as coisas que eu havia anotado, todas as imagens minhas e de Claire. — Eu me lembro de uma festa — continuei. — Fogos de artifício no terraço de um prédio. Você pintando. Eu estudando. Mas nada depois disso, na verdade.

— Ah! — exclamou ela. — A grande noite! Meu Deus, isso parece ter sido há tanto tempo! Preciso atualizar você quanto a um monte de coisas. Um monte.

Não entendi o que ela quis dizer, mas não perguntei. Isso pode esperar, pensei. Há coisas mais importantes que preciso saber.

— Você alguma vez chegou a se mudar? — indaguei. — Para fora do país?

Ela riu.

— Sim. Por uns seis meses. Conheci um cara, anos atrás. Foi um desastre.

— Para onde? — perguntei. — Para onde você foi?

— Barcelona — respondeu ela. — Por quê?

— Ah — falei —, por nada. — Me senti na defensiva, constrangida por não saber esses detalhes da vida da minha amiga. — Foi só algo que alguém me disse. Que você tinha ido para a Nova Zelândia. Devem ter se enganado.

— Nova Zelândia? — disse ela, rindo. — Que nada. Nunca fui para lá. Jamais.

Então Ben tinha mentido sobre isso, também. Eu ainda não sabia por que, não conseguia imaginar um motivo para ele sentir a necessidade de remover Claire completamente da minha vida. Seria como tudo o mais sobre o que ele mentiu, ou escolheu não me contar? Seria para o meu próprio bem?

Era mais uma coisa que eu teria de perguntar a ele, quando tivéssemos a conversa que eu sabia que precisávamos ter. Quando eu contasse a ele tudo o que eu sei — e como descobri.

Falamos mais um pouco, nossa conversa pontuada por longas lacunas e falações desesperadas. Claire me contou que havia se casado, depois se divorciado, e que agora morava com Roger.

— Ele é acadêmico — disse ela. — Da área de Psicologia. O maldito quer que eu me case com ele, algo que eu não tenho a mínima pressa de fazer. Mas eu o amo.

Era bom conversar com ela, escutar sua voz. Parecia fácil, familiar. Quase como voltar para casa. Ela exigia pouco, parecia entender que eu tinha pouco a oferecer. No fim ela parou e pensei que talvez estivesse prestes a se despedir. Percebi que nenhuma de nós havia mencionado Adam.

— Então — disse ela, em vez disso. — Me conte sobre Ben. Há quanto tempo vocês estão, bem...?

— Juntos? — completei. — Não sei. Eu nem sabia que havíamos nos separado.

— Tentei ligar para ele — disse ela.

Fiquei tensa, embora eu não soubesse dizer por quê.

— Quando?

— Hoje à tarde, depois que você ligou. Achei que ele é quem devia ter lhe dado o meu telefone. Ele não atendeu, mas afinal, só tenho um número antigo do trabalho dele. Me disseram que ele não trabalha mais lá.

Senti um medo espreitar. Olhei ao redor do quarto, estranho e hostil. Tive certeza de que ela estava mentindo.

— Vocês dois se falam com frequência? — perguntei.

— Não. Ultimamente, não. — Um novo tom surgiu em sua voz. Sussurrado. Eu não gostei daquilo. — Faz alguns anos que não. — Ela hesitou. — Fiquei tão preocupada com você.

Senti medo. Medo de que Claire dissesse a Ben que eu havia ligado para ela antes que eu tivesse a chance de conversar com ele.

— Por favor, não ligue para ele — pedi. — Por favor, não conte que liguei para você.

— Chrissy! — exclamou ela. — Mas por que não?

— Simplesmente prefiro assim.

Ela deu um longo suspiro, depois pareceu brava.

— Olha aqui, que diabos está acontecendo?

— Posso explicar — falei.

— Tente.

Não consegui me obrigar a mencionar Adam, mas contei sobre o Dr. Nash, sobre a lembrança no quarto de hotel e sobre como Ben insiste em dizer que eu sofri um acidente de carro.

— Acho que ele não me conta a verdade porque sabe que isso vai me chatear — eu disse. Ela não respondeu. — Claire? — falei. — O que eu poderia estar fazendo em Brighton?

O silêncio se alongou entre nós.

— Chrissy — disse ela —, se você quer mesmo saber, então eu vou lhe contar. Ou o que eu sei, pelo menos. Mas não pelo telefone. Quando a gente se encontrar. Prometo.

A verdade. Ela pairava à minha frente, cintilando, tão próxima que era quase possível estender a mão e pegá-la.

— Quando você pode vir me ver? — perguntei. — Hoje? Esta noite?

— Prefiro não encontrar você na sua casa — respondeu ela. — Se você não se importa.

— Por que não?

— Só acho que... bom... é melhor a gente se encontrar em outro lugar. Posso convidar você para um café?

Havia certa jovialidade na voz dela, mas parecia forçada. Falsa. Imaginei que ela estaria com medo, mas respondi:

— Tudo bem.

— No Alexandra Palace? — disse ela. — Tudo bem para você? É fácil chegar lá saindo de Crouch End.

— Tudo bem — respondi.

— Legal. Sexta? Encontro você às 11. Combinado?

Eu disse que sim. Tinha de concordar.

— Tudo bem — falei.

Ela me disse quais ônibus pegar e anotei os detalhes em uma folha de papel. Então, depois que conversamos por mais alguns minutos, nos despedimos, e eu peguei meu diário e comecei a escrever.

∽

— Ben? — falei, quando ele chegou em casa. Ele estava sentado no sofá da sala, lendo o jornal. Parecia cansado, como se não tivesse dormido direito. — Você confia em mim? — perguntei.

Ele levantou os olhos do jornal. Seus olhos cintilaram ao reviverem, acesos com amor, mas também com algo mais. Algo que parecia quase medo. Não era de espantar, suponho; essa pergunta em geral é feita antes de uma confissão de que essa confiança foi um erro. Ele afastou o cabelo da testa.

— Claro que sim, querida — respondeu. Ele se aproximou e se acomodou no braço da poltrona onde eu estava, tomando uma de minhas mãos entre as suas. — É claro.

De repente não tive certeza se desejava continuar.

— Você conversa com Claire?

Ele olhou para baixo, para os meus olhos.

— Claire? — repetiu. — Você se lembra dela?

Eu tinha esquecido que até pouco tempo — até a lembrança da festa dos fogos de artifício, na verdade — Claire não existia para mim.

— Vagamente — respondi.

Ele olhou para o outro lado, para o relógio sobre a lareira.

— Não — disse ele. — Acho que ela se mudou. Anos atrás.

Me encolhi, como se sentisse dor.

— Tem certeza? — perguntei.

Não conseguia acreditar que ele continuava mentindo para mim. Parecia pior que ele mentisse sobre isso do que mentisse sobre tudo o mais. Isso, com certeza, seria algo sobre o que não havia por que não ser sincero, não é? O fato de Claire ainda morar na cidade não me causaria nenhum sofrimento, poderia inclusive ser algo que — caso eu a visse — ajudasse a minha memória a melhorar. Então por que a desonestidade? Um pensamento sombrio entrou em minha cabeça — a mesma suspeita negra —, mas eu a afastei.

— Tem certeza? Para onde ela foi? — Me conte, pensei. Ainda não é tarde demais.

— Não lembro direito — falou ele. — Para a Nova Zelândia, acho. Ou para a Austrália.

Senti a esperança se afastar ainda mais, mas sabia o que eu precisava fazer:

— Tem certeza? — perguntei, e joguei verde. — Tenho a vaga lembrança de que ela uma vez me disse que estava pensando em se mudar para Barcelona, morar lá algum tempo. Anos e anos atrás, deve ter sido. — Ele não disse nada. — Tem certeza de que ela não foi para lá?

— Você se lembrou disso? — perguntou ele. — Quando?

— Não sei — respondi. — É só uma impressão.

Ele apertou a minha mão. Me consolando.

— Provavelmente é só sua imaginação.

— Mas parecia tão real. Tem certeza de que não foi Barcelona? Ele suspirou.

— Não. Barcelona, não. Definitivamente ela foi para a Austrália. Adelaide, acho. Não tenho certeza. Foi há muito tempo. — Ele balançou a cabeça. — Claire — disse, sorrindo. — Não penso nela há anos. Há anos e anos e anos.

Fechei os olhos. Quando eu os abri, ele estava sorrindo para mim. Quase parecia idiota. Patético. Tive vontade de esbofeteá-lo.

— Ben — falei, com a voz pouco mais que um sussurro. — Eu falei com ela.

Eu não sabia como ele iria reagir. Ele não fez nada, era como se eu não tivesse dito nada, mas então seus olhos cintilaram.

— Quando? — perguntou. Sua voz era dura como vidro.

Ou eu contava a verdade, ou admitia que estivera escrevendo a história dos meus dias.

— Esta tarde — falei. — Ela me ligou.

— Ela ligou para você? — disse ele. — Como? Como ela ligou para você?

Decidi mentir.

— Ela disse que você tinha dado o meu telefone para ela.

— Que telefone? Ridículo! Como poderia ter feito isso? Tem certeza de que era ela?

— Ela disse que vocês se falavam de vez em quando. Até recentemente.

Ele soltou minha mão e ela caiu sobre o meu colo, um peso morto. Ele se levantou, girando até me encarar.

— Ela disse o quê?

— Ela me contou que vocês dois mantinham contato. Até alguns anos atrás.

Ele se inclinou para perto. Senti cheiro de café em seu hálito.

— Essa mulher simplesmente ligou para você do nada? Tem certeza de que era ela mesmo?

Revirei os olhos.

— Ora, Ben! Quem mais poderia ser? — Sorri. Nunca achei que essa conversa seria fácil, mas ela parecia estar repleta de uma seriedade de que eu não gostei.

Ele deu de ombros.

— Você não sabe, mas já houve gente que tentou se aproximar de você, há tempos. A imprensa. Jornalistas. Pessoas que leram a seu respeito, sobre o que aconteceu, e que queriam o seu lado da história, ou simplesmente só para bisbilhotar e descobrir o quanto você está mesmo mal, ou ver o quanto mudou. Já fingiram ser outras pessoas antes, só para fazer você falar. Médicos. Psicólogos que acham que podem ajudar você. Homeopatia. Medicina alternativa. Até curandeiros.

— Ben — falei. — Ela foi minha melhor amiga durante anos. Eu reconheci a voz dela. — O rosto dele desabou, derrotado. — Você andou conversando com ela, não foi? — Notei que ele estava abrindo e fechando a mão direita, fechando-a num punho e depois tornando a abri-la. — Ben? — repeti.

Ele olhou para cima. Seu rosto estava vermelho, seus olhos, úmidos.

— Certo — disse ele. — Certo. Eu falei com Claire. Ela me pediu para manter contato com ela, para contar como você estava. Nós nos falamos uma vez há algum tempo, brevemente.

— Por que você não me contou? — Ele não respondeu. — Ben. Por quê? — Silêncio. — Você simplesmente decidiu que era mais fácil afastá-la de mim? Fingir que ela tinha se mudado? É isso? Assim como você fingiu que eu não escrevi um livro?

— Chris — começou ele. Então: — O quê...?

— Não é justo, Ben — falei. — Você não tem o direito de guardar essas coisas para si. De me contar mentiras só porque é mais fácil para você. Não tem o direito.

Ele se levantou.

— Mais fácil para mim?— disse ele, aumentando o tom. — Mais fácil para mim? Você acha que eu lhe contei que Claire mora no exterior porque era mais fácil para mim? Você está errada, Christine. Errada. Nada disso é fácil para mim. Nada disso. Não conto que você escreveu um livro porque não consigo suportar lembrar o quanto você desejava escrever o próximo, nem ver sua dor quando percebe que jamais irá fazer isso. Eu lhe disse que Claire mora no exterior porque não consigo suportar ouvir a dor na sua voz quando você percebe que ela a abandonou naquele lugar. Que a abandonou lá à própria sorte, como todo mundo. — Ele aguardou uma reação. — Ela lhe contou isso? — perguntou ele quando nenhuma resposta veio, e pensei, não, ela não contou, e na verdade hoje li no meu diário que ela costumava me visitar sempre

Ele repetiu.

— Ela lhe contou isso? Que parou de visitar você quando percebeu que 15 minutos depois de sair você se esquecia da existência dela? Claro, ela pode ligar no Natal para saber como você está, mas fui eu quem ficou ao seu lado, Chris. Eu que visitava você todo santo dia. Eu que estava lá, eu que esperei, rezando para que você melhorasse o suficiente para que eu pudesse tirar você de lá e trazê-la para cá, para morar comigo, em segurança. Eu. Não menti para você porque era fácil para mim. Nunca se atreva a cometer o erro de achar que foi isso. Nunca!

Lembrei de ter lido o que o Dr. Nash me contou. Olhei dentro dos olhos de Ben. "Mas você não ficou", pensei. "Você não ficou ao meu lado."

— Claire me disse que você se divorciou de mim.

Ele parou, depois deu um passo para trás, como se houvesse levado um soco. Sua boca se abriu, depois se fechou. Foi quase cômico. Por fim, uma única palavra escapou.

— Piranha.

Seu rosto se derreteu em fúria. Achei que ele iria me bater, mas descobri que não me importava.

— Você se divorciou de mim? — perguntei. — É verdade?

— Querida...

Eu me levantei.

— Me conte — pedi. — Me conte! — Ficamos em pé de frente um para o outro. Eu não sabia o que ele iria fazer, não sabia o que eu queria que ele fizesse. Só sabia que precisava que ele fosse sincero. Que não me contasse mais mentiras. — Só quero a verdade.

Ele deu um passo para a frente e caiu de joelhos diante de mim, tentando segurar minhas mãos.

— Querida...

— Você se divorciou de mim? É verdade, Ben? Me diga! — Sua cabeça pendeu, depois ele olhou para mim, com os olhos arregalados, com medo. — Ben! — gritei. Ele começou a chorar. — Ben. Ela me contou sobre Adam, também. Ela me disse que nós tivemos um filho. Eu sei que ele morreu.

— Desculpe — disse ele. — Lamento muito. Achei que era o melhor. — E então, entre leves soluços, ele disse que me contaria tudo.

A luz havia sumido completamente, a noite havia substituído o crepúsculo. Ben acendeu um abajur e nos sentamos, banhados por seu brilho róseo, um de frente para o outro, à mesa de jantar. Havia uma pilha de fotografias entre nós, as mesmas que eu havia visto antes. Fingi surpresa enquanto ele me passava cada uma, me contando sua origem. Ele se demorou nas fotos do nosso casamento — contando que dia lindo estava fazendo, como tinha sido especial, explicando como eu estava linda — mas então começou a ficar irritado.

— Nunca deixei de amar você, Christine — disse ele. — Você precisa acreditar nisso. Foi a sua doença. Você teve de ir para aquele lugar, e, bem... eu não pude... não pude suportar. Eu teria ido com você. Teria feito qualquer coisa para ter você de volta. Qualquer coisa. Mas eles... eles não... eu não podia ver você... disseram que era o melhor.

— Quem? — perguntei. — Quem disse? — Ele ficou em silêncio. — Os médicos?

Ele olhou para mim. Estava chorando, os olhos bordejados de vermelho.

— Sim — disse ele. — Sim. Os médicos. Disseram que era melhor. Que era o único jeito... — Ele enxugou uma lágrima. — Fiz o que me pediram. Antes não tivesse feito. Antes tivesse lutado por você. Fui fraco e burro. — Sua voz se suavizou em um sussurro: — Parei de ver você, sim — disse ele —, mas foi pelo seu próprio bem. Embora isso quase tenha me matado, fiz isso por você, Christine. Você precisa acreditar em mim. Por você e pelo nosso filho. Mas eu nunca me separei de você. Não de verdade. Não aqui. — Ele se inclinou e segurou a minha mão, pressionando-a contra a camisa. — Aqui, sempre fomos casados. Sempre ficamos juntos. — Senti o algodão cálido, úmido de suor. As batidas rápidas do seu coração. Amor.

Fui tão boba, pensei. Eu me deixei pensar que ele fez essas coisas para me magoar, quando na verdade ele me diz que as fez por amor. Eu não deveria condená-lo. Deveria em vez disso tentar entender.

— Eu perdoo você — falei.

Quinta-feira, 22 de novembro

Hoje, quando acordei, abri os olhos e vi um homem sentado em uma cadeira no quarto onde me encontrava. Ele estava sentado perfeitamente imóvel. Observando-me. Esperando.

Não entrei em pânico. Não sabia quem ele era, mas não entrei em pânico. Alguma parte de mim sabia que estava tudo bem. Que ele tinha o direito de estar ali.

— Quem é você? — perguntei. — Como vim parar aqui? — Ele me contou.

Não senti horror, nem descrença. Entendi. Fui ao banheiro e encarei meu reflexo da mesma forma que encararia um parente há tempos esquecido, ou o fantasma da minha mãe. Com cautela. Com curiosidade. Me vesti, me acostumando com as novas dimensões do meu corpo e com seus comportamentos inesperados, e depois tomei o café da manhã, ligeiramente ciente de que, um dia, a mesa devia ter tido três lugares. Me despedi do meu marido com um beijo e fazer isso não me pareceu algo errado; então, sem saber por quê, abri a caixa de sapato do armário e encontrei este diário. Soube na mesma hora o que ele era. Eu estivera à sua procura.

A verdade da minha situação agora está mais próxima da superfície. É possível que um dia eu acorde e já a conheça. As coisas vão começar a fazer sentido. Mesmo assim, eu sei, jamais serei normal. Minha história está incompleta. Os anos desapareceram, sem deixar vestígios. Há coisas a meu respeito, a respeito do meu passado, que ninguém pode me contar. Nem o Dr. Nash — que me conhece apenas por meio do que contei a ele, do que ele leu no meu diário e do que está anotado em meus arquivos — nem Ben. Coisas que aconteceram antes de conhecê-lo. Coisas que aconteceram depois, mas que eu escolhi não compartilhar. Segredos.

Porém, existe uma pessoa que talvez saiba. Uma pessoa que talvez possa me contar o resto da verdade. Com quem eu estava me encontrando em Brighton. A verdadeira razão pela qual a minha melhor amiga desapareceu da minha vida.

Li este diário. Sei que amanhã irei encontrar Claire.

Sexta-feira, 23 de novembro

Estou escrevendo isso em casa. O lugar que por fim entendo como sendo meu, ao qual pertenço. Li este diário e me encontrei com Claire, e, juntas, as duas coisas me contaram tudo o que preciso saber. Claire me prometeu que agora voltou à minha vida e que jamais sairá dela novamente. Diante de mim está um envelope surrado com meu nome escrito. Um artefato. Que me completa. Finalmente o meu passado faz sentido.

Logo meu marido voltará para casa, e estou ansiosa por encontrá-lo. Eu o amo. Sei disso agora.

Vou entender toda essa história e então, juntos, vamos conseguir melhorar tudo.

Estava um dia claro quando saí do ônibus. A luz estava encoberta pela frieza azul do inverno, o chão era rígido. Claire me dissera que estaria esperando no alto do morro, perto dos degraus principais que levam ao palácio, e portanto dobrei o papel em que eu tinha escrito as instruções dela e comecei a subir a suave inclinação enquanto esta arqueava ao redor do parque. Levei mais tempo do que eu esperava e, ainda não acostumada com as limitações do meu corpo, precisei descansar ao me aproximar do topo. Um dia eu devo ter estado em forma, pensei. Ou pelo menos mais do que agora. Imaginei se eu não deveria me exercitar.

O parque se abria para um gramado bem aparado, entremeado de trilhas de cascalho, pontilhado com latas de lixo e mulheres em cadeiras de rodas. Percebi que estava nervosa. Não sabia o que esperar. Como poderia saber? Nas imagens que eu tinha de Claire, ela estava sempre de preto. Jeans, camisetas. Eu a vi com botas pesadas e um *trench coat*. Ou então com uma saia comprida, de *tie-dye*, feita de algum tecido que, creio, poderia ser descrito como "esvoaçante". Não consegui imaginar nenhuma dessas duas visões capazes de representar Claire hoje — não com a nossa idade atual —, mas não tinha ideia do que poderia estar no lugar delas.

Olhei para meu relógio de pulso. Estava cedo. Sem pensar, disse a mim mesma que Claire está sempre atrasada, depois instantaneamente me perguntei como eu poderia saber, que resíduo de memória havia me lembrado disso. Há tanta coisa, pensei, logo abaixo da superfície. Tantas recordações disparando como peixinhos prateados em um regato raso. Decidi aguardar em um dos bancos.

Sombras compridas estendiam-se preguiçosamente pelo gramado. Por cima da copa das árvores, fileiras de casas se alongavam para longe de mim, próximas entre si a um ponto claustrofóbico. Com espanto, percebi que uma das casas que eu podia ver era aquela onde hoje eu morava — parecia indistinguível das demais.

Tentei me imaginar acendendo um cigarro e dando uma tragada ansiosa; tentei resistir à tentação de me levantar e caminhar de um lado para o outro. Me sentia nervosa, ridiculamente nervosa. Contudo, não havia motivo para isso. Claire já tinha sido minha amiga. Minha melhor amiga. Não havia nada com que me preocupar. Eu estava segura.

A pintura do banco estava descascando, e eu comecei a puxá-la, revelando uma área maior da madeira úmida que havia embaixo. Alguém tinha usado o mesmo método para rabiscar dois conjuntos de iniciais perto de onde eu estava sentada, depois os rodeou com um coração e acrescentou a data. Fechei os olhos. Será que um dia vou me acostumar com o choque de ver os indícios do ano em que hoje vivo? Inspirei: grama úmida, o cheiro forte de cachorro-quente, gasolina.

Uma sombra caiu sobre o meu rosto e abri os olhos. Uma mulher estava em pé na minha frente. Alta, com cabelos ruivos arrepiados, vestia calças e uma jaqueta de pele de carneiro. Um menininho segurava a sua mão e trazia sob o outro braço uma bola de futebol.

— Desculpe — falei, e deslizei pelo banco para abrir espaço para que os dois se sentassem ao meu lado, mas quando fiz isso a mulher sorriu.

— Chrissy! — exclamou. Era a voz de Claire. Inconfundível. — Chrissy, querida! Sou eu. — Olhei do menino para o rosto dela. Sua pele estava enrugada onde antes devia ser lisa, os olhos tinham certa queda que estava ausente da imagem mental que eu tinha dela, mas era *ela*. Sem dúvida. — Meu Deus — continuou. — Andei tão preocupada com você. — Ela empurrou o menino na minha direção. — Esse é Toby.

O menino me olhou.

— Ande — incitou Claire. — Diga oi. — Por um momento achei que ela estivesse falando comigo, mas depois ele deu um passo para a frente. Sorri. Meu único pensamento foi, "esse é Adam?", embora eu soubesse que não podia ser.

— Oi — cumprimentou ele.

Toby remexeu os pés e murmurou algo que não entendi, depois se virou para Claire e disse:

— Posso ir brincar agora?

— Pode, mas não saia de vista. Tá? — Ela acariciou o cabelo dele e ele correu na direção do parque.

Eu me levantei e me virei para olhá-la de perto. Não sabia se teria preferido me virar e correr também, tão amplo era o abismo entre nós, mas então ela estendeu seus braços.

— Chrissy, querida — disse ela, as pulseiras de plástico em seu pulso chocando-se umas com as outras. — Senti saudades. Senti tanta, mas tanta saudade. — O peso que antes estivera me esmagando deu uma cambalhota, levantou-se no ar e desapareceu, e caí aos soluços nos braços dela.

Pelo mais breve dos instantes senti como se conhecesse tudo a seu respeito, e tudo a meu respeito, também. Era como se o vazio, o vácuo que repousava no centro da minha alma, tivesse sido aceso com uma luz mais brilhante do que a do céu. A história — minha história — cintilou na minha frente, mas rápido demais para que eu pudesse ter alguma outra coisa que não apenas um vislumbre.

— Eu me lembro de você — falei. — Eu me lembro de você.

E então o vislumbre sumiu e a escuridão tomou conta mais uma vez.

Nós sentamos no banco e, por um longo tempo, silenciosamente observamos Toby jogar futebol com um grupo de garotos. Eu me senti feliz de estar conectada ao meu passado desconhecido, porém havia uma estranheza entre nós que eu não conseguia afastar. Uma frase não parava de se repetir em minha cabeça. "Algo a ver com Claire."

— Como você está? — eu perguntei por fim, e ela riu.

— Péssima — respondeu ela. Abriu a bolsa e tirou um pacotinho de fumo. — Você não voltou a fumar, né? — disse ela, oferecendo-o a mim, e balancei a cabeça em negativa, mais uma vez ciente de como era outra pessoa que conhecia tanta coisa mais sobre mim do que eu mesma.

— Qual o problema? — perguntei.

Ela começou a enrolar seu cigarro, fazendo um sinal com a cabeça na direção do filho.

— Ah, você sabe. O Toby tem TDAH. Ficou acordado a noite inteira, e portanto eu também.

— TDAH? — perguntei.

Ela sorriu.

— Desculpe. É uma expressão relativamente nova, acho. Transtorno de déficit de atenção com hiperatividade. Temos de dar Ritalina a ele, embora eu ache uma merda. É o único jeito. Já tentamos praticamente tudo, e ele é quase um monstro sem isso. Um horror.

Olhei para ele, correndo à distância. Outro cérebro problemático e estragado num corpo saudável.

— Mas ele está bem?

— Sim — respondeu ela, suspirando. Equilibrou o papel do cigarro no joelho e começou a polvilhar o fumo ao longo da dobra. — É que ele é exaustivo às vezes, só isso. É como se a fase terrível dos 2 anos nunca tivesse acabado.

Sorri. Eu sabia o que ela queria dizer, mas apenas teoricamente. Eu não tinha nenhuma referência, nenhuma lembrança de como Adam foi, seja na idade de Toby ou menor.

— Toby parece bem novo, não? — eu disse.

Ela riu.

— Você quer dizer que eu sou bem velha! — Ela lambeu a cola do papel. — Sim. Eu o tive tarde. Tinha certeza de que não ia acontecer, por isso a gente não estava tomando nenhum cuidado...

— Oh — falei. — Você quer dizer que...?

Ela riu de novo.

— Eu não diria que ele foi um acidente, mas digamos que ele tenha sido meio que um choque. — Ela pôs o cigarro na boca. — Você se lembra de Adam?

Olhei para ela. Tinha a cabeça virada para o outro lado, para proteger o isqueiro do vento, e não pude ver a expressão em seu rosto, nem saber se aquele movimento tinha sido deliberadamente evasivo.

— Não — respondi. — Há algumas semanas eu lembrei que tive um filho, e desde que escrevi a respeito sinto como se estivesse carregando esse conhecimento comigo feito uma pedra pesada no peito. Mas não. Não me lembro de nada a respeito dele.

Ela enviou uma nuvem de fumaça azulada na direção do céu.

— Que pena — disse ela. — Sinto muito. Mas Ben não lhe mostra fotos? Isso não ajuda?

Ponderei sobre o quanto eu deveria contar a ela. Eles pareciam ter mantido contato, ter sido amigos um dia. Eu tinha de ser cautelosa, mas mesmo assim sentia uma necessidade cada vez maior de falar, assim como de ouvir, a verdade.

— Ele me mostra fotos, sim. Embora não tenha nenhuma à mostra na casa. Diz que as acha muito perturbadoras. Ele as esconde. — Por pouco eu não disse "tranca".

Ela pareceu surpresa.

— Esconde? Sério?

— Sim — eu disse. — Ele acha que seria muito perturbador para mim topar com uma foto de Adam.

Claire assentiu.

— Porque talvez você não o reconhecesse? Não soubesse quem ele é?

— Creio que sim.

— Imagino que isso possa ser verdade — comentou ela. Hesitou. — Agora que ele não está mais aqui.

"Não está mais aqui", pensei. Ela disse isso como se ele só tivesse ido dar uma volta, levado a namorada ao cinema, ou a uma loja para comprar um par de sapatos. Eu entendi, porém. Entendi o acordo tácito de não falar sobre a morte de Adam. Ainda não. Entendi que Claire está tentando me proteger também.

Eu não disse nada. Em vez disso, tentei imaginar como deve ter sido ver meu filho todos os dias, quando a expressão *todos os dias* significava algo, antes de cada dia se tornar destacado do anterior. Tentei imaginar acordar de manhã sabendo quem ele era, sendo capaz de planejar, de aguardar com ansiedade o Natal, o aniversário dele.

Que ridículo, pensei. Eu nem sequer sei quando é o aniversário dele.

— Você não gostaria de vê-lo?

Meu coração deu um pulo.

— Você tem fotos? — perguntei. — Posso...?

Ela pareceu surpresa.

— Claro! Toneladas! Em casa.

— Gostaria de ter uma — falei.

— Sim — disse ela. — Mas...

— Por favor. Significaria tanto para mim.

Ela colocou a mão sobre a minha.

— É claro. Vou trazer uma da próxima vez, mas...

Ela foi interrompida por um choro à distância. Olhei para o outro lado do parque. Toby estava correndo na nossa direção, chorando, enquanto atrás dele o jogo de futebol prosseguia.

— Merda — disse Claire, baixinho. Ela se levantou e chamou: — Tobes! Toby! O que aconteceu? — Ele continuou correndo. — Droga — disse ela. — Vou ter de ir lá ajudar.

Ela caminhou até o filho e se agachou para perguntar qual era o problema. Olhei para o chão. A trilha estava coberta de musgo, e uma ou outra folha de grama havia despontado através do asfalto, lutando para encontrar a luz. Me senti feliz. Não apenas Claire iria me dar uma foto de Adam, como também disse que faria isso no nosso próximo encontro. Nós duas iríamos nos encontrar mais vezes. Percebi que todas as vezes eu teria a sensação de que era a primeira. É uma ironia: eu tendo a esquecer que não tenho memória.

Percebi, também, que algo na forma como ela falou de Ben — com certa melancolia — me fez pensar que a ideia de eles dois terem um caso era ridícula.

Ela voltou.

— Está tudo bem — avisou. Atirou o cigarro longe e o amassou com o salto. — Ligeira confusão a respeito da posse da bola. Vamos dar uma volta? — Fiz que sim, e ela se virou para Toby. — Querido! Sorvete?

Ele disse sim e começamos a caminhar na direção do palácio. Toby segurava a mão de Claire. Eles eram tão parecidos, pensei, os olhos acesos pelo mesmo fogo.

— Adoro aqui em cima — disse Claire. — A vista é tão inspiradora. Você não acha?

Olhei para as casas cinzentas, pontilhadas de verde.

— Acho que sim. Você ainda pinta?

— Quase nunca — respondeu ela. — Aqui e ali. Virei pintora de fim de semana. As paredes da nossa casa são lotadas de meus quadros, mas ninguém mais tem um. Infelizmente.

Sorri. Não falei do meu livro, embora quisesse perguntar se ela o havia lido, o que ela tinha achado.

— O que você faz agora, então? — perguntei.

— Na maior parte do tempo, cuido de Toby — respondeu ela. — Ele está sendo educado em casa.

— Entendo.

— Não por escolha — retrucou ela. — Nenhuma escola quer aceitá-lo. Dizem que ele é muito desatento. Não conseguem lidar com ele.

Olhei para o filho dela enquanto ele caminhava conosco. Ele parecia perfeitamente calmo, segurando a mão da mãe. Perguntou se podia tomar seu sorvete, e Claire respondeu que daqui a pouco. Não consegui imaginá-lo como uma criança difícil.

— Como era Adam? — perguntei.

— Quando criança? — Ela esclareceu. — Era um bom menino. Muito educado. Bem comportado, sabe?

— Eu era uma boa mãe? Ele era feliz?

— Oh, Chrissy — disse ela. — Sim. Sim. Ninguém foi mais amado do que aquele menino. Você não se lembra, não é? Vocês dois estavam tentando há algum tempo. Você teve uma gravidez ectópica. Ficou com medo de nunca mais conseguir engravidar de novo, mas aí veio Adam. Vocês ficaram tão felizes, os dois. E você adorou ficar grávida. Eu odiei. Inchei como uma casa, e aquele enjoo maldito. Terrível. Mas com você foi diferente. Você adorou cada segundo. Cintilou durante todo o tempo em que o carregou na barriga. Iluminava os lugares onde entrava, Chrissy.

Fechei os olhos enquanto caminhávamos e tentei primeiro me lembrar de estar grávida, depois imaginar. Não consegui nenhuma das duas coisas. Olhei para Claire.

— E depois?

— Depois? O parto. Foi maravilhoso. Ben estava lá, é claro. Eu fui assim que pude. — Ela parou de caminhar, e se virou para me olhar. — E você foi uma ótima mãe, Chrissy. Ótima. Adam era muito feliz, bem cuidado, muito amado. Nenhuma criança poderia querer mais.

Tentei lembrar como era ser mãe, a infância do meu filho. Nada.

— E Ben?

Ela fez uma pausa, depois disse:

— Ben foi um grande pai. Sempre. Ele amava aquele garoto. Corria para casa do trabalho toda noite para vê-lo. Quando Adam disse a primeira palavra, Ben ligou para todo mundo para contar. E quando ele começou a engatinhar também, ou deu seus primeiros passos. Assim que ele começou a andar, Ben o levou para o parque com uma bola de futebol, a coisa toda. E no Natal! Tantos brinquedos! Acho que foi a única coisa a respeito da qual vi vocês dois brigarem — a quantidade de brinquedos que Ben comprava para Adam. Você tinha medo de que ele ficasse mimado.

Senti uma pontada de arrependimento, uma ânsia de me desculpar por um dia haver tentado negar alguma coisa ao meu filho.

— Eu deixaria ele ter o que quisesse, hoje — falei. — Se eu pudesse.

Ela me olhou com tristeza.

— Eu sei — falou. — Eu sei. Mas fique feliz sabendo que ele nunca quis mais nada de você, nunca.

Continuamos a andar. Um furgão estava parado na trilha, vendendo sorvete, e nós fomos em sua direção. Toby começou a puxar o braço da mãe. Ela se inclinou para baixo e lhe deu uma nota que tirou da bolsa antes de deixá-lo ir.

— Escolha um só! — gritou para ele. — Um só! E espere o troco!

Eu o observei correr até o furgão.

— Claire — falei —, quantos anos tinha Adam quando perdi a memória?

Ela sorriu.

— Devia ter uns 3 anos. Talvez tivesse acabado de fazer.

Senti como se eu estivesse pisando em território novo agora. Em perigo. Mas era para onde eu tinha de ir. A verdade que eu precisava descobrir.

— Meu médico me disse que fui atacada — falei. Ela não respondeu. — Em Brighton. Por que eu estava lá?

Olhei para Claire, analisando seu rosto. Ela parecia estar tomando uma decisão, pesando opções, decidindo o que fazer.

— Não sei direito — respondeu. — Ninguém sabe.

Ela parou de falar e nós duas observamos Toby por algum tempo. Ele agora tinha seu sorvete e o desembrulhava, com um olhar de concentração determinada. O silêncio se alongou na minha frente. Se eu não disser nada, pensei, ele vai durar para sempre.

— Eu estava tendo um caso, não estava?

Não houve reação. Nenhuma inspiração, nenhum engolir em seco com negação ou olhar de choque. Claire me encarou. Calmamente.

— Estava. Você estava traindo Ben.

A voz dela não tinha nenhuma emoção. Eu me perguntei o que ela achava de mim. Hoje ou naquela época.

— Me conte — pedi.

— Certo — disse ela. — Mas vamos sentar. Estou seca por um café.

Caminhamos na direção do prédio principal.

O café também fazia as vezes de bar. As cadeiras eram de aço, com mesas simples. Palmeiras pontilhavam aqui e ali numa tentativa de criar um clima que se via arruinado pelo vento frio que entrava sempre que alguém abria a porta. Nós sentamos uma de frente para a outra a uma mesa toda suja de café, aquecendo as mãos com as bebidas.

— O que aconteceu? — perguntei novamente. — Preciso saber.

— Não é fácil dizer — disse Claire. Falava calmamente, como se estivesse escolhendo onde pisar em terreno acidentado. — Suponho que tenha começado pouco depois de você dar à luz Adam. Depois que a empolgação inicial passou, houve um período em que as coisas foram extremamente difíceis. — Ela fez uma pausa. — É tão difícil, não é? Enxergar o que está acontecendo quando se está bem no meio de alguma coisa? Somente em retrospecto é que conseguimos ver as coisas como elas são. — Assenti, mas não entendi. Retrospecto é algo que eu não tenho. Ela prosseguiu. — Você chorava muito. Se preocupava de não estar se apegando ao bebê. O de sempre. Ben e eu fazíamos o que podíamos, e também sua mãe, quando estava presente, mas foi difícil. E mesmo quando o pior dos piores passou, você ainda assim achava difícil. Não conseguia voltar a trabalhar. Me ligava no meio do dia. Chateada. Dizia que se sentia um fracasso. Não um fracasso como mãe — você via como Adam estava feliz —, mas um fracasso como escritora. Achava que nunca mais iria conseguir escrever de novo. Eu vinha ver você, e você estava um caco, chorando, sei lá o quê. — Imaginei o que viria em seguida, o quanto o quadro iria piorar, e então ela disse: — Você e Ben viviam discutindo, também. Você se ressentia dele, de como ele achava a vida fácil. Ele se ofereceu para pagar uma babá, mas, bem...

— O quê?

— Você disse que era típico dele. Tapar o problema com dinheiro. Você tinha um pouco de razão, mas... talvez não estivesse sendo muito justa.

Talvez não, pensei. Me ocorreu que naquela época devíamos ter dinheiro — mais dinheiro do que tivemos depois que perdi a memória, mais dinheiro do que acho que temos hoje. Que baque nos nossos recursos minha doença não deve ter provocado...

Tentei me ver discutindo com Ben, cuidando de um bebê, tentando escrever. Imaginei mamadeiras, ou Adam no meu seio. Fraldas sujas. Manhãs em que alimentar a mim e ao meu bebê eram as únicas ambições que eu poderia razoavelmente ter, e tardes em que eu estava tão exausta que a única coisa que desejava era dormir — um sono que estava ainda a horas de distância —, e a ideia de tentar escrever era afastada da minha mente. Vi tudo isso, e senti o rancor brotar, ardente, pouco a pouco.

Mas tudo isso não passava de imaginação. Não me lembrava de nada. A história de Claire parecia não ter nada a ver comigo.

— E então eu tive um caso?

Ela olhou para cima.

— Eu tinha tempo livre. Estava pintando naquela época. Me ofereci para cuidar de Adam duas tardes por semana para que você pudesse escrever. Insisti. — Ela segurou as minhas mãos entre as dela. — Foi minha culpa, Chrissy. Eu até mesmo sugeri que você fosse a um café.

— Um café? — repeti.

— Achei que seria bom para você sair de casa. Que lhe daria um pouco de espaço. Algumas horas por semana, longe de tudo. Depois de umas semanas você parecia estar melhor. Estava mais feliz consigo mesma, disse que o trabalho fluía bem. Começou a frequentar o café quase todos os dias, levando Adam quando eu não podia cuidar dele. Mas então notei que você estava se vestindo diferente, também. Foi tudo da forma como normalmente acontece, embora na época eu não tivesse percebido o que era. Achei que era porque você estava se sentindo melhor. Mais confiante. Mas então Ben me ligou, uma noite. Tinha bebido, acho. Disse que vocês dois estavam brigando mais do que nunca e que ele não sabia o que fazer. Você rejeitava sexo, além disso. Eu disse a ele que era provavelmente por causa do bebê, que ele estava se preocupando sem necessidade. Mas...

Interrompi.

— Eu estava saindo com outra pessoa.

— Eu lhe perguntei. No começo você negou, mas então eu lhe disse que eu não era boba, e nem Ben. Discutimos, mas depois de um tempo você me contou a verdade.

A verdade. Nada glamorosa, nem empolgante. Apenas os fatos nus e crus. Eu tinha me transformado em um clichê, transando com alguém que conheci num café enquanto minha melhor amiga cuidava do meu filho e o meu marido ganhava o dinheiro que pagava as roupas e as lingeries que eu estava usando para agradar outro homem. Imaginei os telefonemas furtivos, os encontros abortados quando algo inesperado acontecia e, nos dias em que podíamos nos encontrar, as tardes sórdidas e patéticas, passadas na cama com um homem que tinha temporariamente parecido melhor — mais empolgante? atraente? melhor amante? mais rico? — do que o meu marido. Seria esse o homem que eu estava esperando naquele quarto de hotel, o homem que terminaria por me atacar, deixando-me sem passado e sem futuro?

Fechei os olhos. Um lampejo de memória. Mãos agarrando meu cabelo, segurando a minha garganta. Minha cabeça embaixo d'água. Eu ofegando, chorando. Eu me lembro do que eu estava pensando. "Quero ver meu filho. Uma última vez. Quero ver meu marido. Eu nunca devia ter feito isso com ele. Nunca devia tê-lo traído com esse homem. Nunca poderei lhe contar que sinto muito. Nunca."

Abro os olhos. Claire estava apertando a minha mão.

— Está tudo bem com você? — perguntou ela.

— Me conte — pedi.

— Não sei se...

— Por favor — pedi. — Me conte. Quem era ele?

Ela suspirou.

— Você disse que tinha conhecido alguém que ia sempre ao café. Ele era bacana, segundo você. Atraente. Você tentou, mas não conseguiu se conter.

— Qual era o nome dele? — perguntei. — Quem ele era?

— Não sei.

— Você deve saber! — exclamei. — O nome dele, pelo menos! Quem fez isso comigo?

Ela me olhou nos olhos.

— Chrissy — disse, com a voz calma. — Você nunca me contou o nome dele. Você só disse que o conheceu em um café. Acho que não queria que eu soubesse os detalhes. Não mais do que os que eu precisava saber, pelo menos.

Senti outra lasca de esperança deslizar para longe, ser arrastada pela correnteza. Eu jamais saberia quem fez isso comigo.

— O que aconteceu?

— Eu lhe disse que achava que você estava sendo boba. Precisava pensar em Adam e em Ben. Achei que você tinha de terminar tudo. Parar de ver esse cara.

— Mas eu não quis ouvir.

— Não — disse ela. — No começo, não. Brigamos. Eu lhe disse que você estava me colocando numa situação difícil. Ben era meu amigo também. Você estava me pedindo para mentir para ele.

— O que aconteceu? Quanto tempo isso durou?

Ela ficou em silêncio, depois disse:

— Não sei. Um dia, deve ter sido apenas umas semanas depois, você avisou que estava tudo acabado. Que tinha dito a esse homem que a coisa não estava dando certo, que você tinha cometido um erro. Disse que lamentava, que tinha sido boba. Louca.

— Eu estava mentindo?

— Não sei. Acho que não. Você e eu não mentíamos uma para a outra. Simplesmente não fazíamos isso. — Ela soprou a superfície do seu café. — Algumas semanas depois você foi encontrada em Brighton — disse ela. — Não tenho ideia do que aconteceu ali.

Talvez tenham sido essas palavras — "Não tenho ideia do que aconteceu ali" — que desencadearam isso, a compreensão de que talvez eu nunca viesse a descobrir como fui atacada, mas um som de repente escapou de dentro de mim. Tentei sufocá-lo, mas não consegui. Era algo entre um grito e um uivo, era o berro de um animal em sofrimento. Toby desviou os olhos de seu livro de colorir e olhou para mim. Todos no café se viraram para me encarar, a mulher maluca sem memória. Claire agarrou o meu braço.

— Chrissy! — exclamou ela. — O que foi?

Agora eu estava soluçando, e todo o meu corpo balançava, ofegante por ar. Chorava por todos os anos que eu havia perdido, e por todos aqueles que continuaria a perder entre hoje e o dia em que eu morresse. Chorava porque, por mais difícil que tivesse sido para ela me contar sobre o meu caso, e meu casamento, e meu filho, ela teria de fazer tudo isso amanhã. Mas chorava principalmente porque eu mesma havia feito isso tudo comigo.

— Desculpe — eu disse. — Desculpe.

Claire se levantou e deu a volta na mesa. Ela se agachou ao meu lado e passou o braço ao redor do meu ombro, e eu apoiei a cabeça contra a dela.

— Pronto, pronto — disse ela, enquanto eu soluçava. — Está tudo bem, Chrissy querida. Estou aqui agora. Estou aqui.

Saímos do café. Como se não quisesse ser superado por ninguém, Toby ficou violentamente barulhento depois da minha explosão: atirou o livro de colorir no chão, junto com o copo de plástico de suco. Claire limpou a sujeira e depois disse:

— Preciso de um pouco de ar fresco. Vamos embora?

Agora estávamos sentadas em um dos bancos que davam para o parque. Os joelhos de uma apontavam para os da outra, e Claire segurava minhas mãos, afagando-as como se estivessem frias.

— Eu... — comecei. — Eu tinha muitos casos?

Ela balançou a cabeça.

— Não. Nenhum. Nós nos divertimos na faculdade, sabe, mas não mais do que a maioria das pessoas. E depois que você conheceu Ben, isso parou. Você sempre foi fiel a ele.

Fiquei pensando o que teria havido de tão especial naquele homem do café. Claire disse que eu contei a ela que ele era "bacana, atraente". Será que foi só isso? Seria eu tão superficial assim?

Meu marido era essas duas coisas, pensei. Ah, se eu tivesse me contentado com o que eu tinha!

— Ben sabia que eu estava tendo um caso?

— No começo, não. Não. Só depois que você foi encontrada. Foi um choque terrível para ele. Para todos nós. No começo parecia que você nem sequer conseguiria sobreviver. Depois Ben me perguntou se eu sabia que você tinha ido a Brighton. Eu contei a ele. Precisava contar. Já tinha contado à polícia tudo o que eu sabia. Não tive escolha a não ser contar ao Ben.

A culpa me atravessou mais uma vez quando pensei no meu marido, no pai do meu filho, tentando entender por que sua mulher moribunda tinha sido encontrada a quilômetros de distância de casa. Como pude fazer isso com ele?

— Mas ele perdoou você — continuou Claire. — Ele nunca usou isso contra você, nunca. Ele só queria que você vivesse... e melhorasse. Ele teria dado tudo por isso. Tudo. Nada mais importava.

Senti um arroubo de amor pelo meu marido. Verdadeiro. Não forçado. Apesar de tudo, ele havia me aceitado de volta. Cuidado de mim.

— Você conversaria com ele? — perguntei.

Ela sorriu.

— É claro! Mas sobre o quê?

— Ele não tem me contado a verdade — falei. — Pelo menos não sempre. Está tentando me proteger. Diz o que acredita que eu posso suportar, o que acredita que eu quero ouvir.

— Ben não faria isso — retrucou Claire. — Ele ama você. Sempre amou.

— Bom, mas está fazendo — eu disse. — Ele não sabe que eu sei. Não sabe que estou anotando as coisas. Não me conta sobre Adam, a não ser quando eu me lembro dele e pergunto. Não me fala por que me largou. Diz que você mora do outro lado do mundo. Acha que eu não consigo suportar. Ele desistiu de mim, Claire. Não sei como ele era antes, mas ele desistiu de mim. Não quer que eu me consulte com um médico porque acha que eu não vou melhorar, mas estou me consultando com um, Claire. Um tal de Dr. Nash. Em segredo. Não posso nem sequer contar a Ben.

O rosto de Claire tombou. Ela pareceu desapontada. Comigo, suponho.

— Isso não é bom — disse ela. — Você precisa contar a ele. Ele ama você. Confia em você.

— Não posso. Ele só admitiu que mantinha contato com você outro dia. Até então ficava dizendo que não falava com você há anos.

A expressão de desaprovação dela sumiu. Pela primeira vez, vi que ela estava surpresa.

— Chrissy!

— É verdade — falei. — Sei que ele me ama. Mas preciso que ele seja honesto comigo. Sobre tudo. Não conheço o meu próprio passado. E só ele pode me ajudar. Preciso que ele me ajude.

— Então você precisa conversar com ele. Confiar nele.

— Mas como? — perguntei. — Depois de todas as mentiras que ele me contou? Como?

Ela apertou as minhas mãos entre as dela.

— Chrissy, Ben ama você. Você sabe disso. Ele ama você mais do que a própria vida. Sempre amou.

— Mas... — comecei, mas ela interrompeu.

— Você precisa confiar nele. Acredite em mim. Você vai poder entender tudo, mas precisa contar a verdade a ele. Contar sobre o Dr. Nash. Contar que está escrevendo. É o único jeito.

Em algum lugar, bem no fundo, eu sabia que ela tinha razão, mas ainda assim não conseguia me convencer de que deveria contar a Ben sobre o meu diário.

— Mas ele pode querer ler o que eu escrevi.

Os olhos dela se estreitaram.

— Não tem nada ali que você não quer que ele veja, ou tem? — Eu não respondi. — Ou tem? Chrissy?

Olhei para o outro lado. Não falamos nada, e então ela abriu a bolsa.

— Chrissy — disse ela. — Vou lhe dar uma coisa. Ben me entregou isso quando decidiu que precisava deixar você. — Ela retirou um envelope e o entregou a mim. Estava amassado, mas continuava lacrado. — Ele me disse que isso explicava tudo. — Olhei para o envelope. Meu nome estava escrito na frente com letras maiúsculas. — Pediu que eu entregasse isso a você, se um dia achasse que você estivesse bem o bastante para lê-lo. — Olhei para ela, sentindo todas as emoções ao mesmo tempo. Empolgação e medo. — Acho que chegou a hora de você ler — disse ela.

Apanhei-o da sua mão e o coloquei na bolsa. Embora não soubesse o motivo, não queria lê-lo ali, na frente de Claire. Talvez tivesse medo de que ela fosse capaz de ler o conteúdo refletido em meu rosto e que ele já não fosse apenas meu.

— Obrigada — agradeci.

Ela não sorriu.

— Chrissy — disse ela. Olhou para baixo, para as próprias mãos. — Existe um motivo pelo qual Ben diz que eu me mudei. — Senti meu mundo começar a mudar, embora não tivesse certeza de como. — Preciso contar uma coisa. Sobre a razão por que eu e você perdemos o contato.

Então eu soube. Sem que ela dissesse nada, eu soube. A peça faltante do quebra-cabeça, o motivo pelo qual Ben havia partido, o motivo pelo qual minha melhor amiga desaparecera da minha vida e meu marido mentira sobre por que tudo isso havia acontecido. Eu tinha razão. O tempo todo. Eu tinha razão.

— É verdade — falei. — Oh, Deus. É verdade. Você está saindo com Ben. Está trepando com meu marido.

Ela olhou para cima, horrorizada:

— Não! Não!

Uma certeza me dominou. Tive vontade de gritar "Mentirosa!", mas não fiz isso. Estava prestes a perguntar mais uma vez o que ela queria me contar quando ela enxugou algo do olho. Uma lágrima? Não sei.

— Hoje não — sussurrou ela, depois olhou de volta para as mãos em seu colo. — Mas, um dia, sim.

De todas as emoções que eu poderia ter esperado sentir, o alívio não era uma delas. Mas era verdade: me senti aliviada. Porque ela estava sendo sincera? Porque agora eu tinha uma explicação para tudo, uma explicação na qual eu podia acreditar? Não tenho certeza. Mas a raiva que eu poderia ter sentido não estava ali; nem a dor. Talvez eu estivesse feliz por sentir uma minúscula faísca de ciúmes, prova concreta de que eu havia amado o meu marido. Talvez eu estivesse apenas aliviada por Ben haver sido infiel assim como eu, de que agora estávamos de igual para igual. Quites.

— Me conte — sussurrei.

Ela não olhou para cima.

— Sempre fomos próximos — disse ela, baixinho. — Nós três, quero dizer. Você. Eu. Ben. Mas nunca houve nada entre mim e ele. Você precisa acreditar nisso. Nunca. — Eu pedi que ela continuasse. — Depois do seu acidente, tentei ajudar de todas as maneiras possíveis. Você pode imaginar o quanto foi horrivelmente difícil para Ben. Num nível prático, se nada mais. Ter de cuidar de Adam... Fiz o que pude. Passávamos muito tempo juntos. Mas não dormimos juntos. Não naquela época. Juro, Chrissy.

— Então quando? — perguntei. — Quando aconteceu?

— Logo depois que você foi transferida para Waring House — respondeu ela. — Você estava pior do que nunca. Adam andava difícil. As coisas estavam complicadas. — Ela virou o rosto. — Ben andava bebendo. Não muito, mas o bastante. Ele não estava conseguindo lidar com as coisas. Certa noite voltamos de uma visita. Coloquei Adam na cama. Ben estava na sala chorando. "Não consigo", dizia ele. "Não consigo continuar fazendo isso. Eu a amo, mas isso está me matando."

O vento açoitou o morro. Frio. Gélido. Puxei o casaco para perto do meu corpo.

— Eu me sentei ao lado dele. E...

Eu vi tudo. A mão no ombro, depois o abraço. As bocas que se encontram através das lágrimas, o momento em que a culpa e a certeza de que as coisas não devem continuar cede caminho para a lascívia e a certeza de que não é possível parar.

E depois o quê? A trepada. No sofá? No chão? Não quero saber.

— E?

— Desculpe — disse ela. — Nunca quis que acontecesse. Mas aconteceu e... Eu me senti tão mal... Tão mal... Nós dois nos sentimos.

— Quanto tempo?

— O quê?

— Quanto tempo durou?

Ela hesitou, depois disse:

— Não sei. Não muito. Algumas semanas. Nós apenas... nós fizemos sexo apenas algumas vezes. Não parecia certo. Nós dois nos sentíamos muito mal depois.

— O que aconteceu? — perguntei. — Quem terminou?

Ela deu de ombros, depois sussurrou:

— Nós dois. Nós conversamos. Aquilo não podia continuar. Decidi que eu devia, por você — e por Ben —, me afastar dali em diante. Era culpa, acho.

Um pensamento horrível me ocorreu.

— Foi por isso que ele resolveu me deixar?

— Chrissy, não — disse ela, rápido. — Não pense isso. Ele se sentiu péssimo também. Mas ele não deixou você por minha causa.

Não, pensei. Talvez não diretamente. Mas você deve ter lembrado a ele o quanto ele estava perdendo.

Olhei para ela. Ainda assim não senti raiva. Talvez se ela tivesse me dito que eles continuavam dormindo juntos, eu tivesse me sentido diferente. O que ela me disse me deu a sensação de pertencer a outra época. À pré-história. Achei difícil acreditar que aquilo tivesse alguma coisa a ver comigo.

Claire me encarou.

— No começo, mantive contato com Adam, mas então Ben provavelmente contou a ele o que aconteceu. Adam disse que não queria mais me ver. Disse para ficar longe dele e de você também. Mas eu não consegui, Chrissy. Simplesmente não consegui. Ben havia me dado carta branca, me pedido para ficar de olho em você. Por isso continuei visitando-a. Na Waring House. No começo, num intervalo de algumas semanas, depois a cada dois meses. Mas aquilo a irritava. Irritava terrivelmente. Eu sei que estava sendo egoísta, mas não podia simplesmente largar você ali. Sozinha. Continuei visitando. Só para ver se você estava bem.

— E contou a Ben como eu estava?

— Não. Não estávamos nos falando.

— Foi por isso que você não me visitava ultimamente? Em casa? Porque não quer ver Ben?

— Não. Há alguns meses fui a Waring House e eles me contaram que você havia ido embora. Que tinha voltado a morar com Ben. Eu sabia que Ben tinha se mudado. Pedi que me dessem seu endereço, mas eles se recusaram. Disseram que seria quebra de confidencialidade. Disseram que lhe dariam meu telefone e que se eu quisesse escrever, mandariam as cartas para você.

— Então você escreveu?

— Enderecei a carta a Ben. Disse que eu sentia muito, que me arrependia do que havia acontecido. Implorei que ele me deixasse ver você.

— Mas ele se recusou a deixar?

— Não. Você me respondeu, Chrissy. Disse que estava se sentindo muito melhor. Disse que estava feliz, com Ben. — Ela virou o rosto, para o parque. — Disse que não queria me ver. Que sua memória às vezes voltava e que quando voltava, você sabia que eu tinha traído você. — Ela enxugou uma lágrima do olho. — Disse que não queria que eu me aproximasse de você nunca mais. Que era melhor que você me esquecesse para sempre, e que eu me esquecesse de você.

Eu me senti gelar. Tentei imaginar a raiva que eu devia ter sentido para escrever uma carta assim, mas ao mesmo tempo percebi que talvez eu não tivesse sentido raiva nenhuma. Para mim, Claire mal existiria, qualquer amizade entre nós teria sido esquecida.

— Desculpe — falei. Não conseguia imaginar-me recordando a traição dela. Ben devia ter me ajudado a escrever aquela carta.

Ela sorriu.

— Não. Não se desculpe. Você tinha razão. Mas eu não parei de torcer para que você mudasse de ideia. Queria ver você. Queria lhe dizer a verdade, na sua cara. — Eu nada disse. — Sinto tanto — disse ela então. — Você seria capaz de me perdoar?

Segurei a mão dela. Como poderia sentir raiva dela? Ou de Ben? Minha doença depositou uma carga impossível sobre todos nós.

— Sim — falei. — Sim. Eu a perdoo.

Nós fomos embora pouco depois. No pé do morro, ela se virou para me encarar.

— Vamos nos ver de novo? — perguntou.

Eu sorri.

— Espero que sim!

Ela pareceu aliviada.

— Senti tantas saudades, Chrissy. Você não faz ideia.

Era verdade. Eu realmente não fazia ideia. Mas com ela e esse diário, havia uma chance de eu conseguir reconstruir uma vida que valesse a pena ser vivida. Pensei na carta em minha bolsa. Um recado do passado. A peça final do quebra-cabeça. As respostas das quais preciso.

— Vamos nos ver em breve — disse ela. — No começo da semana que vem. Tudo bem?

— Tudo bem. — respondi. Ela me abraçou, e minha voz se perdeu nos cachos dos seus cabelos. Ela parecia ser minha única amiga, a única pessoa com quem eu podia contar, além de Ben. Minha irmã. Apertei-a com força. — Obrigada por me contar a verdade — falei. — Obrigada. Por tudo. Eu amo você.

Quando nos despedimos e olhamos uma para a outra, ambas estávamos chorando.

∽

Em casa, sentei-me para ler a carta de Ben. Comecei a me sentir nervosa — será que ela iria me contar o que eu precisava saber? Será que eu finalmente iria entender por que Ben me deixou? —, mas ao mesmo tempo empolgada. Tive certeza de que iria. Certeza de que com a carta, com Ben e com Claire, eu teria tudo o que precisava.

Querida Christine,

Esta é a coisa mais difícil que já tive de fazer na vida. Já comecei com um clichê, mas você sabe que não sou escritor — você é quem tem o dom de escrever! — por isso desculpe, mas farei o melhor que puder.

Quando você ler esta carta, já estará sabendo, mas decidi que preciso abandonar você. Não consigo suportar escrever isso, nem mesmo pensar nisso, mas preciso. Tentei tanto encontrar outro jeito, mas não consigo. Acredite.

Você precisa entender que eu amo você. Sempre amei. Sempre amarei. Não me importo com o que aconteceu, nem por que aconteceu. Não se trata de vingança nem nada do tipo. Não conheci outra pessoa. Quando você estava em coma, percebi o quanto você faz parte de mim — sempre que olhava para você, tinha a sensação de que eu estava morrendo. Percebi que para mim não importava o que você estava fazendo naquela noite em Brighton, nem com quem estava saindo. Só queria que você voltasse para mim.

E então você voltou, e fiquei tão feliz. Você nunca saberá o quanto fiquei feliz no dia que me disseram que você estava fora de perigo, que não iria morrer. Que não iria me deixar. Nos deixar, quero dizer. Adam era muito pequeno, mas acho que ele entendeu.

Quando percebemos que você não tinha lembrança do que havia acontecido, achei que era uma coisa boa. Acredita nisso? Hoje sinto vergonha, mas achei que era o melhor. Mas então percebemos que você estava se esquecendo de outras coisas também. Aos poucos, com o tempo. No começo eram os nomes das pessoas nos leitos perto de você, dos médicos e das enfermeiras que estavam cuidando de você. Mas você piorou. Esquecia por que estava no hospital, por que não deixavam que voltasse para casa comigo. Quando eu a levei para casa para passar o fim de semana, você não reconheceu nossa rua, nossa casa. Sua prima veio nos visitar e você não tinha ideia de quem ela era. Nós a levamos de volta ao hospital e você não tinha ideia de para onde estava indo.

Acho que foi aí que as coisas começaram a ficar difíceis. Você amava tanto Adam. Seus olhos brilhavam quando ele ia visitar você — ele corria em sua direção, corria para os seus braços, e você o levantava e sabia quem ele era imediatamente. Mas então — desculpe, Chris, mas preciso lhe dizer isso —, você começou a acreditar que Adam tinha sido afastado de você quando ele era bebê. Sempre que você o via, achava que era a primeira vez desde que ele tinha meses de idade. Eu pedia que ele lhe contasse quando havia sido a última vez que ele a tinha visto e ele dizia: "Ontem, mamãe" ou "Semana passada", mas você não acreditava. "O que você andou dizendo a ele?", você dizia. "É mentira." Começou a me acusar de deixar você trancada ali. Achou que outra mulher estava criando Adam enquanto você estava no hospital.

Um dia eu cheguei e você não me reconheceu. Ficou histérica. Agarrou Adam quando eu não estava olhando e correu para a porta, para salvá-lo, suponho, mas ele começou a gritar. Não entendia por que você estava fazendo aquilo. Eu o levei para casa e tentei explicar, mas ele não entendeu. Começou a ter muito medo de você.

Isso foi piorando. Um dia liguei para o hospital. Perguntei como você ficava quando eu não estava lá, quando Adam não estava lá. "Descreva como ela está agora", pedi. Disseram que você estava calma. Feliz. Sentada na cadeira ao lado da sua cama. "O que ela está fazendo?", perguntei. Disseram que estava conversando com outra paciente, uma amiga sua. Que às vezes vocês duas jogavam cartas.

"Cartas?", perguntei. Não conseguia acreditar. Disseram que você era boa no baralho — precisavam ensinar as regras a você todos os dias, mas depois você conseguia derrotar praticamente qualquer um.

"Ela está feliz?", perguntei.

"Sim", disseram. "Sim. Ela está sempre feliz."

"Ela se lembra de mim?", perguntei. "De Adam?"

"Só quando vocês estão aqui", responderam.

Acho que eu soube naquele momento que um dia teria de deixar você. Encontrei um lugar onde você poderá morar por quanto tempo for necessário. Um lugar onde poderá ser feliz. Porque você será feliz, sem mim, sem Adam. Não se lembrará da gente, por isso não sentirá a nossa falta.

Amo tanto você, Chrissy. Precisa entender isso. Amo você mais do que amo qualquer coisa. Mas preciso dar uma vida ao nosso filho, a vida que ele merece. Logo ele terá idade suficiente para entender o que está acontecendo. Não mentirei para ele, Chris. Vou explicar a escolha que fiz. Vou lhe dizer que, embora ele possa desejar muito vê-la, isso seria imensamente perturbador para você. Talvez ele me odeie por isso. Talvez me culpe. Espero que não. Mas desejo que ele seja feliz. E desejo que você também seja feliz. Ainda que só possa encontrar essa felicidade sem mim.

Faz algum tempo que você está em Waring House agora. Não tem mais ataques de pânico. Tem percepção da rotina. Isso é bom. Por isso, chegou a hora de eu ir.

Vou entregar esta carta a Claire. Vou pedir que ela a guarde para mim e a entregue a você quando estiver bem o bastante para lê-la e entendê-la. Não posso guardá-la eu mesmo, senão ficarei pensando nela o tempo todo e não conseguirei resistir à tentação de lhe entregar na semana que vem, ou no mês que vem, ou mesmo no ano que vem. Antes do tempo.

Não posso fingir que não espero que um dia possamos ficar juntos novamente. Depois que você se recuperar. Nós três. Como uma família. Preciso acreditar que talvez isso aconteça. Preciso, senão morrerei de tristeza.

Não estou abandonando você, Chris. Nunca vou abandonar você. Eu a amo demais.

Acredite, isso é a coisa certa, a única coisa que me cabe fazer.

Não me odeie. Eu amo você.

Um beijo,

Ben

Leio a carta novamente e dobro o papel. Parece firme, como se talvez a carta houvesse sido escrita ontem, mas o envelope para dentro do qual eu a deslizo é macio, com bordas desgastadas e cheiro doce como o de perfume. Teria Claire a carregado consigo, enfiada num canto da bolsa? Ou, mais provavelmente, teria guardado em uma gaveta em casa, fora de vista, mas nunca totalmente esquecida? Durante anos a carta esperou pelo momento certo para ser lida. Anos que passei sem saber quem era o meu marido, sem saber quem sou. Anos em que eu nunca poderia ter transposto a distância entre nós, porque era uma distância de cuja existência eu não sabia.

Encaixo o envelope entre as páginas do meu diário. Estou chorando enquanto escrevo isso, mas não me sinto infeliz. Entendo tudo. Porque ele me deixou, porque anda mentindo para mim.

Porque ele anda mentindo para mim. Não me contou sobre o livro que escrevi para que eu não ficasse arrasada com o fato de que jamais escreverei outro. Me diz que minha melhor amiga se mudou para me proteger do fato de que os dois me traíram, porque ele não achava que eu amava ambos o suficiente, que seria impossível não perdoá-los. Me diz que fui atropelada por um carro, que foi um acidente, para que eu não tenha de lidar com o fato de que fui atacada e de que o que aconteceu comigo foi resultado de um ato deliberado de ódio cego. Me conta que nós nunca tivemos filhos, não apenas para me proteger de saber que meu filho está morto, mas também para me proteger de precisar lidar com a tristeza de sua morte todos os dias da minha vida. E não me contou que, após anos tentando encontrar uma maneira de manter a nossa família unida, ele precisou encarar o fato de que isso era impossível e se foi, a fim de encontrar a felicidade.

Deve ter achado que a nossa separação seria para sempre, ao escrever esta carta, mas também provavelmente esperava que não fosse — senão por que a escreveria? No que ele estaria pensando, quando se sentou aqui, nesta casa, na nossa casa, como um dia deve ter sido, e apanhou a caneta e começou a tentar explicar a alguém que ele não poderia esperar que entendesse por que ele não tinha outra escolha a não ser abandoná-la? Não sou escritor, disse ele, entretanto para mim suas palavras são lindas, profundas. Parece que ele está falando sobre outra pessoa, porém, em algum lugar aqui dentro, embaixo da pele e dos ossos, dos tecidos e do sangue, sei que não está. Ele está falando de, e para mim. Christine Lucas. Sua esposa perturbada.

Mas não para sempre. A esperança dele se tornou realidade. De algum modo, melhorei, ou então achou que estar separado de mim era ainda mais difícil do que imaginara, e voltou para mim.

Tudo parece diferente agora. O quarto onde estou não parece mais familiar para mim do que parecia esta manhã quando acordei e tropecei por ele tentando achar a cozinha, desesperada por um gole d'água, desesperada para juntar os pedaços do que havia acontecido na noite passada. E contudo não mais parece trespassado de dor e tristeza. Não mais parece emblemático de uma vida que não consigo me conformar em viver. O tique-taque do relógio acima do meu ombro não está mais só marcando o tempo. Ele fala comigo. "Relaxe", diz ele. "Relaxe, e aceite o que acontece."

Eu errei. Cometi um erro. De novo e de novo e de novo eu o cometi; quem sabe quantas vezes? Meu marido é meu protetor, sim, mas também o meu amante. E agora percebo que eu o amo. Que sempre o amei, e que se preciso descobrir como amá-lo novamente todos os dias, então que assim seja. É isso que irei fazer.

Ben logo estará em casa — já posso senti-lo se aproximando — e quando ele voltar irei lhe contar tudo. Contar que encontrei Claire — e o Dr. Nash, e até mesmo o Dr. Paxton — e que li sua carta. Contar que entendo por que ele fez o que fez naquela época, por que ele me deixou, e que eu o perdoo. Contar que sei sobre o ataque, mas que não mais preciso saber o que aconteceu, que não me importa mais quem fez isso comigo.

E irei contar o que sei sobre Adam. Sei o que aconteceu com ele e, embora a ideia de enfrentar isso todos os dias me faça congelar de terror, é o que eu preciso fazer. Devemos permitir que a lembrança do nosso filho exista nesta casa, e no meu coração também, não importa quanta dor isso cause.

E irei contar sobre este diário, que finalmente sou capaz de me dar uma narrativa, uma vida, e irei mostrá-lo a ele, se ele pedir para ver. E então posso continuar a usá-lo, a contar a minha história, minha autobiografia. A me criar a partir do zero.

"Chega de segredos", direi a meu marido. "Chega. Eu amo você, Ben, e sempre amarei. Nós erramos um com o outro, mas por favor me perdoe. Desculpe por ter abandonado você todos esses anos atrás para estar com outro, e desculpe por jamais podermos saber quem é a pessoa que fui encontrar naquele quarto de hotel, nem o que encontrei ali. Mas por favor saiba que estou determinada a compensar tudo agora."

E então, quando não houver mais nada entre nós a não ser amor, podemos tentar encontrar um meio de realmente ficarmos juntos.

Liguei para o Dr. Nash.

— Quero ver você mais uma vez — eu disse. — Quero que leia o meu diário.

Acho que ele ficou surpreso, mas concordou.

— Quando? — perguntou.

— Na semana que vem — respondi. — Venha buscá-lo na semana que vem.

Ele disse que viria na terça.

Parte Três

Hoje

Viro a página, mas não há mais nada. A história termina aí. Passei horas lendo.

Estou trêmula, mal consigo respirar. Sinto não apenas que vivi uma vida inteira nas últimas horas, como também que mudei. Não sou a mesma pessoa que encontrou o Dr. Nash esta manhã, que se sentou para ler o diário. Tenho um passado agora. Uma ideia de mim mesma. Sei o que tenho e o que perdi. Percebo que estou chorando.

Fecho o diário. Me obrigo a me acalmar, e o presente começa a se reafirmar. O quarto onde estou sentada. A escuridão caindo. O barulho de perfuração que consigo ouvir na rua lá fora. A xícara de café vazia aos meus pés.

Olho para o relógio perto de mim e sinto um choque. Somente agora percebo que é o mesmo relógio do diário que estive lendo, que estou na mesma sala, sou a mesma pessoa. Somente agora entendo de fato que a história que li é a minha.

Levo o diário e a caneca para a cozinha. Lá, na parede, no mesmo quadro branco que eu havia visto de manhã, está a mesma lista de sugestões em letras maiúsculas bem-feitas, o mesmo recado que eu mesma acrescentara: *Fazer as malas para esta noite?*

Olho para ele. Algo ali me incomoda, mas não consigo entender por quê.

Penso em Ben. Como a vida deve ser difícil para ele. Nunca ser capaz de saber com quem ele irá acordar. Nunca poder ter certeza do quanto irei me lembrar, de quanto amor serei capaz de lhe dar.

Mas e agora? Agora eu entendo. Agora sei o suficiente para que nós dois possamos viver novamente. Imagino se cheguei a ter com Ben a conversa que eu havia planejado. Devo ter tido, tão certa eu estava que era a coisa mais certa a fazer, porém não escrevi a respeito. Não escrevo nada há uma semana, na verdade. Talvez eu tenha dado o diário ao Dr. Nash antes de ter a chance de escrever algo. Talvez achasse que não havia necessidade de escrever no meu caderno, agora que eu o havia compartilhado com Ben.

Volto às primeiras páginas do diário. Lá está, com a mesma tinta azul. Aquelas quatro palavras, rabiscadas na página embaixo do meu nome. *Não confie em Ben.*

Apanho uma caneta e risco-as. De volta à sala, vejo o álbum sobre a mesa. Nenhuma fotografia de Adam ainda. Nenhuma menção dele esta manhã. Nenhuma incursão ao que existe na caixa de metal.

Penso no meu livro — *Para os pássaros da manhã* — e então olho para o diário que estou segurando. Um pensamento me ocorre, sem querer. "E se eu tiver inventado isso tudo?"

Levanto-me. Preciso de provas. Preciso de um elo entre o que li e o que estou vivendo, um sinal de que o passado sobre o qual estive lendo não é invenção.

Coloco o diário na bolsa e vou para a sala. O cabide está lá, ao pé das escadas, perto de um par de chinelos. Se eu subir as escadas, irei encontrar o escritório, o porta-arquivos? Irei encontrar a caixa de metal cinza na gaveta de baixo, escondida embaixo da toalha? A chave estará mesmo na última gaveta da mesa de cabeceira?

O escritório é menor do que imaginei e ainda mais organizado do que eu esperava, mas o armário está ali, cinza-chumbo.

Na gaveta de baixo há uma toalha, e embaixo dela, uma caixa. Eu a seguro, preparando-me para retirá-la. Me sinto boba, convencida de que estará vazia ou trancada.

Nenhuma das duas coisas. Dentro dela encontro meu livro. Não o exemplar que o Dr. Nash me deu — neste não há mancha de café na capa e as páginas parecem novas. Deve ser o exemplar que Ben esteve guardando esse tempo todo, esperando pelo dia em que eu soubesse o bastante para voltar a tê-lo. Eu me pergunto onde estará o meu exemplar, aquele que o Dr. Nash me deu.

Retiro meu livro e embaixo dele há uma única foto. Eu e Ben sorrindo para a câmera, embora os dois pareçam tristes. Parece recente: meu rosto é o mesmo que reconheço no meu reflexo no espelho e Ben parece igual a quando partiu esta manhã. Há uma casa no fundo, uma trilha de cascalho para carros, vasos de gerânios vermelho vivo. Atrás, alguém escreveu *Waring House*. A foto deve ter sido tirada no dia que ele me buscou para me trazer de volta para cá.

É isso, pensei. Não há mais fotografias. Nenhuma de Adam. Nem mesmo aquelas que encontrei aqui antes e descrevi no meu diário.

Deve haver uma explicação, digo a mim mesma. Precisa haver. Procuro entre os papéis que estão empilhados na mesa: revistas, catálogos anunciando programas de computador, um horário escolar com algumas sessões destacadas em marca-texto amarelo. Há um envelope lacrado — que, num impulso, apanho —, mas nenhuma fotografia de Adam.

Desço as escadas e preparo uma bebida para mim. Ferver água, colocar um saquinho de chá. Não deixe tempo demais em infusão e não aperte o saquinho com as costas da colher, senão sairá muito ácido tânico e o chá vai ficar amargo. "Por que eu me lembro dessas coisas, mas não me lembro de ter dado à luz?" Um telefone toca, em algum lugar na sala. Eu o retiro — não é o que abre, mas aquele que o meu marido me deu — da bolsa e o atendo. Ben.

— Christine? Você está bem? Está em casa?

— Sim — respondo. — Sim. Obrigada.

— Você saiu hoje? — pergunta ele. Sua voz parece familiar, mas um pouco fria. Lembro a última vez em que nos falamos. Não me recordo de ele haver mencionado que eu tinha uma consulta com o Dr. Nash. Talvez ele de fato não saiba, acho. Ou talvez esteja me testando, querendo ver se eu irei lhe contar. Penso no recado anotado ao lado da consulta. *Não conte a Ben.* Eu devo ter escrito isso antes de saber que podia confiar nele.

Quero confiar nele agora. Chega de mentiras.

— Sim — digo. — Saí para ver um médico. — Ele não diz nada. — Ben? — falo.

— Desculpe, sim — diz ele. — Eu ouvi. — Registro sua falta de surpresa. Então ele já sabia, já sabia que eu estava me consultando com o Dr. Nash. — Estou no trânsito — continua ele. — Está meio engarrafado. Escute, queria só verificar se você se lembrou de fazer as malas. Vamos viajar...

— Claro — digo, e depois acrescento: — Estou doida para partir! — E percebo que estou mesmo. Vai ser bom para nós dois, acho, viajar. Pode ser um recomeço.

— Daqui a pouco estarei em casa — diz ele. — Pode tentar deixar nossas malas prontas? Ajudo quando eu chegar, mas seria melhor se a gente pudesse sair cedo.

— Vou tentar — falei.

— Há duas malas no quarto de hóspedes. Dentro do armário. Use essas.

— Certo.

— Te amo — diz ele, e então, depois de um momento longo demais, um momento em que ele já havia desligado, eu digo a ele que também o amo.

∽

Entro no banheiro. Já sou mulher, digo a mim mesma. Adulta. Tenho um marido. Que eu amo. Lembro do que escrevi. Do sexo. Dele trepando comigo. Eu não havia escrito que tinha gostado.

Seria eu capaz de gostar de sexo? Percebo que nem mesmo isso eu sei. Dou descarga e tiro as calças, as meias-calças, as calcinhas. Sento na borda da banheira. Como meu corpo me é estranho. Como me é desconhecido. Como posso ficar feliz em entregá-lo a outra pessoa quando eu mesma não o reconheço?

Tranco a porta do banheiro, depois abro as pernas. Ligeiramente de início, depois mais. Levanto a blusa e olho para baixo. Vejo as estrias que vi no dia em que me lembrei de Adam, o choque do monte de pelos pubianos crespos. Imagino se alguma vez eu os raspo, se escolho não raspá-los baseada na preferência do meu marido ou na minha. Talvez essas coisas não importem mais. Não agora.

Fecho a mão em concha e pouso-a sobre meu monte pubiano. Meus dedos repousam sobre os grandes lábios, abrindo-os de leve. Toco a ponta do que deve ser meu clitóris e o pressiono, movendo os dedos suavemente ao fazer isso, já sentindo um ligeiro formigamento. A promessa da sensação, em vez da sensação em si.

Eu me pergunto o que irá acontecer mais tarde.

As malas estão no quarto de hóspedes, onde ele disse que estariam. Ambas são compactas, robustas, uma um pouco maior que a outra. Eu as levo para o quarto onde acordei esta manhã e as coloco sobre a cama. Abro a gaveta de cima e vejo minhas roupas íntimas ao lado das dele.

Escolho roupas para nós dois, meias para ele, meias-calças para mim. Lembro de haver lido sobre a noite em que fizemos sexo e percebo que devo ter guardadas em algum lugar cintas-ligas e meias. Decido que seria bom encontrá-las, levá-las comigo. Poderia ser bom para nós dois.

Passo para o guarda-roupa. Escolho um vestido, uma saia. Calças, um par de jeans. Noto a caixa de sapatos no chão — aquela que deve ter escondido o meu diário — agora vazia. Não sei que tipo de casal nós somos quando saímos de férias. Se passamos as noites em restaurantes, ou sentados em bares aconchegantes, relaxando diante do calor rosado de uma lareira. Não sei se caminhamos, explorando a cidade e seus arredores, ou se vamos de carro a lugares cuidadosamente selecionados. Essas são as coisas que eu não sei ainda. São as coisas que tenho o resto da vida para descobrir. Para desfrutar.

Escolho algumas roupas para nós dois, quase ao acaso, e as dobro, colocando-as nas malas. Ao fazer isso sinto um lampejo de energia e fecho os olhos. Tenho uma visão, iluminada, mas tremeluzente. De início não é clara, como se pairasse, fora de alcance e de foco, e tento abrir a mente para deixá-la vir.

Me vejo de pé na frente de uma mala; uma mala macia de couro surrado. Estou empolgada. Eu me sinto jovem de novo, como uma criança prestes a sair de férias, ou uma adolescente se preparando para um encontro, imaginando como vai ser, se ele vai me convidar para a casa dele, se iremos transar. Sinto a novidade, a expectativa, posso sentir o gosto. Revolvo-o na língua, saboreando-o, porque sei que não vai durar. Abro então minhas gavetas, selecionando blusas, meias-calças, lingeries. Incitantes. Sensuais. Lingeries que se usam apenas com o antegozo de sua retirada. Acrescento um par de saltos altos além dos sapatos baixos que estou usando, retiro-o, volto a acrescentá-lo. Não gosto dele, mas esta noite é de fantasia, para se enfeitar, para ser diferente do que se é. Só então passo para as coisas funcionais. Apanho uma nécessaire forrada de couro vermelho e acrescento perfume, gel de banho, pasta de dente. Quero ficar bonita esta noite para o homem que eu amo, para o homem que cheguei tão perto de perder. Acrescento sais de banho. De flor de laranjeira. Percebo que estou me lembrando da noite em que fiz as malas para ir a Brighton.

A recordação evapora. Meus olhos se abrem. Eu não poderia saber, naquela época, que estava fazendo as malas para o homem que tiraria tudo o que eu tinha.

Continuo fazendo as malas para o homem que ainda tenho.

Ouço um carro estacionar lá fora. O motor é desligado. Uma porta se abre, depois se fecha. A chave na fechadura. Ben. Ele chegou.

Fico nervosa. Com medo. Não sou a mesma pessoa que ele deixou esta manhã; aprendi minha própria história. Descobri a mim mesma. O que ele vai achar quando me vir? O que vai dizer?

Preciso lhe perguntar se ele sabe sobre o meu diário. Se ele o leu. O que ele acha.

Ele me chama depois de fechar a porta.

— Christine? Chris? Cheguei. — Seu tom não é cantarolante, porém; ele parece exausto. Respondo dizendo que estou no quarto.

O degrau mais baixo range ao suportar o peso dele, e ouço seu suspiro enquanto o primeiro sapato é retirado e depois o outro. Ele deve estar colocando os chinelos agora, depois virá me encontrar. Sinto uma onda de prazer por conhecer seus hábitos — meu diário me deixou a par deles, embora minha memória não possa fazê-lo — mas, enquanto ele sobe as escadas, outra emoção assume as rédeas. Medo. Penso no que escrevi na frente do meu diário. *Não confie em Ben.*

Ele abre a porta do quarto.

— Querida! — diz.

Eu não me mexi. Continuo na beira da cama, com as malas abertas atrás de mim. Ele fica parado à porta até que eu me levante e abra os braços, depois vem me beijar.

— Como foi seu dia? — pergunto.

Ele tira a gravata.

— Oh — diz —, não vamos falar sobre isso. Estamos de férias!

Ele começa a desabotoar a camisa. Luto contra o instinto de olhar para o lado, lembrando a mim mesma que ele é meu marido, que eu o amo.

— Fiz as malas — digo. — Espero que esteja tudo certo com a sua. Eu não sabia o que você iria querer levar.

Ele tira as calças e as dobra antes de pendurá-las no guarda-roupa.

— Tenho certeza de que está bom.

— Eu só não tinha muita certeza de para onde estamos indo, por isso não sabia o que levar.

Ele se vira, e imagino se o que vi não foi um lampejo de irritação no seus olhos.

— Vou dar uma olhada, antes de colocar as malas no carro. Não tem problema. Obrigado por adiantar isso.

Ele se senta na cadeira diante da penteadeira e coloca um par de jeans desbotados. Noto o vinco perfeito feito a ferro na frente, e meu eu de 20 e poucos anos tem de resistir ao impulso de achá-lo ridículo.

— Ben? — digo. — Você sabe onde eu fui hoje?

Ele olha para mim.

— Sim. Eu sei.

— Sabe sobre o Dr. Nash?

Ele vira para o outro lado.

— Sim — diz. — Você me contou. — Eu o vejo refletido nos espelhos ao redor da penteadeira. Três versões do homem com quem casei. Do homem que eu amo. — Tudo — continua. — Você me contou tudo. Eu sei de tudo.

— Você não se importa? De eu me encontrar com ele?

Ele não se vira.

— Queria que você tivesse me contado. Mas não. Não, não me importo.

— E o meu diário? Você sabe sobre o meu diário?

— Sei — responde ele. — Você me contou. Disse que a ajudava.

Um pensamento me ocorre.

— Você o leu?

— Não — responde ele. — Você disse que era particular. Eu jamais olharia suas coisas particulares.

— Mas você sabe sobre Adam? Sabe que eu sei sobre Adam?

Eu o vejo se retrair, como se as minhas palavras tivessem sido proferidas com violência. Fico surpresa. Estava esperando que ele ficasse feliz. Feliz por não mais precisar me falar vezes sem conta que ele morreu.

Ele me encara.

— Sim — responde.

— Não há nenhuma foto — digo. Ele me pergunta o que quero dizer. — Há fotos de nós dois, mas nenhuma dele ainda.

Ele se levanta e vem até onde estou sentada, depois se senta na cama ao meu lado. Segura a minha mão. Gostaria que ele parasse de me tratar como se eu fosse frágil, quebradiça. Como se a verdade pudesse me partir.

— Eu queria fazer uma surpresa — diz ele, estendendo a mão para baixo da cama e retirando um álbum de fotografias. — Eu as coloquei aqui.

Ele me entrega o álbum. É pesado, escuro, encadernado em algo que imita couro preto mas não muito bem. Abro a capa e dentro há uma pilha de fotos.

— Eu queria arrumá-las direito — diz ele. — Para lhe dar de presente esta noite, mas não tive tempo. Desculpe.

Olho as fotografias. Não seguem nenhuma ordem. Há fotos de Adam quando bebê, quando menino. Devem ser as que estavam na caixa de metal. Uma se destaca. Nela ele já é um rapaz, sentado ao lado de uma mulher.

— É a namorada dele? — pergunto.

— Uma delas — diz Ben. — Aquela com quem ele ficou mais tempo.

É bonita, loira, de cabelo curto. Ela me lembra Claire. Na foto, Adam está olhando diretamente para a câmera, rindo, e ela olha de lado para ele, o rosto uma mistura de alegria e desaprovação. Eles têm um ar conspirador, como se tivessem compartilhado uma brincadeira com quem está atrás das lentes. Estão felizes. A ideia me agrada.

— Como era o nome dela?

— Helen. Ela se chama Helen.

Estremeço ao perceber que pensei nela no passado; imaginei que ela morrera também. Uma ideia me vem: e se fosse ela quem tivesse morrido em vez dele?, mas eu a reprimo antes que ela assuma forma.

— Eles ainda estavam juntos quando ele morreu?

— Sim — diz ele. — Estavam pensando em ficar noivos.

Ela parece tão jovem, tão faminta, seus olhos plenos de possibilidades, do que está à espera dela. Ela ainda desconhece a quantidade impraticável de dor que terá de enfrentar.

— Gostaria de conhecê-la — falei.

Ben tira a foto da minha mão. Suspira.

— Não temos contato — diz ele.

— Por quê? — pergunto. Já tinha planejado tudo na minha cabeça; nós daríamos apoio uma à outra. Compartilharíamos algo, uma compreensão, um amor que perfurava todos os demais, se não o de uma pela outra, então pelo menos por aquilo que havíamos perdido.

— Houve discussões — diz ele. — Complicações.

Olho para ele. Posso ver que ele não quer me contar. O homem que escreveu a carta, o homem que acreditou em mim e cuidou de mim, e que, ao final, me amou o bastante tanto para me abandonar quanto para depois voltar para mim, parece haver desaparecido.

— Ben?

— Houve discussões — repete ele.

— Antes de Adam morrer ou depois?

— As duas coisas.

A ilusão de apoio mútuo some, sendo substituída por uma sensação doentia. E se Adam e eu tivéssemos brigado também? Com certeza ele teria ficado do lado da namorada, e não da mãe...

— Adam e eu éramos próximos?

— Eram, sim — diz Ben. — Até você ir parar no hospital. Até perder a memória. Mesmo então vocês eram próximos, é claro. O mais próximos que poderiam ser.

As palavras dele me atingem como um soco. Percebo que Adam era um menininho quando perdeu a mãe para a amnésia. É claro que eu jamais conheci a noiva do meu filho; todos os dias que eu o via eram como se fosse a primeira vez.

Fecho o álbum.

— Posso levar isso conosco? — peço. — Gostaria de olhar mais um pouco depois.

Tomamos chá que Ben preparou na cozinha enquanto eu terminava de arrumar as malas para a viagem, e então entramos no carro. Verifico se estou levando minha bolsa, se meu diário continua ali dentro. Ben acrescentou mais algumas coisas à mala que fiz para ele, e além disso trouxe mais uma mala — a maleta de couro com a qual saiu de manhã — e dois pares de botas de caminhada que ficam no fundo do armário. Fiquei parada à porta enquanto ele carregava essas coisas para o porta-malas e depois esperei até que ele terminasse de conferir se as portas estavam fechadas e as janelas trancadas. Agora, pergunto a ele quanto tempo vai demorar a viagem.

Ele dá de ombros.

— Depende do trânsito. Não muito tempo, depois de sairmos de Londres.

Uma recusa em fornecer uma resposta, disfarçada da resposta em si. Imagino se ele é sempre assim. Imagino se anos me contando a mesma coisa o esgotaram, se o entediaram a ponto de ele não mais conseguir se obrigar a me dizer nada.

Ele é um motorista cauteloso, isso consigo perceber. Segue em frente devagar, verificando o retrovisor com frequência, desacelerando ante a menor possibilidade de aproximação de uma ameaça.

Será que Adam dirigia? Suponho que sim, para estar nas forças armadas, mas será que ele dirigia quando estava de folga? Será que me apanhava, a mãe inválida, para me levar a passeios, a lugares que achava que eu iria gostar? Ou teria ele decidido que isso não fazia sentido, que o prazer que eu pudesse ter no momento sumiria da noite para o dia, como neve derretendo em um telhado quente?

Estamos na estrada, saindo da cidade. Começou a chover; gordas gotas batem no para-brisa, conservam sua forma um instante e depois começam a deslizar rapidamente pelo vidro. À distância, as luzes da cidade banham o concreto e o vidro em um brilho laranja suave. É lindo e terrível, mas por dentro eu me debato. Quero tanto pensar no meu filho como algo que não seja abstrato, mas sem uma lembrança concreta dele isso não é possível. Não paro de retornar à única verdade: não consigo me lembrar dele, e por isso é como se ele nunca tivesse existido.

Fecho os olhos. Lembro o que li sobre nosso filho esta tarde e uma imagem explode à minha frente — Adam quando pequeno, empurrando o triciclo azul por uma trilha. Mas mesmo enquanto me maravilho com ela, sei que não é real. Sei que não estou me lembrando de algo que aconteceu, estou me lembrando da imagem que formei na minha mente esta tarde ao ler sobre o fato, e mesmo isso era apenas uma recordação de uma lembrança antiga. Lembranças de lembranças, sendo que as da maioria das pessoas se estendem por anos, por décadas, enquanto as minhas se estendem por apenas umas poucas horas.

Sem conseguir me lembrar do meu filho, opto pela segunda coisa melhor a fazer, a única capaz de aquietar minha mente fervilhante. Não penso em nada. Absolutamente nada.

O cheiro de gasolina, espesso e doce. Sinto dor no pescoço. Abro os olhos. Perto de mim vejo o para-brisa molhado, obscurecido pela minha respiração, e atrás dele há luzes distantes, borradas, fora de foco. Percebo que cochilei. Estou inclinada contra o vidro, a cabeça torcida de um jeito estranho. O carro está silencioso, o motor desligado. Olho por cima do ombro.

Ben está ali, sentado ao meu lado. Está acordado, olhando para a frente, pela janela. Não se mexe, nem mesmo parece ter notado que acordei, mas em vez disso continua olhando fixo, com a expressão vazia e ilegível na escuridão. Eu me viro para ver o que ele está olhando.

Além do para-brisa molhado de chuva está o capô do carro, e além dele uma cerca de madeira baixa, fracamente iluminada pelo brilho dos postes atrás de nós. Além da cerca não enxergo nada, apenas a escuridão, densa e misteriosa, no meio da qual pende a lua, cheia e baixa.

— Adoro o mar — diz ele, sem me olhar, e percebo que estamos estacionados no topo de um penhasco, que chegamos no litoral. — E você? — Ele se vira para mim. Seus olhos parecem impossivelmente tristes. — Você adora o mar, não é, Chris?

— Adoro — respondo. — Sim. — Ele fala como se não soubesse, como se nunca tivéssemos ido para a praia juntos, como se nunca tivéssemos saído de férias antes. O medo começa a arder dentro de mim, mas resisto. Tento ficar ali, no presente, com meu marido. Tento me lembrar de tudo o que descobri com meu diário esta tarde. — Você sabe disso, querido.

Ele suspira.

— Eu sei. Você adorava o mar, mas já não sei mais nada. Você muda. Mudou, com os anos. Desde o que aconteceu. Às vezes não sei quem você é. Acordo e não sei quem você vai ser.

Fico em silêncio. Não consigo pensar em nada para dizer. Nós dois sabemos como não teria sentido eu tentar me defender, dizer que ele está errado. Nós dois sabemos que sou a última pessoa que sabe o quanto mudo de um dia para o outro.

— Desculpe — digo por fim.

Ele me olha.

— Ah, tudo bem. Não precisa pedir desculpas. Sei que não é culpa sua. Nada disso é culpa sua. Estou sendo injusto, acho. Pensando só em mim.

Ele olha para o mar. Há uma única luz à distância. Um barco, sobre as ondas. Luz em um mar de negrume espesso. Ben fala:

— Vamos ficar bem, não é, Chris?

— Claro — respondo. — Claro que vamos. Este é um recomeço para nós. Agora tenho o meu diário, e o Dr. Nash vai me ajudar. Estou melhorando, Ben. Sei que estou. Acho que vou começar a escrever de novo. Não há motivo para não fazê-lo. Vou ficar bem. Além disso, agora estou em contato com Claire, e ela pode me ajudar. — Uma ideia me vem: — Nós três poderíamos nos reunir, não acha? Como nos velhos tempos? Como na faculdade? Nós três. E o marido dela, suponho. Acho que ela disse que tinha um marido. Podemos nos encontrar, ficar juntos. Vai ser ótimo. — Minha mente se fixa nas mentiras que li, em como não fui capaz de confiar em Ben, mas faço força para afastar aquilo. Eu me relembro que tudo isso já foi resolvido. É minha vez de ser forte agora. De ser positiva. — Desde que a gente prometa que sempre será sincero um com o outro — digo —, tudo vai ficar bem.

Ele se vira para me encarar.

— Você me ama, não é?

— É claro. É claro que amo.

— E me perdoa? Por ter abandonado você? Eu não queria. Não tive escolha. Desculpe.

Seguro a mão dele. Parece ao mesmo tempo fria e quente, ligeiramente úmida. Tento segurá-la entre as minhas mãos, mas ele nem ajuda nem resiste a meu gesto. Sua mão repousa sem vida sobre seu joelho, em vez disso. Eu a aperto, e só então ele parece notar que a estou segurando.

— Ben. Eu entendo. Eu perdoo você. — Olho nos olhos dele. Parecem embotados e sem vida, como se já tivessem visto tanto horror que não conseguem aguentar mais. — Eu amo você, Ben.

A voz dele abaixa para um sussurro.

— Me beije.

Faço como ele pede e, então, quando recuo, ele sussurra:

— De novo. Me beije de novo.

Eu o beijo uma segunda vez. Mas, embora ele me peça, não consigo beijá-lo uma terceira. Em vez disso olhamos o mar, o luar sobre as águas, as gotas de chuva no para-brisa refletindo o brilho amarelado dos faróis dos carros que passam. Só nós dois, de mãos dadas. Juntos.

Ficamos ali sentados pelo que parecem horas. Ben está ao meu lado, olhando fixamente para o mar. Vasculha a água como se estivesse à procura de algo, alguma resposta na escuridão, e nada fala. Imagino por que ele nos trouxe aqui, o que estaria esperando encontrar.

— É nosso aniversário mesmo? — pergunto. Nenhuma resposta. Ele parece não ter me ouvido, por isso repito a pergunta.

— Sim — responde ele baixinho.

— Nosso aniversário de casamento?

— Não — diz ele. — É o aniversário da noite em que nos conhecemos.

Sinto vontade de perguntar o que deveríamos comemorar, dizer que não parece comemoração nenhuma, mas isso soa cruel.

A estrada movimentada atrás de nós se aquietou, a lua se levanta no céu. Começo a ter medo de ficarmos aqui a noite inteira olhando para o mar enquanto a chuva cai. Finjo um bocejo.

— Estou com sono — digo. — Podemos ir para o nosso hotel?

Ele olha o relógio de pulso.

— Sim — diz ele. — Claro. Desculpe. Sim. — Dá partida no motor do carro. — Vamos já.

Fico aliviada. Estou ao mesmo tempo louca para dormir e com medo disso.

⚬

A estrada costeira mergulha e ascende enquanto bordeamos uma cidade. As luzes de outra, maior, começam a se aproximar, entrando em foco do outro lado do vidro úmido. A estrada se torna mais movimentada, uma marina surge com seus barcos ancorados, lojas e clubes noturnos, e então chegamos à cidade em si. À direita, todos os edifícios parecem ser hotéis, anunciando vagas sobre faixas brancas que ondulam ao vento. As ruas estão agitadas; não é tão tarde quanto pensei, ou então este é o tipo de cidade que tem vida dia e noite.

Olho para o mar. Um píer sobressai dentro d'água, inundado de luz, com um parque de diversões em sua extremidade. Vejo uma tenda em forma de cúpula, uma montanha-russa, uma bagunça. Quase consigo ouvir os gritos das pessoas enquanto giram acima do mar negro como breu.

Uma aflição que não consigo determinar começa a se formar em meu peito.

— Onde estamos? — digo. Há palavras inscritas acima da entrada do píer, destacadas em luzes brancas brilhantes, mas não consigo identificar o que dizem pelo para-brisa encharcado de chuva.

— Chegamos — diz Ben, quando dobramos uma rua lateral e estacionamos em frente a uma casa avarandada. Há um letreiro no toldo acima da porta: *Rialto Guest House*, diz.

Há degraus que conduzem à porta da frente, uma cerca decorada que separa o edifício da rua. Ao lado da porta há um pequeno vaso rachado que antes devia abrigar um arbusto, mas que agora está vazio. Sou tomada por um medo intenso.

— Já estivemos aqui antes? — pergunto. Ele faz que não. — Tem certeza? Parece familiar.

— Com certeza — diz ele. — Talvez tenhamos ficado em algum outro lugar aqui perto uma vez. Você deve estar se lembrando disso.

Tento relaxar. Saímos do carro. Há um bar ao lado da pousada e pelos seus janelões vejo dezenas de pessoas bebendo e uma pista de dança pulsando, nos fundos. A música vibra, abafada pelo vidro.

— Vamos fazer o check-in e depois volto para apanhar a bagagem, certo?

Puxo o casaco para perto do corpo. O vento agora está frio, a chuva, pesada. Subo os degraus apressadamente e abro a porta da frente. Há uma placa grudada com fita adesiva no vidro: "Não há vagas". Entro no saguão.

— Você fez reserva? — pergunto, quando Ben se junta a mim. Estamos em um corredor. No fim dele uma porta está entreaberta, e de trás dela vem o som de uma televisão no volume máximo, competindo com a música do bar ao lado. Não há balcão de recepção, e sim um sino sobre uma mesinha e uma placa que nos convida a tocá-lo caso se queira chamar a atenção.

— Sim, é claro — responde Ben. — Não se preocupe. — E toca o sino.

Por um instante nada acontece, depois um rapaz sai de um cômodo em algum lugar nos fundos da casa. É alto e desajeitado, e noto que, apesar de ser grande demais para ele, sua camisa está para fora das calças. Ele nos cumprimenta como se estivesse nos aguardando, embora sem ser simpático, e espero enquanto ele e Ben completam as formalidades.

Está na cara que aquele hotel já viu dias melhores. O carpete está desgastado em alguns pontos, e a pintura ao redor das portas está arranhada e manchada. Do outro lado do saguão há outra porta, na qual se lê "Sala de Jantar", e nos fundos há várias outras portas atrás das quais, imagino, devem ficar a cozinha e os quartos dos funcionários.

— Levo vocês até o quarto, sim? — diz o rapaz alto quando ele e Ben terminam. Percebo que ele está falando comigo; Ben está saindo, provavelmente para apanhar as malas.

— Sim — respondo. — Obrigada.

Ele me entrega uma chave e subimos as escadas. No primeiro patamar há diversos quartos, mas passamos por eles e subimos mais um lance. A casa parece encolher à medida que subimos; os tetos ficam mais baixos, as paredes mais próximas. Passamos por outro quarto e então ficamos ao pé de um último lance de escadas, que deve levar ao topo da casa.

— Seu quarto fica lá em cima — diz ele. — É o único.

Eu agradeço, e então ele se vira e desce novamente as escadas enquanto subo até o nosso quarto.

∽

Abro a porta. O quarto está escuro e é maior do que eu esperava, ali no alto da casa. Vejo uma janela em frente, e através dela uma fraca luz cinzenta brilha, replicando a silhueta de uma penteadeira, uma cama, uma mesa e uma poltrona. A música do clube ao lado pulsa, despida de sua clareza, reduzida a tons baixos embotados e rangentes.

Fico parada. O medo me domina novamente. O mesmo medo que experimentei em frente à pousada, porém pior. Sinto-me gelar. Algo está errado, mas não consigo ver o quê. Inspiro profundamente, mas não consigo levar ar suficiente aos pulmões. Sinto como se eu estivesse prestes a me afogar.

Fecho os olhos, como se esperando que o quarto parecesse diferente quando os abrisse, mas não é o que acontece. Sou tomada por um medo avassalador do que irá acontecer quando eu acender a luz, como se aquela simples ação predissesse o desastre, o fim de tudo.

O que vai acontecer se eu deixar o quarto coberto pela escuridão e descer as escadas em vez disso? Eu poderia passar calmamente pelo homem alto, depois pelo corredor, então por Ben se necessário, e sair, deixar o hotel.

Mas eles pensariam que fiquei louca, claro. Me encontrariam e me trariam de volta. E o que eu iria alegar? Que a mulher que não se lembra de nada teve uma sensação que não gostou, feito um pressentimento? Eles iriam me achar ridícula.

Estou com meu marido. Vim para cá para me reconciliar com ele. Estou a salvo com Ben.

E assim acendo a luz.

Há um clarão enquanto meus olhos se acostumam com a luz e então vejo o quarto. Não tem nada de mais. Nada com que se amedrontar. O carpete é cinza, as cortinas e o papel de parede exibem estampas florais, mas elas não combinam entre si. A penteadeira está desgastada, com três espelhos e o quadro desbotado de um pássaro acima dela, a poltrona é de vime com estofado de outra estampa floral, e a cama está coberta por uma colcha laranja com estampa em losangos.

Posso ver como o quarto deve ser decepcionante para alguém que o reservou para umas férias, mas, embora Ben o tenha reservado para nós, não é decepção o que sinto. O medo agora se transformou em pavor.

Fecho a porta atrás de mim e tento me acalmar. Estou sendo boba. Paranoica. Preciso me ocupar. Fazer alguma coisa.

Faz frio no quarto e uma ligeira corrente agita as cortinas. A janela está aberta e vou até lá para fechá-la. Olho para fora antes de fazê-lo. Estamos bem alto; os postes estão lá embaixo; gaivotas estão pousadas em silêncio sobre eles. Olho por cima dos telhados, vejo a lua fria no céu, e, à distância, o mar. Vejo o píer, o burburinho, as luzes piscando.

E então eu as vejo. As palavras, sobre a entrada do píer.

Píer de Brighton.

Apesar do frio, e muito embora eu esteja tremendo, sinto uma gota de suor se formar em minha testa. Agora tudo faz sentido. Ben me trouxe para cá, para Brighton, para o lugar do meu desastre. Mas por quê? Acharia ele mais provável que eu me lembre do que aconteceu se estiver de volta à cidade onde minha vida foi arrancada de mim? Que irei me lembrar de quem fez isso comigo?

Eu me lembro de ter lido que o Dr. Nash certa vez sugeriu que eu viesse para cá e que eu havia lhe dito não.

Ouço passos nas escadas, vozes. O homem alto deve estar trazendo Ben para cá, para o nosso quarto. Os dois devem estar trazendo as malas juntos, erguendo-as pelos degraus e ao redor dos patamares difíceis. Logo Ben estará aqui.

O que irei lhe dizer? Que ele está errado e que estar aqui não vai ajudar? Que eu quero voltar para casa?

Volto na direção da porta. Vou ajudar a trazer as malas, e então vou desfazê-las, e vamos dormir, e então amanhã...

De repente, compreendo. Amanhã voltarei a não saber de nada. É isso o que Ben deve estar trazendo na maleta. Fotos. O álbum. Ele terá de se valer de tudo o que tem para me explicar novamente quem ele é e onde estamos.

Fico pensando se trouxe ou não meu diário, depois me lembro de o ter colocado na bolsa. Tento me acalmar. Esta noite eu o colocarei embaixo do travesseiro e amanhã eu o encontrarei e o lerei. Vai ficar tudo bem.

Ouço Ben no patamar. Está conversando com o homem alto, acertando as coisas para o café da manhã.

— Provavelmente vamos preferir tomar o nosso no quarto. — Ouço-o dizer. Uma gaivota grita à janela e me assusta.

Caminho em direção à porta e então eu vejo. À minha direita. Um banheiro, com a porta aberta. Uma banheira, um vaso sanitário, uma pia. Mas é o chão que chama minha atenção, que me enche de horror. É azulejado e o padrão é incomum; branco e preto alternados em diagonais desvairadas.

Fico boquiaberta. Me sinto gelar. Acho que ouço um grito saindo da minha garganta.

Eu sei, então. Reconheço o padrão.

Não foi só Brighton que eu reconheci.

Já estive aqui antes. Neste quarto.

∾

A porta se abre. Não digo nada quando Ben entra, mas minha mente rodopia. Será este o quarto onde eu fui atacada? Por que ele não me disse que estávamos voltando para cá? Como ele pôde no começo nem querer me contar sobre o ataque e agora me traz até o quarto onde tudo aconteceu?

Vejo o homem de pé em frente à porta e quero chamá-lo, pedir para que fique, mas ele dá as costas para ir embora e Ben fecha a porta. Agora somos só nós dois.

Ele se vira para mim.

— Está tudo bem com você, meu amor? — pergunta. Assinto e digo que sim, mas a palavra parece ter sido forçada para fora de mim. Sinto as reviravoltas do ódio em meu estômago.

Ele segura meu braço. Aperta um pouco forte demais; mais força e eu diria algo, menos, e eu duvidaria que ele tivesse notado alguma coisa.

— Tem certeza? — pergunta ele.

— Sim — digo. Por que ele está fazendo isso? Deve saber onde estamos, o que isso significa. O tempo todo ele deve ter planejado isso. — Sim, estou bem. Só um pouco cansada.

E então entendo. O Dr. Nash. Ele deve ter algo a ver com isso. Senão por que Ben — depois de todos esses anos, quando podia ter feito isso, mas não o fez — iria resolver me trazer até aqui agora?

Os dois devem estar em contato. Talvez Ben tenha ligado para ele, depois do que eu lhe contei sobre nossos encontros. Talvez em algum momento da semana passada — a semana da qual nada sei — eles tenham planejado tudo.

— Por que não vai se deitar? — sugere Ben.

Eu me ouço dizer:

— Acho que vou. — Eu me viro na direção da cama. Estariam eles em contato o tempo inteiro? O Dr. Nash poderia estar mentindo sobre tudo. Eu o imagino telefonando para Ben depois de se despedir de mim, contando sobre meu progresso ou sobre a falta dele.

— Boa menina — diz Ben. — Eu queria ter trazido champanhe, acho que vou comprar um. Tem uma loja, acho. Não é longe. — Ele sorri. — Depois volto para ficar com você.

Eu me viro para encará-lo e ele me beija. Agora, aqui, seu beijo se demora. Ele roça os meus lábios com os dele, passa a mão pelos meus cabelos, afaga minhas costas. Sinto o impulso de me afastar. Sua mão desliza pelas minhas costas, vindo repousar sobre a parte de cima das minhas nádegas. Engulo em seco com dificuldade.

Não posso confiar em ninguém. Nem no meu marido, nem no homem que alega estar me ajudando. Eles vêm trabalhando juntos, preparando este dia, o dia em que, claramente, decidiram que eu deveria enfrentar o horror do meu passado.

"Como ousam!", penso. "Como ousam!"

— Certo — digo. Viro a cabeça de leve, empurro-o com suavidade para que ele me solte.

Ele se vira e sai do quarto.

— Vou trancar a porta — Avisa, ao fechá-la atrás de si. — Precaução nunca é demais... — Ouço a chave se virar na porta por fora e começo a entrar em pânico. Será que ele vai mesmo comprar champanhe? Ou vai se encontrar com o Dr. Nash? Não posso acreditar que ele tenha me trazido para este quarto sem me dizer nada; mais uma mentira, assim como as outras. Eu o ouço descer as escadas.

Torcendo as mãos, sento na beirada da cama. Não consigo acalmar minha mente, não consigo focar em um único pensamento. Em vez disso minha mente dispara, como se, em uma mente desprovida de memória, cada ideia tivesse espaço demais para crescer e se mexer, colidir com as demais em uma chuva de faíscas antes de sumir à distância.

Eu me levanto. Estou furiosa. Não consigo encarar a ideia de ele voltar, servir champanhe, ir para a cama comigo. Nem consigo suportar a ideia da sua pele contra a minha, ou de suas mãos sobre meu corpo durante a noite, me pegando, me apertando, me incitando a me entregar a ele. Como poderia, se não há nenhum eu para entregar?

Eu faria qualquer coisa, penso. Qualquer coisa, menos isso.

Não posso ficar aqui, neste lugar onde a minha vida foi arruinada e tudo arrancado de mim. Tento imaginar quanto tempo tenho. Dez minutos? Cinco? Abro a mala de Ben. Não sei por quê; não estou pensando no motivo, nem em como, somente que preciso me mexer enquanto Ben está longe, antes de ele voltar e as coisas mudarem novamente. Talvez eu queira encontrar as chaves do carro, forçar a porta e descer as escadas, sair para a rua chuvosa e ir até o carro. Embora não tenha sequer certeza de que sei dirigir, talvez eu tencione tentar, entrar e me afastar, me afastar para bem longe.

Ou talvez deseje encontrar uma foto de Adam; sei que elas estão aqui. Vou apanhar apenas uma, e depois sair do quarto e correr. Vou correr e correr, e então, quando não puder correr mais, vou ligar para Claire, ou para qualquer um, e dizer que não consigo mais aguentar e implorar ajuda.

Mergulho as mãos no fundo da mala. Sinto metal e plástico. Algo macio. E então um envelope. Eu o retiro, pensando que pode conter fotografias, e vejo que é o mesmo que vi no escritório em nossa casa. Eu devo tê-lo colocado na mala de Ben ao arrumar a bagagem, na intenção de lembrá-lo que ainda não tinha sido aberto. Eu o viro e vejo a palavra *Particular* escrita na frente. Sem pensar, eu o abro e retiro seu conteúdo.

Papel. Páginas e mais páginas. Reconheço-as. As linhas azul-claras, as margens vermelhas. Estas páginas são iguais às do meu diário, do caderno em que tenho escrito.

E então vejo a minha própria caligrafia e começo a entender.

Eu não li toda a minha história. Há mais. Páginas e páginas a mais.

Encontro meu diário na bolsa. Eu não havia notado antes, mas depois da última página escrita, toda uma seção fora removida. As páginas foram extirpadas com todo o cuidado, cortadas com uma navalha ou lâmina de barbear, perto da lombada.

Cortadas por Ben.

Sento no chão, com as páginas espalhadas à minha frente. Ali está a semana que faltava na minha vida. Leio o resto da história.

∽

A primeira entrada está datada de "Sexta-feira, 23 de novembro". O mesmo dia em que encontrei Claire. Eu devo ter escrito aquilo à noite, depois de falar com Ben. Talvez nós tivéssemos tido a conversa que eu estava planejando, no fim das contas. "Estou aqui sentada", começa,

no chão do banheiro, na casa onde, supostamente, acordei todas as manhãs. Tenho este diário na minha frente, esta caneta na minha mão. Escrevo porque é tudo em que consigo pensar em fazer.

Há bolas de lenço de papel ao meu redor, encharcadas de lágrimas e sangue. Quando pisco, minha visão fica vermelha. O sangue pinga no meu olho com a mesma rapidez com que consigo limpá-lo.

Quando olhei no espelho, vi que há um corte na pele acima do meu olho, e meu lábio também está cortado. Quando engulo, sinto o gosto metálico do sangue.

Quero dormir. Encontrar um lugar seguro em algum lugar, fechar os olhos e descansar, como um animal.

Isso é o que eu sou. Um animal. Vivo momento a momento, dia a dia, tentando entender o mundo em que me encontro.

Meu coração dispara. Leio de novo o parágrafo, meus olhos atraídos vezes sem conta para a palavra "sangue". O que havia acontecido?

Começo a ler rápido, minha mente tropeçando nas palavras, movendo de linha em linha. Não sei quando Ben vai voltar e não posso arriscar que ele pegue estas páginas antes de eu ter terminado. Agora pode ser a minha única chance.

Decidi que era melhor falar com ele depois do jantar. Comemos na sala de estar — salsicha, purê, os pratos equilibrados nos joelhos — e quando os dois tinham terminado perguntei se ele poderia desligar a televisão. Ele pareceu relutante.

— Preciso falar com você — eu disse.

A sala pareceu quieta demais, preenchida apenas com o tique-taque do relógio e o zumbido distante da cidade. E minha voz, vazia.

— Querida — disse Ben, colocando seu prato sobre a mesa de centro entre nós dois. Havia um pedaço de carne semimastigado num dos cantos do prato, ervilhas flutuavam no molho ralo. — Está tudo bem?

— Sim — respondi. — Está tudo bem. — Eu não sabia como continuar. Ele olhou para mim, de olhos arregalados, esperando. — Você me ama, não ama? — falei. Sentia quase como se eu estivesse reunindo provas para me garantir contra qualquer decepção posterior.

— Sim — disse ele. — É claro. Por que isso tudo? O que foi?

— Ben — falei —, eu amo você também. E entendo seus motivos para fazer o que anda fazendo, mas eu sei que você está mentindo para mim.

Praticamente assim que terminei a frase eu me arrependi de tê-la começado. Eu o vi reagir mal. Ele me fitou com os lábios entreabertos, como se fosse dizer algo, os olhos magoados.

— Como assim? — disse ele. — Querida...

Agora eu tinha de continuar. Não havia escapatória da corrente onde eu havia começado a nadar.

— Eu sei que você está fazendo isso — não me contar as coisas — para me proteger, mas isso não pode mais continuar. Preciso saber.

— O que quer dizer? — perguntou ele. — Não andei mentindo para você.

Senti uma onda de raiva.

— Ben — falei —, eu sei a respeito de Adam.

O rosto dele mudou, então. Eu o vi engolir em seco e olhar para o lado, para um dos cantos da sala. Ele bateu algo da manga do seu pulôver.

— O quê?

— Adam — repeti. — Eu sei que nós tivemos um filho.

Eu meio que esperava que ele me perguntasse como eu sabia, mas então percebi que essa conversa não era incomum. Já a tivemos antes, no dia em que vi meu livro, e em outros dias nos quais também me lembrei de Adam.

Vi que ele estava prestes a falar, mas não queria mais ouvir nenhuma mentira.

— Eu sei que ele morreu no Afeganistão — falei.

A boca dele se fechou, depois se abriu de novo, quase comicamente.

— Como você sabe disso?

— Você me contou — falei. — Semanas atrás. Você estava comendo um biscoito, e eu estava no banheiro. Eu desci as escadas e lhe contei que eu tinha me lembrado que tivemos um filho, me lembrado até mesmo do nome dele, e então nos sentamos e você me contou que ele tinha sido morto. Você me mostrou algumas fotos, que estavam lá em cima. Fotos minhas e dele, e cartas que ele escreveu. Uma carta para o Papai Noel... — A tristeza me tomou novamente. Parei de falar.

Ben estava me encarando.

— Você se lembrou? Como?

— Andei anotando as coisas. Durante algumas semanas. Tanto quanto consigo me lembrar.

— Onde? — perguntou ele. Havia começado a levantar a voz, como se estivesse com raiva, embora eu não entendesse por que ele teria raiva. — Onde você andou anotando as coisas? Não entendo, Christine. Onde você andou anotando as coisas?

— Estou escrevendo em um caderno.

— Um caderno? — O jeito como ele disse aquilo pareceu tão trivial, como se eu estivesse usando o caderno para anotar listas de supermercado e números de telefone.

— Um diário — falei.

Ele transferiu o peso do corpo para a frente da cadeira, como se estivesse prestes a se levantar.

— Um diário? Há quanto tempo?

— Não sei ao certo. Umas duas semanas?

— Posso ver?

Eu sentia petulância e irritação. Estava determinada a não mostrá-lo a ele.

— Não — respondi. — Ainda não.

Ele ficou furioso.

— Onde está? Me mostre.

— Ben, é particular.

Ele atirou a palavra de volta para mim.

— Particular? Como assim, particular?

— Quero dizer privado. Não me sentiria à vontade se você o lesse.

— Por que não? — perguntou ele. — Você escreveu sobre mim?

— É claro que escrevi.

— O que você escreveu? O que você disse?

Como responder isso? Pensei em todas as maneiras como eu o traí. As coisas que contei ao Dr. Nash e que pensei a respeito dele. O jeito como desconfiei do meu marido, as coisas que acreditei que ele seria capaz de fazer. Pensei nas mentiras que contei, nos dias em que fui ver o Dr. Nash — e Claire — sem lhe dizer nada.

— Muitas coisas, Ben. Escrevi muitas coisas.

— Mas por quê? Por que você andou anotando as coisas?

Eu não conseguia acreditar que ele precisava me fazer essa pergunta.

— Quero entender a minha vida — respondi. — Quero ser capaz de relacionar um dia ao outro, como você. Como todo mundo.

— Mas por quê? Você está infeliz? Não me ama mais? Não quer ficar comigo aqui?

A pergunta me exasperou. Por que ele achava que querer entender a minha vida fraturada significava que eu desejava mudá-la de algum modo?

— Não sei — falei. — O que é a felicidade? Estou feliz quando acordo, acho, embora, se hoje de manhã serve de termômetro, estou confusa. Mas não fico feliz quando olho para o espelho e vejo que sou 20 anos mais velha do que eu esperava, que tenho cabelos grisalhos e rugas ao redor dos olhos.

Não fico feliz quando percebo que todos esses anos foram perdidos, arrancados de mim. Portanto, suponho que boa parte do tempo eu não esteja feliz, não. Mas não é sua culpa. Estou feliz com você. Amo você. Preciso de você.

Então ele se sentou ao meu lado. Sua voz se suavizou.

— Desculpe — disse ele. — Odeio o fato de tudo ter sido arruinado só por causa daquele acidente de carro.

Senti a raiva crescer dentro de mim mais uma vez, mas a reprimi. Eu não tinha o direito de ter raiva dele; ele não sabia o que eu havia descoberto e o que não.

— Ben — falei. — Eu sei o que aconteceu. Sei que não foi um acidente de carro. Sei que eu fui atacada.

Ele não se mexeu. Olhou para mim, com os olhos sem expressão. Achei que não tinha me ouvido, mas então ele disse:

— Que ataque?

Levantei a voz:

— Ben! Pare com isso! — Não consegui evitar. Eu tinha contado a ele que estava mantendo um diário, contado que estava juntando os detalhes da minha história, e contudo ali estava ele, ainda disposto a mentir para mim quando estava óbvio que eu sabia a verdade. — Pare de me dizer essas mentiras de merda! Eu sei que não houve acidente de carro nenhum. Sei o que aconteceu comigo. Não tem por que tentar fingir que foi outra coisa. A negação não vai nos levar a lugar nenhum. Você precisa parar de mentir para mim!

Ele se levantou. Parecia enorme, assomando sobre mim, bloqueando minha visão.

— Quem lhe contou? — insistiu ele. — Quem? Foi aquela piranha da Claire? Ela andou dando com a língua naqueles dentes feios dela, contando mentiras para você? Metendo o bedelho onde não foi chamada?

— Ben... — comecei.

— Ela sempre me odiou. Faria qualquer coisa para me envenenar contra você. Qualquer coisa! Ela está mentindo, meu amor. Está mentindo!

— Não foi a Claire — falei. Abaixei a cabeça. — Foi outra pessoa.

— Quem? — berrou ele. — Quem?

— Ando consultando um médico — sussurrei. — Nós conversamos. Ele me contou.

Ele ficou perfeitamente imóvel, a não ser pelo polegar da mão direita, que agora fazia círculos lentos nos nós dos dedos da esquerda. Eu sentia o calor do seu corpo, ouvia sua respiração vagarosa, contendo o ar, soltando-o. Quando ele falou, sua voz era tão baixa que me esforcei para entender as palavras.

— O que quer dizer com "um médico"?

— O nome dele é Dr. Nash. Pelo jeito, ele entrou em contato comigo há algumas semanas. — Na hora em que disse isso, tive a impressão de não estar contando a minha própria história, mas a de outra pessoa.

— Dizendo o quê?

Tentei lembrar. Teria eu escrito sobre nossa primeira conversa?

— Não sei — falei. — Acho que não anotei o que ele disse.

— E ele incentivou você a anotar as coisas?

— Sim.

— Por quê? — perguntou ele.

— Quero melhorar, Ben.

— E está dando certo? O que vocês dois andam fazendo? Ele está lhe dando medicamentos?

— Não — respondi. — Fizemos alguns testes, alguns exercícios. Fiz um exame de escaneamento cerebral...

O polegar parou de se mexer. Ele se virou para me encarar.

— Escaneamento? — O tom da sua voz aumentou novamente.

— Sim. Uma ressonância magnética. Ele disse que talvez pudesse ajudar. Isso não existia quando fiquei doente. Ou pelo menos não era um exame tão sofisticado quanto hoje...

— Onde? Onde você fez esses testes? Me diga!

Eu estava começando a ficar confusa.

— No consultório dele — respondi. — Em Londres. A ressonância foi lá também. Não me lembro exatamente.

— Como você vai até lá? Como alguém como você consegue ir ao consultório de um médico? — A voz dele estava nasalada e urgente agora. — Como?

Tentei falar calmamente.

— Ele vem me apanhar aqui — expliquei. — E me leva de carro para...

A decepção lampejou em seu rosto, depois a raiva. Eu nunca desejei que a conversa fosse para esse lado, nunca foi minha intenção que ela se tornasse difícil.

Eu precisava tentar explicar as coisas para ele.

— Ben... — comecei.

O que aconteceu em seguida não foi o que eu estava esperando. Um gemido embotado começou a se erguer da garganta de Ben, de algum lugar no fundo. Ele aumentou rapidamente até que, incapaz de contê-lo por mais tempo, ele soltou um grito agudo terrível, como o de unhas raspando vidro.

— Ben! — exclamei. — Qual é o problema?

Ele se virou, cambaleando, desviando o rosto de mim. Fiquei com medo que ele estivesse tendo algum tipo de ataque. Levantei-me e estendi a mão para que ele a segurasse.

— Ben! — repeti, mas ele ignorou, apoiando-se contra a parede. Quando virou o rosto de novo para mim, ele estava carmesim, os olhos arregalados. Vi saliva reunida nos cantos da sua boca. Parecia que ele tinha colocado algum tipo de máscara grotesca, tão distorcidas estavam suas feições.

— Sua idiota, filha da puta — disse ele, vindo na minha direção. Me encolhi. O rosto dele estava a centímetros de distância do meu. — Há quanto tempo isso está acontecendo?

— Eu...

— Diga! Diga, sua vadia! Quanto tempo?

— Não está acontecendo nada! — exclamei. O medo se avolumou dentro de mim, aumentando. Rolou suavemente pela superfície e depois afundou. — Nada! — repeti. Senti o cheiro de comida no hálito dele. Carne e cebolas. O cuspe voou, atingindo meu rosto, meus lábios. Senti o gosto da sua raiva quente e úmida.

— Você está dormindo com ele. Não minta para mim.

A parte de trás das minhas pernas pressionava contra a borda do sofá e eu tentei me movimentar ao longo dele, para me afastar de Ben, mas ele agarrou meus ombros e os sacudiu.

— Você sempre foi assim — disse ele. — Piranha, mentirosa e burra. Não sei o que me fez pensar que você seria diferente comigo. O que você andou fazendo, hein? Saindo por aí enquanto estou no trabalho? Ou é aqui mesmo que você está dando para ele? Ou quem sabe num carro, estacionado no meio do mato?

Senti as mãos dele me apertarem com força, os dedos e as unhas se enterrarem na minha pele mesmo através do algodão da minha blusa.

— Você está me machucando! — gritei, esperando chocá-lo para que ele esquecesse a raiva. — Ben! Pare!

Ele parou de tremer e relaxou o aperto uma fração. Não parecia possível que o homem que agarrava meus ombros, no rosto uma mistura de ira e ódio, pudesse ser o mesmo homem que escrevera a carta que Claire havia me dado. Como podíamos ter chegado a esse nível de desconfiança? Quanta falta de comunicação deve ter sido necessária para nos trazer até aqui?

— Não estou dormindo com ele — falei. — Ele está me ajudando. Me ajudando a melhorar para que eu possa viver uma vida normal. Aqui, com você. Você não quer isso?

Os olhos dele começaram a dardejar pela sala.

— Ben? — repeti. — Fale comigo! — Ele congelou. — Você não quer que eu melhore? Não é isso o que você sempre quis, sempre esperou? — Ele começou a balançar a cabeça, agitando-a de um lado para o outro. — Eu sei que é — continuei. — Sei que é isso o que você sempre quis esse tempo todo. — Lágrimas quentes desciam pelas minhas faces, mas eu falava apesar delas, a voz se fraturando em soluços. Ele continuava me segurando, mas agora suavemente, e pousei as mãos sobre as dele.

— Eu me encontrei com Claire — falei. — Ela me deu a sua carta. Eu a li, Ben. Depois de todos esses anos. Eu a li.

Há uma mancha aqui, na página. Tinta, misturada com água em uma mancha que parece uma estrela. Eu devia estar chorando enquanto escrevia. Continuei lendo.

Não sei o que eu esperava que acontecesse. Talvez eu achasse que ele iria cair nos meus braços, soluçando de alívio, e ficaríamos ali de pé, um abraçando o outro silenciosamente pelo tempo que levasse para que pudéssemos relaxar, sentirmos nosso caminho de volta um para o outro. E então nós nos sentaríamos e teríamos uma conversa séria. Talvez eu subisse as escadas para apanhar a carta que Claire tinha me dado, e nós a leríamos juntos e começaríamos o lento processo de reconstruir nossas vidas com base na verdade.

Em vez disso, houve um instante em que absolutamente nada parecia se mover e estava tudo em silêncio. Não havia nenhum som de respiração, nem de trânsito na rua. Eu não ouvi nem mesmo o tique-taque do relógio. Era como se a vida houvesse sido suspensa, pairando no vértice entre um estado e outro.

E então acabou. Ben se afastou de mim. Achei que ele iria me beijar, mas em vez disso notei uma mancha pelo canto do olho e minha cabeça foi atingida de lado. A dor se irradiou a partir da minha mandíbula. Caí, vi o sofá vindo na minha direção, e a minha nuca bateu contra algo duro e agudo. Berrei. Veio outro golpe e depois mais um. Fechei os olhos, esperando pelo seguinte — mas não houve. Em vez disso ouvi passos se afastando e uma porta batendo.

Abri os olhos e inspirei com raiva. O carpete se afastava de mim, agora na vertical. Um prato quebrado estava perto da minha cabeça e o molho se derramava no chão, encharcando o carpete. Ervilhas tinham sido pisoteadas para dentro da trama do tapete, bem como a salsicha semidevorada. A porta de entrada se escancarou, depois bateu com força. Passos na trilha. Ben havia saído.

Suspirei. Fechei os olhos. Não posso dormir, pensei. Não posso.

Abri os olhos de novo. Rodopios negros à distância e o cheiro de carne. Engoli e senti o gosto de sangue.

O que foi que eu fiz? O que foi que eu fiz?

Esperei para ter certeza de que ele havia ido embora, depois subi as escadas e encontrei meu diário. O sangue pingava do meu lábio cortado sobre o carpete. Não sei o que acabou de acontecer. Não sei onde meu marido está, nem se ele irá voltar, nem se quero que ele volte.

Mas preciso que volte. Sem ele, não posso viver.

Tenho medo. Quero ver Claire.

Paro de ler e minhas mãos se dirigem à minha testa. Está dolorida. O hematoma que vi de manhã, aquele que cobri com maquiagem. Ben tinha me batido. Olho para a data de novo. "Sexta-feira, 23 de novembro." Isso foi há uma semana. Uma semana que passei acreditando que estava tudo bem.

Eu me levanto para me olhar no espelho. Continua lá. Uma contusão azulada. Prova de que o que escrevi era verdade. Imagino as mentiras que contei a mim mesma para explicar meu ferimento, ou as mentiras que ele me contou.

Mas agora sei a verdade. Olho para as páginas na minha mão e me dou conta. "Ele queria que eu as encontrasse." Ele sabe que, mesmo que eu as leia hoje, eu as terei esquecido amanhã.

De repente eu o ouço subindo as escadas e, quase pela primeira vez, percebo completamente que estou aqui, neste quarto de hotel. Com Ben. Com o homem que me bateu. Ouço sua chave na fechadura.

Preciso saber o que aconteceu, portanto enfio as páginas embaixo do travesseiro e deito na cama. Quando ele entra no quarto, fecho os olhos.

— Você está bem, querida? — pergunta ele. — Está acordada?

Abro os olhos. Ele está de pé à porta, com uma garrafa na mão.

— Só consegui *cava* — diz ele. — Tudo bem?

Ele coloca a garrafa sobre a penteadeira e me beija.

— Acho que vou tomar uma chuveirada — sussurra ele. Entra no banheiro e gira as torneiras.

Depois que ele fecha a porta, retiro as páginas. Não tenho muito tempo — com certeza ele não vai demorar mais que cinco minutos — portanto preciso ler o mais rápido que puder. Meus olhos passam como um raio pela página, sem sequer registrar as palavras mas vendo o suficiente.

Isso foi horas atrás. Fiquei sentada no corredor escuro da nossa casa vazia, com uma folha de papel em uma das mãos e um telefone na outra. Tinta sobre o papel. Um número manchado. Ninguém atendeu, apenas o toque incessante. Teria ela ligado a secretária eletrônica, ou a memória estaria cheia? Tento de novo. E de novo. Já passei por isso antes. Meu tempo é circular. Claire não está aqui para me ajudar.

Olhei na minha bolsa e encontrei o telefone que o Dr. Nash me deu. É tarde, pensei. Ele não vai estar no trabalho. Vai estar com a namorada, fazendo seja lá o que os dois fazem à noite. Seja lá o que duas pessoas normais fazem. Não tenho ideia do que seja.

Seu telefone residencial estava anotado na frente do meu diário. Tocou e tocou, depois silêncio. Não havia voz gravada para me informar que houve um erro, nenhum convite a deixar mensagem. Tentei de novo. Mesma coisa. O número do seu consultório agora era o único que eu tinha.

Fiquei ali sentada por algum tempo. Impotente. Olhando para a porta de entrada, meio que esperando que a figura ensombreada de Ben aparecesse no vidro jateado e inserisse a chave na fechadura, meio que temendo isso.

Ao fim, não pude esperar mais. Subi as escadas e me despi, depois deitei na cama e escrevi isto. A casa continua vazia.

Daqui a pouco fecharei este caderno e o esconderei, depois apagarei a luz e irei dormir.

E então vou esquecer, e este diário vai ser a única coisa que restará.

Olho para a página seguinte com pavor, temendo encontrá-la em branco, mas não está.

Segunda-feira, 26 de novembro
Ele me bateu na sexta. Dois dias sem escrever nada. Durante todo esse tempo, teria eu acreditado que estava tudo bem?

Meu rosto está machucado e dolorido. Com certeza eu devo ter percebido que algo não estava certo... não é?

Hoje ele falou que eu levei um tombo. O maior clichê da história e eu acreditei. Por que não acreditaria? Ele já tinha me explicado quem eu era, e quem ele era, e como eu havia acordado em uma casa estranha, décadas mais velha do que acreditava ser, então por que eu questionaria o motivo do meu olho machucado e inchado, do meu lábio cortado?

E assim segui normalmente o meu dia. Eu o beijei quando ele saiu para trabalhar. Limpei as coisas do nosso café da manhã. Preparei um banho de imersão.

E então vim para cá, encontrei este diário e soube a verdade.

Uma lacuna. Percebo que não mencionei o Dr. Nash. Teria ele me abandonado? Será que eu encontrara o diário sem a ajuda dele?

Mais tarde, liguei para Claire. O telefone que Ben me deu não funcionava — a bateria provavelmente estava descarregada, pensei — e portanto usei o que o Dr. Nash tinha me dado. Ninguém atendeu, por isso fiquei sentada na sala de estar. Não conseguia relaxar. Apanhei revistas, coloquei-as novamente de lado. Liguei a televisão e passei meia hora olhando para a tela, sem prestar atenção no que estava passado. Olhei para meu diário, incapaz de me concentrar, incapaz de escrever. Tentei o número de Claire mais uma vez, várias vezes, sempre escutando a mesma mensagem pedindo para eu deixar a minha. Foi só depois do almoço que ela atendeu.

— Chrissy — disse ela. — Como você está? — Ouvi Toby ao fundo, brincando.

— Tudo bem — respondi, embora não estivesse.

— Eu ia ligar para você — disse ela. — Me sinto péssima, e é apenas segunda-feira!

Segunda-feira. Dias não significavam nada para mim; cada um deles se dissolvia, indistinguível daquele que o havia precedido.

— Preciso ver você — falei. — Você pode vir até aqui?

Ela pareceu surpresa.

— Até a sua casa?

— Sim — respondi. — Por favor? Preciso falar com você.

— Está tudo bem, Chrissy? Você leu a carta?

Respirei fundo, e minha voz baixou para um sussurro.

— Ben me bateu.

Ouvi um engasgo de surpresa.

— O quê?

— Na outra noite. Estou machucada. Ele me disse que eu levei um tombo, mas eu havia anotado que ele me bateu.

— Chrissy, é impossível Ben bater em você. Ele simplesmente é incapaz disso.

A dúvida me inundou. Seria possível que eu tivesse inventado tudo?

— Mas eu escrevi no meu diário — retruquei.

Ela não disse nada por um momento, e depois:

— Mas por que você acha que ele bateu em você?

Levei as mãos ao rosto, senti a carne inchada ao redor dos olhos. Senti um lampejo de raiva. Era óbvio que ela não acreditava em mim.

Pensei no que eu havia escrito.

— Eu contei a ele que estava escrevendo um diário. Disse que estava vendo você e o Dr. Nash. Contei o que eu sabia sobre Adam. Disse que você me entregou a carta que ele escreveu, que eu a havia lido. E então ele me bateu.

— Ele simplesmente bateu em você, do nada?

Pensei em todas as coisas das quais ele havia me chamado, as coisas das quais ele me acusou.

— Ele me chamou de piranha. — Senti um soluço erguer-se no meu peito. — Ele... ele me acusou de dormir com o Dr. Nash. Eu disse que não estava fazendo isso, e então...

— Então?

— Então ele me bateu.

Um silêncio, depois Claire disse:

— Ele já bateu em você antes?

Eu não tinha como saber. Talvez sim, quem sabe? Era possível que o nosso relacionamento sempre tivesse sido abusivo. Minha mente se lembrou de mim e de Claire marchando, segurando cartazes feitos à mão — "Direitos das mulheres. Não à violência doméstica". Lembrei como eu sempre havia desprezado as mulheres que continuavam casadas com maridos que as espancavam. Eram fracas, eu pensava. Fracas e burras.

Seria possível que eu tivesse caído na mesma armadilha que elas?

— Não sei — respondi.

— É difícil imaginar Ben machucando alguém, mas suponho que não seja impossível. Deus! Ele costumava fazer com que até eu me sentisse culpada, lembra?

— Não — respondi. — Não. Não me lembro de nada.

— Merda — disse ela. — Desculpe. Esqueci. É que é tão difícil imaginar. Foi ele que me convenceu que os peixes têm tanto direito à vida quanto um animal com patas. Ele não matava sequer uma aranha!

O vento agita as cortinas do quarto. Ouço um trem à distância. Gritos vindos do píer. Lá embaixo, na rua, alguém grita "Merda!" e ouço o som de vidro se quebrando. Não quero continuar lendo, mas sei que preciso.

Senti um calafrio.

— Ben era vegetariano?

— *Vegan* — disse ela, rindo. — Não me diga que você não sabia?

Lembrei da noite em que ele me bateu. "Um pedaço de carne", eu havia escrito. "Ervilhas flutuando no molho fino."

Fui até a janela.

— Ben come carne... — falei, devagar. — Ele não é vegetariano... Não agora, pelo menos. Talvez ele tenha mudado, quem sabe?

Houve outro longo silêncio.

— Claire? — Ela não disse nada. — Claire? Alô?

— Certo — disse ela. Soava irritada agora. — Vou ligar para ele. Vou descobrir o que está acontecendo. Onde ele está?

Respondi sem pensar.

— Deve estar na escola, acho. Ele disse que só voltaria às 5.

— Na escola? — repetiu ela. — Você quer dizer na faculdade? Ele está dando aulas agora?

O medo começou a se agitar dentro de mim.

— Não — falei. — Ele trabalha numa escola aqui perto. Não consigo me lembrar o nome.

— O que ele faz lá?

— É professor. Chefe do departamento de química, acho que ele disse. — Eu me senti culpada por não saber o que o meu marido faz para ganhar a vida, por não ser capaz de me lembrar de como ele ganha o dinheiro que nos mantém alimentados e vestidos. — Não lembro.

Olhei para cima e vi meu rosto inchado refletido na janela à minha frente. A culpa se evaporou.

— Que escola? — quis saber ela.

— Não sei. Acho que ele não me disse.

— Como assim, nunca?

— Não esta manhã — eu disse. — Para mim isso pode muito bem ser nunca.

— Desculpe, Chrissy. Não queria irritar você. É que, bem... — Senti uma mudança de ideia, uma frase abortada. — Será que você poderia descobrir o nome da escola?

Pensei no escritório no andar de cima.

— Acho que sim. Por quê?

— Gostaria de falar com Ben, ter certeza de que ele estará em casa quando eu estiver aí esta tarde. Não quero perder a viagem!

Notei o humor que ela estava tentando injetar em sua voz, mas não disse nada. Me senti fora de controle, não conseguia saber o que era melhor, o que eu deveria fazer, e por isso decidi ceder à minha amiga.

— Vou dar uma olhada — falei.

Subi as escadas. O escritório estava arrumado, pilhas de papéis organizadas sobre a mesa. Não demorei para encontrar um papel com cabeçalho; uma carta sobre uma reunião de pais e mestres que já havia acontecido.

— É St. Anne — eu disse. — Quer o telefone? — Ela disse que ela mesma encontraria.

— Ligo de volta para você — falou. — Certo?

O pânico me atingiu de novo.

— O que você vai dizer a ele?

— Vou descobrir o que está acontecendo — disse ela. — Confie em mim, Chrissy. Deve haver uma explicação. Tá?

— Certo — falei, e desliguei o telefone. Eu me sentei, com as pernas trêmulas. E se minha primeira intuição estivesse certa? E se Claire e Ben ainda estivessem dormindo juntos? Talvez ela agora estivesse ligando para ele, para avisá-lo. "Ela está desconfiada", talvez estivesse dizendo. "Tome cuidado."

Eu me lembrei do que li no meu diário antes. O Dr. Nash havia dito que eu certa vez exibi sintomas de paranoia. "Clamando que os médicos estavam conspirando contra você, dissera ele. Tendência a confabular. A inventar coisas."

E se tudo isso estiver acontecendo de novo? E se eu estiver inventando isso, tudo isso? Tudo em meu diário poderia ser fantasioso. Paranoia.

Pensei no que me disseram na ala psiquiátrica, e na carta de Ben. "Você às vezes era violenta." Percebi que poderia ter sido eu quem provocou a briga na sexta à noite. Teria eu agredido Ben? Talvez ele tenha revidado, e então, depois, no banheiro do andar de cima, eu tenha apanhado uma caneta e explicado tudo ficcionalizando.

E se todo este diário significar que estou piorando de novo? Que em breve realmente será hora de eu voltar para Waring House?

Gelei, subitamente convencida de que era por isso que o Dr. Nash queria me levar lá. Para me preparar para a minha volta.

A única coisa que posso fazer é aguardar que Claire me ligue de volta.

Outro grito sufocado. Seria isso o que está acontecendo agora? Será que Ben vai tentar me levar de volta para Waring House? Olho para a porta do banheiro. Não vou deixar que ele faça isso.

Há uma última entrada, escrita mais tarde no mesmo dia.

Segunda-feira, 26 de novembro, 18h55
Claire me ligou depois de menos de meia hora. E agora a minha mente oscila. Pula de uma coisa para a outra, depois volta à primeira. "Sei o que fazer. Não sei o que fazer. Sei o que fazer." Mas há um terceiro pensamento. Estremeço ao perceber a verdade: "Estou em perigo."

Viro para a página da frente deste diário, tencionando escrever *Não confie em Ben*, mas descubro que essas palavras já estão ali.

Não me lembro de tê-las escrito. Mas, enfim, não me lembro de nada.

Pula uma linha, e então continua.

Ela soava hesitante ao telefone.

— Chrissy — disse. — Escute.

O tom dela me amedrontou. Eu me sentei.

— O que foi?

— Liguei para Ben. Na escola.

Tive a sensação avassaladora de estar em uma jornada incontrolável, de estar em águas não navegáveis.

— O que ele disse?

— Não falei com ele. Só queria ter certeza de que ele trabalha lá.

— Por quê? — perguntei. — Você não confia nele?

— Ele mentiu sobre outras coisas.

Tive de concordar.

— Mas por que você acha que ele me contaria que trabalhava em algum lugar se não fosse verdade? — perguntei.

— Só fiquei surpresa por ele estar trabalhando em uma escola. Você sabia que ele se formou em arquitetura? Da última vez que falei com ele, estava abrindo o próprio escritório. Só achei meio estranho que ele estivesse trabalhando em uma escola.

— O que eles disseram?

— Disseram que não podiam incomodá-lo. Ele estava ocupado, em uma aula. — Senti alívio. Pelo menos sobre isso ele não tinha mentido.

— Ele deve ter mudado de ideia — falei. — Quanto à carreira.

— Chrissy? Eu disse a eles que queria enviar alguns documentos para ele. Uma carta. Pedi o seu título oficial.

— E? — perguntei.

— Ele não é chefe do departamento de química. Nem do de ciências. Nem de nada. Eles disseram que ele é assistente de laboratório.

Senti meu corpo se sacudir involuntariamente. Posso ter sufocado um grito; não lembro.

— Tem certeza? — perguntei. Minha mente apressou-se a pensar em um motivo para esta nova mentira. Seria possível que ele estivesse constrangido? Preocupado com o que eu iria achar se soubesse que ele havia passado de arquiteto bem-sucedido a assistente de laboratório numa escola local? Acharia ele realmente que eu era tão superficial a ponto de amá-lo mais ou menos com base no que ele fazia para ganhar a vida?

Tudo fez sentido.

— Oh, meu Deus — falei. — É tudo minha culpa!

— Não! — disse ela. — Não é sua culpa!

— É sim! — exclamei. — É o esforço enorme de ter de cuidar de mim. De ter de lidar comigo, dia sim, dia não. Ele deve estar à beira de um colapso. Talvez nem sequer saiba o que é verdade e o que não é. — Comecei a chorar. — Deve ser insuportável — continuei. — E ele além disso precisa passar por todo esse sofrimento sozinho, todos os dias.

A linha ficou muda, depois Claire disse:

— Sofrimento? Que sofrimento?

— Adam — respondi. Senti dor ao pronunciar seu nome.

— O que tem Adam?

A compreensão me veio. Selvagem. Sem ser solicitada. "Oh, meu Deus", pensei. "Ela não sabe. Ben não lhe contou."

— Ele está morto — falei.

Ela engoliu em seco.

— Morto? Quando? Como?

— Não sei exatamente quando — falei. — Acho que Ben me disse que foi no ano passado. Ele foi morto na guerra.

— Guerra? Que guerra?

— Do Afeganistão.

E então ela disse:

— Chrissy, o que ele estaria fazendo no Afeganistão? — A voz dela tinha um tom estranho. Ela quase parecia contente.

— Ele estava nas forças armadas — falei, mas comecei a duvidar do que eu estava dizendo. Era como se finalmente eu estivesse cara a cara com algo que eu sabia desde o início.

Ouvi Claire dar um riso de deboche, quase como se estivesse achando algo divertido.

— Chrissy — disse ela. — Chrissy, querida. Adam não entrou para as forças armadas. Nunca foi para o Afeganistão. Está morando em Birmingham, com uma moça chamada Helen. Trabalha com computação. Ele não me perdoou, mas eu ainda ligo para ele de vez em quando. Ele provavelmente preferiria que eu não ligasse, mas sou madrinha dele, lembra?

Levei um instante para me dar conta de que ela estava usando o tempo presente, e enquanto isso ela continuou falando.

— Liguei para ele depois que nos encontramos na semana passada. — Agora ela estava quase rindo. — Ele não estava em casa, mas falei com Helen. Ela disse que iria pedir que ele me ligasse de volta. Adam está vivo.

Paro de ler. Me sinto leve. Vazia. Sinto como se pudesse cair para trás, ou então flutuar. Poderia eu ousar acreditar nisso? Será que quero? Eu endireito o corpo contra a penteadeira e continuo lendo, apenas fracamente ciente de que já não escuto o barulho do chuveiro de Ben.

Devo ter tropeçado, me segurado na cadeira.

— Ele está vivo? — Minha barriga revirou, eu me lembro do vômito subindo na garganta e de ter de engoli-lo de volta. — Está mesmo vivo?

— Sim — disse ela. — Sim!

— Mas... — comecei. — Mas... eu vi um jornal. Um recorte. Dizia que ele havia sido morto.

— Não pode ser de verdade, Chrissy. Não pode ser. Ele está vivo.

Comecei a falar, mas então tudo me atingiu ao mesmo tempo, todas as emoções misturadas. Alegria. Eu me lembro de alegria. Do prazer absoluto de saber que Adam está vivo borbulhando na minha língua, mas misturado a ele estava o gosto amargo e ácido do medo. Pensei nos meus hematomas, na força com que Ben deve ter me batido para provocá-los. Talvez o abuso dele não seja apenas físico, talvez em alguns dias ele se deleite em me dizer que meu filho está morto para poder ver a dor que o pensamento me provoca. Será realmente possível que em outros dias, nos quais eu me lembro da minha gravidez, de ter dado à luz meu filho, ele simplesmente me conte que Adam se mudou, está trabalhando em outro país, morando do outro lado da cidade?

E se for mesmo o caso, então por que eu nunca escrevi nenhuma dessas verdades alternativas que ele forneceu?

O tom dela me incomodou, mas ao mesmo tempo me senti aliviada — e animada ante a ideia de que logo poderia encontrar o meu filho. Eu queria vê-lo, ver sua fotografia, agora mesmo. Lembrei que nós não tínhamos quase nenhuma em casa, e as que tínhamos estavam trancadas. Um pensamento começou a se formar.

— Claire — falei. — Nós tivemos um incêndio?

Ela soou confusa.

— Um incêndio?

— Sim. Quase não temos fotos de Adam. E quase nenhuma do nosso casamento. Ben disse que as perdemos num incêndio.

— Um incêndio? — repetiu ela. — Que incêndio?

— Ben disse que houve um incêndio na nossa antiga casa. Que perdemos muita coisa.

— Quando?

— Não sei. Anos atrás.

— E vocês não têm fotos de Adam?

Comecei a ficar irritada.

— Temos algumas. Mas não muitas. Quase nenhuma desde a época em que ele era bebê e criança. E nenhuma das férias, nem mesmo da nossa lua de mel. Nenhuma dos Natais. Nada assim.

— Chrissy — disse ela. Sua voz era tranquila, controlada. Achei que eu havia detectado algo ali, alguma emoção nova. Medo. — Descreva Ben para mim.

— O quê?

— Descreva Ben para mim. Como ele é?

— E o incêndio? — perguntei. — Me conte sobre isso.

— Não houve incêndio — disse ela.

— Mas anotei que eu me lembrei dele — falei. — Uma panela de batatas fritas. O telefone tocou...

— Você deve ter imaginado — disse ela.

— Mas...

Senti a ansiedade dela.

— Chrissy! Não houve incêndio. Pelo menos, não anos atrás. Ben teria me contado. Agora, descreva Ben. Como ele é? Ele é alto?

— Não exatamente.

— Cabelo preto?

Minha mente fica em branco.

— Sim. Não. Não sei. Está começando a ficar grisalho. Ele tem uma barriguinha, acho. Talvez não. — Eu me levantei. — Preciso ver a foto dele.

Voltei para o primeiro andar. Elas estavam lá, pregadas ao redor do espelho. Eu e meu marido. Felizes. Juntos.

— O cabelo dele é meio castanho — falei. Ouvi um carro estacionar em frente à casa.

— Certeza?

— Sim — falei. O motor foi desligado, a porta bateu. Um bip alto. Baixei a voz. — Acho que Ben chegou.

— Merda — disse Claire. — Rápido. Ele tem uma cicatriz?

— Uma cicatriz? Onde?

— No rosto, Chrissy. Uma cicatriz, ao longo da bochecha. Ele sofreu um acidente. Escalando.

Olhei rapidamente pelas fotos, escolhendo uma minha e do meu marido sentados a uma mesa de café da manhã com nossos robes. Nela ele sorria feliz e, exceto por uma barba por fazer, suas bochechas não tinham marcas. O medo me tomou na mesma hora.

Ouvi a porta da frente se abrir. Uma voz.

— Christine! Querida! Cheguei!

— Não — respondi. — Não, ele não tem.

Um som. Algo entre um grito sufocado e um suspiro.

— O homem com quem você está morando — disse Claire. — Não sei quem ele é. Mas não é Ben.

Estou aterrorizada. Ouço o barulho da descarga, mas não há nada que eu possa fazer além de continuar lendo.

Não sei o que aconteceu depois. Não consigo juntar as partes. Claire começou a dizer, quase gritando, "Merda!", sem parar. Minha mente girava em pânico. Ouvi a porta da frente se fechar, o clique da fechadura.

— Estou no banheiro — gritei para o homem que eu havia acreditado ser o meu marido. Minha voz saiu falhada. Desesperada. — Desço daqui a um minuto.

— Vou até aí — disse Claire. — Vou tirar você daí.

— Está tudo bem, querida? — gritou o homem que não é Ben. Ouvi seus passos nas escadas e percebi que não havia trancado a porta do banheiro. Baixei a voz.

— Ele chegou — eu disse. — Venha amanhã. Quando ele estiver no trabalho. Vou fazer as malas. Ligo para você.

— Merda — disse ela. — Certo. Mas escreva isso no seu diário. Escreva assim que puder. Não esqueça.

Pensei no meu diário, escondido no armário. Preciso ficar calma, pensei. Preciso fingir que não há nada de errado, pelo menos até eu conseguir chegar até ele e anotar o perigo que estou correndo.

— Me ajude — falei. — Me ajude.

Encerrei o telefonema enquanto ele abria a porta do banheiro.

∾

Termina aí. Frenética, folheio as últimas páginas, mas elas estão em branco, marcadas apenas por linhas azul-claras. Aguardando o resto da história. Mas não há mais nada. Ben encontrara o diário, retirara as páginas e Claire não tinha vindo me buscar. Quando o Dr. Nash veio buscar o diário — na terça, dia 27, provavelmente —, eu não sabia que havia algo errado.

De uma única tacada entendo tudo, entendo por que o quadro de avisos da cozinha me incomodava tanto. A letra. É bemfeita, maiúsculas organizadas, que pareciam completamente diferentes das garatujas da carta que Claire me deu. Em algum lugar, no fundo, eu sabia que essas coisas não haviam sido escritas pela mesma pessoa.

Olho para cima. Ben, ou o homem que finge ser Ben, saiu do chuveiro. Está de pé à porta, vestido como antes, olhando para mim. Não sei há quanto tempo ele está aí, observando-me ler. Seus olhos não exibem nada além de uma espécie de vazio, como se ele mal estivesse interessado no que está vendo, como se não lhe dissesse respeito.

Eu me ouço sufocar um grito. Deixo cair os papéis. Soltos, eles deslizam para o chão.

— Você! — exclamo. — Quem é você? — Ele nada diz. Está olhando os papéis à minha frente. — Responda! — digo. Minha voz tem autoridade, mas uma autoridade que não sinto.

Minha mente gira enquanto tento entender quem ele pode ser. Alguém de Waring House, talvez. Um paciente? Nada faz sentido nenhum. Sinto as reviravoltas do pânico enquanto outro pensamento começa a se formar e depois some.

Ele me olha então.

— Sou o Ben — diz ele. Fala devagar, como se tentasse me fazer entender o óbvio. — Ben. Seu marido.

Eu me arrasto recuando pelo chão, me afastando dele, enquanto luto para me lembrar do que li, do que sei.

— Não — retruco, e depois, de novo, mais alto: — Não!

Ele anda para a frente.

— Sou sim, Christine. Você sabe que sou.

O medo me toma. O terror. Ele me levanta, me suspende e depois me esmaga de volta para seu próprio horror. As palavras de Claire voltam: "Mas não é Ben." Uma coisa estranha acontece então. Percebo que não estou me lembrando de ter lido ela dizer essas palavras, estou me lembrando do acontecimento em si. Posso me recordar do pânico na voz dela, da maneira como ela disse "merda" antes de me dizer do que ela havia se dado conta, e como repetiu as palavras "Não é Ben".

Estou me lembrando.

— Não, não é — retruco. — Você não é o Ben. Claire me disse! Quem é você?

— Mas você não se lembra das fotos, Christine? As que estão em volta do espelho do banheiro? Olhe, eu as trouxe para você ver.

Ele dá um passo na minha direção, depois estica o braço para apanhar sua mala no chão ao lado da cama. Retira umas poucas fotos com as pontas curvadas.

— Olhe! — diz ele, e quando balanço a cabeça ele apanha a primeira e, olhando para ela, estendendo-a para que eu a veja. — Somos nós. Eu e você. — A foto nos mostra sentados em alguma espécie de barco, em um rio ou canal. Atrás de nós estão águas escuras e lamacentas, com juncos desfocados. Nós dois parecemos jovens, nossa pele esticada onde hoje é flácida, os olhos sem rugas e arregalados de alegria. — Não vê? — diz ele. — Olhe! Somos nós. Eu e você. Anos atrás. Estamos juntos há anos, Chris. Anos e anos.

Eu me concentro na foto. Imagens me vêm; nós dois, uma tarde ensolarada. Tínhamos alugado um barco em algum lugar. Não sei onde.

Ele ergue outra foto. Estamos bem mais velhos agora. Parece recente. Estamos de pé na frente de uma igreja. O dia está nublado, e ele está de terno e aperta a mão de um homem também de terno. Eu estou usando um chapéu com o qual pareço ter dificuldades; eu o seguro como se ele estivesse prestes a voar pelos ares. Não estou olhando para a câmera.

— Isso foi há poucas semanas — diz ele. — Uns amigos nossos nos convidaram para o casamento da filha. Você lembra?

— Não — respondo, com raiva. — Não, eu não me lembro!

— Foi um dia maravilhoso — diz ele, virando a foto para si para olhá-la. — Maravilhoso...

Eu me lembro de ler o que Claire disse quando lhe contei que havia encontrado um recorte de jornal sobre a morte de Adam. "Não pode ser verdade."

— Mostre uma de Adam — desafio. — Ande! Mostre uma só foto dele.

— Adam morreu — diz ele. — Uma morte de soldado. Nobre. Ele morreu como herói...

Grito:

— Mesmo assim você deveria ter uma foto dele! Mostre!

Ele retira a foto de Adam com Helen. Aquela que eu já vi. A fúria se agiganta dentro de mim.

— Mostre uma só foto sua com Adam. Só uma. Você deve ter algumas, não é? Se é o pai dele?

Ele olha as fotografias em sua mão e eu penso que ele irá sacar uma foto dos dois, mas ele não o faz. Seus braços pendem ao lado do corpo.

— Não tenho aqui comigo — diz ele. — Devem estar em casa.

— Você não é o pai dele, é? — digo. — Que pai não teria fotos de si mesmo com seu filho? — Os olhos dele se estreitam, como se cheios de ira, mas eu não consigo parar. — E que tipo de pai contaria à esposa que seu filho está morto quando ele não está? Admita! Você não é o pai de Adam! O pai dele é o Ben. — Ao dizer o nome, uma imagem me ocorreu. Um homem com óculos de armação estreita e escura e cabelo preto. "Ben." Repito o seu nome, como se para trancar a imagem na minha mente.

— Ben.

O nome exerce um efeito sobre o homem de pé na minha frente. Ele diz algo, mas baixo demais para eu ouvir, portanto lhe peço que repita.

— Você não precisa de Adam — diz ele.

— O quê? — digo, e ele fala com mais firmeza, olhando nos meus olhos:

— Você não precisa de Adam. Você tem a mim agora. Estamos juntos. Você não precisa de Adam. Você não precisa de Ben.

Ante as palavras dele, sinto toda a força que eu tinha dentro de mim desaparecer e, ao mesmo tempo, ele parece se recuperar. Afundo no chão. Ele sorri.

— Não fique chateada — diz ele, alegremente. — Que importa? Eu amo você. Isso é só o que importa, com certeza. Eu a amo e você me ama.

Ele se agacha, estendendo as mãos na minha direção. Ele sorri, como se eu fosse um animal que ele estivesse tentando atrair para fora do buraco onde se escondeu.

— Venha — fala ele. — Venha para mim.

Eu recuo ainda mais, deslizando sobre os calcanhares. Bato em alguma coisa dura e sinto o aquecedor quente e pegajoso atrás de mim. Percebo que estou embaixo da janela na extremidade do quarto. Ele avança devagar.

— Quem é você? — digo mais uma vez, tentando não alterar o tom da minha voz, tentando manter o tom calmo. — O que você quer?

Ele para de andar. Está agachado na minha frente. Se ele esticasse o braço, conseguiria tocar meu pé, meu joelho. Se ele se aproximasse, eu poderia chutá-lo, caso fosse preciso, embora eu não tenha certeza se seria capaz de alcançá-lo e, seja como for, estou descalça.

— O que eu quero? — diz ele. — Não quero nada. Só quero que a gente seja feliz, Chris. Como antes. Lembra?

Aquela palavra novamente. *Lembra.* Por um momento acho que talvez ele esteja sendo sarcástico.

— Não me lembro de quem você é — exclamo, quase histérica. — Como posso me lembrar? Se eu nunca vi você antes!

O sorriso dele então desaparece. Vejo seu rosto se desmanchar em dor. Há um momento de limbo, como se o equilíbrio do poder estivesse se movimentando dele para mim e por uma fração de segundo fiquemos em pé de igualdade.

Ele se anima de novo.

— Mas você me ama — diz ele. — Eu li isso, no seu diário. Você disse que me ama. Sei que quer que a gente fique junto. Por que não pode se lembrar disso?

— Meu diário! — exclamo. Sei que ele devia saber sobre o diário... de que outra forma ele removeria aquelas páginas vitais?

Mas agora me dou conta de que ele devia estar lendo-o há algum tempo, no mínimo desde que eu lhe falei a respeito, mais ou menos há uma semana. — Há quanto tempo você está lendo o meu diário?

Ele não parece ter me escutado. Levanta a voz, como se em triunfo.

— Diga que não me ama — diz. Eu fico quieta. — Viu? Não consegue, não é? Não consegue dizer isso. Porque você me ama. Sempre me amou, Chris. Sempre.

Ele recua o corpo e nós dois ficamos sentados no chão, um de frente para o outro.

— Eu me lembro de quando nos conhecemos — diz ele. Penso no que ele me contou, o café derramado na biblioteca de uma universidade, e imagino o que estaria por vir agora. — Você estava trabalhando em alguma coisa. Sempre escrevendo. Costumava ir ao mesmo café todos os dias. Sempre se sentava perto da janela, no mesmo lugar. Às vezes trazia um bebê, mas, em geral, não. Você se sentava com um caderno aberto à sua frente e ficava escrevendo, ou às vezes apenas olhando pela janela. Achei você tão linda. Costumava passar por você todos os dias, a caminho do ponto de ônibus, e comecei a esperar com ansiedade o momento da minha caminhada de volta para casa, para poder olhar para você. Costumava tentar adivinhar o que você estaria vestindo, ou se seu cabelo estaria preso ou solto, ou se você iria fazer um lanche, uma fatia de bolo ou um sanduíche. Às vezes você tinha uma panqueca inteira na sua frente, às vezes apenas um prato de migalhas ou mesmo nada, apenas chá.

Ele ri, balançando a cabeça com tristeza. Eu me lembro de Claire ter me contado sobre esse café e sei que ele está falando a verdade.

— Eu passava por ali exatamente no mesmo horário todos os dias — continua ele —, mas não importa o quanto eu me esforçasse, simplesmente não conseguia descobrir como você decidia quando fazer o lanche. Primeiro achei que talvez dependesse do dia da semana, mas não parecia haver nenhum padrão, por isso achei que talvez fosse algo relacionado à data. Mas isso também não funcionou. Comecei a pensar que horas você pedia de fato o lanche. Achei que talvez isso estivesse relacionado com o horário que você ia para o café, por isso comecei a sair mais cedo do trabalho e correr para quem sabe ver você chegando. E então, um dia, você não estava lá. Esperei até ver você descendo a rua. Você empurrava um carrinho de bebê e teve dificuldades para fazê-lo passar pela porta do café. Parecia tão desamparada, que, sem pensar, eu atravessei a rua e segurei a porta para você. E você sorriu para mim e disse: "Muito obrigada." Estava tão linda, Christine. Tive vontade de beijar você ali mesmo, mas não podia, e como não queria que você achasse que eu tinha atravessado a rua só para ajudá-la, entrei no café também e fiquei atrás de você na fila. Você falou comigo enquanto esperávamos. "Está cheio hoje, não é?", disse, e eu respondi: "Está", muito embora o café não estivesse particularmente cheio para aquele horário. Eu só queria continuar conversando. Pedi algo para beber e o mesmo bolo que você, e fiquei imaginando se deveria lhe perguntar se estava tudo bem se eu me sentasse com você, mas quando peguei o meu chá você estava conversando com alguém, um dos donos do café, creio, e então eu me sentei sozinho num canto. Depois disso eu comecei a ir ao café quase todo dia. É sempre mais fácil fazer alguma coisa depois da primeira vez. Às vezes eu esperava você chegar ou esperava que você já estivesse lá antes de eu entrar, mas às vezes eu simplesmente entrava e pronto. E você me notava. Sei que sim. Começou a me cumprimentar ou comentar sobre o tempo. E então uma vez eu me atrasei e, quando cheguei, você disse: "Você está atrasado hoje!" quando passei por você com meu chá e minha panqueca. Quando você viu que não havia mesas livres, disse: "Por que não se senta aqui?" e apontou para a cadeira na sua mesa, à sua frente. O bebê não estava lá nesse dia, portanto eu disse: "Tem certeza de que não se importa? Não vou incomodar?" e então me senti mal por dizer isso e tive medo de que você respondesse que sim, na verdade, pensando que eu iria perturbá-la. Mas você não disse nada disso, e sim: "Não! De jeito nenhum! Para ser sincera, meu dia não está indo muito bem mesmo. Vou ficar feliz com uma distração!" e foi assim que eu soube que você queria que eu conversasse com você, em vez de apenas comer minha panqueca e tomar meu chá em silêncio. Você se lembra?

Balancei a cabeça em negativa. Decidi deixá-lo falar. Quero descobrir tudo o que ele tem a dizer.

— Portanto eu me sentei, e nós conversamos. Você me contou que era escritora. Disse que havia publicado um livro, mas estava lutando com o segundo. Perguntei sobre o que era, mas você não quis me contar. "É ficção", falou, e depois disse: "Em teoria", e então de repente pareceu muito triste, por isso me ofereci para lhe pagar outro café. Você disse que isso seria ótimo, mas que não tinha mais dinheiro para me pagar um. "Não trago a minha bolsa quando venho aqui", explicou. "Trago só o dinheiro necessário para comprar algo para beber e um lanche. Assim não fico tentada a me esbaldar!" Achei que era algo esquisito de se dizer. Você não parecia precisar se preocupar muito com o que comia. Sempre foi tão magra. Mas enfim, fiquei feliz, porque isso queria dizer que você devia estar gostando de conversar comigo e que ficaria me devendo uma bebida, portanto teríamos de nos ver novamente. Eu disse que o dinheiro não tinha importância, nem me pagar um café, e pedi mais chá e café para nós dois. Depois disso nós começamos a nos encontrar com bastante frequência.

Comecei a enxergar tudo. Embora eu não tenha memória, de algum modo sei como essas coisas funcionam. O encontro casual, as bebidas. O interesse que há em conversar — em confidenciar

— com um estranho, alguém que não julga nem escolhe um dos lados, porque não pode fazer isso. A aceitação gradual das confissões, que leva a... a quê?

Vi as fotos de nós dois, tiradas anos atrás. Parecemos felizes. É óbvio aonde essas confissões nos levam. Além do mais, ele era atraente. Não como um astro de cinema, porém mais bonito que a maioria dos homens; não é difícil perceber o que me encantou. Em algum momento eu devo ter começado a encarar a porta ansiosamente ao me sentar para trabalhar, a pensar com mais cuidado nas roupas que usaria para ir ao café, se acrescentaria ou não uma borrifada de perfume. E, um dia, um dos dois deve ter sugerido fazer uma caminhada, ou ir a um bar, ou mesmo assistir a um filme, e nossa amizade cruzou a fronteira e virou outra coisa, algo infinitamente mais perigoso.

Fecho os olhos e tento imaginar aquilo, e ao fazê-lo começo a me lembrar. Nós dois na cama, nus. O sêmen secando na minha barriga, no meu cabelo, ele me virando para ele enquanto começa a rir e me beija de novo. "Mike!", estou dizendo. "Pare! Você precisa ir embora logo. Ben vai voltar mais tarde hoje e preciso apanhar Adam. Pare!" Mas ele não me escuta. Inclina-se para a frente, seu rosto bigodudo em frente ao meu, e nos beijamos de novo, nos esquecendo de tudo, do meu marido, do meu filho. De uma guinada lancinante, percebo que a lembrança desse dia já me ocorreu antes. Naquele dia que estive na cozinha da casa que um dia dividi com meu marido, eu não me lembrei do meu marido, e sim do meu amante. O homem com quem eu estava trepando enquanto o meu marido estava no trabalho. Era por isso que ele precisava ir embora naquele dia. Não apenas para pegar o trem — mas porque o homem com quem eu estava casada voltaria para casa.

Abro os olhos. Estou de volta ao quarto de hotel e ele continua agachado à minha frente.

— Mike — digo. — Seu nome é Mike.

— Você se lembra! — exclama ele. Está feliz. — Chris! Você se lembra!

O ódio fervilha dentro de mim.

— Eu me lembro do seu nome — digo. — Nada mais. Só do seu nome.

— Você não se lembra do quanto estávamos apaixonados?

— Não — retruco. — Acho que eu nunca amei você, senão com certeza me lembraria de mais coisas.

Digo isso para feri-lo, mas sua reação me surpreende.

— Mas você não se lembra de Ben também, não é? Não pode tê-lo amado. E nem de Adam.

— Você é doente — falo. — Como se atreve! É claro que eu o amei. Ele era meu filho!

— É. É seu filho. Mas você não o reconheceria se ele entrasse aqui agora, não é? Você acha que isso é amor? E onde ele está? E onde está Ben? Eles abandonaram você, Christine. Os dois. Sou o único que nunca deixou de amar você. Nem mesmo quando você me deixou.

É então que a verdade me atinge, finalmente, apropriadamente. De que outro modo ele poderia saber deste quarto, saber tanto sobre o meu passado?

— Oh, meu Deus — digo. — Foi você! Foi você que fez isso comigo! Você que me atacou!

Ele se aproxima de mim, então. Envolve meu corpo com seus braços, como se para me abraçar, e começa a afagar meus cabelos.

— Christine, querida — murmura —, não diga isso. Não pense nisso. Só vai servir para perturbar você.

Tento empurrá-lo, mas ele é forte e me aperta ainda mais.

— Me solte! — digo. — Por favor, me solte! — Minhas palavras se perdem nas dobras da sua camisa.

— Meu amor — diz ele. Começa a me balançar, como se estivesse ninando um bebê. — Meu amor. Meu doce, minha querida. Você nunca devia ter me deixado. Não entende? Nada disso teria acontecido se você não tivesse me abandonado.

A lembrança me vem novamente.

Estamos sentados em um carro, à noite. Estou chorando, e ele olha pela janela, completamente mudo.

— Diga alguma coisa — falo. — Qualquer coisa. Mike?

— Você não está falando sério — diz ele. — Não pode estar.

— Desculpe. Eu amo Ben. Temos nossos problemas, sim, mas eu o amo. Ele é a pessoa com quem devo ficar. Desculpe.

Estou ciente de que estou tentando simplificar as coisas para que ele entenda. Eu vim a compreender, depois dos últimos meses com Mike, que é melhor assim. As coisas complicadas o confundem. Ele gosta de ordem. Rotina. Coisas que se misturam em proporções precisas, com resultados previsíveis. Além disso, não quero me focar demais nos detalhes.

— Foi porque apareci na sua casa, não é? Desculpe, Chris. Não vou fazer mais isso, prometo. Só queria ver você e explicar para o seu marido que...

Eu o interrompo.

— Ben. Pode dizer o nome dele. É Ben.

— Ben — repete ele, como se falasse a palavra pela primeira vez e a achasse desagradável. — Eu queria explicar as coisas para ele. Queria contar a verdade.

— Que verdade?

— Que você não o ama mais. Que você me ama agora. Que quer ficar comigo. Era só isso que eu ia dizer.

Suspiro.

— Você não entende que, mesmo que isso fosse verdade — e não é —, não é você quem deveria dizer isso a ele? Sou eu. Você não tinha nenhum direito de simplesmente dar as caras na minha casa.

Enquanto falo, penso em como tive sorte de escapar daquela situação. Ben estava no chuveiro e Adam, brincando na sala de jantar, e eu consegui convencer Mike de que ele deveria voltar para casa antes que algum dos dois notasse a sua presença. Foi naquela noite que eu decidi que deveria terminar o meu caso.

— Preciso ir agora — digo. Abro a porta do carro, saio, piso no cascalho. — Desculpe.

Ele se inclina para o meu lado para me olhar. Penso em como é bonito, que se ele fosse menos maluco meu casamento talvez tivesse corrido um grande risco.

— Vou ver você de novo? — pergunta ele.

— Não — respondo. — Não. Está tudo acabado.

Entretanto, aqui estamos nós, todos esses anos depois. Ele está me abraçando de novo, e entendo que, não importa o quanto eu estivesse com medo dele, nunca estive com medo suficiente. Começo a berrar.

— Querida — diz ele. — Se acalme. — Ele coloca a mão sobre a minha boca e eu berro mais alto. — Se acalme! Alguém vai ouvir você!

Minha cabeça se choca com algo atrás de mim, o aquecedor. Não há mudança na música do clube noturno vizinho — se tem alguma diferença, é que agora está mais alta ainda. "Não vai", penso. "Ninguém vai me escutar." Berro de novo.

— Pare com isso! — exclama ele. Ele me bateu, acho, ou me chacoalhou. Começo a entrar em pânico. — Pare com isso! — Minha cabeça atinge o metal quente mais uma vez e, zonza, fico em silêncio. Começo a soluçar.

— Me solte — imploro. — Por favor... — Ele relaxa de leve seu aperto, embora não o suficiente para que eu me liberte. — Como você me encontrou? Todos esses anos depois? Como me encontrou?

— Encontrar você? — diz ele. — Eu nunca perdi você. — Minha mente começa a trabalhar, tentando entender. — Eu a observei. Sempre. Protegi você.

— Você me visitou? Naqueles lugares? No hospital, Waring House? — começo a dizer. — Mas...

Ele suspira.

— Nem sempre. Não me deixavam. Mas eu às vezes dizia que estava ali para ver outra pessoa, ou que era um voluntário. Só para poder ver você e ter certeza de que você estava bem. Naquele último lugar foi mais fácil. Todas aquelas janelas...

Me sinto gelar.

— Você me observava?

— Eu precisava saber se você estava bem, Chris. Precisava proteger você.

— Então voltou para me apanhar? Foi isso? Não foi suficiente o que você fez comigo aqui, neste quarto?

— Quando descobri que aquele canalha tinha largado você, não consegui simplesmente deixá-la ali. Eu sabia que você iria querer ficar comigo. Sabia que era o melhor para você. Precisei esperar um tempo, esperar até ter certeza de que não havia mais ninguém ali para tentar me impedir, mas quem mais teria cuidado de você?

— E eles simplesmente me deixaram ir embora com você? Com certeza não teriam me deixado sair com um estranho!

Imagino que mentiras ele deve ter contado para que o deixassem me tirar dali; depois lembro de ter lido o que o Dr. Nash me contou sobre a mulher em Waring House. "Ela ficou tão feliz quando descobriu que você havia voltado a morar com Ben." Uma imagem se forma, uma lembrança. Minha mão segurando a de Mike enquanto ele assina um formulário. Uma mulher atrás de uma mesa sorri para mim. "Vamos sentir sua falta, Christine", diz ela. "Mas você vai ficar feliz em casa." Ela olha para Mike. "Com seu marido."

Sigo o olhar dela. Não reconheço o homem cuja mão estou segurando, mas sei que é o homem com quem casei. Deve ser. Ele me disse que é.

— Oh, meu Deus! — digo então. — Há quanto tempo você vem fingindo que é Ben?

Ele parece surpreso.

— Fingindo?

— Sim — digo. — Fingindo ser o meu marido.

Ele parece confuso. Fico pensando se ele se esqueceu que não é Ben. Então a máscara cai. Ele parece chateado.

— Você acha que eu quis fazer isso? Precisei fazer. Era o único jeito.

Seus braços relaxam levemente, e uma coisa estranha acontece. Minha mente para de girar, e, embora eu continue aterrorizada, é como se eu tivesse recebido uma injeção de absoluta calma. Um pensamento surge do nada. "Vou derrotá-lo. Vou escapar. Preciso."

— Mike? — falo. — Eu entendo, sabe. Deve ter sido difícil.

Ele me olha:

— Entende?

— Sim, é claro. Estou grata por você ter ido me buscar. Por me dar um lar. Por cuidar de mim.

— Sério?

— Sim. Pense só onde eu estaria se não fosse você. Eu não podia aguentar aquilo. — Eu sinto que ele se abranda. A pressão nos meus braços e ombros diminui e é acompanhada por uma sensação sutil, porém bem definida, de afago, que considero quase mais odiosa, mas sei que é mais provável que possa me levar à fuga. Porque fugir é tudo em que consigo pensar. Preciso ir embora. Como fui estúpida, penso agora, de ter me sentado aqui no chão para ler o que ele roubou do meu diário enquanto ele estava no banheiro. Por que não peguei as páginas e saí? Então me lembro de que foi só no fim do diário que tive uma ideia real de quanto perigo estou correndo. A mesma vozinha me vem de novo. "Vou fugir. Tenho um filho de quem não consigo me lembrar de ter conhecido. Vou fugir." Mexo a cabeça para encará-lo e começo a afagar as costas da sua mão, que está apoiada em meu ombro.

— Por que não me deixa ir embora e depois conversamos sobre o que devemos fazer?

— Mas e Claire? — diz ele. — Ela sabe que não sou Ben. Você contou a ela.

— Ela não vai se lembrar disso — digo, desesperada.

Ele ri, um som vazio e sufocado.

— Você sempre me tratou feito idiota. Eu não sou, sabe. Sei o que vai acontecer! Você contou a ela. Estragou tudo!

— Não — falo rápido. — Posso ligar para ela. Posso dizer que eu estava confusa. Que tinha me esquecido de quem você era. Posso contar que pensei que você era Ben, mas que eu estava errada.

Quase acredito que ele considera isso possível, mas então ele diz:

— Ela nunca iria acreditar em você.

— Iria sim — retruco, embora saiba que não iria. — Prometo.

— Por que você tinha de ligar para ela? — O rosto dele se nubla de raiva, as mãos começam a me apertar com mais força. — Por quê? Por quê, Chris? Estávamos indo bem até então. Indo bem. — Ele começa a me chacoalhar de novo. — Por quê? — grita. — Por quê?

— Ben — digo. — Você está me machucando.

Então ele me bate. Ouço o som da sua mão contra meu rosto antes de sentir o lampejo de dor. Minha cabeça gira, meu maxilar inferior estala, conectando-se dolorosamente com seu companheiro.

— Nunca mais me chame pelo nome desse merda de novo! — vocifera ele.

— Mike — digo rapidamente, como se pudesse apagar o meu erro. — Mike...

Ele me ignora.

— Estou cansado de ser Ben — diz ele. — Pode me chamar de Mike a partir de agora. Certo? É Mike. Foi por isso que voltamos para cá. Para podermos superar tudo isso. Você escreveu no seu caderno que se pudesse se lembrar do que aconteceu aqui todos esses anos atrás, então recuperaria a memória. Bom, aqui estamos. Eu tornei isso possível, Chris. Por isso, se lembre!

Estou incrédula:

— Você quer mesmo que eu me lembre?

— Quero! É claro que eu quero! Amo você, Christine. Quero que se lembre do quanto você me ama. Quero que a gente fique junto de novo. Direito. Como devemos ficar. — Ele faz uma pausa, sua voz cai para um sussurro. — Não quero mais ser Ben.

— Mas...

Ele olha de volta para mim.

— Quando voltarmos para casa amanhã, pode me chamar de Mike. — Ele me sacode de novo, o rosto a centímetros do meu. — Certo? — Posso sentir um cheiro azedo em seu hálito, e outro cheiro também. Imagino se andou bebendo. — Vamos ficar bem, não é, Christine? Vamos superar isso.

— Superar? — repito. Minha cabeça dói, e tem algo saindo do meu nariz. Sangue, acho, embora não tenha certeza. A calma desaparece. Levanto a voz, gritando mais o alto que consigo. — Você quer que eu volte para casa? Superar? Será que você é totalmente maluco? — Ele move a mão para cobrir a minha boca e percebo que deixou meu braço esquerdo livre. Eu o atinjo no lado do rosto, embora não com força. Mesmo assim, aquilo o apanha de surpresa. Ele cai para trás, soltando meu outro braço.

Bamboleio para me pôr de pé.

— Vadia! — diz ele, mas dou um passo para a frente, por cima dele, e vou até a porta.

Consigo dar três passos antes de ele agarrar meu tornozelo. Caio com um estrondo no chão. Há um banquinho embaixo da penteadeira e minha cabeça bate na borda dele quando caio. Tenho sorte; o banquinho é acolchoado e quebra com a minha queda, mas faz com que meu corpo se torça de um jeito esquisito quando aterrisso. A dor se irradia pelas minhas costas e através do meu pescoço, e tenho medo de haver quebrado algum osso. Começo a engatinhar na direção da porta, mas ele continua segurando meu tornozelo. Me puxa em sua direção com um gemido e então seu peso esmagador está sobre mim, seus lábios a centímetros da minha orelha.

— Mike — soluço. — Mike...

Na minha frente está a foto de Adam e Helen, no chão onde ele a havia deixado cair. Mesmo no meio de tudo, fico pensando em como ele a conseguiu, e então entendo: Adam deve tê-la mandado para mim em Waring House e Mike a apanhou, junto com todas as demais fotografias, quando veio me buscar.

— Idiota, sua vaca idiota — diz ele, cuspindo no meu ouvido. Uma de suas mãos está ao redor da minha garganta, e com a outra ele segura um punhado do meu cabelo. Puxa minha cabeça para trás, projetando meu pescoço para a frente. — Por que tinha de fazer isso?

— Desculpe — digo, aos soluços. Não consigo me mexer. Uma de minhas mãos está presa embaixo do meu corpo, a outra presa entre minhas costas e a perna dele.

— Para onde você achava que estava indo, hein? — diz ele. Agora ele rosna, como um animal. Algo como ódio emana dele.

— Desculpe — repito, porque é tudo que posso pensar em dizer. — Desculpe. — Eu me lembro dos dias em que aquelas palavras sempre funcionavam, sempre eram o suficiente, o necessário para me tirar de qualquer encrenca em que estivesse metida.

— Pare de dar essas desculpas de merda — diz ele. Minha cabeça é levada com força para trás, depois se choca para a frente. Minha testa, nariz e boca vão de encontro ao chão carpetado. Faz barulho, um estalar medonho, e sinto cheiro de cigarros velhos. Grito. Há sangue na minha boca. Mordi a língua. — Para onde você achou que iria fugir? Você não sabe dirigir. Não conhece ninguém. Não sabe nem quem você é na maior parte do tempo. Não tem nenhum lugar aonde ir, nenhum. Você é patética.

Começo a chorar, porque ele tem razão. Sou mesmo patética. Claire não veio me buscar; eu não tenho amigos. Estou completamente sozinha, dependo totalmente desse homem que fez isso comigo, e amanhã de manhã, se eu sobreviver, terei esquecido até mesmo disso.

"Se eu sobreviver." As palavras ecoam por mim quando percebo do que este homem é capaz e que, dessa vez, posso não sair deste quarto viva. O terror me atinge, mas então ouço a vozinha de novo. "Não é neste lugar que você vai morrer. Não com ele. Não agora. Tudo, menos isso."

Arqueio as costas dolorosamente e dou um jeito de livrar o meu braço. Inclino o corpo para a frente e agarro a perna do banquinho. É pesada e o ângulo do meu corpo está errado, mas consigo girar o banquinho e erguê-lo por cima da minha cabeça, no ponto onde imagino que esteja a cabeça de Mike. Ele atinge algo com um barulho de rachadura satisfatório, e então ouço um grito sufocado no meu ouvido. Ele solta o meu cabelo.

Olho. Ele foi arremessado para trás e está com a mão na testa. O sangue começa a pingar entre seus dedos. Ele olha para mim, sem entender.

Mais tarde pensarei que devia tê-lo atingido de novo. Com o banquinho ou com as mãos nuas. Com qualquer coisa. Eu devia ter tido certeza de que ele estava incapacitado, que eu poderia escapar, descer as escadas, ir longe o bastante pelo menos para abrir a porta e pedir socorro.

Mas não faço isso. Eu me equilibro e me levanto, olhando para ele no chão à minha frente. Não importa o que eu faça agora, penso, ele venceu. Sempre terá vencido. Arrancou tudo de mim, até mesmo a capacidade de me lembrar exatamente do que ele fez comigo. Eu me viro e começo a me dirigir à porta.

Com um gemido ele se lança sobre mim. Seu corpo inteiro colide com o meu. Juntos batemos com força na penteadeira, tropeçamos na direção da porta.

— Christine! — diz ele. — Chris! Não me abandone!

Estendo a mão. Se eu conseguir simplesmente abrir a porta, então com certeza, apesar do barulho do clube noturno, alguém vai nos ouvir e virá... não é?

Ele agarra a minha cintura. Como um monstro grotesco de duas cabeças, andamos centímetros para a frente, com ele me arrastando.

— Chris! Eu amo você! — diz ele.

Ele uiva, e isso, além do ridículo de suas palavras, me incita a continuar. Estou quase conseguindo. Logo vou alcançar a porta.

É aí que acontece. Eu me lembro daquela noite, todos aqueles anos atrás. Eu, neste quarto, de pé no mesmo lugar. Estendendo o braço na direção da mesma porta. Feliz, ridiculamente feliz. As paredes rebatem o suave brilho alaranjado das velas acesas que pontilhavam o quarto quando cheguei, o ar continha o doce perfume das rosas no buquê sobre a cama. "Vou subir por volta das 7 horas, querida", dizia o bilhete preso a elas, e, embora eu tivesse me perguntado por uma fração de segundo o que Ben estaria fazendo lá embaixo, fiquei feliz pelos minutinhos que teria sozinha antes de ele chegar. Me dariam a oportunidade de reunir meus pensamentos, de refletir sobre como cheguei perto de perdê-lo, sobre o alívio que foi terminar meu caso com Mike, sobre como tive sorte de Ben e eu agora estarmos em uma nova trajetória. Como eu pude pensar que desejava estar com Mike? Mike jamais faria o que Ben fez: organizar uma noite surpresa em um hotel no litoral para me mostrar o quanto me ama e que, apesar de nossas diferenças recentes, isso jamais mudará. Mike era egocêntrico demais para tanto, eu descobri. Com ele tudo é um teste, o afeto é medido, o que foi dado é pesado em relação ao que foi recebido — e o saldo quase sempre o desaponta.

Estou tocando a maçaneta da porta, torcendo-a, puxando-a na minha direção. Ben levou Adam para a casa dos avós. Temos um fim de semana inteiro à nossa frente, sem nada com que se preocupar. Só nós dois.

— Querido — começo a dizer, mas a palavra é sufocada em minha garganta. Não é Ben à porta. É Mike. Ele me empurra para o lado, entra no quarto, e enquanto lhe pergunto o que ele acha que está fazendo — que direito ele tem de me enganar para vir até aqui, até este quarto, o que ele acha que pode conseguir com isso —, penso: Seu canalha! Pilantra! Como se atreve a fingir que é meu marido? Você não tem orgulho, não?

Penso em Ben e Adam, em casa. A essa altura Ben deve estar se perguntando onde estou. Provavelmente logo vai chamar a polícia. Que idiota fui de pegar um trem e vir para cá sem falar nada para ninguém. Que idiota fui de acreditar que um bilhete escrito à máquina, ainda que borrifado com meu perfume preferido, fosse do meu marido.

Mike fala:

— Você teria vindo, se soubesse que era para me encontrar? Rio.

— É claro que não! Acabou. Eu já lhe disse isso.

Olho para as flores, a garrafa de champanhe que ele ainda segura nas mãos. Tudo cheira a romance, a sedução.

— Meu Deus! — digo. — Você realmente achou que podia simplesmente me atrair até aqui, me dar flores e uma garrafa de champanhe e pronto? Que eu simplesmente cairia nos seus braços e tudo voltaria a ser como era antes? Você é maluco, Mike. Maluco. Vou embora agora. Vou voltar para o meu marido e para o meu filho.

Não quero me lembrar mais. Suponho que esse deve ser o momento em que ele me desfere o primeiro golpe, mas, depois, não sei o que aconteceu, o que me levou até o hospital. E agora estou aqui mais uma vez, neste quarto. Fizemos um círculo completo, embora para mim os dias no meio tenham sido roubados. É como se eu jamais houvesse saído daqui.

Não consigo alcançar a porta. Ele está se levantando. Começo a berrar:

— Socorro! Socorro!

— Quieta! — diz. — Cale a boca!

Grito ainda mais alto, e ele me faz virar, puxando-me para trás ao mesmo tempo. Caio, e o teto e seu rosto deslizam à minha frente como uma cortina descendo. Meu crânio atinge algo duro e inflexível. Percebo que ele me empurrou para dentro do banheiro. Viro a cabeça e vejo o chão azulejado se estendendo para longe de mim, a parte de baixo do vaso sanitário, a beirada da banheira. Há um sabonete no chão, viscoso e esmigalhado.

— Mike! — digo. — Não... — Mas ele já está se agachando sobre mim, com as mãos ao redor da minha garganta.

— Cale a boca! — repete ele, sem parar, embora agora eu já não esteja dizendo mais nada, esteja apenas chorando. Arfo procurando ar, meus olhos e minha boca estão molhados, de lágrimas ou de sangue e não sei do que mais.

— Mike... — digo, engasgando. Não consigo respirar. Suas mãos apertam minha garganta e não consigo respirar. Minha memória me inunda novamente. Eu me lembro dele segurando minha cabeça embaixo d'água. Lembro de acordar em uma cama branca, com camisola hospitalar, e de Ben sentado ao meu lado, o verdadeiro Ben, aquele com quem me casei. Lembro de uma policial me fazendo perguntas que eu não posso responder. De um homem de pijama azul-claro sentado na beirada da minha cama de hospital, rindo comigo enquanto me diz que eu o cumprimento todos os dias como se nunca o tivesse visto antes. De um menininho loiro sem um dente me chamando de mamãe. Uma após a outra, as imagens vêm. Me inundam, e o efeito é violento. Balanço a cabeça na tentativa de esvaziá-la, mas Mike me aperta com ainda mais força. Sua cabeça paira acima da minha, os olhos ensandecidos não piscam enquanto ele aperta a minha garganta, e eu me lembro que estive exatamente assim um dia, bem aqui, neste quarto. Fecho os olhos.

— Como se atreve! — Ele está dizendo, e não consigo descobrir qual Mike diz isso, se o que está aqui e agora ou se aquele que existe apenas na minha memória. — Como se atreve! — repete ele. — Como se atreve a me tirar o meu filho!

É então que me lembro. Quando ele me atacou todos esses anos atrás, eu carregava um filho no ventre. Não de Mike, mas de Ben. Esse filho seria nosso recomeço juntos.

Nenhum de nós dois sobreviveu.

✀

Eu devo ter apagado. Quando recupero a consciência, estou sentada em uma cadeira. Não consigo mexer as mãos, o interior da minha boca tem gosto de pelo. Abro os olhos. O quarto está a meia-luz, iluminado apenas pelo luar que atravessa as cortinas abertas e pelas lâmpadas amarelas dos postes. Mike está sentado diante de mim, na beira da cama, segurando algo.

Tento falar, mas não consigo. Percebo que há algo na minha boca. Uma meia, quem sabe. Ela está presa de alguma maneira, e meus pulsos amarrados juntos, além dos meus tornozelos.

Isso é o que ele queria o tempo todo, penso. Eu, em silêncio e imóvel. Luto para me libertar e ele percebe que acordei. Me olha, seu rosto uma máscara de dor e tristeza, e me encara fundo nos olhos. Não sinto nada além de ódio.

— Você acordou. — Imagino se ele tenciona dizer mais alguma coisa, se é capaz de dizer mais alguma coisa. — Não era isso o que eu queria. Achei que vir até aqui pudesse ajudar você a se lembrar. Lembrar como as coisas eram entre nós. Então a gente conversaria e eu poderia explicar o que aconteceu aqui, todos esses anos atrás. Nunca quis que isso acontecesse, Chris. É que eu às vezes fico bravo. Não consigo me controlar. Desculpe. Nunca quis machucar você, nunca. Estraguei tudo.

Ele olha para baixo, para o seu colo. Há tanta coisa que eu antes desejava saber, porém agora estou exausta e é tarde demais. Sinto como se eu pudesse fechar os olhos e me entregar ao esquecimento, apagar tudo.

E, contudo, não quero dormir esta noite. E se precisar dormir, então não desejo acordar amanhã.

— Foi quando você me disse que estava grávida. — Ele não levanta a cabeça. Em vez disso, fala baixinho na direção das dobras de suas roupas e tenho de me esforçar para ouvir o que ele está dizendo. — Nunca achei que eu teria um filho. Nunca. Todos eles diziam que... — Ele hesita, como se mudasse de ideia, resolvendo que era melhor não compartilhar certas coisas. — Você disse que o filho não era meu, mas eu sabia que era. E não consegui aceitar que mesmo assim você iria me deixar, iria arrancar o meu filho de mim, que talvez eu nunca o visse. Não consegui aceitar, Chris.

Ainda não sei o que ele quer de mim.

— Você acha que não me arrependo? Do que eu fiz? Todos os dias. Vejo você tão confusa, perdida, infeliz. Às vezes fico ali deitado na cama ouvindo você acordar. E você me olha, e eu sei que você não sabe quem eu sou, e sinto a decepção e a vergonha que emanam de você como ondas. Isso machuca. Saber que você jamais dormiria comigo agora, se pudesse escolher. E então você se levanta da cama e entra no banheiro, e sei que dali a alguns minutos vai voltar e estará toda confusa e infeliz, e sentindo muita dor.

Ele faz uma pausa.

— E agora eu sei que até mesmo isso em breve vai acabar. Li seu diário. Sei que o seu médico a essa altura já deve ter descoberto tudo. Ou vai descobrir daqui a pouco. Claire também. Sei que eles virão atrás de mim. — Ele me encara. — E vão tentar arrancar você de mim. Mas Ben não quer você. Eu é que quero. Quero cuidar de você. Por favor, Chris. Por favor, lembre o quanto você me amava. Aí você vai poder contar a eles que quer ficar comigo. — Ele aponta para as últimas páginas do meu diário, espalhadas pelo chão. — Você vai poder contar a eles que me perdoa. Por isso. E então poderemos ficar juntos.

Balanço a cabeça. Não posso acreditar que ele *quer* que eu me lembre. Ele quer que eu saiba o que ele fez.

Ele sorri.

— Sabe, às vezes acho que teria sido melhor se você tivesse morrido naquela noite. Melhor para nós dois. — Ele olha pela janela. — Eu me juntaria a você, Chris. Se fosse a sua vontade. — Ele olha novamente para baixo. — Seria fácil. Você iria na frente. E prometo que eu iria logo depois. Você confia em mim, não é?

Ele olha para mim, na expectativa.

— Você gostaria disso? — pergunta ele. — Seria indolor.

Balanço a cabeça, tento falar, não consigo. Meus olhos estão ardendo e eu mal consigo respirar.

— Não? — Ele parece desapontado. — Não. Suponho que qualquer vida é melhor que nenhuma. Muito bem. Provavelmente você tem razão. — Começo a chorar. Ele balança a cabeça. — Chris. Vai ficar tudo bem. Entende? Este caderno é que é o problema. — Ele levanta meu diário. — Nós dois éramos felizes antes de você começar a escrever isso. Ou, pelo menos, tão felizes quanto possível. E era felicidade suficiente, não é? A gente devia simplesmente se livrar disso, daí talvez você possa contar a eles que estava confusa e nós podemos voltar a viver como antes. Por algum tempo, pelo menos.

Ele se levanta, puxa a lixeira metálica que está embaixo da penteadeira, retira o saco de lixo e o descarta.

— Vai ser fácil, então — diz. Coloca a lata no chão entre as suas pernas. — Fácil. — Joga o meu diário no lixo, reúne as últimas páginas que ainda estão espalhadas pelo chão e as acrescenta também. — Precisamos nos livrar disso — diz ele. — De tudo isso. De uma vez por todas.

Ele retira uma caixa de fósforos do bolso, acende um deles e retira uma única página da lata de lixo.

Olho para ele horrorizada.

— Não! — Tento dizer; nada sai além de um grunhido abafado. Ele não olha para mim enquanto põe fogo naquela única página e depois a solta dentro do lixo. — Não! — repito, mas dessa vez é um grito silencioso dentro da minha cabeça. Observo a minha história começar a virar cinzas, minhas memórias serem reduzidas a cinzas. Meu diário, a carta de Ben, tudo. Não sou nada sem meu diário, penso. Nada. E ele venceu.

Não planejo o que fazer em seguida. É instintivo. Lanço meu corpo na direção da lata de lixo. Com minhas mãos amarradas não consigo aparar a minha queda e atinjo a lata de um jeito estranho, ouvindo algo estalar enquanto caio. Sinto a dor se irradiar do meu braço e acho que vou desmaiar, mas não desmaio. A lata cai no chão, espalhando papéis em chamas por toda parte.

Mike grita — um guincho agudo — e cai de joelhos, batendo no chão, tentando apagar o fogo. Vejo que um resíduo incandescente foi parar embaixo da cama sem ser notado por Mike. As chamas estão começando a lamber a borda da colcha, mas não consigo nem ir até lá nem gritar, por isso simplesmente fico ali deitada, observando a colcha pegar fogo. Ela começa a fumegar, e fecho os olhos. O quarto vai se incendiar, penso, e Mike vai se incendiar, e eu vou me incendiar, e ninguém jamais saberá ao certo o que aconteceu aqui neste quarto, assim como ninguém jamais saberá o que aconteceu aqui todos esses anos atrás, e a história vai virar cinzas e ser substituída por conjecturas.

Emito uma tosse seca e sinto ânsia de vômito, mas ele é contido pela meia enrolada na minha garganta. Começo a sufocar. Penso no meu filho. Nunca mais o verei de novo agora, embora ao menos morra sabendo que tive um filho e que ele está vivo e feliz. Por conta disso fico feliz. Penso em Ben. O homem com quem me casei e que depois esqueci. Quero vê-lo. Quero lhe dizer que agora, no fim, eu me lembro dele. Que me lembro de tê-lo conhecido na festa no terraço, e dele me pedindo em casamento em um morro com vista para uma cidade, e que me lembro de ter me casado com ele em uma igreja em Manchester, de termos tirado fotos em meio à chuva.

E sim, me lembro de amá-lo. Sei que eu o amo, e que sempre o amei.

Tudo fica escuro. Não consigo respirar. Ouço o rugir das chamas e sinto seu calor sobre meus lábios e olhos.

Nunca haveria nenhum final feliz para mim. Sei disso agora. Mas tudo bem.

Tudo bem.

✌

Estou deitada agora. Estive desacordada, mas não por muito tempo. Me lembro de quem eu sou, de onde estive. Ouço barulhos, o som do trânsito, uma sirene cujo tom nem aumenta nem diminui, e sim permanece constante. Algo cobre a minha boca — penso em uma meia enrolada —, entretanto descubro que consigo respirar. Estou com muito medo de abrir os olhos. Não sei o que verei.

Mas preciso abri-los. Não tenho escolha senão enfrentar seja lá o que a minha realidade se tornou.

A luz é clara. Vejo um tubo fluorescente no teto baixo e duas barras de metal paralelas a ele. As paredes estão próximas dos dois lados e são duras, cintilantes de metal e acrílico. Consigo distinguir gavetas e prateleiras atulhadas de garrafas e pacotes, e há máquinas piscando. Tudo se move ligeiramente, vibrando, inclusive, percebo, a cama onde estou deitada.

O rosto de um homem surge de algum ponto atrás de mim, sobre a minha cabeça. Ele usa uma camisa verde e eu não o reconheço.

— Ela acordou, gente — diz ele, e então mais rostos surgem. Olho-os rapidamente. Mike não está entre eles e eu relaxo um pouco.

— Christine. — Ouço uma voz. — Chrissy. Sou eu. — É uma voz feminina que eu reconheço. — Estamos a caminho do hospital. Você quebrou a clavícula, mas vai ficar bem. Tudo vai ficar bem. Ele morreu. Aquele homem morreu. Não pode mais machucar você.

Vejo então a pessoa que fala comigo. Ela está sorrindo e segurando a minha mão. É Claire. A mesma Claire que vi outro dia, não a jovem Claire que eu poderia esperar ver depois de acabar de acordar, e noto que ela está com o mesmo par de brincos que estava usando da última vez que nos vimos.

— Claire... — digo, mas ela me interrompe.

— Não fale nada — diz ela. — Tente apenas relaxar. — Ela se inclina para a frente, afaga o meu cabelo e sussurra algo em meu ouvido, mas não ouço o quê. Parece ser *desculpe*.

— Eu me lembro — digo. — Eu me lembro.

Ela sorri, e então dá um passo para trás e um jovem assume seu lugar. Seu rosto é estreito e ele usa óculos com armação grossa. Por um instante acho que é Ben, até perceber que Ben deve ter minha idade hoje.

— Mãe? — diz ele. — Mãe?

Ele parece exatamente igual à foto dele com Helen, e percebo que me lembro dele também.

— Adam? — pergunto. As palavras sufocam na minha garganta quando ele me abraça.

— Mãe — diz ele. — Papai está vindo. Vai chegar logo.

Eu o puxo para mim, sinto o cheiro do meu menino, e fico feliz.

∽

Não posso esperar mais. É hora. Preciso dormir. Tenho um quarto particular e por isso não há necessidade de observar as rotinas rígidas do hospital, mas estou exausta, meus olhos já estão começando a fechar. É hora.

Falei com Ben. Com o homem com quem realmente me casei. Conversamos durante horas, tenho a impressão, embora talvez tenham sido apenas alguns minutos. Ele me contou que pegou o avião assim que a polícia entrou em contato com ele.

— A polícia?

— Sim. Quando perceberam que você não estava morando com quem Waring House achava que estava, eles me localizaram. Não sei bem como. Acho que tinham meu antigo endereço e partiram daí.

— Então onde você estava?

Ele empurrou os óculos para cima do nariz.

— Estou na Itália há alguns meses — disse ele. — Estou trabalhando lá. — Fez uma pausa. — Achei que você estivesse bem. — Ele segurou a minha mão. — Desculpe...

— Você não tinha como saber.

Ele afastou o olhar.

— Eu abandonei você, Chrissy.

— Eu sei. Eu sei de tudo. Claire me contou. Li a sua carta.

— Achei que era melhor — explicou ele. — Achei mesmo. Achei que isso iria ajudar. Ajudar você. Ajudar Adam. Tentei seguir minha vida. Tentei mesmo. — Ele hesitou. — Achei que só conseguiria fazer isso se eu me divorciasse de você. Achei que isso iria me libertar. Adam não entendeu, nem mesmo quando expliquei a ele que você nem sequer teria consciência disso, nem sequer se lembraria de um dia ter se casado comigo.

— E isso ajudou? — perguntei. — Ajudou você a seguir adiante?

Ele se virou para mim:

— Não vou mentir para você, Chrissy. Houve outras mulheres. Não muitas, mas algumas. Muito tempo se passou, anos e anos. No começo nada sério, mas então conheci alguém dois anos atrás. Fomos morar juntos. Mas...

— Mas?

— Bom, acabou. Ela disse que eu não a amava. Que nunca havia deixado de amar você...

— E ela tinha razão?

Ele não respondeu, e então, com medo de sua resposta, eu disse:

— E agora, o que vai ser? Amanhã? Você vai me levar de volta para Waring House?

Ele me olhou.

— Não — respondeu ele. — Ela tinha razão. Nunca deixei de amar você. E não vou levar você de volta para lá. Amanhã, quero que você volte para casa.

Agora olho para ele. Está sentado em uma cadeira ao meu lado, e embora já esteja roncando, com a cabeça inclinada para a frente num ângulo estranho, continua segurando a minha mão. Só consigo ver seus óculos, a cicatriz na lateral do rosto. Meu filho saiu do quarto para telefonar para a namorada e sussurrar boa-noite para sua filha ainda na barriga e minha melhor amiga está lá fora no estacionamento, fumando um cigarro. Não importa o que aconteça, estou rodeada pelas pessoas que amo.

Antes disso, conversei com o Dr. Nash. Ele me disse que saí da casa de repouso há quatro meses, pouco depois de Mike começar a me visitar dizendo ser Ben. Eu mesma assinara os papéis da alta. Saí voluntariamente. Eles não poderiam me impedir, mesmo se acreditassem que havia motivos para tentar fazer isso. Quando parti, levei comigo as poucas fotos e objetos pessoais que ainda tinha.

— É por isso que Mike tinha todas aquelas fotos? — perguntei. — Minhas e de Adam. É por isso que ele tinha a carta que Adam escreveu para o Papai Noel? Sua certidão de nascimento?

— Sim — disse o Dr. Nash. — Isso tudo estava com você em Waring House, e foi junto quando você saiu. Em algum momento Mike deve ter destruído todas as fotos que mostravam você com Ben. Provavelmente antes mesmo de você receber alta de Waring House... há certa rotatividade dos funcionários ali, e eles não tinham ideia de qual era a aparência do seu marido.

— Mas como ele teve acesso às fotografias?

— Elas estavam em um álbum numa gaveta do seu quarto. Deve ter sido fácil para ele apanhá-las depois que começou a visitar você. Ele pode até ter enfiado algumas fotos dele mesmo. Devia ter algumas de vocês dois tiradas quando... bom, quando vocês estavam juntos, anos atrás. Os funcionários de Waring House tinham certeza de que o homem que estava visitando você era o mesmo do álbum de fotografias.

— Então eu levei minhas fotos para a casa de Mike e ele as escondeu numa caixa de metal? E depois inventou um incêndio, para explicar por que havia tão poucas?

— Sim — respondeu ele.

Parecia cansado e culpado. Fiquei pensando se ele se culpava pelo que havia acontecido, e esperava que não. Ele havia me ajudado, no fim das contas. Ele me resgatou. Esperava que ele pudesse escrever seu artigo e apresentar meu caso. Esperava que ele fosse reconhecido pelo que fez por mim. Afinal, sem ele eu...

Não quero pensar onde eu estaria.

— Como você me encontrou? — perguntei. Ele explicou que Claire tinha ficado louca de preocupação depois da nossa conversa, mas esperou que eu ligasse para ela no dia seguinte.

— Mike deve ter retirado as páginas do seu diário naquela noite. Foi por isso que você não achou que havia nada de errado quando me entregou seu diário na terça-feira, e nem eu. Quando você não ligou para Claire, ela tentou ligar para você, mas só tinha o número do celular que eu tinha lhe dado, e Mike o havia confiscado também. Eu devia ter percebido que havia algo de errado quando liguei para você naquele número e você não atendeu. Mas não pensei. Simplesmente liguei para o outro telefone... — Ele meneou a cabeça.

— Está tudo bem — falei. — Continue.

— Acho possível supor que ele estivesse lendo o seu diário há no mínimo uma semana, provavelmente até mais. Claire não conseguiu entrar em contato com Adam e não tinha o telefone de Ben, por isso ligou para Waring House. Eles só tinham um número que achavam ser o de Ben, mas que na verdade era de Mike. Claire não tinha meu telefone. Ela ligou para a escola onde ele trabalhava e os convenceu a lhe darem o endereço e o telefone de Mike, mas ambos eram falsos. Então esbarrou num beco sem saída.

Penso naquele homem descobrindo meu diário, lendo-o todos os dias. Por que ele não o destruiu?

Porque eu havia escrito que o amava. E porque era nisso que ele queria que eu continuasse acreditando.

Ou talvez eu esteja sendo boa demais com ele. Talvez ele simplesmente quisesse que eu o visse ser incendiado.

— Claire não ligou para a polícia?

— Ligou. — Ele assentiu. — Mas demorou alguns dias para eles realmente levarem a coisa a sério. Nesse meio-tempo, ela conseguiu entrar em contato com Adam, que contou que Ben estava fora do país há algum tempo e que, pelo que ele sabia, você continuava em Waring House. Claire entrou em contato com eles e, embora eles não quisessem fornecer o seu endereço, por fim cederam e deram meu número de telefone a Adam. Devem ter achado que era um bom acordo, afinal sou médico. Claire só conseguiu falar comigo esta tarde.

— Esta tarde?

— Sim. Claire me convenceu de que havia algo de errado, e descobrir que Adam estava vivo confirmava isso. Fomos até a sua casa, mas a essa altura vocês já haviam partido para Brighton.

— Como vocês me encontraram lá?

— Você me disse hoje de manhã que Ben, desculpe, Mike, lhe contou que vocês iriam passar o fim de semana fora. Que vocês iam para o litoral. Depois que Claire me contou o que estava acontecendo, adivinhei para onde ele iria levar você.

Eu me inclinei para trás. Me sentia cansada. Exausta. Só queria dormir, mas tinha medo de fazer isso. Medo do que poderia esquecer.

— Mas você me disse que Adam tinha morrido — falei. — Que ele tinha sido morto. Quando estávamos no estacionamento. E o incêndio... você me disse que houve um incêndio.

Ele sorriu, com tristeza.

— Porque foi isso o que você me contou. — Eu expliquei que não entendia o que ele queria dizer. — Um dia, umas duas semanas depois de a gente se conhecer, você me contou que

Adam estava morto. Evidentemente Mike lhe disse isso, e você acreditou e me contou. Quando me perguntou no estacionamento, eu lhe disse aquilo que achava ser verdade. A mesma coisa com o incêndio. Acreditei que tinha havido um, porque você me disse.

— Mas eu me lembrei do funeral de Adam — retruquei. — Seu caixão...

Novamente o sorriso triste.

— Sua imaginação...

— Mas eu vi fotos — eu disse. — Aquele homem — eu achava impossível dizer o nome de Mike — me mostrou fotos de nós dois juntos, de nós dois nos casando. Encontrei uma foto de uma lápide, com o nome de Adam...

— Ele deve ter forjado tudo isso — explicou o Dr. Nash.

— Forjado?

— Sim. No computador. É bem fácil, na verdade, forjar fotos hoje em dia. Ele deve ter suspeitado que você estava desconfiando da verdade e deixou as fotos onde sabia que você as iria encontrar. É muito provável que algumas daquelas que você achava serem de vocês dois também fossem falsas.

Pensei em todas as vezes que eu tinha escrito que Mike estava no escritório. Trabalhando. Era isso o que ele estava fazendo? Com que amplitude ele havia me traído.

— Você está bem? — perguntou o Dr. Nash.

Sorri.

— Sim. Acho que sim. — Olhei para ele e me dei conta de que conseguia imaginá-lo com outro terno e com o cabelo bem mais curto. — Consigo me lembrar das coisas — falei.

A expressão dele não se alterou.

— Que coisas?

— Eu me lembro de você com um terno diferente. E reconheci Ben também. E Adam e Claire, na ambulância. E me lembrei de tê-la visto outro dia. Nós fomos a um café no Alexandra Palace. Tomamos café. Ela tem um filho chamado Toby.

Os olhos dele se entristeceram.

— Você leu seu diário hoje? — perguntou ele.

— Sim — respondi. — Mas não está vendo? Estou me lembrando de coisas que não anotei. Dos brincos que ela estava usando. São os mesmos que está usando hoje. Eu perguntei a ela, e ela disse que eu estava certa. E me lembro que Toby estava usando uma parca azul e que suas meias tinham personagens de desenho animado, e lembro que ele ficou chateado porque queria suco de maçã e lá só tinha de laranja e groselha. Não está vendo? Eu não anotei nada disso. E me lembro.

Ele pareceu satisfeito, então, embora continuasse cauteloso.

— O Dr. Paxton disse mesmo que não conseguia encontrar nenhuma causa orgânica óbvia para sua amnésia. Que parecia provável que ela tivesse sido, pelo menos em parte, provocada pelo trauma emocional do que aconteceu com você, além do trauma físico. Suponho que seja possível que outro trauma tenha revertido isso, ao menos em certo grau.

Acatei avidamente a sugestão dele.

— Então talvez eu esteja curada? — perguntei.

Ele me olhou fixamente. Tive a sensação de que ele estava pesando o que iria me dizer, pensando em qual fração da verdade eu poderia suportar.

— Devo dizer que é improvável — disse ele. — Houve um grau de melhora ao longo das últimas semanas, mas nada parecido com um retorno completo da memória. Mas é possível.

Senti uma onda de alegria.

— O fato de eu me lembrar do que aconteceu uma semana atrás significa que consigo formar novas lembranças de novo? E conservá-las?

Ele falou com hesitação.

— Eu sugeriria isso, sim. Mas, Christine, quero que você esteja preparada para o fato de que este efeito talvez seja temporário. Só saberemos de fato amanhã.

— Quando eu acordar?

— Sim. É inteiramente possível que depois que você durma esta noite, todas as lembranças que você tem hoje desapareçam. As novas e as velhas.

— Posso acordar exatamente igual a quando acordei esta manhã?

— Sim — respondeu ele. — Pode ser.

A perspectiva de acordar e me esquecer de Adam e Ben parecia demais para ser contemplada. Seria como uma morte em vida.

— Mas... — comecei.

— Continue escrevendo no seu diário, Christine. Você ainda o tem?

Fiz que não com a cabeça:

— Ele o queimou. Foi isso que provocou o incêndio.

O Dr. Nash pareceu desapontado.

— Que pena. Mas não importa. Christine, você vai ficar bem. Pode começar outro. As pessoas que amam você voltaram.

— Mas eu quero voltar para elas também — falei. — Quero já ter voltado para elas.

Nós conversamos por mais algum tempo, mas ele estava ansioso para me deixar a sós com minha família. Sei que ele só estava me preparando para o pior — para a possibilidade de que acordarei amanhã sem fazer ideia de onde estou, ou de quem é esse homem sentado ao meu lado, ou quem é a pessoa que diz ser meu filho —, mas preciso acreditar que ele está errado. Que minha memória voltou. Preciso acreditar nisso.

Olho para meu marido adormecido, para sua silhueta no quarto a meia-luz. Eu me lembro de como nos conhecemos, da noite da festa, da noite em que assisti aos fogos de artifício com Claire no terraço. Lembro dele me pedindo em casamento nas férias em Verona, e da emoção que senti quando disse sim. E de nosso casamento também, de nossa vida. Lembro de tudo. Sorrio.

— Eu amo você — sussurro, fecho os olhos, e durmo.

NOTA DO AUTOR

Este livro foi inspirado em parte na vida de diversos pacientes amnésicos, mais notavelmente Henri Gustav Molaison e Clive Wearing, cuja história foi relatada pela sua esposa, Deborah Wearing, no livro *Forever Today — A Memoir of Love and Amnesia*.

Entretanto, os eventos narrados em *Antes de dormir* são inteiramente ficcionais.

Este livro foi composto na tipografia
Adobe Garamond Pro, em corpo 12/15, e impresso
em papel off-white no Sistema Digital Instant Duplex
da Divisão Gráfica da Distribuidora Record.